JOGOS VORAZES

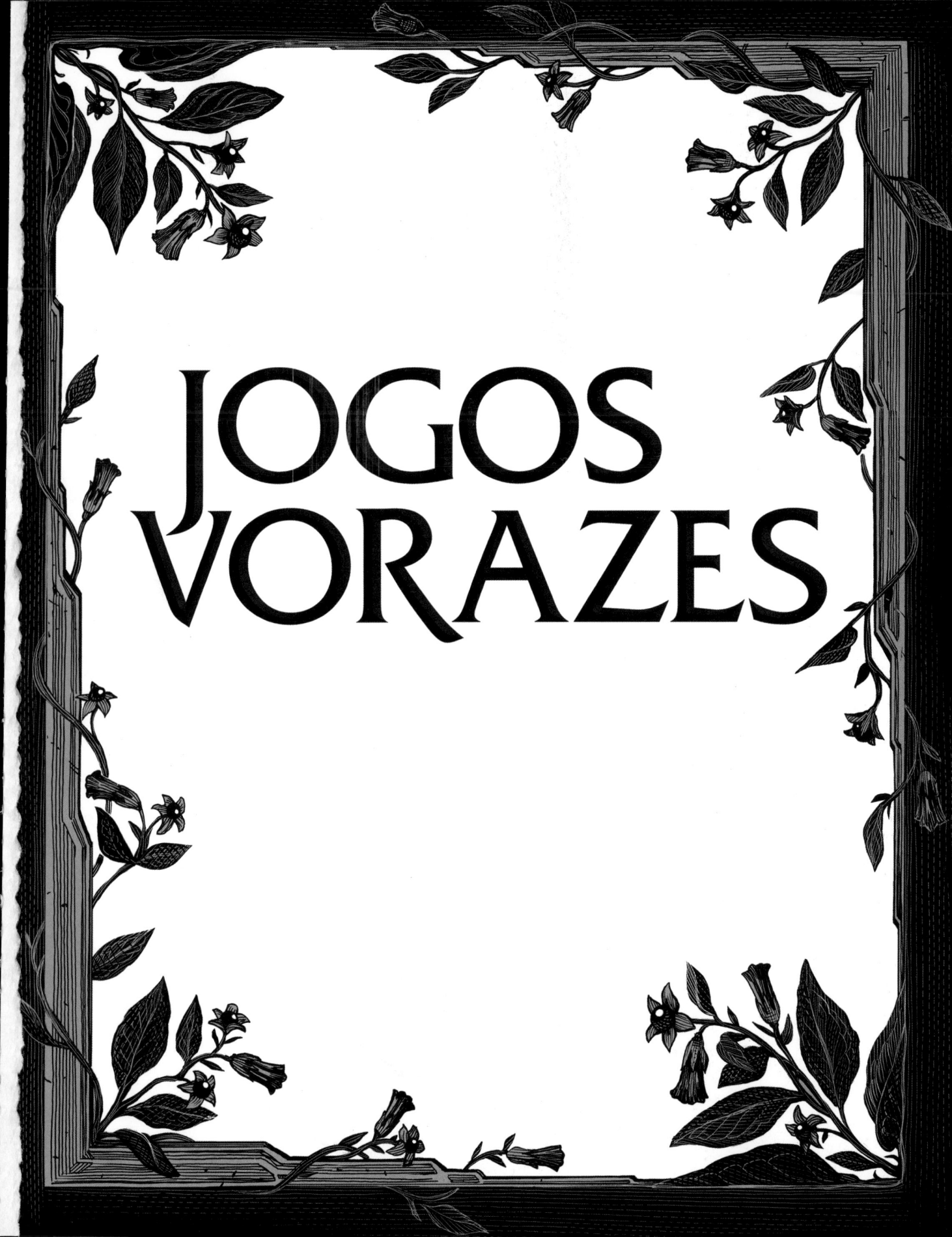

JOGOS VORAZES

SUZANNE COLLINS

ILUSTRADO POR
NICO DELORT

Tradução de Alexandre D'Elia

Rocco

Título original
THE HUNGER GAMES

Copyright texto © 2008 *by* Suzanne Collins
Copyright ilustrações © 2024 Scholastic Inc

Todos os direitos reservados. Nenhuma parte desta obra pode ser reproduzida ou transmitida por qualquer forma ou meio eletrônico ou mecânico, inclusive fotocópia, gravação ou sistema de armazenagem e recuperação de informação, sem a permissão escrita do editor.

Direitos para a língua portuguesa reservados
com exclusividade para o Brasil à
EDITORA ROCCO LTDA.
Rua Evaristo da Veiga, 65 – 11º andar
Passeio Corporate – Torre 1
20031-040 – Rio de Janeiro – RJ
Tel.: (21) 3525-2000 – Fax: (21) 3525-2001
rocco@rocco.com.br
www.rocco.com.br

Printed in Brazil/Impresso no Brasil

Preparação de originais
LUCIANA FIGUEIREDO

CIP-BRASIL. CATALOGAÇÃO NA PUBLICAÇÃO
SINDICATO NACIONAL DOS EDITORES DE LIVROS, RJ

C674j

    Collins, Suzanne
       Jogos vorazes / Suzanne Collins ; [ilustração Nico Delort] ; tradução Alexandre D'Elia. - 1. ed. - Rio de Janeiro : Rocco, 2024.
       il.   (Jogos vorazes ; 1)

      Tradução de: The hunger games
      ISBN 978-65-5532-479-2
      ISBN 978-65-5595-300-8 (recurso eletrônico)

      1. Ficção americana. I. D'Elia, Alexandre. I. Delort, Nico. II. D'elia, Alexandre. III. Título. IV. Série.

24-93079
                CDD: 813
                CDU: 82-3(73)

Meri Gleice Rodrigues de Souza - Bibliotecária - CRB-7/6439

Para JAMES PROIMOS

PARTE UM

"Os Tributos"

1

Quando acordo, o outro lado da cama está frio. Meus dedos se esticam à procura do calor de Prim, mas só encontram a cobertura áspera do colchão. Ela deve ter tido pesadelos e pulou para a cama de nossa mãe. É claro que foi isso. Hoje é o dia da colheita.

Eu me apoio sobre o cotovelo. Há luz suficiente no quarto para que eu possa enxergá-las. Minha irmãzinha, Prim, encolhida junto ao corpo de minha mãe, a bochecha de uma colada contra a da outra. Dormindo, minha mãe parece mais jovem, ainda um pouco acabada, mas não inteiramente arrasada. O rosto de Prim é tão fresco quanto uma gota de chuva, tão adorável quanto a flor que lhe deu o nome. Minha mãe também já foi muito bonita. Pelo menos é o que se diz.

Sentado aos pés de Prim, vigiando-a, está o gato mais feio do mundo. Nariz esmagado, metade de uma orelha arrancada, olhos da cor de abóbora podre. Prim o chama de Buttercup, insistindo que a coloração amarelada de seu pelo combina com a da flor de mesmo nome. Ele me odeia. Ou pelo menos desconfia de mim. Apesar de já ter se passado muito tempo, acho que ele ainda se lembra de como tentei afogá-lo num balde quando Prim o trouxe para casa. Gatinho raquítico, com a barriga inchada por causa dos vermes e cheio de pulgas. A última coisa de que eu precisava era outra boca para alimentar. Mas Prim implorou tanto – até chorou – que fui obrigada a deixá-lo ficar. No fim, deu tudo certo. Minha mãe o livrou dos vermes, e ele se provou um excelente caçador de ratos. De vez em quando pega até alguma ratazana. Às vezes, quando acabo de limpar uma caça, dou as entranhas a Buttercup. Ele parou de fazer sons agressivos para mim.

Entranhas. Menos agressividade. Isso é o mais próximo de amor que atingiremos.

SUZANNE COLLINS

Jogo as pernas para fora da cama e deslizo-as para dentro de minhas botas de caça. Couro maleável que se amoldou aos meus pés. Visto as calças, uma camisa, enfio minhas longas tranças pretas em um quepe e pego minha mochila de provisões. Sobre a mesa, debaixo de uma tigela de madeira para protegê-lo de ratos e gatos famintos, está um perfeito queijo de cabra enrolado em folhas de manjericão. O presente de Prim para mim no dia da colheita. Coloco cuidadosamente o queijo em meu bolso e saio.

A parte em que vivemos no Distrito 12, apelidada de Costura, nesta hora do dia está normalmente apinhada de mineiros se dirigindo ao turno matinal. Homens e mulheres com os ombros caídos e as juntas inchadas, muitos dos quais há tempo desistiram de limpar a fuligem negra de suas unhas quebradas e de apagar as linhas escuras em seus rostos abatidos. Hoje, porém, as ruas cinzentas de carvão estão vazias. As persianas das casas baixas e escurecidas estão fechadas. A colheita só começa às duas. O melhor a fazer é dormir mais um pouco. Se você conseguir.

Nossa casa fica quase no limite da Costura. Eu só preciso passar por alguns portões para alcançar o descampado miserável chamado Campina. Separando a Campina da floresta, na verdade, circundando todo o Distrito 12, encontra-se uma cerca alta de arame farpado. Teoricamente, ela deveria estar eletrificada vinte e quatro horas por dia para afugentar os predadores que vivem na floresta – bandos de cães selvagens, pumas solitários, ursos – que costumavam ameaçar nossas ruas. Mas, como na melhor das hipóteses só conseguimos duas ou três horas de eletricidade durante a noite, normalmente é seguro tocar a cerca. Mesmo assim, sempre espero um pouco para ouvir o zunido que indica que ela está ativa. Neste momento, está tão silenciosa quanto uma pedra. Escondida em um aglomerado de arbustos, encolho a barriga e deslizo por baixo de uma abertura de meio metro que está lá há anos. Existem vários outros pontos frágeis na cerca, mas esse aqui fica tão perto de casa que quase sempre entro na floresta por ele.

Assim que chego às árvores, retiro um arco e uma aljava com flechas de um tronco oco. Eletrificada ou não, a cerca tem tido sucesso em manter animais carnívoros afastados do Distrito 12. Eles correm livremente na floresta, onde, dentre as preocupações, há ainda coisas como cobras venenosas, animais raivosos e nenhuma trilha por onde se orientar. Mas também tem comida se você souber como achar. Meu pai sabia, e me ensinou algumas coisas antes de explodir em pedacinhos numa mina de carvão. Não sobrou nada do corpo para ser enterrado. Eu tinha onze anos. Cinco anos depois, ainda acordo gritando para ele correr.

Mesmo sendo proibido entrar na floresta, com a caça ilegal resultando em penas das mais severas, mais pessoas correriam o risco se possuíssem armas. A maioria, porém, não tem a ousadia suficiente para se aventurar portando apenas uma faca. Meu arco é uma raridade, produzido por meu pai junto com alguns outros que guardo bem escondidos na floresta, cuidadosamente cobertos com uma capa à prova d'água. Meu pai poderia ter ganhado um bom dinheiro vendendo-os, mas, se os funcionários descobrissem, ele teria sido executado em praça pública por incitar uma rebelião. A maioria dos Pacificadores faz vista grossa para os poucos de nós que caçam porque eles são tão ávidos por carne fresca quanto qualquer outra pessoa. Na realidade, eles estão entre nossos melhores clientes. Mas a mera ideia de que alguém pudesse estar enchendo a Costura de armas jamais teria sido permitida.

No outono, umas poucas almas corajosas penetram na floresta para colher maçãs. Mas sempre numa posição visível da Campina. Sempre perto o suficiente pra correr de volta para a segurança do Distrito 12 se algum problema surgir. "Distrito 12, onde você pode morrer de fome em segurança", murmuro. Então, olho de relance por cima de meu ombro. Mesmo aqui, no meio do nada, você fica preocupado de alguém estar te ouvindo.

Quando eu era mais nova, assustava minha mãe pra valer com as coisas que eu soltava sobre o Distrito 12, sobre as pessoas que governam nosso país, Panem, da longínqua cidade chamada Capital. Com o tempo entendi que isso apenas traria mais problemas. Então, aprendi a controlar a língua e a mascarar minhas feições de modo que ninguém pudesse jamais ler meus pensamentos. Aprendi a fazer meu trabalho calada na escola. Somente falar o mínimo necessário, e de maneira educada, no espaço público. Discutir apenas compra e venda no Prego, o mercado clandestino onde ganho grande parte do meu dinheiro. Mesmo em casa, onde posso ser menos agradável, evito abordar assuntos problemáticos, como a colheita, ou a escassez de comida, ou os Jogos Vorazes. Prim poderia começar a repetir minhas palavras e então o que seria de nós?

Na floresta, está me esperando a única pessoa com quem posso ser eu mesma. Gale. Já dá para sentir os músculos de meu rosto relaxando, meus passos se acelerando enquanto escalo o morro até nosso local, uma saliência de rocha que dá vista para um vale. A visão dele esperando lá em cima me faz abrir um sorriso. Gale diz que eu nunca sorrio, exceto na floresta.

– Oi, Catnip – cumprimenta Gale. Meu verdadeiro nome é Katniss, mas eu sussurrava bem baixinho quando contei o nome a ele pela primeira vez. Então ele pensou que eu tivesse dito Catnip, uma flor selvagem muito apreciada pelos gatos. Aí, uma vez, quando um lince louco começou a me seguir, o nome passou a ser meu apelido oficial. Eu acabei tendo que matar o lince porque ele afugentava minha caça, o que quase lamentei pois ele não era má companhia. Mas consegui um preço bastante bom por sua pele. – Olha só o que abati.

Gale está segurando um pedaço de pão com uma flecha espetada. Eu rio. É um pão realmente assado, diferente daqueles pãezinhos amassados que a gente faz com a ração de grãos. Eu o pego, retiro a flecha e posiciono o nariz em frente ao furo, inalando a fragrância que faz minha boca se encher de saliva. Um pão tão bom assim é para ocasiões especiais.

– Humm, ainda está quentinho – comento. Ele deve ter passado na padaria bem cedinho para comprá-lo. – Quanto custou?

– Um esquilo apenas. Acho que o velho estava sentimental hoje de manhã – responde ele. – Até me desejou boa sorte.

– Bem, todos nos sentimos mais próximos uns dos outros hoje, não é? Prim deixou um queijo para nós. – Eu o retiro da mochila.

JOGOS VORAZES

O semblante dele se ilumina com o presente.

– Obrigado, Prim. Vamos ter um verdadeiro banquete. – De repente, ele passa a falar com o sotaque da Capital enquanto imita com mímicas Effie Trinket, a mulher patologicamente otimista que aparece uma vez por ano para ler os nomes na colheita. – Quase esqueci! Feliz Jogos Vorazes! – Ele arranca algumas amoras. – E que a sorte... – Ele joga uma amora na minha direção. Pego-a com a boca e rompo com os dentes a casca delicada. A acidez suave explode em minha língua. – ... esteja *sempre* a seu favor! – Termino com a mesma vivacidade. Nós temos de fazer piada com isso porque a alternativa é ficar totalmente aterrorizados. Além disso, o sotaque da Capital é tão afetado que faz com que quase tudo dito nele soe engraçado.

Observo Gale pegar sua faca e fatiar o pão. Ele podia ser meu irmão. Cabelos lisos e pretos, pele marrom, ambos temos até os mesmos olhos cinzentos. Mas não somos parentes, pelo menos não próximos. A maioria das famílias que trabalham nas minas se parecem umas com as outras.

É por isso que minha mãe e Prim, com seus cabelos louros e olhos azuis, sempre parecem deslocadas. Elas estão. Os parentes de minha mãe faziam parte da pequena classe de mercadores que abastecia os funcionários, os Pacificadores e ocasionais clientes da Costura. Eles tinham uma loja de botica na parte mais simpática do Distrito 12. Como quase ninguém tem condições de pagar um médico, os boticários são nossos curandeiros. Meu pai conheceu minha mãe porque, às vezes, coletava ervas medicinais em suas caçadas e as vendia para sua loja para que fossem posteriormente transformadas em remédios. Ela deve ter realmente se apaixonado por ele, já que abandonou sua casa para morar na Costura. Tento me lembrar disso quando tudo o que consigo enxergar é a mulher que fica lá sentada, muda e inalcançável, enquanto suas filhas viram pele e osso. Tento perdoá-la por causa de meu pai. Mas, honestamente, não sou do tipo que perdoa.

Gale espalha as fatias de pão com o macio queijo de cabra, cuidadosamente colocando uma folha de manjericão em cada uma enquanto colho amoras. Nós nos recostamos em um canto das rochas. Desse local, somos invisíveis, mas temos uma vista bem nítida do vale, que está apinhado de vida devido ao verão. Vegetais a serem colhidos, raízes a serem desenterradas, peixes iridescentes à luz do sol. O dia está glorioso, com um céu azul e uma suave brisa. A comida está maravilhosa, com o queijo de cabra derretendo sobre o pão quente e as amoras se desfazendo em nossas bocas. Tudo seria perfeito se hoje fosse realmente um feriado, se esse dia de folga significasse poder vagar pelas montanhas com Gale em busca de caça para a ceia. Em vez disso, nós teremos de estar em pé na praça às duas da tarde esperando os nomes serem anunciados.

– A gente conseguiria, sabe – diz Gale, calmamente.

– O quê? – pergunto.

– Sair do Distrito. Fugir daqui. Viver na floresta. Você e eu, a gente daria um jeito – completa.

Não sei como responder. A ideia é absurda demais.

– Se a gente não tivesse tantas crianças – acrescenta ele rapidamente.

Elas não são nossas crianças, é claro. Mas bem que poderiam ser. Gale, com dois irmãozinhos e uma irmã. Eu, com Prim. E daria para colocar no pacote nossas mães também, porque como elas viveriam sem a gente? Quem alimentaria aquelas bocas que estão sempre pedindo mais? Mesmo com nós dois caçando diariamente, há noites em que a caça tem de ser trocada por banha de porco ou cadarços ou lã, noites em que dormimos com nossos estômagos vazios.

– Eu nunca vou querer ter filhos – comento.

– Talvez eu quisesse, se não morasse aqui.

– Mas você mora – digo, irritada.

– Esquece isso – retruca ele.

A conversa parece completamente fora de foco. Ir embora? Como eu poderia abandonar Prim, que é a única pessoa no mundo que tenho certeza de amar? E Gale é dedicado à família dele. Nós não podemos ir embora, então pra que perder tempo conversando sobre isso? E mesmo que a gente fosse embora... de onde surgiu essa história de ter filhos? Nunca houve nada romântico entre Gale e mim. Quando nos conhecemos, eu era uma magricela de doze anos, e embora fosse apenas dois anos mais velho do que eu, ele já parecia um homem. Demorou um bom tempo antes que pudéssemos sequer nos considerar amigos, antes que parássemos de tentar levar a melhor um sobre o outro em nossas barganhas e começássemos a colaborar.

Além disso, caso deseje ter filhos, Gale não terá nenhuma dificuldade em encontrar uma esposa. Ele é bonito, é suficientemente forte para trabalhar nas minas e ainda por cima caça. A forma como as garotas sussurram a seu respeito quando Gale chega na escola já indica que elas estão interessadas nele. Eu fico com ciúme, mas não pelo motivo que você está imaginando. Bons parceiros de caça são difíceis de encontrar.

— O que você quer fazer? — pergunto. Nós podemos caçar, pescar ou colher.

— Vamos pescar no lago. Nós podemos deixar as varas e fazer uma coleta na floresta. Pegar alguma coisa legal pra hoje à noite — diz ele.

Hoje à noite. Depois da colheita, todos devem celebrar. E muitas pessoas o fazem, por alívio porque suas crianças foram poupadas por mais um ano. Mas pelo menos duas famílias deixarão suas persianas cerradas, trancarão suas portas e tentarão descobrir como sobreviverão às dolorosas semanas seguintes.

Nós nos viramos bem. Os predadores nos ignoram nos dias em que presas mais fáceis e mais apetitosas aparecem em abundância. Ao fim da manhã nós já temos doze peixes, uma sacola de verduras e, melhor de tudo, uma cesta de morangos. Eu encontrei o canteiro alguns anos atrás, mas foi Gale quem teve a ideia de gradear o local para manter os animais afastados.

No caminho de volta para casa, nós damos um pulo no Prego, que funciona em um armazém abandonado que no passado guardava o carvão. Quando eles encontraram um sistema mais eficiente para transportar o carvão diretamente das minas para os trens, o Prego foi aos poucos ocupando o espaço. A maioria dos negócios não está funcionando a essa hora em dia de colheita, mas o mercado clandestino ainda está razoavelmente agitado. Nós trocamos com facilidade seis peixes por pães de qualidade e outros dois por sal. Greasy Sae, a velha ossuda que vende sopa quente de uma chaleira grande, pega metade das verduras de nossas mãos em troca de alguns pedaços de parafina. Podemos fazer negócios até melhores com outras pessoas, mas nos esforçamos para manter um bom relacionamento com Greasy Sae. Ela é a única pessoa que conhecemos que com certeza aceita comprar cães selvagens. Nós não os caçamos de propósito, mas se você é atacado e acaba tendo que abater um ou outro cão, sabe como é, carne é carne.

— Quando está misturado na sopa eu chamo de bife e pronto — diz Greasy Sae, com uma piscadela. Ninguém na Costura torceria o nariz para um bom pernil de cão selvagem, mas os Pacificadores que frequentam o Prego podem se dar ao luxo de escolhas mais sofisticadas.

Quando terminamos nosso comércio no mercado, vamos para a porta dos fundos da casa do prefeito vender metade dos morangos, já que sabemos que ele nutre um gosto particular por eles e pode pagar o preço. Madge abre a porta. Ela está no mesmo ano que eu na escola. Como é a filha do prefeito, seria de se esperar que fosse esnobe, mas ela é legal. Só que prefere ficar na dela. Como eu. Como nenhuma de nós possui um grupo de amigos, acabamos ficando bastante juntas na escola na hora do almoço, durante as assembleias e nas atividades esportivas. Raramente conversamos, o que é bem conveniente para ambas.

Hoje ela trocou o uniforme pardo da escola por um caríssimo vestido branco, e seus cabelos louros estão presos com uma fita rosa. Roupas da colheita.

— Bonito vestido — elogia Gale.

Madge lança um olhar para ele, tentando ver se o elogio é sincero ou se ele está apenas sendo irônico. O vestido é bonito sim, mas ela jamais o usaria em circunstâncias normais. Ela junta os lábios e sorri.

— Bem, se eu acabar indo parar na Capital, melhor estar bonitinha, não é?

Agora é a vez de Gale ficar confuso. Será que ela está falando sério? Ou será que está tirando uma com a cara dele? Aposto na segunda opção.

— Você não vai para a Capital — diz Gale friamente. Seus olhos aterrissam em um pequeno broche arredondado que enfeita o vestido dela. Ouro de verdade. Magnificamente trabalhado. Poderia garantir o pão de uma família por meses e meses. — Quantas inscrições você tem? Cinco? Com doze anos eu já tinha seis inscrições.

— Isso não é culpa dela — interrompo.

— Não, não é culpa de ninguém. As regras são assim e pronto — continua ele.

O rosto de Madge fica sério. Ela coloca o dinheiro dos morangos em minha mão.

— Boa sorte, Katniss.

— Pra você também — retribuo, e a porta se fecha.

Caminhamos na direção da Costura em silêncio. Não gosto do fato de Gale ter implicado com Madge, mas ele tem razão, é claro. O sistema da colheita é injusto, com os pobres ficando com a pior parte. Você se torna elegível para a colheita no dia em que completa doze anos. Nesse ano, seu nome é inscrito uma vez. Aos treze, duas vezes. E assim por diante até você atingir a idade de dezoito anos, o último ano elegível, quando seu nome aparece sete vezes no sorteio. É assim que acontece para todos os cidadãos nos doze distritos em todo o país de Panem.

Mas aí vem a jogada. Digamos que você seja pobre e esteja passando fome como nós estávamos. Você pode optar por adicionar seu nome mais vezes em troca de tésseras. Cada téssera vale um escasso suprimento anual de grãos e óleo por pessoa. Você também pode fazer isso para cada membro de sua família. Assim, aos doze anos de idade, meu nome foi inscrito quatro vezes no sorteio. Uma vez porque era obrigatório e outras três vezes por causa das tésseras que garantiram grãos e óleo para mim, para Prim e para minha mãe. Na verdade, precisei fazer isso a cada ano. E as inscrições são cumulativas. Então agora, com dezesseis anos, meu nome aparecerá vinte vezes na colheita. Gale, que tem dezoito e tem ajudado ou alimentado sozinho uma família de cinco pessoas por sete anos, aparecerá quarenta e duas vezes no sorteio.

Dá para entender por que alguém como Madge, que jamais necessitou de tésseras, pode irritá-lo. A chance de ela ser sorteada é muito pequena comparada a nós que moramos na Costura. Não é impossível, mas é pequena. E muito embora as regras tenham sido estabelecidas pela Capital, não pelos distritos e, certamente, não pela família de Madge, é difícil não ficar ressentido com as pessoas que não precisam ir atrás de tésseras.

Gale sabe que a raiva que ele sente por Madge é mal direcionada. Outras vezes, no meio da floresta, eu o ouvi discursando sobre como as tésseras não passam de mais um instrumento para aumentar a miséria em nosso distrito. Uma maneira de plantar ódio entre os trabalhadores esfomeados da Costura e aqueles que podem normalmente contar com uma ceia, e assim garantir que jamais confiaremos uns nos outros. "É vantajoso para a Capital nos deixar divididos", talvez ele dissesse se não houvesse mais ouvidos além dos meus. Se hoje não fosse dia de colheita. Se uma garota com um broche dourado e nenhuma téssera não tivesse feito o que tenho certeza que ela imaginava ser um comentário absolutamente inofensivo.

À medida que caminhamos, olho de relance para o rosto de Gale, ainda fervendo por baixo do semblante pétreo. A fúria dele me parece sem sentido, embora eu jamais diga algo parecido. Não é que eu não concorde com ele. Concordo. Mas o que nos ajuda ficar vociferando contra a Capital no meio da floresta? Não muda coisa alguma. Não torna as coisas mais justas. Não enche nossos estômagos. Na verdade, acaba até assustando os animais que estamos caçando. Mas deixo ele berrar. Melhor ele berrar lá na floresta do que no distrito.

Gale e eu dividimos nossos despojos: dois peixes, alguns pães de boa qualidade, verduras, uma porção de morangos, sal, parafina e um pouco de dinheiro para cada um.

– A gente se encontra na praça.

– Vê se veste alguma roupa bonita – diz ele, sem alterar a voz.

JOGOS VORAZES

Em casa, minha mãe e minha irmã estão prontas para sair. Minha mãe está usando um lindo vestido da época do boticário. Prim veste as roupas que usei pela primeira vez em um dia de colheita: uma saia e uma blusa de babados. Estão um pouco grandes nela, mas minha mãe ajustou com alfinetes. Mesmo assim, ela está com dificuldades em manter a blusa presa nas costas.

Uma banheira de água quente me espera. Eu esfrego a sujeira e o suor, e até lavo o cabelo. Para minha surpresa, minha mãe separou para mim um de seus belos vestidos. De um azul bem suave e com sapatos combinando.

– Tem certeza? – pergunto. Estou tentando superar a vontade que sempre tenho de rejeitar as ofertas dela. Houve uma época em que eu estava tão zangada que não permitia que ela fizesse nada por mim. E isso aqui é algo muito especial. Suas roupas do passado são muito preciosas para ela.

– É claro. Vamos ajeitar esses cabelos também – completa ela. Eu a deixo enxugá-los e fazer uma trança em minha cabeça. Mal consigo me reconhecer ao olhar para o espelho quebrado encostado na parede.

– Você está linda – diz Prim, com a voz abafada.

– E completamente diferente de mim mesma – concluo. Eu a abraço, porque sei que essas próximas horas serão terríveis para ela. A primeira colheita de sua vida. Ela está com o máximo de segurança que se pode imaginar, já que seu nome está sendo inscrito no sorteio apenas desta vez. Eu não permitiria que ela pegasse nenhuma téssera. Mas ela está preocupada comigo. Com a possibilidade do impensável acontecer.

Eu protejo Prim de todas as formas que posso, mas não tenho poderes contra a colheita. A angústia que sempre sinto quando ela está com algum desconforto enche meu peito e ameaça transparecer em meu rosto. Reparo que a blusa dela escapou novamente da saia na altura das costas e me forço a manter a calma.

– Olha o rabinho pra fora, patinho – digo, colocando a blusa de volta no lugar.

Prim dá uma risadinha e faz:

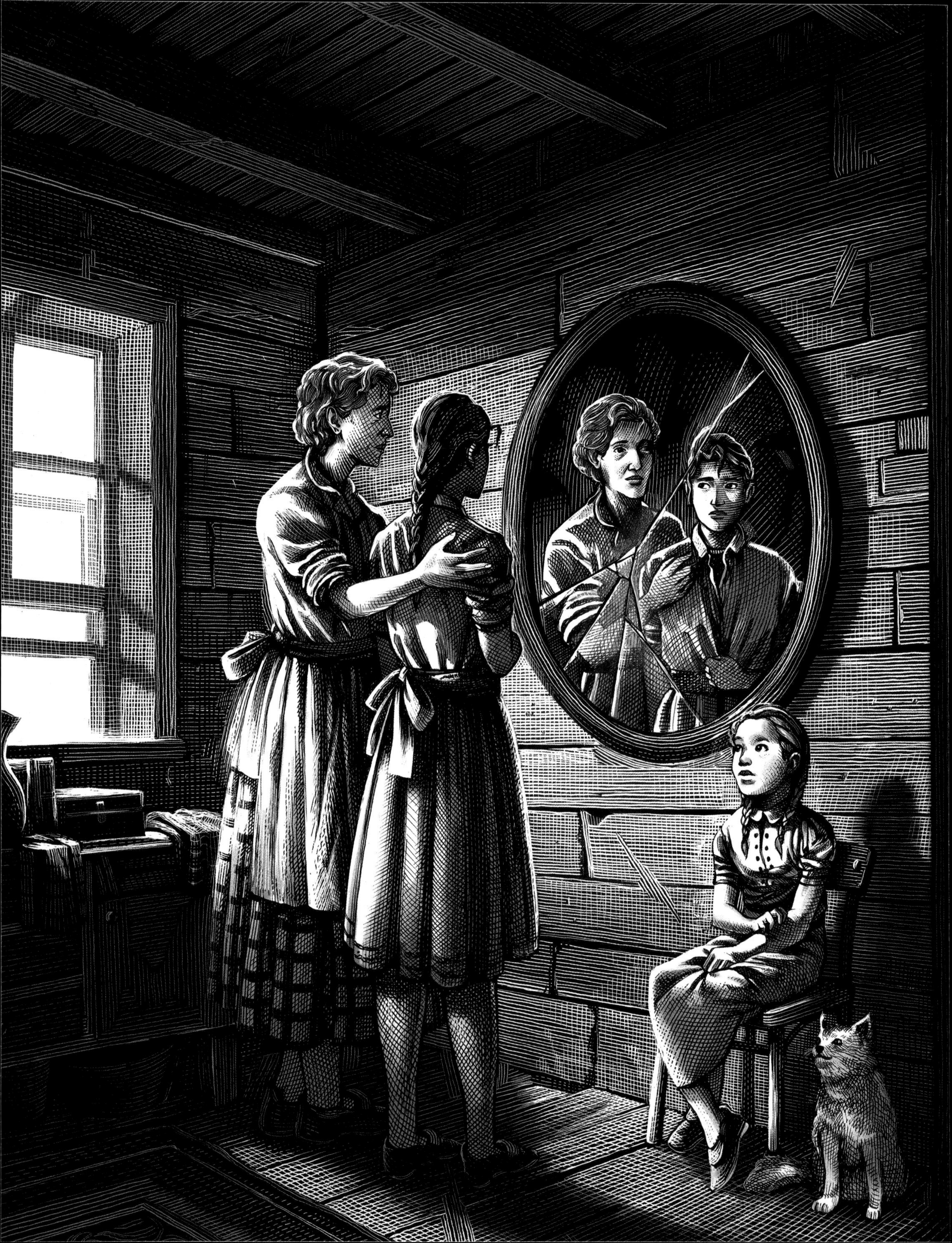

JOGOS VORAZES

– Quaque!

– Quaque pra você também. – Sorrio levemente. O tipo de coisa que somente Prim consegue arrancar de mim. – Vamos comer – convido, e dou um beijinho rápido na testa dela.

O peixe e as verduras já estão cozinhando, mas serão para a ceia. Nós decidimos guardar os morangos e o pão assado para a refeição noturna, para fazer uma coisa especial, digamos assim. Então, tomamos leite da cabra de Prim, Lady, e comemos o pão rústico feito com o grão adquirido com téssera, embora ninguém esteja exatamente com apetite.

À uma da tarde partimos para a praça. A presença é obrigatória, a menos que você esteja à beira da morte. À noite, os funcionários aparecerão para verificar se esse é mesmo o caso. E, se não for, você será preso.

Na realidade, é muito ruim que a colheita seja na praça – um dos poucos locais no Distrito 12 que se pode chamar de agradável. A praça é cercada de lojas e, nos dias de feira, principalmente se o tempo estiver bom, dá uma sensação de feriado. Mas hoje, apesar dos vistosos cartazes pendurados nos prédios, o que se tem é uma atmosfera de terror. As equipes de filmagem, empoleiradas como gaviões em cima dos telhados, apenas pioram a sensação.

As pessoas formam a fila para a inscrição em silêncio. A colheita também é uma boa oportunidade para a Capital manter a população sob vigilância. Os jovens entre doze e dezoito anos são arrebanhados em áreas separadas por cordas e assinaladas com as respectivas idades, os mais velhos na frente e os jovens, como Prim, na parte de trás. Os familiares se alinham em torno do perímetro, segurando com firmeza as mãos uns dos outros. Mas há outros também que não possuem ninguém querido correndo risco, ou que não se importam mais, mas se metem no meio da multidão para fazer apostas sobre os dois jovens cujos nomes serão lançados. Especulações são feitas sobre suas idades, se são da Costura ou mercadores, se ficarão desesperados e começarão a chorar. A maioria se recusa a lidar com esses exploradores, mas com cuidado, muito cuidado. Essas mesmas pessoas normalmente são informantes, e quem é que nunca burlou a lei? Eu poderia ser fuzilada diariamente por caçar, mas o apetite daqueles que estão no poder me protege. Nem todo mundo pode se dar a esse luxo.

De qualquer modo, Gale e eu concordamos que, entre morrer de fome ou com um tiro na cabeça, a bala é bem mais rápida.

O espaço fica mais apertado, mais claustrofóbico, à medida que as pessoas vão chegando. A praça é bem grande, mas não o suficiente para acomodar as oito mil pessoas do Distrito 12. Os que chegam mais tarde são dirigidos às ruas adjacentes, onde poderão assistir ao evento nos telões, já que tudo é transmitido ao vivo para todo o país.

Eu me encontro de pé junto a um aglomerado de jovens de dezesseis anos da Costura. Nós todos trocamos acenos breves e depois direcionamos nossa atenção para o palco temporário que foi montado diante do Edifício da Justiça. Podemos ver três cadeiras, um pódio e duas grandes bolas de vidro, uma para os garotos e uma para as garotas. Eu observo as tirinhas de papel na bola das garotas. Vinte delas estão com o nome Katniss Everdeen escrito com uma caligrafia cuidadosa.

Duas das três cadeiras são ocupadas pelo pai de Madge, o prefeito Undersee, homem alto e calvo, e por Effie Trinket, a representante do Distrito 12, recém-chegada da Capital e com seus assustadores dentes brancos, cabelos cor-de-rosa e um vestido verde primaveril. Eles murmuram um para o outro e em seguida olham com preocupação para a cadeira vazia.

Assim que o relógio da cidade dá as badaladas indicando que são duas da tarde, o prefeito sobe ao pódio e começa a leitura. É a mesma coisa todos os anos. Ele conta a história de Panem, o país que se ergueu das cinzas de um lugar que no passado foi chamado de América do Norte. Ele lista os desastres, as secas, as tempestades, os incêndios, a elevação no nível dos mares que engoliu uma grande quantidade de terra, a guerra brutal pelo pouco que havia restado. O resultado foi Panem, uma resplandecente Capital de treze distritos unidos que trouxe paz e prosperidade a seus cidadãos. Então, vieram os Dias Escuros, o levante dos distritos contra a Capital. Doze foram derrotados, o décimo terceiro foi obliterado. O Tratado da Traição nos deu novas leis para garantir a paz e, como uma lembrança anual de que os Dias Escuros jamais deveriam se repetir, também nos deu os Jogos Vorazes.

As regras dos Jogos Vorazes são simples. Como punição pelo levante, cada um dos doze distritos deve fornecer uma garota e um garoto – chamados tributos – para participarem. Os vinte e quatro tributos serão aprisionados em uma vasta arena a céu aberto que pode conter qualquer coisa: de um deserto em chamas a um descampado congelado. Por várias semanas os competidores deverão lutar até a morte. O último tributo em pé será o vencedor.

Levar as crianças de nossos distritos, forçá-las a matarem umas as outras enquanto todos nós assistimos pela televisão. Essa é a maneira encontrada pela Capital de nos lembrar de como estamos totalmente subjugados a ela. De como teríamos pouquíssimas chances de sobrevivência caso organizássemos uma nova rebelião. Pouco importam as palavras que eles utilizam. A mensagem é bem clara: "Vejam como levamos suas crianças e as sacrificamos, e não há nada que vocês possam fazer a respeito. Se erguerem um dedo, nós destruiremos todos vocês da mesma maneira que destruímos o Distrito 13."

Para fazer com que a coisa seja humilhante, além de torturante, a Capital nos obriga a tratar os Jogos Vorazes como uma festividade, um evento esportivo que coloca todos os distritos como inimigos uns dos outros. O último tributo vivo recebe uma vida tranquila ao voltar para casa, e seu distrito recebe uma enxurrada de prêmios, principalmente comida. Durante o ano seguinte, a Capital fornecerá ao distrito vencedor cotas extras de grãos e óleo, e até mesmo guloseimas como açúcar, enquanto o resto de nós luta contra a fome.

– É não só um tempo de arrependimento como também um tempo de agradecimento – entoa o prefeito.

Então, ele lê a lista de vencedores do passado provenientes do Distrito 12. Em setenta e quatro anos nós tivemos exatamente dois. Apenas um continua vivo. Haymitch Abernathy, um homem pançudo de meia-idade, que nesse exato momento aparece berrando alguma coisa ininteligível, sobe ao palco cambaleando e desaba sobre a terceira cadeira. Está bêbado. Muito bêbado. A multidão responde com aplausos educados, mas ele está confuso e tenta dar um abraço efusivo em Effie Trinket, que mal consegue se desviar.

O prefeito parece aflito. Como tudo isso está sendo transmitido, nesse instante o Distrito 12 é o grande motivo de chacota de toda Panem, e ele sabe bem disso. Rapidamente, tenta voltar o foco para a colheita anunciando Effie Trinket.

Cintilante e borbulhante como sempre, Effie Trinket encaminha-se para o palco e lança sua marca registrada:

— Feliz Jogos Vorazes! E que a sorte esteja *sempre* a seu favor! — Seus cabelos cor-de-rosa devem ser uma peruca porque os cachos mudaram levemente de posição depois do encontro com Haymitch. Ela segue falando um pouco sobre a honra que é estar ali, embora todos saibam que está ansiosa para ser levada logo a outro distrito, um melhor, onde haja vencedores apropriados e não bêbados que a importunam na frente de toda a nação.

Em meio à multidão, identifico Gale olhando para mim com um leve sorriso. A colheita desse ano está até um pouco divertida. Mas, de repente, lembro de Gale e das quarenta e duas tirinhas de papel com o nome dele naquela bola e de como a sorte não está exatamente a favor dele. Não se comparada a de muitos outros garotos. E talvez ele esteja pensando a mesma coisa em relação a mim porque seu rosto fica sombrio e ele olha para o outro lado.

— Mas ainda há milhares de papeizinhos — sussurro, desejando que ele pudesse me ouvir.

Está na hora do sorteio. Effie Trinket, como faz todos os anos, diz:

— Primeiro as damas! — E cruza o palco até a bola com os nomes das garotas. Ela se aproxima, enfia a mão bem fundo no recipiente e retira uma tirinha de papel. A multidão suspira coletivamente e depois o silêncio é tão grande que é possível ouvir até um alfinete caindo no chão. Estou me sentindo nauseada e desejando desesperadamente que não seja eu, que não seja eu, que não seja eu.

Effie Trinket cruza novamente o palco, alisa o papelzinho e lê o nome com uma voz alta e clara. E não sou eu.

É Primrose Everdeen.

2

Uma vez, quando eu estava de tocaia em uma árvore, imóvel, esperando a caça aparecer, adormeci e caí de costas no chão de uma altura de três metros. Foi como se o impacto tivesse expulsado cada centímetro cúbico de ar de meus pulmões. E fiquei lá deitada, lutando para respirar, para me mover, enfim, para fazer qualquer coisa.

É assim que me sinto agora, tentando lembrar como se respira, incapaz de falar, totalmente atordoada, enquanto o nome parece quicar no interior de meu crânio. Alguém está segurando meu braço, um garoto da Costura, talvez eu tenha começado a cair e ele me pegou.

Deve ter havido algum engano. Isso não pode estar acontecendo. Prim era uma tirinha de papel entre milhares! Suas chances de ser escolhida eram tão remotas que nem me dei o trabalho de me preocupar. Eu não tinha feito tudo? Não tinha pegado as tésseras e me recusado a deixar que ela fizesse o mesmo? Uma tirinha de papel. Uma tirinha de papel entre milhares. A probabilidade era completamente favorável a ela. Mas não adiantou nada.

Em algum lugar distante, consigo ouvir a multidão murmurando com tristeza, como sempre acontece quando alguém de doze anos é escolhido, porque ninguém acha isso justo. E então eu a vejo, o rosto pálido, os punhos cerrados ao lado do corpo, caminhando com passos curtos e duros em direção ao palco. Ela passa por mim e vejo que a parte de trás da blusa escapou novamente da saia. É esse detalhe, a blusa para fora da saia formando um rabo de pato, que me traz de volta à realidade.

– Prim! – O grito estrangulado sai de minha boca e meus músculos começam novamente a se mexer. – Prim! – Eu não preciso abrir caminho em meio à multidão. Os outros garotos dão passagem imediatamente, permitindo que eu chegue rapidamente ao palco. Eu a alcanço quando ela está a ponto de pisar no primeiro degrau. Empurro-a para trás de mim com meu braço.

– Eu me ofereço! – digo, arquejando. – Eu me ofereço como tributo!

Há um certo burburinho no palco. O Distrito 12 não tem um voluntário há décadas, e o protocolo já está enferrujado. A regra diz que, uma vez que o nome de um tributo foi retirado da bola, outro garoto elegível, se foi lido um nome de um garoto, ou outra garota, se foi lido o nome de uma garota, pode se apresentar para tomar o lugar dele ou dela. Em alguns distritos em que vencer a colheita é uma grande honra, as pessoas ficam empolgadas para arriscar suas vidas, o que torna o voluntariado algo bem complicado. Mas no Distrito 12, onde a palavra *tributo* é quase sinônimo de *cadáver*, voluntários estão mais do que extintos.

– Magnífico! – diz Effie Trinket. – Mas acredito que haja um probleminha por ter divulgado o vencedor, e logo em seguida saber de um voluntário. Se isso acontece... bem... nós... – interrompe-se, um pouco atrapalhada.

– Qual é o problema? – indaga o prefeito. Ele está olhando para mim com pesar estampado no rosto. Ele não me conhece de fato, mas alguma coisa em seu jeito indica que ele me reconhece. Eu sou a garota que leva os morangos. A garota de quem sua filha deve ter falado em alguma ocasião. A garota que cinco anos atrás estava encolhida com sua mãe e com sua irmã quando ele a premiou com uma medalha de honra ao mérito. Uma medalha pelo pai dela, que evaporara nas minas. Será que ele está se lembrando disso? – Qual é o problema? – repete ele, com aspereza. – Deixem que ela se aproxime.

Prim está gritando histericamente atrás de mim. Ela enroscou os bracinhos magricelas em meu corpo como se fosse uma camisa de força.

– Não, Katniss! Não! Você não pode ir!

– Prim, me solta – devolvo, com dureza, porque isso tudo está me deixando descontrolada e não quero chorar. Quando eles reprisarem o programa hoje à noite, todo mundo

19

vai reparar em minhas lágrimas e eu serei identificada como um alvo fácil. Uma fraca. Não vou dar essa satisfação a ninguém. – Solta!

Posso sentir alguém puxando-a de minhas costas. Eu me viro e vejo que Gale ergueu Prim do chão e ela está se debatendo nos braços dele.

– Sobe logo, Catnip – diz, com uma voz que ele está lutando para manter estável. Em seguida, carrega Prim até minha mãe. Eu me recomponho e subo os degraus.

– Bravo! – grita Effie Trinket. – Esse é o espírito dos Jogos! – Ela finalmente está satisfeita por estar em um distrito em que há ação. – Qual é o seu nome?

Eu engulo em seco e respondo:

– Katniss Everdeen.

– Aposto que você é irmã dela. Não quer que ela roube toda a glória, não é? Vamos lá, todos juntos! Uma salva de palmas para nosso mais novo tributo! – gorjeia Effie Trinket.

Para eterno crédito da população do Distrito 12, nem uma só pessoa bate palmas. Nem mesmo as que estavam segurando os papeizinhos de aposta, as que normalmente não ligam para mais nada. Possivelmente porque me conhecem do Prego, ou conheceram meu pai, ou conhecem Prim, cujo encanto não escapa a ninguém. Então, em vez de agradecer ao aplauso, eu fico parada enquanto eles participam da forma mais ousada de protesto que conseguem. O silêncio. O que quer dizer que nós não concordamos. Nós não perdoamos. Tudo isso é errado.

Então, algo inesperado acontece. Pelo menos eu não esperava, porque não imagino o Distrito 12 como um lugar que se importa comigo. Mas algo mudou quando subi os degraus e tomei o lugar de Prim. Agora parece que me tornei uma pessoa preciosa. A princípio, um, depois outro, depois quase todos na multidão tocam os três dedos médios de suas mãos esquerdas em seus lábios e os mantêm lá em minha homenagem. É um gesto antigo de nosso distrito, e raramente utilizado. Eventualmente visto em enterros. Significa agradecimento, admiração, adeus a alguém que você ama.

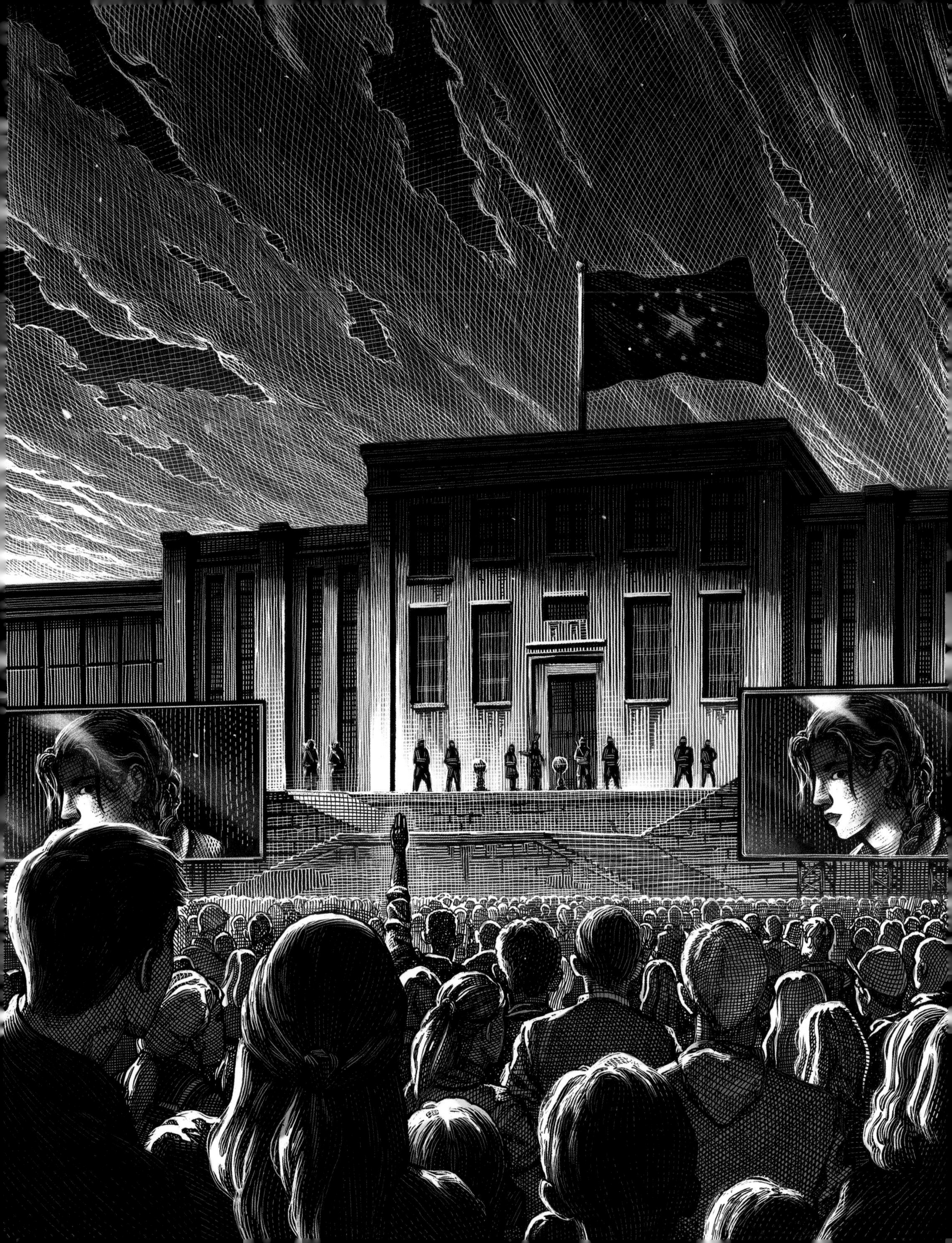

Agora estou mesmo a ponto de chorar, mas, por sorte, Haymitch escolhe esse momento para atravessar o palco cambaleando para me cumprimentar.

– Olha só pra ela. Olha só pra essa aqui! – berra ele, jogando um dos braços sobre meus ombros. Ele é surpreendentemente forte para alguém em tal estado. – Eu gosto dela! – O hálito dele fede a bebida, e faz muito tempo que não toma banho. – Muita... – Ele não consegue achar a palavra adequada. – Garra! – diz, triunfante. – Mais do que vocês! – Ele me solta e se dirige à frente do palco. – Mais do que vocês! – grita ele, apontando diretamente para uma câmera.

Ele está se dirigindo ao público ou está mesmo bêbado a ponto de provocar a Capital? Jamais saberei, porque quando abre a boca para continuar, Haymitch desaba do palco e cai inconsciente.

Ele é nojento, mas fico agradecida. Com todas as câmeras apontadas para ele, tenho tempo suficiente para deixar escapar o som que estava engasgado em minha garganta e me recompor. Coloco as mãos atrás do corpo e olho para o horizonte. Vejo as colinas que escalei hoje de manhã com Gale. Por um instante, anseio por alguma coisa... a ideia de sairmos do distrito... de vivermos na floresta... Mas sei que estava certa em relação a não fugir. Porque quem mais se ofereceria para tomar o lugar de Prim?

Haymitch é levado embora em uma maca, e Effie Trinket tenta fazer com que a festa prossiga.

– Que dia fantástico! – gorjeia ela, tentando ajeitar a peruca, que tombou acentuadamente para a direita. – Mas muitas coisas interessantes ainda vão acontecer! É chegada a hora de escolhermos nosso tributo masculino! – Claramente tentando controlar seu cabelo, ela coloca uma das mãos na cabeça enquanto cruza o palco em direção à bola que contém os nomes dos garotos e pega a primeira tirinha de papel que encontra. Volta apressada para o pódio e nem tenho tempo de desejar boa sorte a Gale quando ela lê o nome.

– Peeta Mellark.

Peeta Mellark!

Ah não, penso. *Ele não.* Porque reconheço esse nome, embora eu jamais tenha falado diretamente com o seu dono. Peeta Mellark.

Não, a sorte não está a meu favor hoje.

Eu o observo caminhar até o palco. Estatura mediana, atarracado, cabelos louros que caem em ondas sobre a testa. O choque do momento está registrado em seu rosto, dá pra ver o quanto está lutando para se manter calmo, mas seus olhos azuis demonstram o medo que já testemunhei tantas vezes nas presas que caço. Ainda assim, ele sobe com firmeza os degraus em direção ao palco e toma seu lugar.

Effie Trinket pergunta se há algum voluntário, mas ninguém se apresenta. Ele tem dois irmãos mais velhos, eu sei, eu os vi na padaria, mas um deles talvez seja velho demais para ser voluntário e o outro não quer. Procedimento padrão. A devoção familiar, para a maioria das pessoas, termina quando começa o dia da colheita. O que fiz foi a coisa mais radical do mundo.

O prefeito começa a ler o longo e chato Tratado da Traição, como faz todos os anos nesse ponto da cerimônia – é obrigatório –, mas eu não estou ouvindo nada.

Por que ele? Eu me pergunto. Então, tento me convencer de que isso não tem importância. Peeta Mellark e eu não somos amigos. Nem mesmo vizinhos. Nós não conversamos. Nossa única interação real aconteceu anos atrás. Provavelmente ele já até esqueceu. Mas eu não, e jamais esquecerei...

Foi durante a pior época da minha vida. Meu pai havia morrido no acidente da mina três meses antes, no janeiro mais congelante que qualquer um podia lembrar. O entorpecimento da perda havia passado, e a dor me atingia repentinamente, fazendo meu corpo se contorcer, se sacudir de soluços. *Onde você está?* Eu gritava na minha cabeça. *Pra onde você foi?* É claro que jamais recebi uma resposta.

O distrito tinha nos dado uma pequena quantia de dinheiro como compensação pela morte dele, o suficiente para cobrir um mês de luto, e depois disso minha mãe deveria arranjar um emprego. Mas ela não arranjou. Ela não fazia nada além de ficar sentada em uma cadeira o tempo todo ou, mais frequentemente, debaixo dos cobertores na cama com os olhos fixos em algum ponto distante. De vez em quando, ela se agitava e se levantava, como se movida por algum motivo urgente, mas, em seguida, voltava à imobilidade de sempre. Nem os mais fervorosos pedidos de Prim pareciam comovê-la.

Eu ficava aterrorizada. Hoje em dia, acredito que minha mãe tinha ficado enclausurada em alguma dimensão sombria de tristeza. Mas, ao mesmo tempo, tudo o que eu sabia naquele momento era que eu havia perdido não somente o pai, mas também a mãe. Com onze anos, e Prim com apenas sete, assumi a chefia da família. Não havia escolha. Eu comprava nossa comida no mercado e cozinhava da melhor forma possível, e tentava fazer com que eu e Prim tivéssemos uma apresentação ao menos razoável. Porque o distrito teria nos levado para longe de minha mãe e nos colocado no lar da comunidade se fosse tornado público que ela não tinha mais condições de cuidar de nós. Cresci vendo esses garotos na escola. A tristeza, as marcas das mãos raivosas em seus rostos, a desesperança que fazia com que eles andassem de cabeça baixa. Eu nunca poderia deixar que isso acontecesse com Prim. A doce e pequenina Prim, que chorava quando eu chorava, antes mesmo de saber o motivo, que penteava e trançava o cabelo de minha mãe antes de irmos à escola, que limpava todas as noites o espelho que meu pai usava para se barbear porque ele odiava a camada de fuligem que se juntava em todas as coisas na Costura. O lar da comunidade a esmagaria como um insetinho. Então, mantive nossas dificuldades em segredo.

Mas o dinheiro acabou e nós começamos lentamente a morrer de fome. Não há outra maneira de dizer isso. Eu não parava de repetir a mim mesma que se conseguisse aguentar até maio, até o dia oito de maio, eu chegaria aos doze anos e poderia me candidatar às tésseras e pegar a preciosa porção de grão e óleo para nos alimentar. Só que ainda faltavam várias semanas. Já podíamos muito bem estar todas mortas antes disso.

Morrer de fome não é um destino incomum no Distrito 12. Quem nunca viu as vítimas? Pessoas mais velhas que não podem trabalhar. Crianças de alguma família com muitos para alimentar. Pessoas feridas nas minas. Vagueando pelas ruas. Então, um dia desses você vê um deles sentado, imóvel, encostado em algum muro ou deitado na Campina. Você ouve os lamentos de alguma casa e os Pacificadores são chamados para retirar o corpo. A fome nunca é a causa oficial da morte. É sempre a gripe, o abandono ou a pneumonia. Mas isso não engana ninguém.

Na tarde em que me encontrei com Peeta Mellark, a chuva estava caindo em incessantes jatos gelados. Eu tinha ido à cidade para tentar trocar algumas roupas velhas de bebê pertencentes a Prim no mercado público, mas não apareceu nenhum comprador. Embora já tivesse estado no Prego em diversas ocasiões com meu pai, eu estava muito assustada para me aventurar naquele lugar bruto e perigoso sozinha. A chuva tinha encharcado a jaqueta de caçada de meu pai, deixando-me com frio até os ossos. Por três dias nós não havíamos consumido nada além de água fervida com algumas folhas de menta, já bem passadas, que eu tinha encontrado atrás do armário da cozinha. Quando o mercado fechou, eu já estava tremendo tanto que deixei cair a trouxa com a roupa de bebê em uma poça de lama. Não peguei de volta por medo de cair e não ter forças para levantar. Além disso, ninguém ia querer mesmo aquelas roupas.

Eu não podia ir para casa porque lá estavam minha mãe com seus olhos mortos e minha irmãzinha com suas bochechas descarnadas e os lábios rachados. Eu não podia entrar naquela casa, que era aquecida com os galhos úmidos queimados que eu havia escavado na borda da floresta depois que o carvão acabara, com as mãos vazias de qualquer esperança.

Quando dei por mim, estava caminhando aos trancos e barrancos ao longo de um beco enlameado atrás das lojas que servem aos moradores mais ricos da cidade. Os mercadores moram em cima de suas lojas, então, para falar a verdade, eu estava nos quintais deles. Lembro-me mais ou menos de alguns canteiros ainda não preparados para a primavera, uma cabra ou duas no cercado, um cachorro ensopado preso a um poste, todo encolhido e indefeso frente ao lamaçal.

Todas as formas de roubo são proibidas no Distrito 12. Puníveis com morte. Mas passou pela minha cabeça que talvez houvesse alguma coisa nas latas de lixo, o que me parecia razoavelmente justo. Talvez um osso na casa do açougueiro ou vegetais apodrecidos na casa do quitandeiro, algo que nenhuma outra família além da minha estaria desesperada para comer. Infelizmente, as latas de lixo já haviam sido esvaziadas.

Quando passei pela casa do padeiro, o cheiro de pão fresquinho foi tão arrebatador que fiquei tonta. Os fornos ficavam nos fundos, e um brilho dourado escapava pela porta aberta da cozinha. Fiquei lá parada, hipnotizada pelo calor e pelo aroma delicioso até a chuva interferir, passando seus dedos gelados pelas minhas costas e me forçando a voltar para a vida real. Levantei a tampa da lixeira do padeiro e a encontrei brutalmente vazia.

De repente, alguém berrou na minha direção e vi a mulher do padeiro mandando eu sair dali, e perguntando se eu queria que ela chamasse os Pacificadores, e dizendo que não aguentava mais esses moleques da Costura remexendo sua lata de lixo. As palavras eram feias e eu não tinha nenhuma defesa. Enquanto recolocava cuidadosamente a tampa da lixeira no lugar e me afastava, reparei na presença dele, um garoto louro espiando por detrás da mãe. Eu o vira na escola. Ele estava no mesmo ano que eu, mas eu não sabia o nome dele. Ele andava com os garotos da cidade, portanto era impossível eu saber. A mãe voltou para a padaria, resmungando, mas o menino deve ter ficado me observando enquanto eu contornava o cercado onde estavam os porcos e me encostava em uma velha macieira. A percepção de que eu não havia conseguido nada que pudesse levar para casa finalmente se instalou em mim. Meus joelhos fraquejaram e escorreguei até as raízes da árvore. Era demais para mim. Eu estava doente, fraca e muito, muito cansada mesmo. *Que chamem os Pacificadores e nos levem para o lar da comunidade,* pensei. *Melhor ainda, deixem-me morrer aqui mesmo na chuva.*

Ouvi um barulho de metal na padaria e a mulher gritando novamente e, em seguida, o som de uma pancada, e vagamente imaginei o que estaria acontecendo. Pés chapinharam sobre a lama na minha direção e pensei: *É ela. Ela está vindo me expulsar daqui com um cabo de vassoura*. Mas não era ela. Era o garoto. Em seus braços ele segurava dois grandes pães que devem ter caído no fogo, pois estavam bem chamuscados.

A mãe estava berrando.

– Dê para os porcos, criatura idiota! Por que não? Nenhuma pessoa decente poderia querer um pão queimado!

Ele começou a arrancar pedaços das partes mais chamuscadas e lançou para os animais. A campainha da padaria soou e a mãe foi correndo atender algum cliente.

O garoto em momento algum olhou na minha direção, mas eu o observava o tempo todo. Por causa do pão, por causa do vergão avermelhado que eu via em seu rosto. Com que tipo de objeto ela batera nele? Meus pais nunca bateram na gente. Eu não conseguia nem imaginar algo assim. O garoto deu uma olhada na padaria, como se estivesse se certificando de que a área estava limpa e então, com a atenção de volta aos porcos, jogou um pão na minha direção. Logo em seguida veio o segundo, e ele chapinhou de volta à padaria, fechando com firmeza a porta atrás de si.

Mirei os pães sem conseguir acreditar em meus olhos. Eles estavam bons, perfeitos, na verdade, exceto algumas poucas partes queimadas. Será que o garoto quis que eu ficasse com eles? Acho que sim, porque caíram pertinho de mim. Antes que alguém pudesse testemunhar o que havia acontecido, enfiei os pães embaixo da roupa, apertei a jaqueta contra o corpo e fui embora apressada. O calor dos pães queimava minha pele, mas eu os apertava mais ainda contra o corpo, grudando-me à vida.

Ao chegar em casa, já tinham esfriado um pouco, mas o miolo ainda estava quentinho. Quando os joguei sobre a mesa, as mãos de Prim logo se aproximaram para arrancar um pedacinho, mas eu disse a ela que se sentasse, forcei minha mãe a se juntar a nós à mesa e servi chá. Raspei a parte chamuscada e fatiei o pão. Nós comemos um pão inteiro, fatia por fatia. Era um pão de qualidade, bem vigoroso e recheado de passas e nozes.

Coloquei minhas roupas para secar perto do fogo, fui para a cama e mergulhei num intenso sono sem sonhos. Somente na manhã seguinte me ocorreu a ideia de que o garoto pudesse ter queimado o pão de propósito. Talvez ele tivesse jogado os pães nas chamas, mesmo sabendo que seria punido, e depois os tivesse dado a mim. Mas não levei em consideração essa ideia. Deve ter sido um acidente. Por que ele teria feito isso? Ele nem me conhecia. No entanto, o simples fato de ter jogado os pães para mim foi uma enorme gentileza que certamente resultaria em uma surra se ele fosse descoberto. Eu não conseguia encontrar uma explicação para o gesto dele.

Nós comemos fatias de pão no café da manhã e seguimos para a escola. Era como se a primavera tivesse começado na noite anterior. Uma atmosfera deliciosa. Nuvens fofinhas. Lá, cruzei com o garoto no corredor, seu rosto parecia inchado e seu olho, roxo. Ele estava com os amigos e não deu nenhuma mostra de me conhecer. Mas, à tarde, quando busquei Prim e tomávamos nosso caminho de volta para casa, eu o peguei olhando para mim do outro lado do pátio. Nossos olhos se encontraram por um segundo apenas e então ele virou a cabeça para o outro lado. Desviei o olhar, constrangida, e foi então que eu vi. O primeiro dente-de-leão do ano. Um sino soou em minha cabeça. Pensei em todas as horas passadas na floresta com meu pai e descobri como sobreviveríamos daquele momento em diante.

Até hoje não consigo deixar de fazer a ligação entre esse garoto, Peeta, o pão que me deu a esperança e o dente-de-leão que me fez lembrar que eu não estava condenada. E mais de uma vez flagrei seus olhos sobre mim no corredor da escola, por mais breves que fossem esses olhares. Sinto uma espécie de dívida para com ele. E detesto dívidas. Quem sabe se eu não tivesse agradecido a ele em alguma ocasião eu não estaria sentindo o conflito que me consome agora. Essa possibilidade passou algumas vezes pela minha cabeça, mas a oportunidade nunca se fez presente. Agora, isso jamais acontecerá. Porque seremos jogados em uma arena para lutar até a morte. Que chance eu teria de demonstrar gratidão em um lugar como esse? No mínimo seria desonesto, já que meu propósito lá vai ser cortar a garganta dele.

O prefeito termina a terrível leitura do Tratado da Traição e faz um gesto para que Peeta e eu apertemos as mãos. As mãos dele são tão sólidas e quentes quanto aqueles pães.

JOGOS VORAZES

Peeta olha bem em meus olhos e aperta minha mão com o que parece ser uma confiança absoluta. Talvez seja apenas um espasmo nervoso.

Nós nos viramos para encarar a multidão quando começa a tocar o hino de Panem.

Bem, penso, *seremos vinte e quatro por lá. Há muita probabilidade de outra pessoa matá-lo antes de mim.*

Mas é claro que, ultimamente, as probabilidades não andam muito confiáveis.

3

Assim que o hino acaba, somos colocados em custódia. Não estou dizendo que somos algemados ou qualquer coisa assim, mas um grupo de Pacificadores nos conduz pela entrada principal do Edifício da Justiça. Talvez alguns tributos tenham tentado escapar no passado. No entanto, nunca vi algo do gênero acontecer.

Lá dentro, sou conduzida a uma sala onde sou deixada sozinha. É o local mais rico em que estive em toda a minha vida, com carpetes grossos, um sofá de veludo e poltronas. Conheço veludo porque minha mãe tem um vestido cujo colarinho é feito desse material. Quando me sento no sofá, não consigo parar de passar os dedos sobre o tecido. Isso ajuda a me acalmar enquanto tento me preparar para a hora seguinte. O curto período que é permitido aos tributos despedirem-se das pessoas que amam. Não posso me dar ao luxo de ficar chateada, de sair dessa sala com os olhos inchados e o nariz vermelho. Chorar não é opção. Haverá mais câmeras de televisão na estação de trem.

Minha irmã e minha mãe chegam primeiro. Vou ao encontro de Prim e ela pula em meu colo, seus braços em volta de meu pescoço e a cabeça em meu ombro. Minha mãe se senta ao meu lado e nos abraça. Por alguns minutos, não falamos nada. Então, começo a dizer a elas todas as coisas de que deverão se lembrar de fazer agora que não estarei lá para fazer por elas.

Prim não deve pegar nenhuma téssera. Elas podem sobreviver, se forem cuidadosas, da venda do leite e do queijo da cabra de Prim, e do pequeno boticário que minha mãe agora administra para as pessoas na Costura. Gale vai pegar as ervas que ela não conseguir cultivar, mas ela deve ser bastante cuidadosa na descrição das plantas porque ele não é tão familiarizado com elas quanto eu. Ele também levará caça às duas, e provavelmente não pedirá nada em troca por isso, mas deveriam retribuir de alguma maneira, com leite ou remédios, quem sabe.

Não perco tempo sugerindo a Prim que aprenda a caçar. Já tentei ensinar a ela algumas vezes, e foi desastroso. A floresta a aterrorizava, e sempre que eu atirava em alguma coisa ela começava a chorar e a falar que a gente talvez conseguisse curar o ferimento do bicho se fôssemos correndo para casa. Mas ela cuida muito bem da cabra, e concentro-me nisso.

Quando termino com as instruções sobre combustível, trocas de produtos e sobre a importância de frequentar a escola, eu me viro para minha mãe e aperto seu braço com força.

— Escuta. Está me ouvindo? — Ela faz que sim com a cabeça, assustada com a veemência do gesto. Ela deve estar imaginando o que está por vir. — Você não pode se ausentar novamente.

Os olhos de minha mãe se fixam no chão.

— Eu sei. Não vou fazer isso. Não pude evitar o que...

— Bem, você vai ter de evitar dessa vez. Você não vai poder ir embora e abandonar Prim. Eu não estarei mais aqui pra manter vocês duas vivas. Não importa o que aconteça. Não importa ao que você assista na televisão. Você tem de me prometer que vai lutar! — Minha voz se transformou em um grito no qual estão contidos toda a raiva, todo o medo que senti no momento em que ela nos abandonou.

Ela puxa o braço, agora ela mesma demonstrando raiva.

— Eu estava doente. Podia ter me tratado se naquela época eu tivesse os remédios que tenho hoje.

Essa parte da doença talvez seja verdade. Depois desse período, eu a vi curando pessoas que sofriam da mesma tristeza paralisante. Talvez seja mesmo uma doença, mas é uma doença que não podemos nos dar o luxo de ter.

— Então toma esses remédios e cuida dela!

— Eu vou ficar legal, Katniss – diz Prim, acariciando meu rosto. – Mas você também precisa tomar cuidado. Você é tão rápida e corajosa. Vai que você vence.

Não tenho como vencer. Prim deve saber disso bem no fundo do coração. A competição supera minhas habilidades. Garotos de distritos mais ricos, onde a vitória é uma honra descomunal, que treinaram a vida inteira para esse momento. Garotos que são duas ou três vezes maiores do que eu. Garotas que sabem mais de vinte maneiras de te matar com uma faca. Ah, mas também vai ter gente como eu. Gente que vai ser logo eliminada do jogo antes que a verdadeira diversão comece.

— Vai que – repito, porque será difícil convencer minha mãe a seguir em frente se eu mesma já estou sem esperanças. Além disso, não é da minha natureza cair sem lutar, mesmo quando as coisas parecem insuperáveis. – Aí nós ficaríamos tão ricas quanto Haymitch.

— Não me importo se vamos ficar ricas. Tudo o que quero é que você volte pra casa. Você vai tentar, não vai? Tentar mesmo, mesmo, mesmo? – pergunta Prim.

— Mesmo, mesmo, mesmo. Eu juro que vou tentar – confirmo. E sei que terei que tentar. Por causa de Prim.

Então, o Pacificador está na porta, assinalando que nosso tempo acabou, e nós três nos abraçamos com tanta força que chega a doer.

— Eu amo vocês. Eu amo vocês duas. – É tudo que digo. Elas dizem a mesma coisa, e então o Pacificador manda elas saírem e a porta se fecha. Enterro minha cabeça em um dos travesseiros de veludo, como se isso pudesse bloquear tudo o que havia se passado.

Alguém entra na sala, e quando levanto os olhos, fico surpresa de ver que é o padeiro, o pai de Peeta Mellark. Não posso acreditar que ele tenha vindo me visitar. Afinal, logo, logo estarei empenhada em matar seu filho. Mas nós dois nos conhecemos um pouco, e ele conhece Prim ainda mais. Quando ela vende seus queijos de cabra no Prego, separa duas unidades para ele e ele dá a ela uma quantidade bem generosa de pão em troca. Nós sempre esperamos a bruxa da mulher dele se afastar para fazer negócio porque ele é bem mais simpático. Tenho certeza de que ele jamais bateria em seu filho da maneira que ela fez na ocasião do pão queimado. Mas por que será que veio me ver?

O padeiro se senta desajeitadamente na beirada de uma das cadeiras elegantes. Ele é um homem grande, de ombros largos e com cicatrizes de queimaduras devido a todos os anos em que trabalhou nos fornos. Ele deve ter acabado de se despedir do filho.

Ele puxa um pacote de papel branco do bolso da jaqueta e me entrega. Eu o abro e encontro biscoitos. Isso é um luxo que nós jamais podemos desfrutar.

– Obrigada – digo. O padeiro já não é de falar muito em circunstâncias agradáveis. Hoje, ele simplesmente não tem palavras. – Comi um pouco do seu pão hoje de manhã. Meu amigo Gale te deu um esquilo em troca. – Ele balança a cabeça em concordância, como se estivesse se lembrando do esquilo. – Não foi sua melhor troca. – Ele dá de ombros, como se isso não tivesse a menor importância.

Então, não consigo pensar em mais nada e nós ficamos sentados em silêncio até que um Pacificador o convoca a se retirar. Ele se levanta e tosse para limpar a garganta.

– Vou ficar de olho na menininha. Pra ter certeza de que ela está comendo direitinho.

Sinto um pouco de alívio em meu peito com as palavras dele. As pessoas se relacionam comigo, mas elas têm afeição mesmo é por Prim. Talvez haja afeição suficiente para mantê-la viva.

Minha visita seguinte também é inesperada. Madge caminha diretamente na minha direção. Ela não está chorosa ou evasiva. Ao contrário, sinto uma urgência em seu tom de voz que me surpreende.

– Eles permitem que você use na arena alguma coisa de seu distrito. Uma lembrança de sua casa. Você poderia usar isso? – Ela está segurando o broche de ouro circular que estava em seu vestido horas atrás. Eu não tinha prestado muita atenção nele antes, mas agora estou vendo que é um pequeno pássaro voando.

– Seu broche? – pergunto. Usar um símbolo de meu distrito é a última coisa que passaria pela minha cabeça em um momento como esse.

— Aqui está. Vou colocá-lo em seu vestido, certo? – Madge não espera a resposta, apenas se inclina e prende o pássaro em meu vestido. – Katniss, você me promete que vai usá-lo na arena? – pergunta ela. – Promete?

— Prometo – respondo. Biscoitos. Um broche. Estou ganhando todos os tipos de presente hoje. Madge me dá mais outro. Um beijo no rosto. Depois ela vai embora e fico pensando que talvez Madge realmente tivesse sido minha amiga esse tempo todo.

Por fim, Gale está aqui. Talvez não haja nada romântico entre nós, mas, quando abre os braços, não hesito nem um pouco em abraçá-lo. Seu corpo me é bem familiar, a maneira como ele se move, o cheiro de fumaça de madeira. Até mesmo as batidas de seu coração eu consigo reconhecer devido aos momentos em que somos obrigados a ficar no mais absoluto silêncio durante as caçadas. Mas essa é a primeira vez que realmente o sinto, esguio e musculoso, junto ao meu corpo.

— Ouça – diz ele. – Arrumar uma faca deve ser bem fácil, mas você precisa arranjar um arco. Essa é sua melhor opção.

— Nem sempre eles disponibilizam arcos – digo, pensando no ano em que os tributos só tinham disponíveis clavas com pregos nas pontas para golpear uns aos outros até a morte.

— Então, faça um você mesma – insiste Gale. – Até um arco não muito bom é melhor do que arco nenhum.

Já havia tentado copiar os arcos de meu pai e os resultados foram desanimadores. A coisa não é assim tão simples. Até ele precisava jogar fora seu próprio trabalho às vezes.

— Nem sei se haverá árvores no local – retruco. Num outro ano eles jogaram todo mundo num descampado com nada além de pedras, areia e arbustos ásperos. Eu, particularmente, odiei aquele ano. Muitos competidores foram picados por cobras venenosas e enlouqueceram de sede.

— Quase sempre há árvores – diz Gale. – Desde aquele ano em que metade das pessoas morreram de frio. Não foi nem um pouco divertido.

É verdade. Nós passamos uma edição dos Jogos Vorazes assistindo aos competidores morrerem de frio à noite. Você mal conseguia enxergá-los porque eles ficavam todos encolhidos e não tinham lenha pra fogueira ou tochas ou nada desse tipo. Todas aquelas mortes tranquilas e sem luta foram consideradas muito pouco atraentes na Capital. Desde aquele ano, sempre tem madeira para fazer fogueiras.

— É, normalmente tem algumas – concordo.

— Katniss, a coisa não passa de uma caçada. Você é a melhor caçadora que conheço.

— Não é só uma caçada. Eles estão armados. Eles usam a cabeça.

— Assim como você. E você tem mais experiência. Experiência real. Você sabe como matar.

— Não pessoas.

— E que diferença pode ter? – indaga Gale, de modo sinistro.

A parte mais horrorosa é que se eu puder esquecer que se trata de pessoas, não vai fazer a menor diferença.

Os Pacificadores voltam cedo demais e Gale pede um pouco mais de tempo, mas eles o levam embora e começo a entrar em pânico.

— Não deixe que elas morram de fome! – grito, agarrando a mão dele.

— Não vou deixar! Você sabe que eu não vou deixar! Katniss, lembre que eu... – Eles nos separam e batem a porta, e jamais saberei do que ele queria que eu me lembrasse.

É uma caminhada curta do Edifício da Justiça até a estação de trem. Nunca estive em um carro. Raramente andei de carroça. Na Costura, nós só andamos a pé.

Eu estava certa em não chorar. A estação está infestada de repórteres com suas câmeras, que mais parecem insetos, apontadas diretamente para meu rosto. Mas tenho muita experiência em retirar os traços de emoção do rosto. E estou fazendo isso agora. Olho de relance para minha aparência numa tela de televisão que está transmitindo minha chegada ao vivo e me sinto gratificada por parecer quase entediada.

Peeta Mellark, por outro lado, esteve obviamente chorando e, o que é bastante interessante, parece não estar tentando esconder o fato. Imediatamente imagino se essa será a estratégia dele nos Jogos desse ano. Parecer fraco e assustado para dar a impressão aos outros tributos de que ele não está competindo com ninguém, e depois mostrar a que veio. Isso funcionou muito bem para uma garota do Distrito 7, Johanna Mason, alguns anos atrás. Ela parecia uma chorona tão covarde e boba que ninguém se importou com ela até que só restavam poucos competidores. Na verdade, ela matava sem remorso. Muito esperto o desempenho dela. Mas parece uma estratégia estranha para Peeta Mellark, porque ele é filho de padeiro. Todos esses anos com comida farta e manejando bandejas de pão para cima e para baixo fizeram dele um garoto de ombros largos e bem forte. Será preciso muita choradeira para convencer todo mundo a não prestar atenção nele.

Nós temos de ficar de pé por alguns minutos na entrada do trem enquanto as câmeras devoram nossas imagens. Nosso embarque é permitido e as portas se fecham implacavelmente atrás de nós. O trem começa a se mover em questão de segundos.

A velocidade a princípio me tira o fôlego. É claro que jamais estive em um trem, pois viajar entre um distrito e outro é proibido, exceto para tarefas oficialmente sancionadas. Para nós, isso quase sempre significa transportar carvão. Mas esse não é um trem para o simples transporte de carvão. É um daqueles modelos de alta velocidade da Capital, que atingem quase quatrocentos quilômetros por hora. Nossa viagem até lá vai durar menos de um dia.

Na escola, aprendemos que a Capital foi construída em um local que antes era conhecido como Montanhas Rochosas. O Distrito 12 ficava na região conhecida como Montes Apalaches. Há centenas de anos já se retirava carvão daqui. E é por isso que nossos mineiros precisam escavar tão fundo.

JOGOS VORAZES

De algum modo, quase tudo na escola acaba se relacionando com carvão. Além de leitura básica e matemática, grande parte de nosso ensino remete ao carvão – exceto a palestra semanal sobre a história de Panem. E não passa de conversa mole sobre o que devemos à Capital. Sei que deve haver muito mais coisas do que nos é ensinado. Deve haver algum relato real do que aconteceu durante a rebelião. Mas não passo muito tempo pensando nisso. Seja lá qual for a verdade, não vejo como ela me ajudará a colocar comida na mesa.

O trem dos tributos é mais chique até do que a sala do Edifício de Justiça. Cada um de nós recebe um aposento pessoal que contém um quarto, um vestíbulo e um banheiro privado com água corrente quente e fria. Nós não temos água quente em casa, a não ser que a gente ferva.

Há gavetas com as mais belas roupas, e Effie Trinket diz que posso fazer o que quiser, que tudo está à minha disposição. Só preciso estar pronta para a ceia daqui a uma hora. Remove o vestido azul de minha mãe e tomo uma chuveirada quente. Nunca tomei banho de chuveiro antes. É como estar numa chuva de verão, só que quente. Visto uma camisa e uma calça verde-escuras.

No último instante, eu me lembro do broche dourado de Madge. Pela primeira vez, dou uma boa olhada nele. Parece até que alguém confeccionou um pequeno pássaro dourado e depois prendeu um anel em volta dele. O pássaro está preso ao anel somente pelas pontas das asas. De repente, eu o identifico: um tordo.

Esses pássaros são engraçados e a ideia funciona como um tapa na cara da Capital. Durante a rebelião, a Capital criou animais geneticamente modificados para serem usados como armas. O termo usual para eles era *bestantes*, que às vezes era substituído por *bestas*, simplesmente. Um deles era um pássaro especial, conhecido como gaio tagarela, que tinha a habilidade de memorizar e repetir conversas humanas em sua totalidade. Eram pássaros que retornavam ao lar, exclusivamente machos, e que eram lançados nas regiões em que se sabia que os inimigos da Capital estavam escondidos. Depois que os pássaros juntavam as palavras, eles voavam de volta aos centros para que o conteúdo fosse gravado. Demorou um tempo até que as pessoas se dessem conta do que estava acontecendo nos distritos, de como conversas particulares estavam sendo transmitidas. Aí, é claro, os rebeldes começaram a fornecer à Capital as mais diversas mentiras, e essa era a piada. Então, os centros foram fechados e os pássaros foram abandonados na natureza para morrer.

Só que eles não morreram. Ao contrário, os gaios tagarelas cruzaram com fêmeas de tordos, criando uma nova espécie que podia reproduzir não só os cantos dos pássaros como também as melodias humanas. Eles haviam perdido a habilidade de enunciar palavras, mas ainda conseguiam imitar os timbres vocais dos humanos, do trinado agudo de uma criança aos tons mais graves de um homem adulto. E podiam recriar canções. Não apenas algumas notas, mas canções inteiras com múltiplos versos, se você tivesse paciência para cantar para eles e se eles gostassem da sua voz.

Meu pai tinha um carinho especial pelos tordos. Quando íamos caçar, ele assobiava ou cantava canções complicadas para eles que, depois de uma pausa educada, sempre cantavam de volta. Nem todo mundo é tratado com a mesma consideração. Mas sempre que meu pai cantava, todos os pássaros na área ficavam em silêncio e ouviam. A voz dele era tão bonita, alta e clara, e tão cheia de vida que fazia você sentir vontade de rir e chorar ao mesmo tempo. Jamais consegui reproduzir aquele prodígio depois que ele se foi. Ainda assim, há algo de reconfortante em relação a esse pequeno pássaro. É como ter um pedacinho de meu pai comigo, me protegendo. Aperto o broche na camisa e, com o tecido verde-escuro como pano de fundo, sou quase capaz de imaginar o tordo voando pelas árvores.

Effie Trinket aparece para me levar à ceia. Eu a sigo ao longo de um corredor estreito até uma sala de jantar com refinadas paredes revestidas de madeira. Há uma mesa onde todos os pratos são altamente quebráveis. Peeta Mellark está sentado à nossa espera, a cadeira perto da dele está vazia.

– Onde está Haymitch? – pergunta Effie Trinket, reluzente.

– A última vez que o vi, ele estava indo tirar um cochilo – diz Peeta.

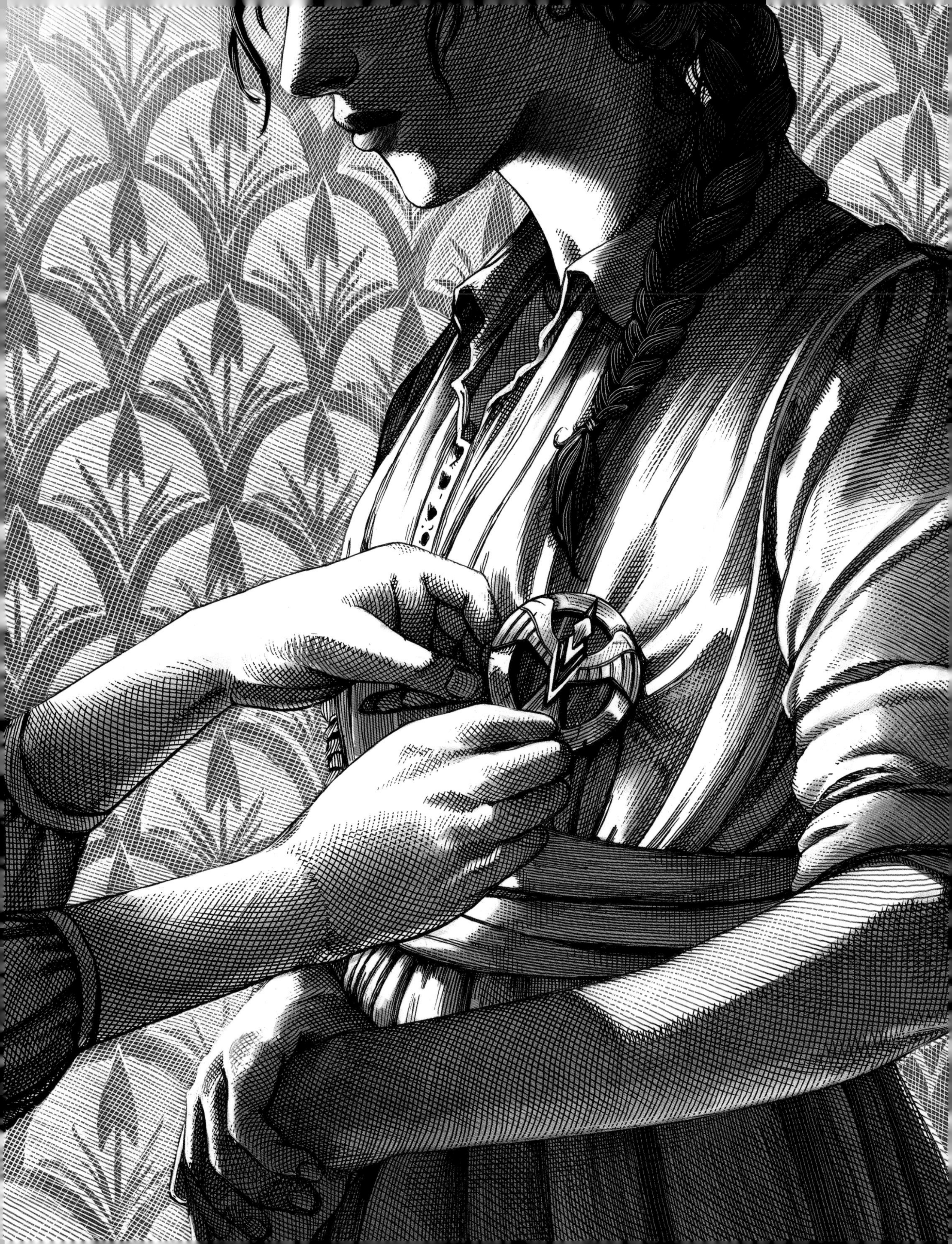

— Bem, o dia foi exaustivo — diz Effie Trinket. Acho que ela está aliviada pela ausência de Haymitch. Quem poderia culpá-la?

A ceia chega em diferentes estágios. Uma encorpada sopa de cenoura seguida de salada verde e depois costeleta de cordeiro e purê de batata, queijo e frutas. Para encerrar, bolo de chocolate. Ao longo da refeição, Effie Trinket não para de nos lembrar que devemos reservar espaço porque ainda vem mais. Mas já estou empanturrada porque nunca comi uma comida tão boa e em tanta quantidade, e porque provavelmente a melhor coisa que posso fazer até que comecem os Jogos é ganhar um pouco de peso.

— Pelo menos vocês dois têm bons modos — diz Effie Trinket assim que terminamos o prato principal. — O par do ano passado comeu tudo com as mãos, como uma dupla de selvagens. Perturbou completamente minha digestão.

O par do ano passado eram dois adolescentes da Costura que jamais, em nenhum dia de suas vidas, tiveram comida suficiente em suas mesas. E quando tiveram comida, a etiqueta certamente foi a última coisa em que pensaram. Peeta é filho de padeiro. Minha mãe ensinou a mim e a Prim como comer com educação, o que significa que consigo, sim, manusear um garfo e uma faca. Mas odeio tanto o comentário de Effie Trinket que decido comer o restante de minha comida com os dedos. Depois limpo as mãos na toalha de mesa. Isso faz com que os lábios dela fiquem franzidos de irritação.

Agora que a refeição terminou, estou lutando para manter a comida no estômago. Vejo que Peeta também está com a aparência um pouco esverdeada. Nenhum dos dois está acostumado a banquetes desse tipo. Mas se posso aguentar a mistura de carne moída, entranhas de porco e cascas de árvores que Greasy Sae prepara — uma especialidade do inverno —, não há motivos para não suportar tudo isso aqui.

Vamos para outro compartimento assistir à reprise das colheitas em toda Panem. Eles tentam escaloná-las ao longo do dia de modo que todos possam assistir a tudo ao vivo, mas só os residentes da Capital conseguem fazer isso já que eles não são obrigados a participar das colheitas.

JOGOS VORAZES

Uma após a outra, vemos as outras colheitas, os nomes sendo chamados, os voluntários se apresentando ou, o que é mais comum, não se apresentando. Nós examinamos o rosto dos garotos que competirão conosco. Alguns se destacam em minha mente. Um garoto monstruoso que se apresenta como voluntário do Distrito 2. Uma garota ruiva de cabelos lisos e cara de raposa do Distrito 5. Um garoto com um problema no pé do Distrito 10. E, o que mais me assustou, uma garota de doze anos do Distrito 11. Ela tem a pele e os olhos escuros, mas fora isso, é bem parecida com Prim no tamanho e no jeito. Quando ela sobe ao palco e perguntam se há algum voluntário, tudo o que se consegue ouvir é o vento soprando nos edifícios decrépitos em torno dela. Não há ninguém disposto a tomar seu lugar.

Por último, aparece o Distrito 12. Todos podem ver o desespero em minha voz quando empurro minha irmã para trás de mim, como se eu estivesse com medo de ninguém me escutar e Prim ser levada de qualquer jeito. Mas é claro que eles escutam. Vejo Gale puxando-a de mim e me vejo subindo ao palco. Os comentaristas não têm muita certeza do que dizer sobre a recusa da multidão em aplaudir. A saudação silenciosa. Um diz que o Distrito 12 sempre foi um pouco atrasado, mas os costumes locais são até que charmosos de vez em quando. Como se houvesse ensaiado, Haymitch desaba do palco, e eles resmungam de maneira cômica. O nome de Peeta é anunciado e ele toma seu lugar lentamente. Nós apertamos as mãos. Eles cortam para o hino mais uma vez e o programa acaba.

Effie Trinket está desconcertada com o estado de sua peruca no evento.

– Seu mentor tem muito o que aprender sobre apresentações e sobre como se portar diante das câmeras de televisão.

Peeta solta um riso inesperado.

– Ele estava bêbado – comenta. – Todo ano ele está bêbado.

– Todo dia – acrescento. Não posso evitar um sorriso sarcástico. Effie Trinket faz parecer que Haymitch tem um comportamento rude que poderia ser corrigido com algumas dicas da parte dela.

– Pois é – sibila Effie Trinket. – É estranho que vocês dois achem isso engraçado. Sabem que o mentor de vocês é seu salva-vidas nesses Jogos. A pessoa que vai aconselhar vocês, elencar os patrocinadores e comandar o envio de quaisquer dádivas. Haymitch pode muito bem ser a diferença entre a vida e a morte de vocês dois!

Só então Haymitch entra cambaleando no compartimento.

– Perdi a ceia? – pergunta ele, com uma voz arrastada. Então vomita sobre o caro carpete e cai por cima da sujeira.

– Podem rir! – diz Effie Trinket. Ela contorna a poça de vômito com seus sapatos de salto alto e sai do recinto.

4

Por alguns instantes, Peeta e eu observamos o nosso mentor enquanto ele tenta se afastar do repugnante material pegajoso que tinha saído de seu estômago. O fedor de vômito e de bebida barata quase faz com que eu vomite meu jantar. Trocamos olhares. Obviamente Haymitch não é lá essas coisas, mas Effie Trinket tem razão a respeito de um ponto. Uma vez que estejamos dentro daquela arena, ele será nossa única referência. Seguindo uma espécie de acordo mudo, Peeta e eu pegamos os braços de Haymitch e o ajudamos a se erguer.

– Eu tropecei? – Haymitch pergunta. – Cheiro ruim. – Ele esfrega a mão no nariz, sujando todo o rosto.

– Vamos levá-lo para seu quarto – diz Peeta. – Precisamos limpá-lo um pouco.

Nós meio conduzimos, meio carregamos Haymitch de volta a seu compartimento. Como não podemos exatamente colocá-lo sobre a colcha bordada, nós o içamos até a banheira e abrimos o chuveiro em cima dele. Ele quase não nota.

– Está bom assim – diz Peeta. – Eu assumo de agora em diante.

Mal posso evitar uma sensação de gratidão, já que a última coisa que desejo fazer é remover a roupa de Haymitch, retirar o vômito dos pelos de seu peito e levá-lo para a cama. Possivelmente, Peeta está tentando causar uma boa impressão nele para ser seu favorito quando os Jogos começarem. Mas a julgar pelo estado em que se encontra, Haymitch não se lembrará de nada disso amanhã.

– Tudo bem – digo. – Posso mandar alguém da Capital vir te ajudar. – Há muitos deles no trem. Cozinhando para nós, nos vigiando. O trabalho deles é cuidar da gente.

– Não. Eu não quero eles aqui – diz Peeta.

Balanço a cabeça em concordância e vou para minha sala. Entendo o que Peeta está sentindo. Eu também não consigo suportar a visão do pessoal da Capital. Mas obrigá-los a cuidar de Haymitch poderia funcionar como uma boa vingança. O que me faz imaginar o motivo pelo qual ele insiste em tomar conta de Haymitch. Então, subitamente, me ocorre o seguinte pensamento: *É porque ele está sendo gentil. Da mesma forma que foi gentil em me dar aqueles pães.*

A ideia me deixa um pouco paralisada. Um Peeta Mellark gentil é muito mais perigoso para mim do que o contrário. Pessoas gentis conseguem se instalar dentro de mim e criar raízes. E não posso permitir que Peeta faça isso. Não posso deixar que ele chegue lá. Então, decido que, de agora em diante, terei o mínimo de contato possível com o filho do padeiro.

Quando volto ao meu compartimento, o trem está parando numa plataforma para abastecer. Rapidamente, abro a janela, jogo fora os biscoitos que o pai de Peeta me deu e a fecho de volta com força. Chega. Chega desses dois.

Infelizmente, o pacote de biscoito atinge o chão e se abre sobre um arbusto de dentes--de-leão. Só consigo ver a imagem por um instante porque o trem volta a andar. Mas foi o suficiente. O suficiente para me fazer lembrar do dente-de-leão no pátio da escola anos atrás...

Eu havia acabado de desviar o olhar do rosto cheio de hematomas de Peeta quando vi o dente-de-leão e tive a certeza de que a esperança não havia se perdido completamente. Eu o colhi cuidadosamente e corri para casa. Peguei um balde e a mão de Prim e me dirigi à Campina. E, é verdade, ela estava toda coberta de ervas douradas. Depois de colhê-las, nos acotovelamos ao longo da cerca por mais de um quilômetro até enchermos o balde com folhas, caules e flores de dentes-de-leão. Naquela noite, nós nos empanturramos com salada de dente-de-leão e com o que restara do pão.

— E agora? – perguntou Prim. – Que outra comida podemos encontrar?

— Todo tipo de coisa – prometi a ela. – Só preciso me lembrar do quê.

JOGOS VORAZES

Minha mãe tinha um livro que trouxera do boticário. As páginas eram de pergaminho bem antigo e cobertas de desenhos de plantas feitos a nanquim. Uma caligrafia caprichada indicava os nomes delas, o local em que poderíamos colhê-las, onde elas floresciam e suas utilidades medicinais. Mas meu pai acrescentou outros itens ao livro. Plantas comestíveis, não curativas. Dentes-de-leão, erva-dos-cancros, cebolas selvagens, pinheiros. Prim e eu passamos o resto da noite debruçadas sobre aquelas páginas.

No dia seguinte, não tínhamos aula. Zanzei um pouco pela Campina, e por fim arrumei coragem para passar por baixo da cerca. Era a primeira vez que eu ia lá sozinha, sem as armas de meu pai pra me proteger. Mas recuperei o pequeno arco e as flechas que ele fizera para mim e que estavam guardados no oco da árvore. Provavelmente não adentrei mais do que vinte quilômetros na floresta aquele dia. Na maioria das vezes, fiquei empoleirada nos galhos de um velho carvalho esperando que alguma caça aparecesse. Depois de várias horas, tive a sorte de matar um coelho. Eu já havia atirado em alguns coelhos antes, com a orientação de meu pai. Mas aquele eu matara sozinha.

Não comíamos carne havia meses. A visão do coelho pareceu animar minha mãe. Ela deixou a apatia de lado, tirou a pele do animal e preparou um cozido com a carne e alguns vegetais que Prim havia colhido. Em seguida, ela teve uma reação meio confusa e voltou para a cama, mas quando a comida ficou pronta, nós a convencemos a comer um pouco.

A floresta se tornou nossa salvadora, e a cada dia eu me aventurava mais em seus domínios. A princípio, a coisa caminhava lentamente, mas eu estava determinada a alimentar minha família. Roubava ovos dos ninhos, pegava peixes com rede, às vezes conseguia atirar em um esquilo ou coelho para fazer um cozido, e colhia as diversas plantas que cresciam embaixo de meus pés. Plantas são ardilosas. Muitas delas são comestíveis, mas basta pôr a boca na planta errada e você está morto. Eu comparava várias vezes as plantas que colhia aos desenhos de meu pai. Eu mantinha nossa família viva.

Qualquer sinal de perigo, um uivo distante, um galho inexplicavelmente se partindo, e eu voava imediatamente de volta para a cerca. Então, comecei a me arriscar, subindo nas árvores para fugir dos cães selvagens que rapidamente ficavam entediados e iam embora. Ursos e pumas viviam mais no interior da floresta, talvez por não gostarem do fedor de fuligem de nosso distrito.

No dia 8 de maio, fui até o Edifício da Justiça, fiz a inscrição para as tésseras e levei para casa meu primeiro suprimento de grãos e óleo na carroça de brinquedo de Prim. No oitavo dia de cada mês eu tinha direito a repetir o mesmo processo. É evidente que eu não tinha condições de parar de caçar e de colher as plantas. Não tínhamos como sobreviver apenas com os grãos, e necessitávamos de outros itens, como sabão, leite e linha. O que conseguíamos passar sem comer eu vendia no Prego. Era assustador entrar naquele lugar sem meu pai ao meu lado, mas as pessoas sempre o respeitaram, portanto, fui aceita por todos. Afinal, caça era caça, independentemente de quem houvesse atirado. Eu também vendia na porta dos fundos dos clientes mais ricos da cidade, tentando lembrar o que meu pai havia me dito e também aprendendo outros truques depois. O açougueiro comprava meus coelhos, mas não os esquilos. O padeiro gostava de esquilos, mas só comprava algum se sua mulher não estivesse por perto. O chefe dos Pacificadores adorava peru selvagem. O prefeito tinha paixão por morangos.

No alto verão, eu estava me lavando em um laguinho quando reparei nas plantas ao meu redor. Altas e com folhas que mais pareciam pontas de flechas. Florações com três pétalas brancas. Eu me ajoelhei na água, meus dedos mergulhando bem fundo na lama macia, e arranquei um punhado de raízes. Pequenos tubérculos azulados que não tinham a melhor das aparências, mas que cozidos ou assados eram tão gostosos quanto qualquer batata. "Katniss", eu disse em voz alta. Era a planta que havia inspirado meu nome. E ouvi a voz de meu pai fazendo uma piada: "Enquanto você conseguir se achar, nunca vai passar fome." Passei horas remexendo o leito do laguinho com meus dedos e um pedaço de pau, arrancando as raízes que flutuavam até o topo. Naquela noite, pela primeira vez em meses, fizemos um banquete de peixe e raízes de katniss até que ficamos todos satisfeitos.

Lentamente, minha mãe foi voltando ao nosso convívio. Ela começou a limpar, a cozinhar e a guardar um pouco da comida que eu trazia para o inverno. As pessoas nos davam coisas em troca ou nos pagavam pelos remédios que ela fornecia. Em uma ocasião eu a ouvi cantando.

Prim ficou encantada por tê-la de volta, mas eu continuava prestando atenção, esperando que ela novamente nos abandonasse. Não confiava nela. E, em algum lugar sombrio dentro de mim, eu a odiava por sua fraqueza, por sua negligência, pelos meses que ela nos obrigara a suportar. Prim a perdoara, mas eu já dera um passo atrás em relação à minha mãe, erguera um muro para me proteger da necessidade que tinha dela, e tudo entre nós duas passou a ser diferente desde então.

E agora estou prestes a morrer sem que esse problema tenha sido resolvido. Pensei em como havia berrado com ela no Edifício da Justiça. Mas eu também havia dito a ela que a amava. Então, talvez tudo tenha se equilibrado de uma maneira ou de outra.

Por um instante, fico parada olhando através da janela do trem, desejando poder abri-la novamente, mas sem ter certeza do que poderia acontecer a uma velocidade dessas. Ao longe, vejo as luzes de outro distrito. O 7? O 10? Não sei. Penso nas pessoas em suas casas, se encaminhando para suas camas. Imagino minha casa, com suas persianas cerradas. O que estariam fazendo a uma hora dessas minha mãe e minha irmã? Será que conseguiram comer a ceia? O cozido de peixe e os morangos? Ou será que eles ficaram intocados em seus pratos? Será que assistiram à reprise dos eventos do dia na velha e acabada televisão que fica na mesa encostada na parede? Certamente mais lágrimas se seguiram. Será que minha mãe está conseguindo se controlar, será que está conseguindo se manter forte para Prim? Ou será que já começou a tirar o corpo fora, deixando o peso do mundo sobre os frágeis ombros de minha irmã?

Prim com certeza dormirá essa noite com minha mãe. A imagem do velho e desprezível Buttercup se postando na cama para tomar conta de Prim me conforta. Se ela chorar, ele encostará o focinho em seus braços e se enroscará ali até que ela se acalme e caia no sono. Estou muito contente por não tê-lo afogado.

Imaginar minha casa me faz sofrer de solidão. O dia de hoje foi interminável. Será que Gale e eu comemos mesmo aquelas amoras pela manhã? Parece que isso aconteceu há uma eternidade. Como se fosse um longo sonho que vai piorando até se transformar em um pesadelo. Talvez, se eu dormisse, quem sabe eu não acordasse no Distrito 12, que é o meu lugar.

Provavelmente as gavetas contêm uma boa quantidade de pijamas, mas apenas tiro a camisa e as calças e pulo na cama com a roupa de baixo. As cobertas são feitas de um tecido sedoso e macio. O colchão fofo e espesso garante um conforto imediato.

Se eu tiver de chorar, agora é o momento para isso. De manhã já terei sido capaz de enxugar os estragos causados pelas lágrimas em meu rosto. Mas não há nenhuma lágrima. Estou cansada ou entorpecida demais para chorar. A única coisa que sinto é um desejo de estar em qualquer outro lugar. Então, deixo o trem me embalar até o esquecimento.

Uma luz cinzenta está vazando pelas cortinas quando a batida me desperta. Ouço a voz de Effie Trinket me mandando levantar.

– Acorde, acorde, acorde! O dia vai ser muito, muito longo! – Tento imaginar, por um instante, como deve ser o interior da cabeça dessa mulher. Que pensamentos preenchem as horas em que está acordada? Que sonhos tem à noite? Não faço a menor ideia.

Coloco de volta o uniforme verde, já que não está exatamente sujo, apenas levemente amassado por ter passado a noite no chão. Meus dedos percorrem o pequeno pássaro dourado e penso na floresta, em meu pai. E em minha mãe e Prim acordando, sendo obrigadas a providenciar tudo. Dormi com as elaboradas tranças que minha mãe fez para mim para o dia da colheita, e o penteado não parece tão ruim, de modo que deixo assim mesmo. Pouco importa. Não deve faltar muito até chegarmos à Capital. E, de qualquer maneira, assim que alcançarmos a cidade, meu estilista vai ditar minha aparência para a cerimônia de abertura amanhã à noite. Eu só espero arranjar um que não pense que a nudez é a última palavra em moda.

Assim que entro no vagão-restaurante, Effie Trinket passa às pressas por mim com uma xícara de café puro. Sussurra baixinho algumas obscenidades. Haymitch, com o rosto inchado e vermelho devido aos excessos do dia anterior, está rindo à toa. Peeta segura um pãozinho e parece um pouco constrangido.

– Sente-se! Sente-se! – diz Haymitch, acenando para mim. No instante em que me sento, me servem um enorme prato de comida. Ovos, presunto e pilhas de batatas fritas. Uma terrina de frutas está sobre um leito de gelo para manter a temperatura. A cesta de pãezinhos que é depositada à minha frente manteria minha família alimentada por uma semana. Vejo um elegante copo de suco de laranja. Pelo menos, parece ser suco de laranja. Só provei suco de laranja uma vez na vida, na festa de Ano-Novo, quando meu pai comprou um frasco especialmente para a ocasião. Uma xícara de café. Minha mãe adora café, item que quase nunca tínhamos condições de ter em casa, mas, para mim, o gosto é amargo e aguado. Percebo então uma xícara de uma robusta substância marrom que jamais vi na vida.

– Chamam isso de chocolate quente – diz Peeta. – É gostoso.

Eu dou um gole no líquido cremoso e quente, e um calafrio percorre todo o meu corpo. Apesar de o resto da refeição ser bastante convidativo, ignoro tudo até beber toda a xícara de chocolate. Então, ponho para dentro tudo o que consigo – o que é uma quantidade substancial –, tomando cuidado para não cometer nenhum excesso com tanta coisa boa. Uma vez minha mãe me disse que eu sempre comia como se estivesse vendo a comida pela última vez. E eu disse: "Só não é a última vez porque sempre trago comida pra casa." Isso fez com que ela calasse a boca.

Quando meu estômago começa a dar a sensação de que vai se abrir em dois, eu me recosto e presto atenção em meus companheiros de café da manhã. Peeta ainda está comendo, pegando pedacinhos de pão e mergulhando-os no chocolate quente. Haymitch não liga muito para seu prato, mas bebe com vontade um copo de suco de cor vermelha ao qual não para de adicionar o líquido transparente de uma garrafa. A julgar pelo aroma, deve ser algum tipo de bebida alcoólica. Não conheço Haymitch, mas já o vi muitas vezes no Prego jogando notas e mais notas de dinheiro sobre o balcão da mulher que vende bebida. Quando chegarmos à Capital seu comportamento já estará incoerente.

Percebo que odeio Haymitch. Não é surpresa que os tributos do Distrito 12 jamais tenham alguma chance. Não apenas por sermos mal alimentados e nos faltar um treinamento adequado. Alguns de nossos tributos eram fortes o suficiente para ter uma sobrevida. Mas raramente conseguimos patrocinadores, e grande parte do motivo é ele. As pessoas ricas que apoiam os tributos – ou porque estão apostando neles ou porque simplesmente querem se gabar por terem escolhido o vencedor – esperam lidar com uma pessoa com o perfil um pouco mais sofisticado do que o de Haymitch.

– Então você é o encarregado de nos dar conselhos – digo para ele.

– Aí vai um: mantenham-se vivos – diz Haymitch, e depois cai na gargalhada. Troco olhares com Peeta antes de me lembrar que prometi a mim mesma não manter mais nenhum contato com ele. Estou surpresa de ver a dureza em seus olhos. Ele geralmente parece tão suave.

– Isso é muito engraçado – diz Peeta. De repente ele dá um golpe no copo que está na mão de Haymitch. O vidro se espatifa no chão, fazendo com que o líquido vermelho-sangue escorra para os fundos do trem. – Mas não pra nós.

Haymitch reflete por alguns segundos e então dá um soco no queixo de Peeta, lançando-o para fora da cadeira. Quando ele se volta para pegar a bebida, cravo minha faca na mesa, entre a mão dele e a garrafa, por pouco não acertando seus dedos. Eu me preparo para me esquivar do golpe dele, mas nada acontece. Ao contrário, ele se recosta na cadeira e nos encara com olhos estreitos.

– O que é isso, afinal? – pergunta Haymitch. – Será que realmente peguei um par de lutadores esse ano?

Peeta se levanta e apanha um pouco de gelo embaixo da terrina. Ele faz menção de erguê-lo na direção da marca avermelhada em seu queixo.

– Não – diz Haymitch, interrompendo-o. – Deixa o hematoma aparecer. O público vai pensar que você saiu no tapa com algum outro tributo antes mesmo de entrar na arena.

– Isso é contra as regras – diz Peeta.

– Só se eles te pegarem. Esse hematoma vai indicar que você lutou e que não foi pego. Melhor ainda – diz Haymitch. Ele se volta para mim. – Você consegue acertar alguma coisa com essa faca além da mesa?

O arco e flecha é a minha arma. Mas também já passei um bom tempo arremessando facas. Às vezes, se firo algum animal com o arco, é melhor jogar uma faca também, antes de me aproximar. Percebo que se desejo chamar a atenção de Haymitch, essa é a oportunidade de causar uma boa impressão. Arranco a faca da mesa, agarro a lâmina e então arremesso-a na parede do outro lado do salão. Na verdade, só tinha esperança de que ela ficasse grudada em algum lugar, mas ela se alojou na costura entre dois painéis, fazendo com que minha habilidade parecesse bem maior do que realmente é.

– Fiquem os dois em pé aqui – diz Haymitch, indicando com a cabeça o centro do salão. Nós obedecemos e ele nos rodeia, cutucando-nos como se fôssemos animais, verificando nossos músculos, examinando nossos rostos. – Bem, vocês não estão totalmente condenados. Parecem em forma. E, assim que os estilistas entrarem em ação, vocês vão ficar atraentes o bastante.

Nem eu nem Peeta questionamos a colocação. Os Jogos Vorazes não são um concurso de beleza, mas parece que os tributos mais atraentes sempre conseguem convocar mais patrocinadores.

– Tudo bem, vou fazer um trato com vocês. Vocês não interferem na minha bebida e fico sóbrio o suficiente para ajudá-los – propõe Haymitch. – Mas vocês vão ter de fazer exatamente o que eu disser.

Não é de fato um trato, mas ainda assim é um grande passo em relação a dez minutos atrás, quando não contávamos com nenhuma orientação.

– Certo – diz Peeta.

– Então nos ajude – concordo. – Quando a gente chegar na arena, qual a melhor estratégia na Cornucópia pra alguém que...

– Uma coisa de cada vez. Daqui a alguns minutos vamos chegar à estação. Vocês serão colocados nas mãos de seu estilista. Não vão gostar nem um pouco do que ele vai fazer com vocês. Mas, independentemente do que seja, não devem se opor – diz Haymitch.

– Mas... – começo.

– Sem "mas". Não se oponham – diz Haymitch. Ele pega a garrafa de bebida na mesa e sai do vagão-restaurante. Assim que a porta se fecha atrás dele, o vagão escurece. Ainda há algumas luzes no interior, mas, do lado de fora, a impressão que se tem é que anoiteceu novamente. Eu me dou conta de que devemos estar dentro de algum túnel que percorre as montanhas até a Capital. As montanhas formam uma barreira natural entre a Capital e os distritos ao leste. É quase impossível entrar pelo leste, exceto através de túneis. Essa vantagem geográfica foi um dos principais fatores que possibilitaram a derrota dos distritos frente à Capital na guerra, o que me levou a ser um tributo hoje. Como os rebeldes tinham de escalar as montanhas, eles se tornavam alvos fáceis para a força aérea da Capital.

Peeta Mellark e eu ficamos em silêncio enquanto o trem passa a toda a velocidade. O túnel parece interminável, e, quando começo a imaginar as toneladas de rocha que me separam do céu, sinto um aperto no peito. Eu odeio ficar emparedada dessa maneira. Isso me faz lembrar das minas e de meu pai, preso naquela armadilha, incapaz de alcançar a luz do sol, enterrado para sempre na escuridão.

O trem finalmente começa a diminuir a velocidade, e, de repente, luzes brilhantes inundam o compartimento. Não conseguimos evitar. Peeta e eu corremos para a janela para ver o que só conhecíamos pela televisão. A Capital, a cidade que governa Panem. As câmeras não mentiram a respeito da sua grandiosidade. Se tanto, elas não chegaram a captar a magnificência dos edifícios esplendorosos num arco-íris de matizes que se projeta em direção ao céu, os carros cintilantes que passam pelas avenidas de calçadas largas, as pessoas vestidas de modo esquisito, com penteados bizarros e rostos pintados que nunca deixaram de fazer uma refeição. Todas as cores parecem artificiais, os rosas intensos demais, os verdes muito brilhantes, os amarelos dolorosos demais aos olhos, como as balas redondas e duras que nunca temos condições de comprar nas lojinhas de doce do Distrito 12.

As pessoas começam a apontar para nós com empolgação ao reconhecer o trem dos tributos chegando à cidade. Eu me afasto da janela, enjoada com aquela excitação, ciente de que eles mal podem esperar para assistir à nossa morte. Mas Peeta mantém sua posição. Na verdade, está até acenando e sorrindo para a multidão boquiaberta. Ele só para quando o trem chega à estação, tirando-nos de vista.

Ele me nota encarando-o e dá de ombros.

– Quem sabe? Um deles pode ser rico.

Eu o julguei erroneamente. Penso nas ações dele desde que a colheita começou. O amigável aperto de mão. O pai dele aparecendo com os biscoitos e prometendo alimentar Prim... Será que Peeta o convenceu a fazer isso? As lágrimas dele na estação. Ter se apresentado para lavar Haymitch, para depois desafiá-lo hoje de manhã quando, aparentemente, a abordagem do garoto bonzinho havia fracassado. E agora o aceno na janela, já tentando ganhar a multidão.

As peças ainda estão se encaixando, mas sinto que ele tem um plano em gestação. Ele não aceitou morrer. Ele já está lutando com afinco para se manter vivo. O que também significa que o gentil Peeta Mellark, o garoto que me deu os pães, está lutando com afinco para me matar.

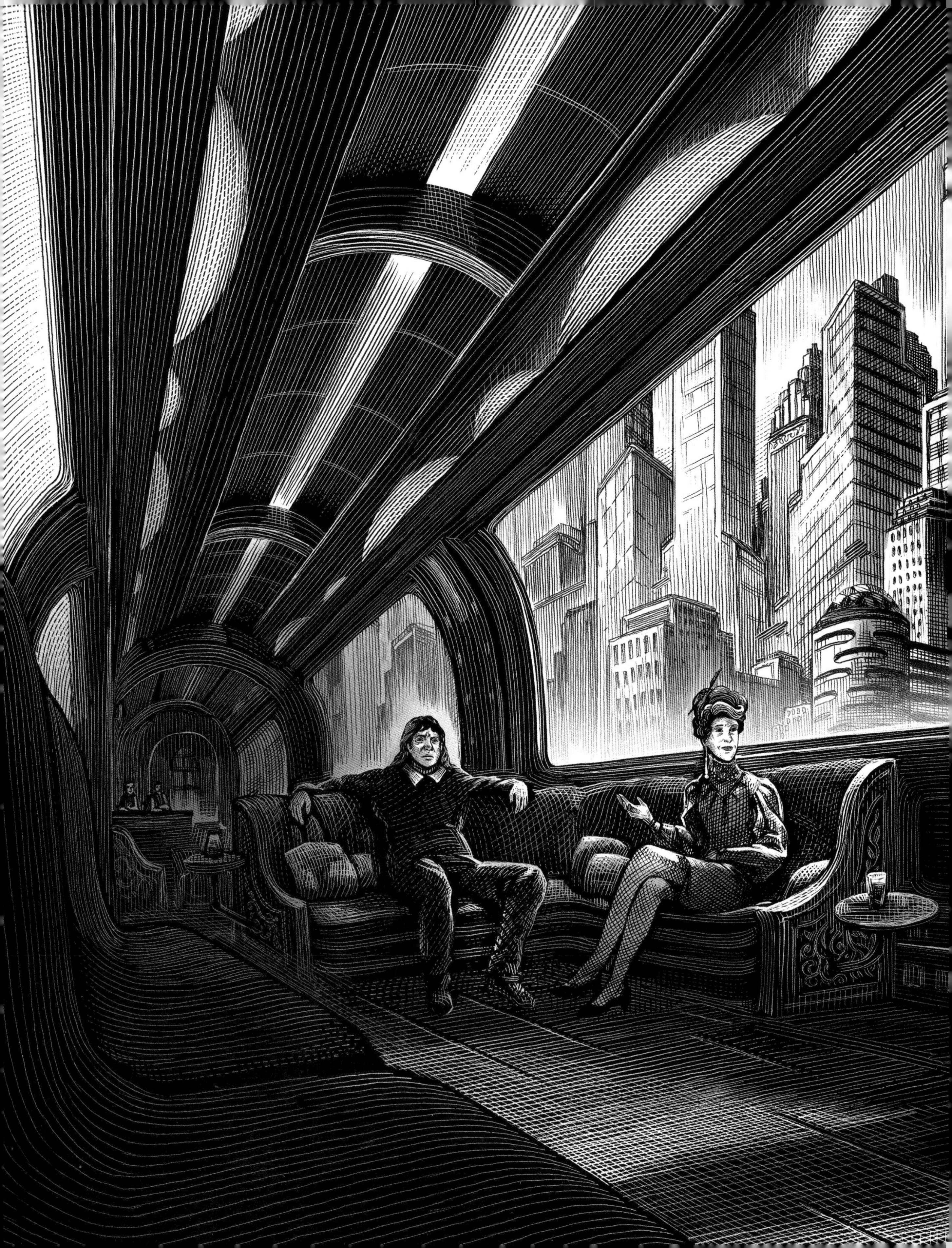

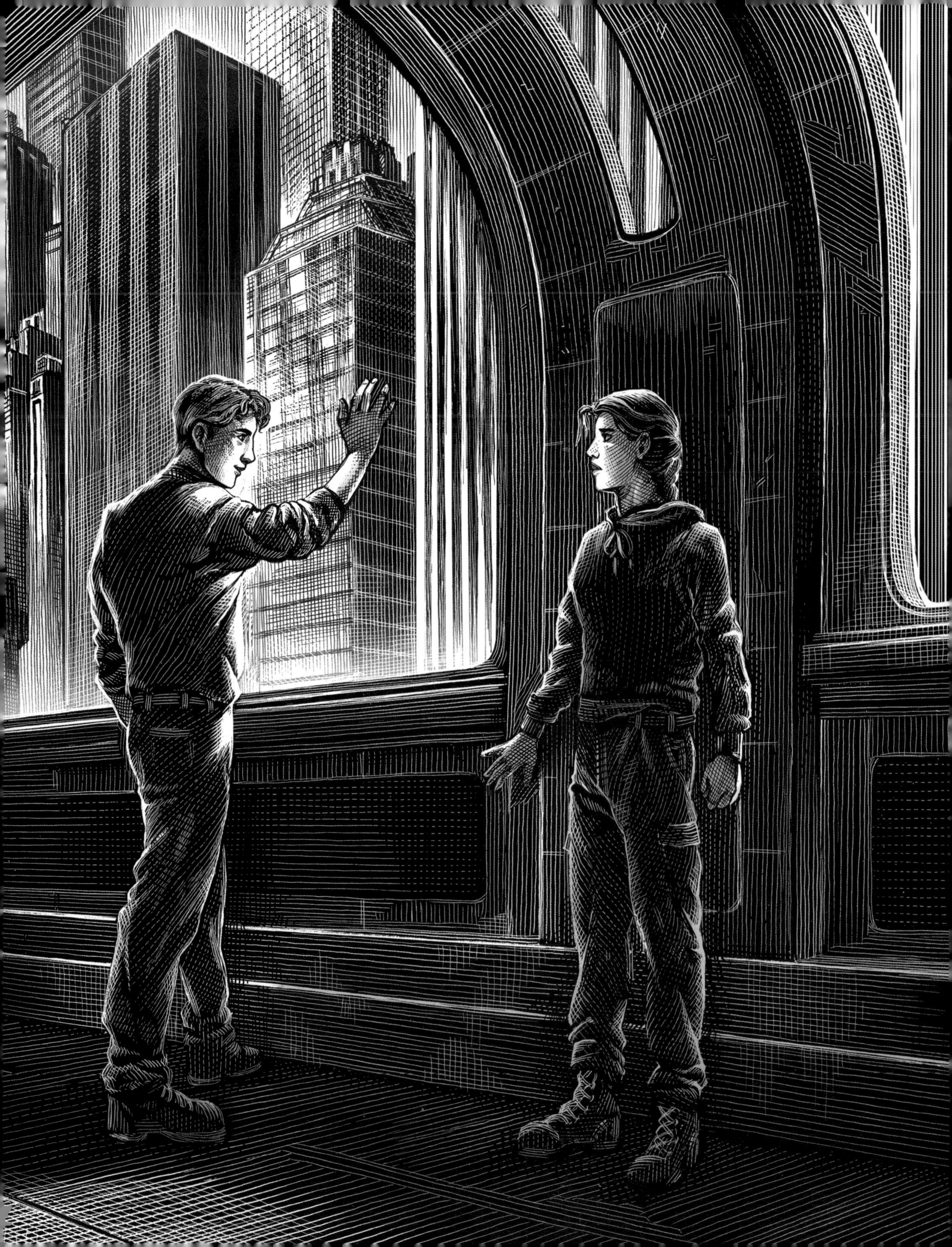

5

Rasg! Cerro os dentes quando Venia, uma mulher de cabelos azul-claros e tatuagens douradas acima das sobrancelhas, dá um puxão numa tira de tecido na minha perna e arranca o pelo que está embaixo.

– Desculpa! – diz ela, com seu sotaque ridículo da Capital. – É que você é cabeluda demais!

Por que essa gente fala com uma voz tão aguda? Por que suas bocas quase não se abrem quando eles falam? Por que o fim das frases sempre tem um tom acentuado, como se estivessem fazendo uma pergunta? Vogais esquisitas, palavras abreviadas, e a letra S sempre sibilando... Não é para menos que seja tão fácil zombar deles.

Venia me dirige um olhar supostamente simpático.

– Mas tenho boas notícias. Essa é a última parte. Pronta? – Eu aperto com força a borda da mesa sobre a qual estou sentada e faço que sim com a cabeça. O que resta de pelo em minha perna é exterminado com um doloroso puxão.

Estou no Centro de Transformação há mais de três horas e ainda não conheci meu estilista. Aparentemente, ele não tem nenhum interesse em me ver antes de Venia e os outros membros da minha equipe de preparação terem solucionado alguns problemas óbvios. O que inclui esfregar meu corpo com uma espuma densa que removeu não apenas a sujeira, mas pelo menos três camadas de pele, fazer minhas unhas adquirirem um formato uniforme e, principalmente, retirar todos os pelos de meu corpo. Minhas pernas, braços, torso, axilas e partes das sobrancelhas foram depiladas, me deixando com a aparência de um pássaro depenado e pronto para ser assado. Não gosto. Minha pele ficou sensível e pinicando, e intensamente vulnerável. Mas mantive minha parte do trato com Haymitch, e nenhuma objeção me escapou pela boca.

– Você está indo muito bem – diz um cara chamado Flavius. Ele sacode os cachos alaranjados e passa um batom roxo nos lábios. – Se tem uma coisa que não suporto é gente que fica choramingando. Passa a cera nela toda!

Venia e Octavia, uma mulher roliça cujo corpo todo foi tingido de uma tonalidade esverdeada, me esfrega de alto a baixo com uma loção que no início pinica, mas logo alivia minha pele sensível. Depois, eles me puxam da mesa, removendo o roupão fininho que me permitiram usar vez ou outra. Fico lá em pé, completamente nua, com os três a minha volta empunhando pinças para remover os últimos resquícios de pelo de meu corpo. Eu sei que deveria estar constrangida, mas eles são tão inumanos quanto um trio de aves coloridas ciscando aos meus pés.

Os três recuam e admiram o trabalho.

– Excelente! Agora você está quase parecida com um ser humano! – diz Flavius, e todos riem.

Eu forço um sorriso para demonstrar o quanto estou grata.

– Obrigada – digo, suavemente. – Nós não temos muitos motivos para ter uma boa aparência no Distrito 12.

Isso os conquista inteiramente.

– Claro que não, coitadinha! – diz Octavia, batendo as mãos para mim em aflição.

– Mas não se preocupe – diz Venia. – Quando Cinna tiver terminado tudo, você vai ficar absolutamente deslumbrante!

– Nós prometemos! Sabe que, agora que a gente se livrou de todos esses pelos e de toda essa sujeira, você não está nem um pouco horrível? – diz Flavius, me incentivando. – Vamos chamar Cinna!

Eles saem correndo da sala. É difícil odiar minha equipe de preparação. Eles são uns completos idiotas. Porém, apesar de não saber explicar bem o motivo, sei que estão sendo sinceros em me ajudar.

Olho para as paredes frias e brancas e resisto ao impulso de colocar de volta o roupão. Esse Cinna, meu estilista, certamente vai me obrigar a ficar despida. Em vez disso, minhas mãos vão até meu penteado, a única área de meu corpo que minha equipe de preparação foi orientada a não mexer. Meus dedos sentem os cachos sedosos que minha mãe penteou com tanto cuidado. Minha mãe. Deixei o vestido azul e os sapatos dela no chão do vagão de trem, sem jamais pensar na possibilidade de recuperá-los ou de me agarrar a alguma coisa dela, de casa. Agora estou arrependida.

A porta se abre e um homem jovem, que deve ser Cinna, entra na sala. Fico embasbacada pela aparência normal dele. A maioria dos estilistas que são entrevistados na televisão têm os cabelos tão tingidos, são tão artificiais e cirurgicamente alterados que ficam até grotescos. Mas o cabelo bem aparado de Cinna parece ter uma natural tonalidade castanha. Ele está usando uma camisa preta simples e calças. A única concessão à automodificação parece ser um delineador dourado metálico para os olhos, levemente aplicado, que ressalta pontinhos dourados em seus olhos verdes. E, apesar de não gostar nem um pouco da Capital e de suas modas hediondas, sou obrigada a aceitar que o visual é bem atraente.

– Oi, Katniss. Sou Cinna, seu estilista – cumprimenta ele, com uma voz calma, algo quase sempre raro em meio a toda a afetação da Capital.

– Oi – respondo, cautelosamente.

– Me dá só um minutinho, certo? – Ele contorna meu corpo nu, sem me tocar, mas medindo cada centímetro dele com os olhos. Resisto ao impulso de cruzar os braços sobre o peito. – Quem fez seu cabelo?

– Minha mãe.

– Está lindo. Clássico mesmo. E com um equilíbrio quase perfeito com seu perfil. Ela tem dedos muito bons – comenta ele.

Eu estava esperando uma pessoa afetada, uma pessoa mais velha tentando desesperadamente parecer jovem, que me visse como um pedaço de carne a ser preparada para uma refeição. Cinna não correspondeu a nenhuma dessas expectativas.

— Você é novo aqui, não é? Acho que nunca te vi antes – procuro saber. A maioria dos estilistas me é familiar, imutáveis em meio às levas anuais de tributos sempre diferenciados. Alguns eu conheço desde pequena.

— É verdade, esse é meu primeiro ano nos Jogos – diz Cinna.

— Quer dizer que deram a você o Distrito 12 – concluo. Recém-chegados geralmente acabam com a gente, o distrito menos desejável.

— Eu pedi pra trabalhar com o Distrito 12 – diz ele, sem maiores explicações. – Por que você não veste seu roupão pra gente bater um papo?

Pego o roupão e o sigo até uma sala de estar. Dois sofás vermelhos estão frente a frente com uma mesinha no centro. Três paredes estão vazias, a quarta é totalmente de vidro, proporcionando uma janela para a sala. Vejo pela luz que deve ser mais ou menos meio-dia, embora o céu tenha ficado encoberto. Cinna me convida a sentar em um dos sofás e se acomoda à minha frente. Ele aperta um botão ao lado da mesa. O topo se divide e surge uma outra mesinha com nosso almoço. Frango com pedaços cozidos de laranja em um molho cremoso sobre um leito de grãos perolados, ervilhas pequeninas e cebolas, rolinhos na forma de flor e, de sobremesa, um pudim cor de mel.

Tento imaginar como faria para servir uma refeição dessas em casa. Frango é caro demais, mas eu poderia substituir por peru selvagem. Teria que caçar um segundo peru para trocar pelas laranjas. O leite de cabra teria de substituir o creme. Podemos cultivar ervilhas no jardim. Eu teria de colher cebolas selvagens na floresta. Não identifico esse grão. Nossa ração de téssera depois de cozida fica com uma cara amarronzada muito pouco atraente. Esses rolinhos bonitinhos só seriam possíveis mediante outra troca com o padeiro, de repente por dois ou três esquilos. Quanto ao pudim, não consigo nem imaginar o que contém. Dias e dias de caça e colheita para prover essa única refeição, e mesmo assim não passaria de um pobre substituto da versão original da Capital.

Como deve ser, imagino, viver num mundo onde a comida surge com um apertar de botões? Como eu passaria as horas que agora dedico vasculhando a floresta em busca de sustento se a comida fosse assim tão fácil de se conseguir? O que eles fazem o dia inteiro, essa gente da Capital, além de decorar os próprios corpos e esperar cada novo suprimento de tributos que vão morrer para garantir a diversão deles?

Levanto a vista e vejo os olhos de Cinna fixos nos meus.

– Como devemos parecer desprezíveis para você – diz ele.

Será que ele viu isso em meus olhos ou leu meus pensamentos de algum modo? Mas ele está certo. Todas as pessoas aqui são absolutamente desprezíveis.

– Pouco importa – completa Cinna. – Então, Katniss, a respeito de sua roupa para a cerimônia de abertura. Minha parceira, Portia, é a estilista de seu amigo Peeta. E nossa ideia atual é vesti-los de modo complementar – explica ele. – Como você sabe, é costume dos Jogos refletir o que mais identifica o distrito.

Para a cerimônia de abertura deve-se vestir algo que sugira a principal atividade de seu distrito. Distrito 11: agricultura. Distrito 4: pesca. Distrito 3: fábricas. Isso significa que, por sermos oriundos do Distrito 12, Peeta e eu estaremos usando algum tipo de composição que tenha a ver com minérios. Como os macacões largos dos mineiros não são exatamente adequados, nossos tributos normalmente acabam usando uniformes reveladores e chapéus com lanternas na cabeça. Teve um ano em que nossos tributos ficaram completamente nus e cobertos de pó preto para representar a fuligem do carvão. É sempre horroroso e não nos favorece em nada junto à multidão. Me preparo para o pior.

– Quer dizer que vou usar um uniforme de mineiro? – pergunto, na esperança de que o traje não seja indecente.

– Não exatamente. Veja bem, Portia e eu achamos os trajes dos mineiros muito ultrapassados. Ninguém vai lembrar de você usando algo assim. E nós dois entendemos que nossa tarefa é deixar os tributos do Distrito 12 inesquecíveis – começa Cinna.

Vou ter que ficar pelada com toda certeza, imagino.

– Então, em vez de focar na mineração propriamente dita, vamos focar no carvão – conclui ele.

JOGOS VORAZES

Pelada e coberta de fuligem preta.

— E o que nós fazemos com o carvão? Nós queimamos. Katniss, você não tem medo de fogo, tem? — Ele percebe minha expressão e dá um risinho.

Algumas horas depois, estou vestida em algo que ou vai ser a mais sensacional ou a mais horrenda roupa da cerimônia de abertura. Estou usando uma peça única preta que me cobre do tornozelo ao pescoço. Botas de couro bem engraxadas com cadarços até os joelhos. Mas são a capa esvoaçante – com matizes de laranja, amarelo e vermelho – e o chapéu que definem a roupa. Cinna planeja incendiá-los pouco antes de nossa carruagem entrar nas ruas.

— Não são chamas reais, é claro, é apenas um foguinho sintético que Portia e eu inventamos. Você vai estar perfeitamente segura – tranquiliza-me ele. Mas não estou convencida de que quando chegarmos ao centro da cidade não terei virado churrasquinho.

Meu rosto está relativamente livre de maquiagem. Tem só um pouquinho de realce aqui e acolá. Meus cabelos foram penteados e trançados em minhas costas, no meu estilo tradicional.

— Eu quero que o público a reconheça quando você estiver na arena – diz Cinna, sonhador. – Katniss, a garota em chamas.

Penso se a calma e o comportamento normal de Cinna não mascaram um homem completamente louco.

Apesar da revelação a respeito da personalidade de Peeta ocorrida na manhã de hoje, fico aliviada quando ele aparece vestido com uma roupa idêntica. Ele deve ter experiência com fogo, já que é filho de padeiro e tudo o mais. Sua estilista, Portia, e sua equipe o acompanham, e todos estão absolutamente atordoados de empolgação com a impressão que vamos causar. Exceto Cinna. Ele parece um pouco exausto ao receber os cumprimentos.

Fomos levados às pressas para o nível inferior do Centro de Transformação que, em essência, é um estábulo gigantesco. A cerimônia de abertura está para começar. Pares de tributos estão sendo colocados dentro de carruagens puxadas por grupos de quatro cavalos. Os nossos são pretos como carvões. Os animais são tão bem-treinados que não há nenhuma necessidade de alguém segurar suas rédeas. Cinna e Portia nos direcionam para a carruagem e colocam cuidadosamente nossos corpos em posição, ajeitando o drapejamento de nossas capas antes de se afastarem para discutir os últimos detalhes.

— O que você acha desse fogo? – sussurro para Peeta.

— Arranco sua capa se você arrancar a minha – sugere ele, com os dentes cerrados.

— Combinado – concordo. Talvez evitemos as piores queimaduras se conseguirmos arrancá-las o quanto antes. Mas a coisa não é tão fácil assim. Eles vão nos jogar na arena independentemente de nossas condições. – Eu sei que prometemos a Haymitch que faríamos exatamente o que eles dissessem, mas acho que ele não chegou a considerar esse ângulo.

— Aliás, onde está Haymitch? Não é função dele nos proteger desse tipo de coisa? – questiona Peeta.

— Com todo aquele álcool dentro dele, não deve ser nem um pouco aconselhável que fique perto de fogo – respondo.

E, de repente, nós dois começamos a rir. Aposto que estamos tão nervosos com os Jogos e, o que é mais estressante ainda, tão paralisados com a possibilidade de virarmos tochas humanas, que não estamos conseguindo agir de maneira sensata.

A música de abertura começa. É fácil ouvi-la, já que é tocada a todo o volume na Capital. Portas gigantescas se abrem, revelando ruas cheias de gente. A viagem dura mais ou menos vinte minutos e acaba no Círculo da Cidade, onde vão nos dar as boas-vindas, tocar o hino e nos acompanhar até o Centro de Treinamento, que será nossa casa/prisão até o começo dos Jogos.

Os tributos do Distrito 1 circulam em uma carruagem puxada por cavalos brancos como neve. Eles parecem tão belos, pintados com um spray prateado, vestidos em túnicas cintilantes repletas de joias. O Distrito 1 produz artigos de luxo para a Capital. Dá para ouvir os gritos da multidão. Eles são sempre os favoritos.

O Distrito 2 se posiciona para segui-los. Em questão de segundos, já estamos nos aproximando da porta e percebo que, entre o céu encoberto e a chegada da noite, a luz está ficando acinzentada. Os tributos do Distrito 11 estão passando quando Cinna aparece com uma tocha acesa.

– Aqui vamos nós – anuncia, e, antes que possamos reagir, ele acende nossas capas. Arquejo, esperando o calor, mas sinto apenas uma leve comichão. Cinna sobe ao nosso lado e acende nossos chapéus. Ele deixa escapar um suspiro de alívio. – Funciona. – Então, delicadamente, ele coloca a mão sob meu queixo. – Lembrem-se, cabeças erguidas. Sorrisos. Eles vão adorar vocês!

Cinna desce da carruagem e tem uma última ideia. Grita algo para nós, mas a música está mais alta que a voz dele. Grita novamente e faz um gesto.

– O que ele está dizendo? – pergunto a Peeta. Pela primeira vez, olho para ele e percebo que, em meio a todas aquelas chamas, ele está esplendoroso. E devo estar também.

– Acho que ele disse para nós ficarmos de mãos dadas – responde Peeta. Ele segura minha mão direita com a sua esquerda e nós olhamos para Cinna em busca de confirmação. Ele assente e levanta o polegar, e isso é a última coisa que vejo antes de entrarmos na cidade.

O susto inicial da multidão com nossa chegada se transforma rapidamente em palavras de incentivo e gritos de "Distrito 12!". Todas as cabeças estão viradas em nossa direção, tirando o foco das três carruagens à nossa frente. A princípio, fico paralisada, então, vejo nossas imagens em uma grande tela de televisão e fico impressionada com como nosso visual está de tirar o fôlego. No entardecer cada vez mais acentuado, o fogo ilumina nossos rostos. Parece que estamos deixando um rastro de chamas atrás de nossas capas esvoaçantes. Cinna estava certo em relação à pouca maquiagem. Nós dois estamos mais atraentes, mas, ainda assim, totalmente reconhecíveis.

Lembrem-se, cabeças erguidas. Sorrisos. Eles vão adorar vocês! Eu ouço a voz de Cinna em minha cabeça. Levanto o queixo um pouco mais, apresento meu sorriso mais conquistador

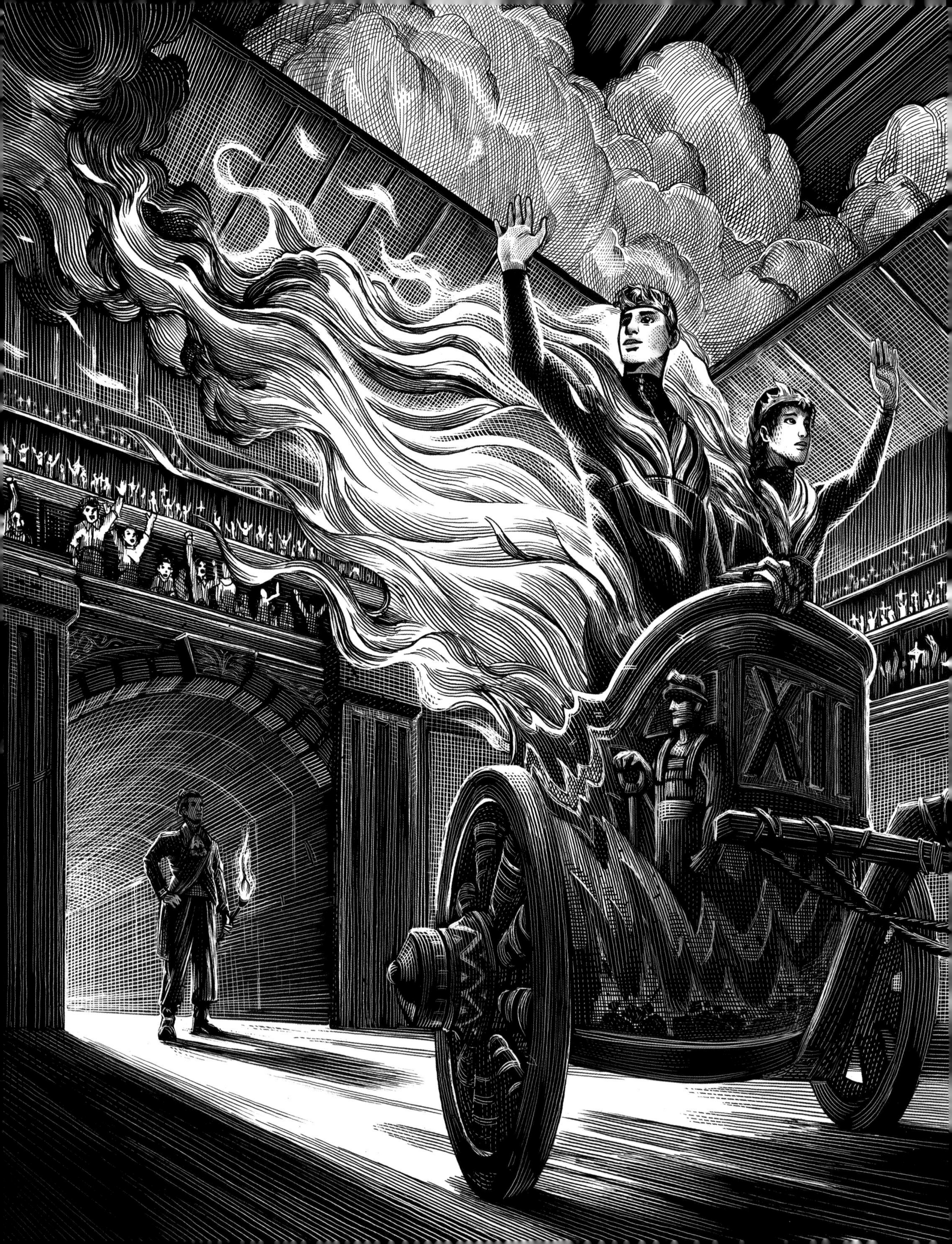
XII

e aceno para a multidão com minha mão livre. Estou contente agora que tenho Peeta para me ajudar a ficar equilibrada. Ele está bem estável, sólido como uma rocha. À medida que vou ganhando confiança, mando até alguns beijos para o público. A população da Capital está ficando enlouquecida, lançando uma enxurrada de flores em nossa direção, gritando nossos nomes e sobrenomes, que tiveram o trabalho de procurar no programa.

A música alta, os incentivos, as demonstrações de admiração penetram meu sangue, e não consigo suprimir meu entusiasmo. Cinna me deu uma grande vantagem. Ninguém se esquecerá de mim. Não se esquecerão de meu visual, de meu nome. Katniss. A garota em chamas.

Pela primeira vez, sinto uma pontinha de esperança percorrendo meu corpo. Certamente, algum patrocinador estará disposto a me bancar! E com alguma ajuda extra, um pouco de comida, a arma correta, por que razão eu deveria excluir minhas possibilidades de vencer esses Jogos?

Alguém joga uma rosa vermelha para mim. Eu a pego, cheiro-a delicadamente e mando um beijo na direção da pessoa que a lançou. Uma centena de mãos se aproxima para receber meu beijo, como se ele fosse uma coisa real e tangível.

– Katniss! Katniss! – Ouço meu nome sendo gritado de todos os lados. Todos querem meus beijos.

Somente quando entramos na cidade é que percebo que devo ter interrompido completamente a circulação sanguínea na mão de Peeta, de tanto apertá-la. Olho para nossos dedos unidos enquanto alivio a pressão, mas ele aperta novamente.

– Não, não me solte – pede ele. A luz do fogo faz seus olhos azuis tremeluzirem. – Por favor, posso cair desse troço a qualquer momento.

– Tudo bem. – E continuo apertando, mas não consigo evitar uma sensação estranha em relação à maneira com a qual Cinna nos uniu. Não é exatamente justo nos apresentar como uma equipe e depois nos aprisionar na arena para que um mate o outro.

As doze carruagens preenchem o anel do Círculo da Cidade. Nos edifícios que o circundam, todas as janelas estão lotadas com os mais prestigiosos cidadãos da Capital. Nossos cavalos puxam nossa carruagem até a mansão do presidente Snow, onde paramos.

O presidente, um homem pequeno e magro, com cabelos finos e brancos, dá as boas-vindas oficiais da varanda acima de nós. É tradicional as redes de televisão fazerem um corte para mostrar os rostos dos tributos durante o discurso. Mas vejo na tela que estamos recebendo muito mais do que nossa cota usual de exposição. À medida que anoitece, tirar os olhos de nossas chamas vai ficando mais difícil. Quando começa a tocar o hino nacional, eles se esforçam para fazer um corte rápido para os rostos de cada par de tributos, mas a câmera se mantém na carruagem do Distrito 12 enquanto ela desfila em torno do Círculo pela última vez e desaparece no Centro de Treinamento.

Mal as portas se fecham atrás de nós e já somos tomados pela equipe de preparação, cujas palavras de saudação mal conseguimos entender. Quando olho em volta, reparo que vários tributos estão nos olhando com cara feia, o que confirma o que eu havia suspeitado. Nós, literalmente, roubamos o brilho de todos os outros. Então, Cinna e Portia aparecem e nos ajudam a descer da carruagem, removendo com cuidado nossas capas e chapéus flamejantes. Portia os apaga com uma espécie de spray.

Noto que ainda estou colada a Peeta e forço meus dedos enrijecidos a se abrirem. Ambos massageamos nossas mãos.

— Obrigado por continuar segurando minha mão. Estava ficando um pouco trêmulo lá em cima – diz Peeta.

— Não parecia – digo. – Tenho certeza de que ninguém notou.

— Tenho certeza de que ninguém notou nada além de você. Devia usar essas chamas com mais frequência – comenta ele. – Elas ficam bem em você. – Então ele lança um sorriso em minha direção que parece tão genuinamente doce, e com a quantidade exata de timidez, que um inesperado fervor toma conta de mim.

JOGOS VORAZES

Um sinal de alerta apita em minha cabeça. *Não seja tão idiota. Peeta está bolando uma maneira de te matar,* lembro a mim mesma. *Está te seduzindo para te transformar em uma presa fácil. Quanto mais simpático aparenta ser, mais mortífero será.*

Mas, como duas pessoas podem jogar esse mesmo jogo, fico na ponta dos pés e beijo seu rosto. Bem no hematoma.

6

O Centro de Treinamento possui uma torre exclusivamente projetada para os tributos e suas equipes. Aqui será nossa casa até que os Jogos comecem de fato. Cada distrito possui um andar inteiro. Você simplesmente entra num elevador e aperta o número de seu distrito. Facílimo de lembrar.

Já andei duas vezes no elevador do Edifício de Justiça do Distrito 12. Uma vez para receber a medalha pela morte de meu pai, e a segunda vez – ontem mesmo – para me despedir de meus amigos e familiares. Mas o de lá é uma coisa escura e desconjuntada, que se move como um caramujo e tem cheiro de leite azedo. As paredes do elevador daqui são feitas de cristal, para que você possa ver as pessoas no térreo encolherem até ficarem do tamanho de formigas à medida que você dispara céu acima. É muito empolgante, e estou tentada a perguntar a Effie Trinket se não podemos andar novamente nele. Mas isso me parece um pouco infantil da minha parte.

Aparentemente, as tarefas de Effie Trinket não foram concluídas na estação. Ela e Haymitch ficarão nos supervisionando até o momento em que entrarmos na arena. De certa forma, isso é bom para nós, porque pelo menos podemos confiar que ela nos conduzirá aos locais na hora marcada, ao passo que Haymitch sumiu de vista desde nosso encontro no trem, quando concordou em nos ajudar. Provavelmente, desmaiou em algum lugar. Effie Trinket, por sua vez, parece estar nas alturas. Nós somos a primeira equipe sob sua tutela que fez um sucesso tão estrondoso na cerimônia de abertura. Está se sentindo lisonjeada não apenas com nossas roupas, mas também pela maneira com a qual nós nos portamos. E, como ela mesma diz, Effie conhece um bocado de gente importante na Capital, e tem falado muito bem de nós, tentando arranjar patrocinadores para mim e para Peeta.

— Mas tenho sido bastante misteriosa – diz ela, seus olhos quase fechados. – Porque, é claro, Haymitch nem se preocupou em me dizer quais eram as estratégias de vocês. Mas trabalhei o melhor que pude com o que tinha à minha disposição: como Katniss sacrificou a si mesma pela irmã. Como vocês dois lutaram com sucesso para superar a barbárie do distrito em que vivem.

Barbárie? Isso chega a ser irônico vindo de uma mulher que está nos ajudando a nos preparar para uma chacina. E em que ela está baseando nosso sucesso? Em nossas maneiras à mesa?

— Todo mundo está cauteloso, naturalmente. Vocês vêm do distrito carvoeiro, afinal. Mas eu disse, e isso foi muito esperto da minha parte: "Bem, se vocês trabalharem o carvão com gosto, ele vai se transformar em pérolas!" – Effie Trinket nos observa com tanto brilho nos olhos que não temos escolha a não ser responder à sua esperteza com entusiasmo. Mesmo sabendo que ela está equivocada.

Carvão não se transforma em pérolas. Elas são encontradas em conchas. Possivelmente, quis dizer que o carvão se transforma em diamante, mas isso também não é verdade. Ouvi falar que existe um tipo de máquina no Distrito 1 que consegue transformar grafite em diamante. Mas não retiramos grafite no Distrito 12. Isso fazia parte das tarefas do Distrito 13 até ele ser destruído.

Imagino se as pessoas com as quais ela tem mantido contato durante o dia inteiro sabem disso, ou mesmo se se importam com o fato.

— Infelizmente, não posso chancelar as propostas de patrocínio de vocês. Só Haymitch pode fazer isso – diz Effie, com pesar. – Mas não se preocupem. Vou levá-lo até a mesa sob a mira de um revólver, se preciso for.

Embora deixe a desejar em vários departamentos, Effie Trinket possui uma determinação que sou obrigada a admirar.

Meus aposentos aqui são maiores do que toda a nossa casa, lá no distrito. São elegantes como o vagão do trem, mas também possuem tantas geringonças automáticas que tenho certeza de que nunca terei tempo para apertar todos os botões. Só o chuveiro possui um painel com mais de cem opções a escolher: regulagem da temperatura da água, pressão, sabonetes, xampus, essências aromáticas, óleos e esponjas para massagem. Quando você sai do boxe e pisa sobre um capacho, aquecedores são acionados para secar seu corpo. Em vez de lutar com os nós em meu cabelo molhado, simplesmente coloco minha mão sobre uma caixa que envia uma corrente para meu couro cabeludo, desembaraçando, separando e secando meu cabelo quase instantaneamente. Ele fica flutuando sobre meus ombros como se fosse uma cortina acetinada.

Programo o closet para uma roupa que esteja a meu gosto. As janelas aproximam e afastam partes da cidade ao meu comando. Você só precisa sussurrar em um bocal algum prato de um menu colossal e ele aparece, fumegante, diante de você em menos de um minuto. Caminho pelo quarto comendo fígado de ganso com pão macio até ouvir uma batida na porta. Effie está chamando para o jantar.

Bom. Estou morrendo de fome.

Peeta, Cinna e Portia estão em uma varanda com vista para a Capital quando entramos na sala de jantar. Fico contente de ver os estilistas, principalmente depois de ouvir que Haymitch se juntará a nós. Uma refeição presidida apenas por Effie e Haymitch está fadada ao desastre. Além do mais, o jantar não diz respeito exatamente à comida, e sim ao planejamento de nossas estratégias, e Cinna e Portia já provaram o quanto são inestimáveis nesse quesito.

Um jovem calado, vestido com uma túnica branca, oferece taças de vinho a todos nós. Cogito recusar, mas nunca tomei vinho, exceto por uma mistura caseira que minha mãe usa para curar a tosse, então aceito porque imagino que jamais terei outra oportunidade de provar a bebida. Tomo um gole do líquido ácido e seco e secretamente imagino que o sabor poderia ser melhorado com algumas colheres de mel.

Haymitch dá as caras quando o jantar está sendo servido. Parece que também esteve com algum estilista porque está limpo e arrumado, e sóbrio como jamais o vi antes. Não recusa o vinho, mas, quando começa a tomar a sopa, percebo que é a primeira vez que o vejo comendo alguma coisa. Talvez ele realmente se controle o suficiente para nos ajudar.

Cinna e Portia parecem exercer uma influência civilizadora sobre Haymitch e Effie. Pelo menos estão se dirigindo um ao outro de maneira educada. E ambos são só elogios para o ato de abertura produzido por nossos estilistas. Enquanto jogam conversa fora, eu me concentro na comida. Sopa de cogumelo, folhas verdes com tomates do tamanho de ervilhas, rosbife em fatias fininhas como papel, espaguete ao molho verde, queijo que derrete na boca acompanhado de uvas suculentas. Os garçons, todos jovens vestidos com túnicas brancas como aquela do rapaz que nos serviu vinho, se movem sem dizer uma palavra, mantendo os pratos e as taças sempre cheios.

Quando minha taça está quase pela metade, começo a me sentir zonza, então, mudo para água mineral. Não gosto da sensação e espero que passe logo. Como Haymitch pode aguentar ficar o tempo todo assim é um mistério para mim.

Tento focar na conversa – cujo tema passou a ser nossos trajes de entrevista –, quando uma garota coloca um bolo com uma apresentação deslumbrante sobre a mesa e o ilumina com destreza. A vela se acende e então as chamas ficam tremeluzindo um pouco ao redor da borda até que finalmente somem. Fico em dúvida por alguns instantes.

– O que a mantém acesa? É o álcool? – pergunto, olhando para a garota. – Essa é a última coisa que eu gost... Ah! Eu te conheço!

Não consigo saber de onde a conheço ou quando a conheci e nem lembrar seu nome. Mas tenho certeza de que a conheço. Os cabelos ruivos, as feições arrebatadoras, a pele branca e lisa como porcelana. Mas, no exato momento em que dirijo as palavras a ela, sinto minhas entranhas se contraindo de ansiedade e culpa, e apesar de não saber exatamente o quê, sei que há alguma lembrança desagradável associada a ela. A expressão de terror que está estampada em seu rosto apenas intensifica minha confusão e minha inquietude. A garota balança a cabeça, negando com veemência, e se afasta rapidamente.

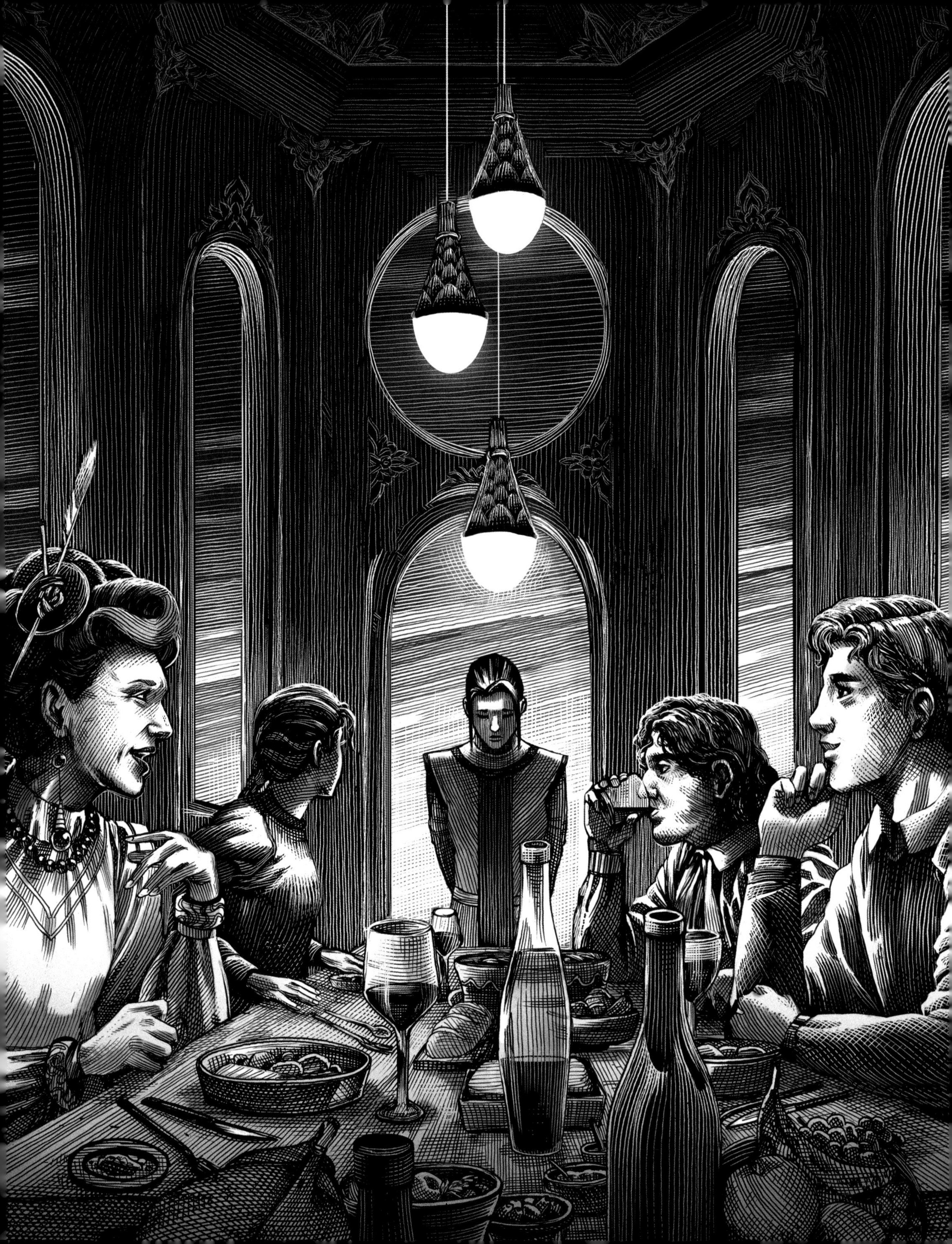

Quando volto meu olhar para a mesa, os quatro adultos estão me observando como se fossem falcões.

— Não seja ridícula, Katniss. Como você poderia conhecer uma Avox? — dispara Effie. — Inimaginável.

— O que é uma Avox? — pergunto, de modo estúpido.

— Alguém que cometeu um crime. Eles cortaram a língua dela para ela não falar mais — explica Haymitch. — Provavelmente é alguma traidora. Pouco provável que a conheça.

— E mesmo que conhecesse, você não pode se dirigir a eles, a menos que seja para dar alguma ordem — diz Effie. — É claro que você não a conhece de fato.

Mas eu a conheço sim. E agora que Haymitch mencionou a palavra *traidor*, me lembro de onde. Mas a desaprovação é tão grande que jamais poderia admitir a eles.

— Não, acho que não a conheço. Eu só... — gaguejo, e o vinho não ajuda em nada.

Peeta estala os dedos.

— Delly Cartwright. É ela. Também estava achando o rosto dela bem familiar. Aí notei que ela é a cara de Delly.

Delly Cartwright é uma garota loura, pálida e desajeitada que parece tanto com nossa garçonete quanto um besouro se parece com uma borboleta. Talvez ela seja também a pessoa mais simpática da face da Terra — ela sorri constantemente para todo mundo na escola, até para mim. Em momento algum vi essa garota ruiva sorrir. Mas acato a sugestão de Peeta com entusiasmo e gratidão.

— É claro! Era nela mesmo que eu estava pensando. Devem ser os cabelos.

— Alguma coisa nos olhos também me faz lembrar dela — continua Peeta.

O clima pesado à mesa fica mais brando.

— Ah, bom. Se é isso — diz Cinna. — E respondendo sua pergunta, o bolo contém uma bebida alcoólica, mas todo o álcool foi consumido no fogo. Mandei prepará-lo especialmente em homenagem à estreia ardente de vocês.

Nós comemos o bolo e mudamos para uma sala de estar para assistir à reprise da cerimônia de abertura que está sendo transmitida. Algumas outras duplas dão uma ótima impressão, mas nenhuma chega aos nossos pés. Até mesmo nossa própria equipe deixa escapar um "Ahh!" quando a televisão nos mostra saindo do Centro de Treinamento.

– De quem foi a ideia de vocês ficarem de mãos dadas? – pergunta Haymitch.

– De Cinna – responde Portia.

– O toque perfeito de rebeldia – diz Haymitch. – Muito bom.

Rebeldia? Preciso refletir sobre isso por um instante. Mas quando me lembro das outras duplas, com os tributos rigidamente separados, sem jamais se tocar e dando a impressão de que sequer foram apresentados, como se um companheiro não se desse conta da existência do outro, como se os Jogos já houvessem começado, consigo compreender a que Haymitch está se referindo. O fato de nós termos nos apresentado não como adversários, mas como amigos, nos distinguiu tanto quanto nosso traje flamejante.

– Amanhã de manhã acontece a primeira sessão de treinamento. Encontrem-me no café da manhã e direi a vocês exatamente como quero que atuem. – Haymitch se dirige a mim e a Peeta. – Agora vão dormir um pouco enquanto os adultos conversam.

Peeta e eu andamos lado a lado pelo corredor até nossos quartos. Quando chegamos à porta de meu quarto, ele encosta na moldura, não exatamente bloqueando minha entrada, mas insistindo para que eu prestasse atenção nele.

– Delly Cartwright. Imagina só encontrar uma sósia dela por aqui.

Está pedindo uma explicação, e estou tentada a lhe fornecer uma. Nós dois sabemos que ele me ajudou a escapar dessa. Então aqui estou eu novamente em débito com ele. Se contar a ele a verdade sobre a garota, talvez tudo se equilibre de alguma maneira. Que mal pode haver nisso? Mesmo que ele revelasse a história, não haveria mal algum. Foi só uma coisa que testemunhei. E ele mentiu tanto quanto eu com relação a Delly Cartwright.

Percebo que realmente desejo falar com alguém sobre a garota. Alguém que possa ser capaz de me ajudar a entender a história. Gale seria minha primeira escolha, mas é pouco provável que eu volte a vê-lo. Tento imaginar se contar a Peeta poderia lhe dar alguma possível vantagem sobre mim, mas não vejo como. Quem sabe compartilhar uma confissão vai, na verdade, fazer com que ele acredite que o vejo como um amigo.

Além disso, imaginar a garota com a língua mutilada me assusta. Ela me fez lembrar do motivo de eu estar nesse lugar. Não para vestir roupas moderninhas e comer guloseimas. Mas para sucumbir a uma morte sangrenta enquanto a multidão incentiva meu matador.

Contar ou não contar? Minha cabeça ainda está lenta devido ao vinho. Olho para o corredor vazio, como se a decisão estivesse ali.

Peeta repara em minha hesitação.

– Você já esteve no telhado? – pergunta ele, e balanço a cabeça negativamente. – Cinna me mostrou. Dá pra ver praticamente a cidade toda. Mas o vento está um pouco forte.

Traduzo a frase desta maneira em minha cabeça: "Ninguém vai nos ouvir conversando." Aqui existe essa sensação de que podemos estar sendo vigiados.

– Podemos ir lá em cima?

– Claro. Vamos lá – diz Peeta. Eu o sigo até uma escada que leva ao telhado. Há uma pequena sala em formato de domo com uma porta para o exterior. Assim que entramos e sentimos o vento frio da noite, fico perplexa com a vista. A Capital pisca como um vasto campo repleto de vaga-lumes. A eletricidade no Distrito 12 não é algo constante. Normalmente, contamos apenas com algumas horas diárias de iluminação. Frequentemente, as noites são passadas à luz de vela. A única ocasião em que podemos contar com eletricidade é durante as transmissões dos Jogos ou quando alguma mensagem importante do governo é veiculada, e todos são obrigados a assistir. Mas aqui não há racionamento de energia. Jamais haveria.

Peeta e eu caminhamos até um parapeito na borda do telhado. Olho bem para baixo, em direção à rua, que está cheia de gente. Dá para ouvir os carros, um grito ou outro e um estranho ruído metálico. No Distrito 12, a uma hora dessas, todos já estariam pensando em ir para a cama.

– Perguntei a Cinna por que eles nos deixam subir aqui. Será que não ficam preocupados com a possibilidade de algum tributo se jogar? – fala Peeta.

– O que ele disse? – quero saber.

– É impossível – responde Peeta. Ele ergue a mão no que parece ser um espaço vazio. Ouvimos um ruído agudo e ele baixa a mão. – Tem um tipo de campo de força que te lança de volta ao telhado.

– Sempre preocupados com nossa segurança – comento. Apesar de Cinna ter mostrado o telhado a Peeta, imagino se podemos mesmo estar aqui agora, tão tarde e a sós. Nunca vi tributos no telhado do Centro de Treinamento. Mas isso não significa que não estamos sendo filmados. – Você acha que alguém está nos observando?

– Talvez – admite ele. – Venha ver o jardim.

Do outro lado do domo, construíram um jardim com canteiros de flores e árvores. Dos galhos pendem centenas de sinos de vento que são os responsáveis pelo barulhinho metálico que eu tinha ouvido. Aqui no jardim, nessa noite ventosa, é fácil fazer com que a conversa de duas pessoas que não querem ser ouvidas passe despercebida. Peeta olha para mim na expectativa.

Finjo examinar uma floração.

– Estávamos caçando na floresta um dia. Escondidos, esperando alguma presa aparecer – sussurro eu.

– Você e seu pai? – sussurra de volta Peeta.

– Não, eu e meu amigo Gale. De repente, todos os pássaros pararam de cantar. Exceto um. Como se estivesse dando um alerta. Foi quando a vi. Tenho certeza de que era a mesma garota. Tinha um garoto com ela. Suas roupas estavam esfarrapadas. Eles tinham olheiras. Corriam como se a vida deles dependesse disso.

Por um instante fico em silêncio enquanto me lembro de como a imagem daquela dupla estranha, visivelmente não pertencente ao Distrito 12 e fugindo pela floresta, nos imobilizou. Mais tarde, imaginamos se não poderíamos tê-los ajudado a escapar. Talvez pudéssemos tê-los escondido, se tivéssemos agido com rapidez. Gale e eu fomos surpreendidos, fomos sim, mas somos ambos caçadores. Nós sabemos como os animais se comportam quando estão sendo caçados. Nós percebemos que a dupla estava em perigo assim que os vimos. Mas só observamos.

– O aerodeslizador apareceu do nada – continuo. – Quero dizer, uma hora o céu estava vazio, e na outra a coisa estava lá. Não fez nenhum som, mas eles viram. Uma rede desceu sobre a garota e a levou para cima com a rapidez de um elevador. Eles dispararam uma espécie de lança no garoto. Era atada a um cabo e eles o içaram da mesma maneira. Mas tenho certeza de que já estava morto. Ouvimos a garota gritar uma vez. O nome dele, eu acho. Então o aerodeslizador já não estava mais lá. Desapareceu no ar. E os pássaros começaram a cantar novamente, como se nada tivesse acontecido.

– Eles viram vocês? – pergunta Peeta.

– Não sei. Estávamos agachados atrás de algumas pedras – respondo. Porém, na verdade, sei. Houve um momento, depois do aviso do pássaro, e antes do aerodeslizador, em que a garota nos viu. Ela fixou seus olhos nos meus e pediu ajuda. Mas nem eu nem Gale respondemos.

– Você está tremendo – observa Peeta.

O vento e a história arrancaram todo o calor de meu corpo. O grito da garota. Terá sido o último?

Peeta tira a jaqueta e a coloca por cima de meus ombros. Eu me preparo para recuar, mas acabo permitindo, tomando a decisão de aceitar naquele momento não só a jaqueta como também sua gentileza. Um amigo faria isso, não é mesmo?

– Eles eram daqui? – pergunta ele, e abotoa a jaqueta em meu pescoço.

Balanço a cabeça em concordância. Eles possuíam aquele visual da Capital. O garoto e a garota.

– Para onde você acha que estavam indo? – Ele quer saber mais.

– Isso eu não sei – respondo. O Distrito 12 é bem o fim da linha. Mais além, só existe vastidão selvagem. Isso se você não contar as ruínas do Distrito 13, que ainda estão ardendo devido às bombas tóxicas. Mostram isso de vez em quando na televisão, só para nos lembrar. – Também não sei por que teriam saído daqui. – Haymitch tinha chamado os Avoxes de traidores. Contra o quê? Só podia ser contra a Capital. Mas possuíam tudo aqui. Não havia motivo para se rebelarem.

– Eu sairia daqui – dispara Peeta. Em seguida, olha ao redor de modo tenso. A frase saiu alto o suficiente para ser ouvida. Ele ri. – Eu iria para casa agora se permitissem. Mas você tem que admitir que a comida é de primeira.

Ele despistou novamente. Se fosse só isso o que você ouvisse, não passaria de palavras de um tributo assustado, não de alguém contemplando a inquestionável benevolência da Capital.

– Está ficando frio. É melhor a gente ir embora – pondera ele. O interior do domo está quente e iluminado. Seu tom é despojado. – Seu amigo Gale. Foi ele que afastou sua irmã na colheita?

– Foi. Você conhece ele?

– Não. Ouço as garotas falarem muito sobre ele. Pensava que ele fosse um primo seu ou alguma coisa assim. Vocês são próximos – afirma ele.

– Não, não somos parentes.

Peeta balança a cabeça, enigmático.

– Ele foi se despedir de você?

– Foi – respondo, observando-o cuidadosamente. – Assim como o seu pai. Ele trouxe biscoitos pra mim.

Peeta ergue as sobrancelhas, como se isso fosse uma novidade para ele. Mas, depois de testemunhar o quanto mente bem, não dou muito crédito.

– É mesmo? Bem, ele gosta de você e da sua irmã. Acho que ele gostaria de ter tido uma filha em vez de uma casa cheia de garotos.

A possibilidade de eu ter virado assunto de conversa – em torno da mesa de jantar, nos fornos da padaria, ou apenas de passagem – na casa de Peeta me deixa sobressaltada. Devia ser nas ocasiões em que a mãe não estava presente.

– Ele conhecia sua mãe dos tempos de criança – diz Peeta.

Outra surpresa. Mas provavelmente verdadeira.

– Ah, sim. Ela cresceu na cidade – digo. Parece pouco educado dizer que ela jamais mencionou o padeiro, exceto para elogiar seu pão.

Estamos em frente à porta de meu quarto. Devolvo a jaqueta dele.

– Nos vemos amanhã de manhã, então.

– Certo – diz ele, e segue pelo corredor.

Quando abro a porta, a garota ruiva está retirando minha peça única e as botas de onde as deixei, no chão do banheiro. Quero pedir desculpas pela possibilidade de tê-la deixado em uma situação difícil, mas lembro que não devo falar com ela a não ser que seja para dar alguma ordem.

– Ah, desculpa – começo a dizer. – Eu deveria ter devolvido isso a Cinna. Sinto muito. Você pode levar pra mim?

Ela evita meus olhos, balança levemente a cabeça e se encaminha para a porta.

Eu havia planejado dizer a ela que sentia muito pelo jantar. Mas sei que minhas desculpas vão muito mais além; que estou envergonhada por não ter tentado ajudá-la na floresta; que deixei a Capital matar o garoto e mutilá-la sem erguer um dedo contra isso.

Como se eu estivesse assistindo aos Jogos.

Chuto os sapatos e pulo debaixo das cobertas com a roupa do corpo. O tremor não parou. Talvez a garota não tenha se lembrado de mim. Mas sei que ela se lembrou. Você não esquece o rosto da pessoa que representou sua última esperança. Cubro a cabeça com as cobertas, como se para me proteger da garota ruiva que não pode mais falar. Mas consigo sentir os olhos dela me encarando, atravessando as paredes, as portas e as roupas de cama.

Imagino se ela vai se divertir assistindo à minha morte.

7

Meu cochilo está recheado de sonhos perturbadores. O rosto da garota ruiva se mistura com imagens sangrentas de edições anteriores dos Jogos Vorazes, com minha mãe retraída e inalcançável, com Prim esquelética e aterrorizada. Acordo berrando para que meu pai corra porque a mina está explodindo em um milhão de pedacinhos mortíferos de luz.

A manhã desponta pela janela. A Capital está com um ar enevoado e fantasmagórico. Minha cabeça dói e devo ter mordido a parte interna de minha bochecha durante a noite. Passo a língua na carne áspera e sinto gosto de sangue.

Lentamente, arrasto-me da cama até o chuveiro. Aperto arbitrariamente alguns botões no painel de controle e acabo saltando no boxe enquanto jatos de água gelada e quente alternam seus ataques sobre meu corpo. Então, sou inundada de espuma com aroma de limão que sou obrigada a esfregar no corpo com uma pesada e áspera escova. Bom, pelo menos meu sangue está fluindo.

Depois de me secar e aplicar uma loção hidratante, encontro um traje que foi deixado para mim em frente ao closet. Calças pretas justas, uma túnica lilás de mangas compridas e sapatos de couro. Penteio os cabelos com uma única trança caindo pelas costas. Essa é a primeira vez em que estou parecendo comigo mesma desde a manhã da colheita. Nada de penteado ou roupas extravagantes, nada de capas. Somente eu. Como se estivesse indo para a floresta. Isso me acalma.

Haymitch não nos deu uma hora exata para o encontro do café da manhã e ninguém me contatou hoje de manhã, mas estou faminta, então me encaminho para a sala de jantar na esperança de encontrar comida. Não fico decepcionada. Apesar da mesa vazia, um longo aparador que fica ao lado foi abastecido com pelo menos vinte tipos de iguarias.

Um jovem, um Avox, está atento nas proximidades. Quando pergunto se posso me servir, ele assente. Encho um prato com ovos, salsichas, bolos cobertos com uma densa camada de geleia de laranja e fatias de melão. À medida que ponho tudo para dentro, observo o sol se erguendo sobre a Capital. Faço um segundo prato com grãos quentes envoltos no vapor de bife cozido. Por fim, encho um prato com pãezinhos e sento-me à mesa, cortando-os em pequenos pedaços e mergulhando-os no chocolate quente, da mesma maneira que Peeta havia feito no trem.

Minha mente vagueia até minha mãe e Prim. Elas já devem estar de pé. Minha mãe preparando o angu que elas comem de manhã. Prim tirando o leite da cabra antes de ir para a escola. Há apenas duas manhãs eu estava em casa. Seria isso mesmo? Sim, apenas duas manhãs. E agora, como a casa parece vazia, mesmo a distância. O que elas conversaram ontem à noite sobre minha estreia flamejante nos Jogos? Será que isso as deixou esperançosas ou simplesmente aumentou sua sensação de terror quando viram a realidade de vinte e quatro tributos enfileirados, cientes de que somente um poderá escapar com vida?

Haymitch e Peeta aparecem, me dão bom-dia e enchem seus pratos. Fico irritada ao ver que Peeta está vestindo exatamente o mesmo traje que eu. Preciso falar uma coisa com Cinna: essa ideia de nos transformar em gêmeos vai acabar explodindo em nossas cabeças assim que os Jogos começarem. Eles devem saber disso, com toda certeza. Então, lembro-me de Haymitch me aconselhando a fazer exatamente o que os estilistas me dissessem para fazer. Se fosse qualquer um, exceto Cinna, talvez ficasse tentada a ignorar o conselho. Porém, depois do triunfo da noite de ontem, não tenho muito espaço para criticar suas escolhas.

Estou nervosa em relação ao treinamento. Haverá três dias nos quais todos os tributos treinarão juntos. Na última tarde, nós teremos uma chance de nos apresentar sozinhos diante dos Idealizadores dos Jogos. A simples ideia de ficar cara a cara com os outros tributos já me deixa enjoada. Viro e reviro em minhas mãos o pãozinho que acabei de tirar da cesta, mas meu apetite sumiu.

Após terminar de comer várias porções de cozido, Haymitch empurra o prato com um suspiro. Pega um frasco no bolso, dá um longo gole e apoia os cotovelos sobre a mesa.

– Vamos começar a trabalhar. Treinamento. Primeira coisa, se vocês preferirem, posso treinar os dois separadamente. Decidam agora.

– Por que nos treinar separadamente? – pergunto.

– Digamos que você tenha uma habilidade secreta que não queira que o outro conheça – sugere Haymitch.

Troco olhares com Peeta.

– Não tenho nenhuma habilidade secreta – diz ele. – E já sei quais são as suas, certo? Quero dizer, já comi muitos dos seus esquilos.

Jamais imaginei Peeta comendo os esquilos que caço. De alguma maneira, sempre visualizei o padeiro dando meia-volta e consumindo os esquilos fritos sozinho. Não por ganância, mas porque as famílias da cidade normalmente comem as carnes caras vendidas nos açougues. Bife de boi, frango e cavalo.

– Você pode nos treinar juntos – digo a Haymitch. Peeta balança a cabeça, concordando.

– Tudo bem, então por que vocês não me dão alguma ideia do que são capazes de fazer?

– Não sou capaz de fazer nada – informa Peeta. – A não ser que fazer pães preste pra alguma coisa.

– Desculpe, mas acho que não muito. Katniss. Já sei que você tem habilidade com facas – diz Haymitch.

– Não muita. Mas sei caçar – completo. – Com arco e flecha.

– E você é boa nisso? – pergunta Haymitch.

Preciso pensar a respeito. Tenho colocado comida na mesa de casa há quatro anos, o que não é pouca coisa. Não sou tão boa quanto meu pai era, mas ele tinha muito mais experiência do que eu. Minha mira é melhor que a de Gale, mas tenho mais experiência do que ele. Ele é um gênio com armadilhas e arapucas.

– Dá pro gasto – respondo.

— Ela é excelente – diz Peeta. – Meu pai compra os esquilos dela. Ele sempre comenta sobre como as flechas nunca penetram o corpo. Ela atinge todos os bichos nos olhos. É a mesma coisa com os coelhos que ela vende no açougue. Ela consegue abater até cervos.

Essa avaliação que Peeta faz das minhas habilidades me pega totalmente de surpresa. Primeiro por ele ter notado e segundo por estar me incentivando.

— O que você está fazendo? – pergunto a ele, desconfiada.

— O que você está fazendo? Se ele vai te ajudar, ele precisa saber do que você é capaz. Não se subestime – devolve Peeta.

Não sei por quê, mas isso tudo está me irritando um pouco.

— E você? Já te vi no mercado. Você consegue levantar sacos de farinha de quarenta e cinco quilos – rebato. – Diga isso a ele. Isso não é pouca coisa.

— Eu sei, e tenho certeza de que na arena vai ter um monte de sacos de farinha pra eu jogar nas pessoas. Isso não é a mesma coisa que usar uma arma. Você sabe que não – retruca.

— Ele é bom em luta livre – informo a Haymitch. – Ele ficou em segundo lugar no campeonato da escola ano passado. Só perdeu pro irmão.

— E pra que serve isso? Quantas vezes você viu alguém matar alguém lutando? – pergunta Peeta, chateado.

— Sempre tem algum combate corpo a corpo. Basta você aparecer com uma faca que já vai ter alguma chance. Se eu for pega assim estou morta! – Consigo ouvir minha própria voz se elevando com a raiva que estou sentindo.

— Mas isso não vai acontecer! Você vai estar empoleirada em alguma árvore comendo esquilo cru e acertando as pessoas com suas flechas. Você sabe o que minha mãe disse pra mim quando veio se despedir? Só pra me dar ânimo? Ela disse que podia ser que o Distrito 12 tivesse finalmente um vencedor dessa vez. Depois, percebi que não estava se referindo a mim, mas a você! – explode Peeta.

— Ah, ela estava se referindo a você mesmo. – Balanço a mão, desconsiderando a afirmação de Peeta.

— Minha mãe disse: "É uma sobrevivente, aquela lá." Ela disse *aquela* – repete Peeta.

Isso me faz dar um freio na discussão. Será que a mãe dele realmente disse isso a meu respeito? Será que me colocou acima do próprio filho? Vejo a dor nos olhos de Peeta e me dou conta de que ele não está mentindo.

De repente, transporto-me para os fundos da padaria e consigo sentir o frio da chuva escorrendo pelas minhas costas, o vazio em minha barriga. Sinto-me com onze anos de idade quando falo:

— Mas só porque alguém me ajudou.

Os olhos de Peeta oscilam na direção do pãozinho em minhas mãos, e me dou conta de que ele também se lembra daquele dia. Mas apenas dá de ombros.

— As pessoas vão te ajudar na arena. Eles vão se digladiar pra te patrocinar.

— Não mais do que a você – discordo.

Peeta dirige o olhar para Haymitch.

— Ela não faz ideia do efeito que causa. – Ele passa a unha na madeira da mesa, recusando-se a me encarar.

O que será que ele está querendo dizer, afinal? Como assim, as pessoas vão me ajudar? Quando estávamos morrendo de inanição ninguém me ajudou! Ninguém a não ser Peeta. Assim que comecei a ter mercadorias para trocar as coisas mudaram. Mas é porque sou implacável nas barganhas. Ou será que não? Será que passo a impressão de ser fraca e necessitada? Será que ele está sugerindo que sou privilegiada porque as pessoas sentem pena de mim? Tento imaginar se ele tem razão. Talvez alguns dos comerciantes fossem um pouco generosos em suas transações, mas sempre atribuí esse fato ao longo relacionamento que eles mantiveram com meu pai. Além disso, a caça que vendo é de primeira! Ninguém nunca sentiu pena de mim!

Observo intensamente o pãozinho, tendo a certeza de que ele quis me insultar.

Depois de mais ou menos um minuto nisso, Haymitch diz:

– Ok, então. Ok, ok, ok. Katniss, não há nenhuma garantia de que haverá arco e flecha na arena, mas durante sua sessão particular com os Idealizadores dos Jogos, mostre a eles o que você é capaz de fazer. Até lá, fique longe dos arcos. Você é boa em armadilhas?

– Sei montar algumas arapucas básicas – murmuro.

– Isso pode ser importante em termos de comida – diz Haymitch. – E Peeta, ela tem razão, nunca subestime a força de alguém na arena. Com muita frequência, a força física faz a vantagem pender para o lado de determinado competidor. No Centro de Treinamento há halteres, mas não revele o quanto você consegue levantar na frente dos outros tributos. O plano é o mesmo para vocês dois. Vocês vão para o treinamento de grupo. Passem o tempo tentando aprender alguma coisa que desconhecem. Arremessar uma lança. Manusear uma clava. Aprender a dar um nó decente. Tudo menos mostrar no que vocês são bons. Até chegarem às sessões particulares. Estamos entendidos? – pergunta Haymitch.

Peeta e eu assentimos.

– Uma última coisa. Em público, quero vocês um do lado do outro o tempo todo – pede Haymitch. Nós começamos a discordar, mas Haymitch bate a mão com força sobre a mesa. – O tempo todo! Isso não está aberto à discussão! Vocês dois concordaram em fazer o que eu dissesse! Vocês vão ficar juntos, vão parecer amáveis um com o outro. Agora saiam. Effie esperará vocês no elevador às dez horas pra começar o treinamento.

Mordo o lábio e retorno ao meu quarto, fazendo tudo para que Peeta ouça a porta batendo com força. Sento-me na cama, odiando Haymitch, odiando Peeta, odiando a mim mesma por falar sobre aquele dia na chuva, muito tempo atrás.

Que piada! Peeta e eu andando por aí fingindo que somos amigos! Elogiando a força um do outro, insistindo para que o outro tenha crédito por suas respectivas habilidades. Porque, na verdade, em algum ponto, teremos que acabar com isso e aceitar que somos adversários. O que eu estava preparada para fazer agorinha mesmo, se não fosse pela estúpida instrução de Haymitch para que permanecêssemos juntos durante o treinamento. Mas acho que foi culpa minha. Por eu ter dito que não precisava nos treinar separadamente.

Mas aquilo não significava que eu estivesse disposta a fazer tudo ao lado de Peeta que, por sua vez, tampouco demonstra vontade de ser meu parceiro.

Ouço a voz de Peeta em minha cabeça. *Ela não faz ideia do efeito que causa.* Obviamente, aquilo tinha a intenção de me humilhar. Certo? Mas uma pequenina parcela de mim imagina se não foi, na verdade, um elogio. Se ele não quis dizer que, de alguma maneira, eu era atraente. É esquisito o quanto ele reparou em mim. Tipo, o quanto ele prestou atenção às minhas caçadas. E, aparentemente, também não fui assim tão desatenta com ele quanto imaginava. A farinha. A luta livre. Sempre mantive um olho no garoto do pão.

Quase dez horas. Escovo os dentes e penteio novamente o cabelo. A raiva bloqueou temporariamente meu nervosismo em relação ao encontro com os outros tributos, mas, agora, estou sentindo minha ansiedade surgindo novamente. Quando encontro Effie e Peeta no elevador, já estou roendo as unhas. Paro imediatamente.

As verdadeiras salas de treinamento ficam no subsolo de nosso edifício. Com esses elevadores, a viagem não dura mais do que um minuto. As portas se abrem para um enorme ginásio repleto de diversas armas e sequências de obstáculos. Embora ainda não sejam dez horas, somos os últimos a chegar. Os outros tributos estão reunidos em um círculo tenso. Cada um deles possui um quadrado de pano com o número de seu distrito preso às camisas. Enquanto alguém prende o número *12* em minhas costas, dou uma olhada geral. Eu e Peeta somos os únicos que estão vestidos da mesma maneira.

Assim que nos juntamos ao círculo, a treinadora principal, uma mulher alta e de porte atlético chamada Atala, dá um passo à frente e começa a explicar como será a rotina de treinamento. Os peritos de cada habilidade permanecerão em suas estações. Nós ficaremos livres para transitar de uma área para outra de acordo com a escolha que fizermos, seguindo as instruções de nosso mentor. Algumas estações ensinam técnicas de sobrevivência, outras técnicas de combate. Nós somos proibidos de nos engajar em qualquer exercício de combate com outro tributo. Há assistentes à disposição se quisermos praticar com algum parceiro.

JOGOS VORAZES

Quando Atala começa a ler a lista das estações de habilidades, não consigo evitar algumas olhadelas nos outros tributos. É a primeira vez que estamos todos reunidos, no mesmo nível e com roupas comuns. Meu ânimo desaba. Quase todos os garotos, e pelo menos metade das garotas, são maiores do que eu, embora muitos deles nem tenham sido adequadamente alimentados. Dá para ver pelos ossos, pela pele e pelo olhar vazio de alguns. Posso ser menor por natureza, mas pelo menos a maneira criativa de sobreviver da minha família me garantiu uma vantagem nesse quesito. Mantenho uma postura firme e, apesar de magra, sou bem forte. A carne e os vegetais da floresta combinados aos exercícios necessários para obtê-los me proporcionaram um corpo mais saudável do que a maioria dos que vejo ao meu redor agora.

As exceções são os garotos dos distritos mais ricos, os voluntários, aqueles que foram alimentados e treinados durante toda a vida para esse momento. Os tributos dos Distritos 1, 2 e 4 são tradicionalmente assim. É tecnicamente contra as regras treinar tributos antes que eles cheguem à Capital, mas todo ano isso acontece. No Distrito 12, nós os chamamos de Tributos Carreiristas ou, simplesmente, Carreiristas. E quase sempre o vencedor é um deles.

A leve vantagem que possuo ao chegar ao Centro de Treinamento – minha entrada flamejante na noite anterior – parece sumir na presença de meus competidores. Os outros tributos ficaram com ciúmes de nós, não porque fomos fantásticos, mas porque nossos estilistas foram. Agora vejo apenas desprezo nos olhares dos Tributos Carreiristas. Cada um deles deve ter entre vinte e quarenta quilos a mais do que eu. Exalam arrogância e brutalidade. Quando Atala nos libera, eles se encaminham diretamente para as armas com as aparências mais mortíferas do ginásio e as manuseiam com facilidade.

Estou pensando que tenho sorte de ser uma corredora veloz quando Peeta cutuca meu braço, me fazendo pular. Ele ainda está ao meu lado, de acordo com as instruções de Haymitch. Sua expressão é séria.

– Por onde você quer começar?

Olho para os Tributos Carreiristas, que estão se exibindo, claramente tentando intimidar a todos. Então, olho para os outros, os subalimentados, os incompetentes, recebendo com os corpos trêmulos as primeiras lições com uma faca ou com um machado.

– Que tal fazermos alguns nós? – sugiro.

– Ótima ideia – diz Peeta.

Atravessamos o ginásio em direção à estação vazia, onde o treinador parece grato por receber alunos. É nítida a sensação de que a aula de como fazer nós não é uma das grandes atrações dos Jogos Vorazes. Quando percebe que tenho alguma noção de arapucas, o treinador nos mostra uma armadilha simples, porém excelente para deixar um competidor pendurado numa árvore por uma perna. Nós nos concentramos nessa habilidade específica por uma hora até os dois adquirirem pleno domínio. Então, passamos para camuflagem. Peeta parece genuinamente adorar essa estação, esfregando na pele clara uma combinação de lama, argila e extratos de frutas silvestres, tecendo disfarces a partir de galhos de vinhas e folhas. O treinador que coordena a estação de camuflagem está bastante entusiasmado com o trabalho dele.

– Sou eu que faço os bolos – admite Peeta para mim.

– Bolos? – pergunto. Eu estava preocupada em observar o garoto do Distrito 2 arremessar uma lança no coração de um boneco a uma distância de catorze metros. – Que bolos?

– Em casa. Os com cobertura, para a padaria – responde ele.

Ele está falando dos bolos que ficam na vitrine. Bolos bem decorados, com flores e coisinhas bonitinhas pintadas no glacê. São bolos de aniversário e de Ano-Novo. Quando estávamos na praça, Prim sempre me arrastava para admirá-los, embora jamais pudéssemos imaginar que algum dia teríamos condições de adquirir algum deles. Mas há tão pouca beleza no Distrito 12 que dificilmente nego a ela esse prazer.

Olho mais criticamente para o desenho no braço de Peeta. Os padrões alternantes de luz e sombra sugerem a luz do sol penetrando nas árvores da floresta. Imagino como ele conhece esse efeito, pois duvido que já tenha ultrapassado a cerca alguma vez. Será que foi capaz de sacar apenas olhando para aquela velha e retorcida macieira que ele tem no quintal de casa? De alguma maneira, a coisa toda – a habilidade dele, os tais bolos inacessíveis, o elogio do perito em camuflagem – me irrita.

– É lindo. Se ao menos você conseguisse soterrar alguém em glacê – comento.

– Não seja tão superior. Não dá para saber o que vamos encontrar na arena. Vai que aparece um bolo gigantesco...? – começa Peeta.

– E se a gente fosse pra outra estação? – interrompo.

Então, os três dias seguintes transcorrem com Peeta e eu indo silenciosamente de estação em estação. Adquirimos realmente algumas habilidades valiosas: acender fogueiras, arremessar facas, fazer abrigos. Apesar da ordem de Haymitch para que parecêssemos medíocres, Peeta é excelente no combate corpo a corpo, e eu passo no teste das plantas comestíveis sem nem piscar. Contudo, continuamos distantes do arco e flecha e do levantamento de peso, reservando-os para nossas sessões particulares.

Os Idealizadores dos Jogos apareceram cedo no primeiro dia. Vinte e tantos homens e mulheres vestidos com túnicas lilases. Eles se sentam nas arquibancadas elevadas que circundam o ginásio, às vezes andando para nos ver, tomando notas, outras vezes comendo no interminável banquete que foi instalado para eles, ignorando-nos. Mas parecem mesmo prestar atenção aos tributos do Distrito 12. Diversas vezes os observei e vi um deles com os olhos fixos sobre nós. Também fazem consultas aos treinadores durante nossas refeições. Encontramos todos reunidos quando voltamos ao treinamento.

Café da manhã e jantar são servidos em nosso andar, mas, na hora do almoço, os vinte e quatro tributos comem na sala de refeições que fica fora do ginásio. A comida é arrumada em carrinhos espalhados pela sala, e todos se servem. Os Tributos Carreiristas tendem a se reunir de modo desordeiro em torno da mesa, como se estivessem demonstrando superioridade, passando a mensagem de que não têm medo uns dos outros e que consideram o resto de nós pouco interessante. A maioria dos outros tributos se senta sozinha, como ovelhas desgarradas. Ninguém dirige uma palavra a nós. Peeta e eu comemos juntos e – como Haymitch não para de nos orientar – tentamos manter uma conversa animada durante as refeições.

Não é fácil encontrar um assunto. Falar de casa é doloroso. Falar do presente é insuportável. Um dia, Peeta esvazia nossa cesta de pão e aponta como eles foram cuidadosos em incluir pães típicos dos diversos distritos junto com os pães mais refinados da Capital. O de formato de peixe com uma tonalidade esverdeada e com algas do Distrito 4. O pãozinho meia-lua salpicado de sementes do Distrito 11. De alguma maneira, embora seja feito do mesmo material, ele parece muito mais apetitoso do que os biscoitos horrorosos que são o padrão lá em casa.

– E aí está – diz Peeta, jogando os pães de volta à cesta.

– Com certeza você conhece muita coisa – comento.

– Só sobre pães – diz ele. – Tudo bem, agora vamos rir para dar a impressão de que o que acabei de dizer era engraçado.

Nós dois damos uma risada, até certo ponto convincente, e ignoramos os olhares na sala.

– Certo, vou continuar sorrindo prazerosamente e você fala – sugere Peeta. A orientação de Haymitch para que demonstremos amizade está nos desgastando, porque desde que bati a porta na cara dele, a atmosfera entre nós tem estado um pouco fria. Mas temos ordens a seguir.

– Já te contei do dia em que fui perseguida por um urso? – pergunto.

– Não, mas parece fascinante – responde Peeta.

Eu tento animar minha cara enquanto relembro o evento, uma história verdadeira, em que disputei estupidamente uma colmeia com um urso preto. Peeta ri e faz perguntas como se fosse um ator. Ele é muito melhor nisso do que eu.

No segundo dia, enquanto estamos treinando arremesso de lança, ele sussurra para mim:

– Acho que tem alguém nos vigiando.

Arremesso a lança – atividade em que na realidade não sou ruim se não sou obrigada a acertar muito longe – e vejo a garotinha do Distrito 11 nos observando de uma certa distância. É a tal garota de doze anos, a que me lembrou Prim em estatura. De perto, parece ter dez anos. Ela tem olhos escuros e brilhantes e uma pele morena acetinada, e está se equilibrando sobre as pontas dos dedos do pé com os braços levemente estendidos para os lados, como se estivesse pronta para alçar voo ao menor barulho. É impossível não imaginar um pássaro.

Pego outra lança enquanto Peeta arremessa a sua.

– Acho que o nome dela é Rue – diz ele suavemente.

Mordo o lábio. Rue é uma pequena flor amarela que se encontra na Campina. Rue. Primrose. Nenhuma das duas atingiria trinta quilos em uma balança. Nem que estivessem encharcadas.

– O que podemos fazer a respeito? – pergunto a ele, com mais dureza do que pretendia.

– Nada – retruca ele. – É só pra manter a conversa.

Agora que sei que está lá, é difícil ignorar a criança. Ela desliza e se junta a nós em estações diferentes. Como eu, é esperta com plantas, escala com elegância e possui uma boa mira. Sempre consegue acertar o alvo com uma atiradeira. Mas o que significa uma atiradeira contra um homem de noventa quilos portando uma espada?

De volta ao andar do Distrito 12, Haymitch e Effie nos enchem a paciência durante o café da manhã e o jantar, obrigando-nos a contar todos os detalhes do dia. O que fizemos, quem nos observou, como avaliamos os outros tributos. Cinna e Portia não estão por perto, de modo que não há ninguém que possa acrescentar um pouco de sanidade às refeições. Não que Haymitch e Effie estejam novamente discutindo. Ao contrário, parecem estar agindo em sintonia um com o outro, determinados a nos torturar até que estejamos em forma. Cheios de intermináveis orientações a respeito do que devemos ou não fazer nos treinamentos. Peeta tem mais paciência, mas fico de saco cheio e mal-humorada.

Quando finalmente escapamos para a cama na segunda noite, Peeta resmunga:

— Alguém bem que podia arrumar uma bebida pro Haymitch.

Faço um som que está entre um ronco e um riso. Então me controlo. Ficar tentando manter a aparência de amizade quando na verdade não somos amigos está confundindo a minha cabeça. Pelo menos, quando entrarmos na arena, saberei como será nossa relação.

— Não vamos fingir quando não há ninguém por perto, certo?

— Certo, Katniss – diz ele, com o ar cansado. Depois disso, passamos a conversar somente na presença de outras pessoas.

No terceiro dia de treinamento, começam a nos chamar na hora do almoço para nossas sessões particulares com os Idealizadores dos Jogos. Distrito após Distrito, primeiro o tributo masculino, depois o tributo feminino. Como de costume, o Distrito 12 está destinado a ser o último. Esperamos na sala de jantar, sem ter certeza sobre para onde iríamos. Ninguém volta depois que sai. À medida que a sala fica vazia, a pressão para parecer amigável se acentua. Quando chamam Rue, nós ficamos sozinhos. Ficamos sentados em silêncio até que convocam Peeta. Ele se levanta.

— Lembre-se do que Haymitch disse: não se esqueça de arremessar os pesos. – As palavras saem de minha boca sem permissão.

— Obrigado. Vou me lembrar disso – diz ele. – Você... vê se acerta bem na mira.

Balanço a cabeça, concordando. Não sei nem por que eu disse alguma coisa. Embora prefira que Peeta vença, se for para eu perder, e não os outros. Melhor para nosso distrito, para minha mãe e para Prim.

Depois de mais ou menos quinze minutos, eles chamam meu nome. Aliso o cabelo, ajeito os ombros e caminho em direção ao ginásio. Imediatamente, percebo que estou encrencada. Os Idealizadores dos Jogos estão aqui faz muito tempo. Sentados assistindo a outras vinte e três apresentações. Tomaram muito vinho, todos eles. Querem mais do que qualquer outra coisa voltar para suas casas.

Não há nada que eu possa fazer a não ser prosseguir com o plano. Caminho até a estação de arco e flecha. Ah, as armas! Há dias estou ansiosa para botar as mãos nelas! Arcos feitos de madeira, de plástico, de metal e de materiais que nem conheço. Flechas com penas cortadas em linhas uniformes e perfeitas. Escolho um arco, testo a corda e ponho a aljava correspondente no ombro. Tem uma série de alvos a distância, mas é limitada demais. Alvos redondos tradicionais e silhuetas humanas. Caminho em direção ao centro do ginásio e escolho meu primeiro alvo. O boneco usado antes para o treinamento com faca. No momento exato em que puxo a flecha percebo que há algo errado. A corda é mais retesada do que a que eu costumava utilizar em casa. O arco é mais rígido. Acerto alguns centímetros longe do boneco e perco a pouca concentração que tinha. Por um instante, sinto-me humilhada. Então, volto ao alvo redondo. Atiro novamente e mais uma vez até dominar as novas armas.

De volta ao centro do ginásio, tomo minha posição inicial e espeto o boneco bem no coração. Depois, rasgo a corda que segura o saco de areia do treinamento de boxe e ele se abre ao cair no chão. Sem parar, posiciono-me de joelhos e mando uma flecha na direção de uma das lâmpadas que ficam penduradas no teto do ginásio. Uma chuva de fagulhas explode.

Minha pontaria está excelente. Eu me viro para os Idealizadores dos Jogos. Uns poucos estão indicando aprovação, mas a maioria está fixada no porco assado que acaba de chegar ao banquete deles.

De repente, fico furiosa pelo fato de que, mesmo com minha vida por um fio, eles não prestam a mínima atenção em mim. Por meu espetáculo estar sendo deixado de lado por um porco morto. Meu coração bate forte. Sinto meu rosto queimando. Sem parar para pensar, puxo uma flecha da aljava e mando na direção da mesa dos Idealizadores dos Jogos. Ouço gritos de susto à medida que as pessoas tropeçam para longe da mesa. A flecha espeta a maçã na boca do porco e a prende à parede. Todos me encaram sem conseguir acreditar.

– Obrigada pela consideração. – Então, faço uma leve mesura e caminho diretamente para a saída sem ter sido dispensada.

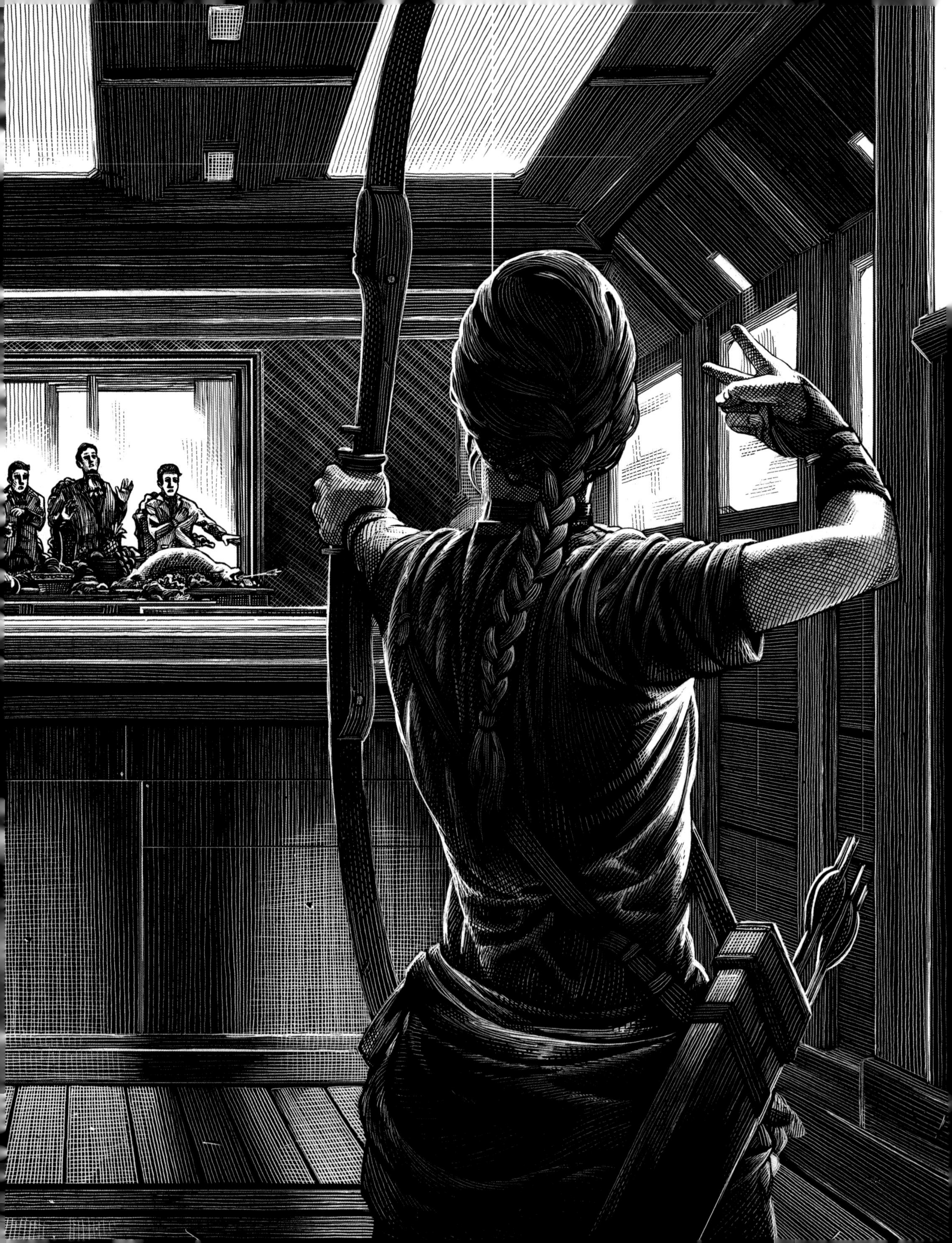

8

Enquanto sigo em direção ao elevador, jogo o arco para um lado e a aljava para outro. Passo correndo pelos Avoxes boquiabertos que guardam os elevadores e soco o número doze. As portas deslizam e eu subo. Consigo chegar ao meu andar antes que as lágrimas comecem a escorrer por meu rosto. Ouço os outros me chamando na sala de estar, mas atravesso o corredor voando, entro às pressas no quarto e pulo na cama. Aí, sim, começo a soluçar.

Agora consegui! Agora arruinei tudo! Se é que eu tinha alguma chance ínfima, ela desapareceu por completo no instante em que lancei aquela flecha na direção dos Idealizadores dos Jogos. O que será que vão fazer comigo agora? Vão me prender? Vão me executar? Vão cortar minha língua e me transformar em uma Avox para servir aos futuros tributos de Panem? O que passou pela minha cabeça naquele momento? Atirei nos Idealizadores dos Jogos? É claro que não, atirei naquela maçã porque estava com muita raiva por estar sendo ignorada. Eu não estava tentando matar nenhum deles. Se estivesse, eles estariam mortos!

Ah, o que isso importa? Eu não venceria esses Jogos mesmo. Quem se importa com o que eles possam fazer comigo? O que realmente me assusta é o que poderiam fazer com minha mãe e com Prim. Como minha família poderia sofrer agora por causa da minha impulsividade. Será que vão tomar os poucos pertences delas, ou mandar minha mãe para a prisão e Prim para o lar comunitário? Ou será que vão matar as duas? Eles não as matariam. Será que matariam? Por que não? Por que se importariam com elas?

Eu devia ter ficado lá e pedido desculpas. Ou rido, como se tudo não tivesse passado de uma grande piada. Aí quem sabe eu teria conseguido algum perdão. Mas, em vez disso, dei o fora da maneira mais desrespeitosa possível.

Haymitch e Effie estão batendo na porta. Grito para irem embora, e, por fim, vão. Levo pelo menos uma hora para esgotar todas as minhas lágrimas. Em seguida, fico enroscada na cama, golpeando os lençóis de seda, observando o sol se pôr sobre a frívola e artificial Capital.

A princípio, espero guardas aparecerem para me levar. Mas, à medida que o tempo passa, isso parece menos provável. Eu me acalmo. Eles ainda precisam de um tributo do sexo feminino do Distrito 12, não precisam? Se os Idealizadores dos Jogos querem me punir, podem fazê-lo em público. Podem esperar até que eu entre na arena para em seguida atiçar animais selvagens atrás de mim. Pode apostar que se encarregarão de garantir que eu não tenha comigo um arco para me defender.

Antes disso, entretanto, vão me dar uma nota tão baixa que nenhum patrocinador em sã consciência vai querer me bancar. É isso o que vai acontecer hoje à noite. Como o treinamento não é aberto ao público, os Idealizadores dos Jogos anunciam um placar para cada jogador. Isso dá ao público um ponto de partida para as apostas que ocorrerão ao longo dos Jogos. O número, que vai de um a doze – um sendo irremediavelmente ruim e doze sendo inalcançavelmente alto –, significa o quanto um tributo é promissor. A marca não garante que determinado tributo vai vencer. É apenas uma indicação do potencial que o tributo demonstrou durante o treinamento. Com frequência, devido a algumas variáveis na realidade da arena, tributos com marcas bem altas perdem quase imediatamente. E, alguns anos atrás, o garoto que venceu os Jogos só recebeu uma nota três. Ainda assim, o placar pode ajudar ou prejudicar um determinado tributo em termos de patrocínio. Estava com a esperança de que minha habilidade com arco e flecha pudesse me angariar um seis ou um sete, mesmo eu não sendo particularmente forte. Agora, tenho certeza de que vou ter o placar mais baixo entre os vinte e quatro tributos. Se ninguém me patrocinar, minhas chances de permanecer viva decrescem a quase zero.

Quando Effie bate na porta para me chamar para o jantar, decido que talvez seja melhor eu ir. Os placares serão transmitidos hoje à noite. Não vou conseguir esconder para sempre o que aconteceu. Vou para o banheiro e lavo o rosto, mas minha cara ainda está vermelha e inchada.

Todos estão esperando à mesa, até Cinna e Portia. Queria que os estilistas não tivessem aparecido porque, por algum motivo, a possibilidade de decepcioná-los me desagrada. É como se eu estivesse jogando no lixo, sem nenhuma consideração, todo o bom trabalho que eles fizeram na cerimônia de abertura. Evito olhar para todos enquanto dou pequenas colheradas em minha sopa de peixe. O gosto salgado me faz lembrar de minhas lágrimas.

Os adultos começam um bate-papo sobre a previsão do tempo e permito que meus olhos se encontrem com os de Peeta. Ele ergue as sobrancelhas. Uma pergunta. *O que aconteceu?* Apenas balanço a cabeça levemente. Então, enquanto o prato principal está sendo servido, ouço Haymitch dizer:

– Certo, chega de papo-furado. Como é que vocês foram hoje?

Peeta se adianta.

– Não sei se adiantou alguma coisa. Quando me apresentei, já não tinha mais ninguém se importando em prestar atenção em mim. Eles estavam cantando alguma música de bar, eu acho. Então, fiquei arremessando uns objetos pesados até eles falarem para eu ir embora.

Isso faz com que me sinta um pouco melhor. Não que Peeta tenha atacado os Idealizadores dos Jogos, mas pelo menos ele também foi provocado.

– E você, queridinha? – pergunta Haymitch.

De alguma maneira, o fato de Haymitch me chamar de queridinha me deixa irritada o suficiente para me encorajar a emitir algumas palavras.

– Disparei uma flecha na direção dos Idealizadores dos Jogos.

Todos param de comer.

– Você fez o quê?

O horror embutido na voz de Effie confirma meus piores temores.

– Atirei uma flecha neles. Não exatamente neles. Na direção deles. Foi como Peeta disse, eu estava atirando e eles estavam me ignorando, aí eu... eu simplesmente perdi a cabeça e acertei uma flecha na maçã daquele porco idiota que estava na mesa deles! – explico, desafiadora.

– E o que eles disseram? – pergunta Cinna, com cautela.

– Nada. Não que eu tenha visto. Saí de lá em seguida – respondo.

– Sem ter sido dispensada? – arqueja Effie.

– Eu mesma me dispensei. – Lembro-me de como prometi a Prim que realmente tentaria vencer e sinto como se uma tonelada de carvão tivesse caído sobre minha cabeça.

– Bem, é isso aí – diz Haymitch. E em seguida passa manteiga num pedaço de pão.

– Você acha que eles vão me prender? – pergunto.

– Duvido. Seria um baita problema substituir você a essa altura – responde Haymitch.

– E minha família? Será que eles vão castigar minha mãe e minha irmã?

– Acho que não. Não faria muito sentido. Eles teriam de revelar tudo o que aconteceu no Centro de Treinamento para que houvesse algum efeito sobre a população que valesse a pena. As pessoas teriam de saber o que você fez. Mas elas não podem, já que é segredo, de modo que seria um esforço à toa. – diz Haymitch. – É mais provável que eles tornem sua vida um inferno na arena.

– Bem, eles já prometeram fazer isso com a gente de um jeito ou de outro – comenta Peeta.

– Com certeza – concorda Haymitch. E percebo que o impossível aconteceu. Eles realmente me reanimaram. Haymitch pega uma costeleta de porco com os dedos, o que faz Effie franzir as sobrancelhas, e a mergulha no vinho. Arranca um pedaço de carne e começa a rir. – Como é que eles ficaram?

Sinto meus lábios se repuxando em um sorriso.

– Chocados. Aterrorizados. Ah, ridículos, alguns deles. – Uma imagem surge em minha mente. – Um homem tropeçou e caiu sobre uma tigela de ponche.

Haymitch dá uma gargalhada e todos nós começamos a rir, exceto Effie, embora até ela esteja suprimindo um sorriso.

— Bem, eles mereceram. É o trabalho deles prestar atenção em vocês. E o fato de vocês terem vindo do Distrito 12 não é desculpa para eles ignorá-los. — Então os olhos de Effie ficam inquietos, como se ela tivesse dito alguma coisa totalmente ultrajante. — Sinto muito, mas é o que penso — completa, sem se dirigir a alguém.

— Vou ter notas bem ruins — comento.

— Notas só importam se elas forem bem altas. Ninguém presta muita atenção nas ruins ou nas medianas. Para todos os efeitos, você poderia estar muito bem escondendo seus talentos para receber uma nota ruim de propósito. Tem gente que usa essa estratégia — diz Portia.

— Espero que as pessoas interpretem assim a nota quatro que eu provavelmente vou receber — diz Peeta. — Se tanto. Na verdade, será que existe alguma coisa menos interessante do que observar uma pessoa pegar uma bola pesada e arremessá-la alguns metros adiante? Uma delas quase caiu no meu pé.

Dou um risinho para ele e noto que estou faminta. Corto um pedaço de porco, molho no purê de batata e começo a comer. Está tudo bem. Minha família está salva. E se está salva, mal algum foi feito.

Depois do jantar, vamos para a sala de estar assistir aos placares anunciados na televisão. Primeiro eles mostram a foto de um tributo e em seguida começa a piscar a nota abaixo do rosto. Os Tributos Carreiristas, naturalmente, conseguem notas entre oito e dez. A maioria dos outros jogadores tem média cinco. Surpreendentemente, a pequena Rue consegue um sete. Não sei o que ela mostrou aos jurados, mas ela é tão pequenina que deve ter sido algo impressionante.

O Distrito 12 aparece por último, como de costume. Peeta consegue um oito, o que indica que pelo menos alguns Idealizadores dos Jogos estavam prestando atenção nele. Enterro as unhas nas palmas das minhas mãos quando meu rosto surge na televisão, à espera do pior. Então o número onze começa a piscar na tela.

Onze!

Effie Trinket dá um berro, e logo todos estão me dando tapinhas nas costas, me saudando e cumprimentando. Mas a coisa não parece real.

– Deve haver algum engano. Como... como isso foi acontecer? – pergunto a Haymitch.

– Acho que gostaram do seu temperamento – responde ele. – Eles organizam um show. Eles precisam de jogadores com sangue quente.

– Katniss, a garota em chamas – diz Cinna e me dá um abraço. – Ah, espera só o seu vestido de entrevista.

– Mais chamas? – eu pergunto.

– Mais ou menos – diz ele, de modo malicioso.

Peeta e eu nos parabenizamos, mais uma situação estranha. Nós dois fomos bem, mas o que isso significa para o outro? Escapo rapidamente para meu quarto e me enfio debaixo das cobertas. O estresse do dia, particularmente o choro, me deixou esgotada. Caio no sono, por ora protegida, aliviada, e com o número onze ainda piscando em minha mente.

Quando acordo, permaneço deitada na cama por um tempo, observando o sol nascer em uma bela manhã. É domingo. Dia de descanso em casa. Imagino se Gale já está na floresta. Normalmente, dedicamos todo o domingo para fazer o estoque da semana. Acordamos cedo, caçamos e colhemos, e depois vendemos no Prego. Penso em Gale sem mim. Nós dois sabemos caçar sozinhos, mas somos melhores formando uma dupla. Principalmente se estivermos tentando caçar algum animal grande. Ter um parceiro ao lado sempre diminui o fardo, inclusive nas coisas mais simples. Pode até transformar a tarefa árdua de alimentar minha família em uma coisa agradável.

Eu lutava na floresta por conta própria havia mais de seis meses quando conheci Gale. Era um domingo de outubro, o ar estava frio e com um cheiro penetrante de coisas mortas. Eu havia passado a manhã competindo com os esquilos por nozes. À tarde, um pouco mais quente, fiquei colhendo katniss em fontes de água rasa. A única carne que tinha obtido havia sido um esquilo que praticamente passara por cima de meus pés em busca de bolotas, mas os animais ainda estariam disponíveis depois que a neve soterrasse minhas outras fontes de comida. Tendo percorrido muito mais do que o normal, eu estava correndo de volta para casa, carregando meus sacos de estopa, quando dei de cara com um coelho morto. Estava pendurado pelo pescoço em um arame fino acima de minha cabeça. Mais ou menos uns quinze metros adiante havia outro. Reconheci as arapucas porque meu pai costumava usá-las. Quando a presa é pega, ela fica pendurada no ar, fora do alcance de outros animais famintos. Eu tinha tentado armar arapucas durante todo o verão sem nenhum sucesso, então, não pude evitar soltar os sacos para examinar a que acabara de encontrar. Meus dedos estavam percorrendo o arame acima de um dos coelhos quando ouvi uma voz:

– Isso é perigoso.

Dei um grande salto quando Gale surgiu de trás de uma árvore. Ele devia estar me observando o tempo todo. Tinha apenas catorze anos, mas já alcançava os 1,80m de altura e para mim já valia por um adulto. Eu o via nas proximidades da Costura e na escola. E também em outra ocasião. Tinha perdido o pai na mesma explosão que havia matado o meu. Em janeiro, eu estava por perto quando ele recebeu a medalha de honra ao mérito no Edifício da Justiça, mais um primogênito sem pai. Eu me lembro de seus dois irmãos menores grudados à mãe, uma mulher cuja barriga inchada anunciava que estava a poucos dias de dar à luz.

– Qual é o seu nome? – disse ele, aproximando-se e soltando o coelho da arapuca. Ele tinha mais três pendurados no cinto.

– Katniss – respondi, com uma voz quase inaudível.

– Bem, Catnip, roubo é punível com morte. Ou será que você nunca ouviu falar disso?

– Katniss – repeti, mais alto. – E eu não estava roubando nada. Só queria dar uma olhada na sua armadilha. As minhas nunca pegam nada.

Ele não ficou convencido e me olhou feio.

– Então onde é que você conseguiu esse esquilo?

– Com uma flecha.

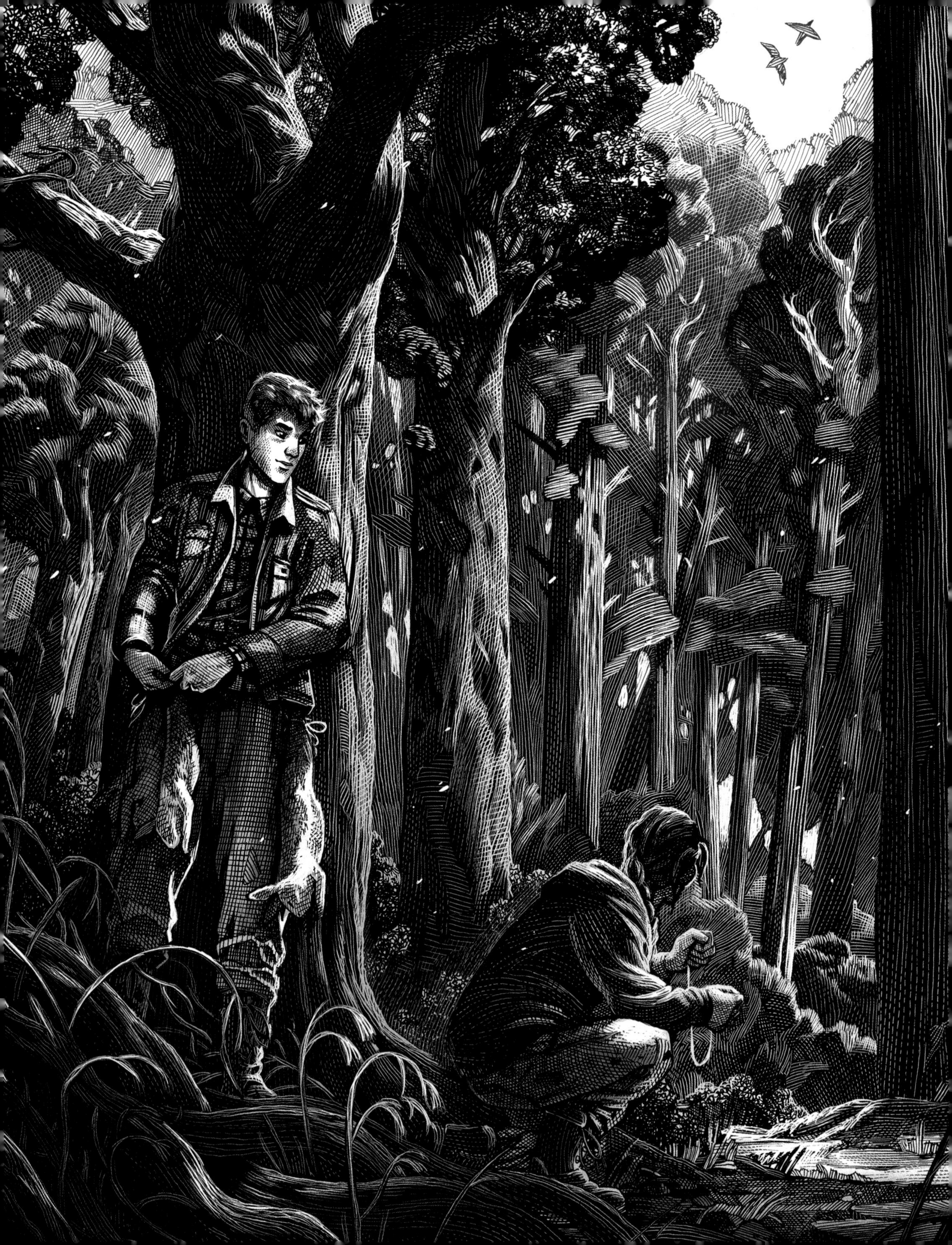

JOGOS VORAZES

Puxei o arco de meu ombro. Eu ainda estava usando a versão menor que meu pai havia feito para mim, mas praticava com um de tamanho normal sempre que podia. Tinha esperança de na primavera já estar caçando animais maiores.

Os olhos de Gale fixaram-se sobre o arco.

– Posso ver?

Estendi a arma para ele.

– Mas não se esqueça. Roubo é punível com morte.

Essa foi a primeira vez que o vi sorrindo. Fez com que ele deixasse de ser uma pessoa ameaçadora para se transformar em alguém que valia a pena conhecer. Mas passaram-se vários meses até que eu retribuísse aquele sorriso.

Nós conversamos a respeito de caça naquela ocasião. Contei que talvez eu conseguisse arranjar um arco para ele em troca de alguma coisa que não fosse comida. Eu queria conhecimento. Queria armar minhas próprias arapucas, que pudessem capturar uma fileira de coelhos rechonchudos em um único dia. Ele concordou e disse que pensaria em alguma coisa. À medida que as estações se sucediam, nós começamos, não sem alguma relutância, a compartilhar nosso conhecimento, nossas armas, nossos lugares secretos cheios de ameixas e perus selvagens. Ele me ensinou a confeccionar armadilhas e a pescar. Mostrei a ele quais plantas eram comestíveis e, por fim, dei a ele um de nossos preciosos arcos. Então, um belo dia, sem que disséssemos uma palavra, nos transformamos em uma dupla. Passamos a dividir o trabalho e os despojos e a garantir que nossas famílias tivessem comida.

Gale me deu uma sensação de segurança que me faltava desde a morte de meu pai. Seu companheirismo substituiu as longas e solitárias horas na floresta. Eu me tornei uma caçadora muito mais habilidosa quando não precisei mais olhar para trás constantemente, quando passei a ter alguém me dando cobertura. Mas Gale passou a ser muito mais do que um parceiro de caçadas. Ele se tornou meu confidente, alguém com quem eu podia compartilhar pensamentos que jamais expressaria do lado de dentro da cerca. Em troca, ele me confiava os dele. Estar na floresta com Gale... às vezes me deixava realmente feliz.

Eu o chamo de amigo, mas no último ano a palavra passou a parecer casual demais para o que Gale representa para mim. Uma pontada de saudade golpeia o meu peito. Se ao menos ele estivesse ao meu lado agora! Mas, é claro, não desejo isso. Não o quero na arena, onde ele morreria em poucos dias. Eu só... eu só estou com muita saudade dele. E odeio ficar aqui tão sozinha. Será que ele sente saudades de mim? Deve sentir.

Penso no onze piscando embaixo do meu nome na noite passada. Sei exatamente o que ele diria para mim. "Bem, ainda podemos melhorar." E então me daria um sorriso, que hoje eu retribuiria sem nenhuma hesitação.

Não consigo evitar comparar o que acontece entre mim e Gale ao que estou fingindo que acontece entre mim e Peeta. Como o fato de eu nunca questionar os motivos de Gale ao passo que não faço nada além de duvidar a respeito dos de Peeta. Não é uma comparação justa, na verdade. Gale e eu nos juntamos por uma mútua necessidade de sobrevivência. Peeta e eu sabemos que a sobrevivência do outro significa nossa própria morte. Como desviar de um golpe desses?

Effie está batendo na porta, lembrando-me de que tenho outro "grande, grande, grande dia!" pela frente. Amanhã à noite acontecerão nossas entrevistas televisionadas. Aposto que toda a equipe vai estar com as mãos cheias nos preparando para a ocasião.

Eu me levanto e tomo uma chuveirada rápida, tendo um pouco mais de cuidado com os botões que aperto, e me dirijo à sala de jantar. Peeta, Effie e Haymitch estão amontoados em volta da mesa falando com vozes baixas. Isso parece esquisito, mas a fome vence a curiosidade e encho o prato antes de me juntar a eles.

O cozido hoje foi feito com macios pedaços de cordeiro e ameixas secas. Perfeito sobre o arroz selvagem. Eu já bati quase a metade do prato quando percebo que ninguém está falando nada. Dou um gole longo no suco de laranja e enxugo a boca.

— E aí, o que está acontecendo? Você vai nos treinar para a entrevista de hoje, não é?

— Exato — confirma Haymitch.

— Não precisa esperar eu terminar. Consigo ouvir e comer ao mesmo tempo.

– Bem, houve uma mudança de planos. A respeito de nossa estratégia atual – começa Haymitch.

– O que é? – pergunto. Não estou certa de qual é nossa estratégia atual. Tentar parecer medíocre na frente dos outros tributos é a única parte que me lembro dessa discussão.

Haymitch dá de ombros.

– Peeta pediu para ser treinado separadamente.

9

Traição. Essa é a primeira coisa que me vem à cabeça, o que é risível. Pois, para que houvesse traição, seria necessário que houvesse confiança antes. E confiança nunca fez parte do acordo. Somos tributos. Mas o garoto que se arriscou a apanhar da mãe para me dar pão, o que me equilibrou na carruagem, que corroborou minha história com a Avox ruiva, que insistiu para que Haymitch soubesse de minhas habilidades de caçadora... Havia por acaso alguma parte de mim que não pudesse confiar nele?

Por outro lado, estou aliviada por podermos parar com o fingimento de sermos amigos. Obviamente, seja lá qual for a tênue conexão que nós tenhamos tolamente formado, ela foi destruída. E já estava mais do que na hora. Os Jogos começam em dois dias, e confiança significará apenas fraqueza. Seja lá o que desencadeou a decisão de Peeta – e suspeito que tenha tido alguma coisa a ver com o fato de minha apresentação ter superado a dele no treinamento –, eu deveria estar inteiramente grata a isso. Talvez ele tenha finalmente percebido que quanto mais cedo aceitarmos abertamente que somos inimigos, melhor para os dois.

– Que bom – digo. – Então como será a rotina de treinamento agora?

– Vocês dois terão cada um quatro horas com Effie para a apresentação e quatro comigo para o conteúdo – diz Haymitch. – Você pode começar com Effie, Katniss.

Não consigo imaginar que coisas Effie terá de me ensinar num período de quatro horas, mas ela me põe para trabalhar até o último minuto. Vamos para meus aposentos e ela me manda botar um vestido de corpo inteiro e calçar sapatos de salto alto, não os que vou usar para a entrevista real, e me instrui acerca de como caminhar. Os sapatos são a pior parte. Nunca usei salto alto e não consigo me acostumar com a sensação de ficar sambando sobre os calcanhares, porque, na prática, é o que acontece. Mas Effie anda com eles o tempo todo, e ponho na cabeça que, se ela consegue, então também posso conseguir. O vestido me cria outro problema. Ele fica embolado em volta de meus pés e então, é claro, tenho que suspendê-lo, e aí Effie se aproxima de mim como se fosse um gavião, batendo em minhas mãos e gritando: "Acima dos tornozelos não!" Quando finalmente domino meu caminhar, ainda falta a maneira de me sentar, a postura – aparentemente tenho tendência a deixar a cabeça pender para a frente –, o jeito de olhar, os gestos com as mãos e o sorriso. As lições sobre sorriso se resumem a sorrir mais. Effie me obriga a dizer uma centena de frases banais começando com um sorriso, enquanto estou sorrindo ou terminando com um sorriso. Na hora do almoço, os músculos de meu rosto sofrem de espasmos por excesso de uso.

— Bem, isso é o melhor que eu consigo fazer – diz Effie, com um suspiro. – Mas lembre-se, Katniss, você quer que o público simpatize com você.

— E você acha que eles não vão simpatizar?

— Não se você ficar olhando para eles com essa cara raivosa o tempo todo. Por que não guarda essa fúria para a arena? Em vez disso, imagine que você se encontra entre amigos – sugere Effie.

— Eles estão apostando quanto tempo consigo me manter viva! – explodo de raiva. – Eles não são meus amigos!

— Bem, tente fingir! – retruca Effie. Então, ela endireita a postura e dá um sorriso exultante. – Veja. Assim. Estou sorrindo para você, mesmo sabendo que você está me confrontando.

— É, parece mesmo convincente – devolvo. – Vou comer. – Dou um pontapé nos sapatos e saio correndo na direção da sala de jantar, levantando a saia até acima das coxas.

Peeta e Haymitch parecem estar de ótimo humor, então imagino que a sessão de conteúdo deva ser bem melhor do que a que tive pela manhã. Não poderia estar mais equivocada. Depois do almoço, Haymitch me leva para a sala de estar, me conduz até o sofá e então simplesmente franze as sobrancelhas para mim durante um tempo.

— E aí? – pergunto finalmente.

— Estou tentando imaginar o que fazer com você – responde ele. – Como nós vamos apresentar você. Você vai ser charmosa? Distante? Firme? Até agora você tem brilhado como uma estrela. Você se apresentou para salvar sua irmã. Cinna fez com que você ficasse inesquecível. Você conseguiu a pontuação mais alta do treinamento. As pessoas estão intrigadas, mas ninguém sabe quem você é. A impressão que passar amanhã decidirá exatamente o que poderei conseguir para você em termos de patrocinadores.

Por ter assistido a vida inteira às entrevistas dos tributos, sei que há verdade no que ele está falando. Se você for interessante para a multidão, seja por seu bom humor ou sua brutalidade ou sua excentricidade, você sai em vantagem.

— Qual é a estratégia de Peeta? Ou será que não tenho permissão para fazer essa pergunta?

— Ser simpático. Ele possui um certo humor autodepreciativo que é bastante genuíno – responde Haymitch. – Ao passo que você, quando abre a boca, parece muito mais carrancuda e hostil.

— Não pareço não! – discordo.

— Ah, por favor. Não sei onde você foi arrumar aquela garota alegre e boazinha que passou na carruagem, mas não a vi nem antes nem depois da cerimônia de abertura – retruca Haymitch.

— E por acaso você me deu algum motivo para ser alegre? – disparo.

— Mas você não tem que me agradar. Não vou te patrocinar. Então vamos lá, finja que sou o público – incentiva Haymitch. – Entretenha-me.

— Certo! – rosno. Haymitch assume o papel do entrevistador e tento responder a suas perguntas com uma postura de vencedora. Mas não consigo. Estou com muita raiva de Haymitch pelo que disse e pelo fato de ainda ter de responder às perguntas. Só consigo pensar no quanto todo o sistema dos Jogos Vorazes é injusto. Por que sou obrigada a ficar saltitando de um lado para o outro como se fosse alguma cadela amestrada tentando agradar pessoas que odeio? À medida que a entrevista avança, minha fúria parece subir cada vez mais à superfície, até que estou literalmente cuspindo as respostas para ele.

— Tudo bem, já é o suficiente — encerra ele. — Nós temos de achar outro ângulo. Além de você ser hostil, não sei nada a seu respeito. Eu te fiz cinquenta perguntas e ainda não sei nada sobre sua vida, sobre sua família, sobre as coisas de que você gosta. Eles querem te conhecer, Katniss.

— Mas não quero que eles me conheçam! Já estão roubando o meu futuro! Não vou dar a eles as coisas que foram importantes para mim no passado!

— Então minta! Invente algo! — rebate Haymitch.

— Não sou boa em mentir.

— Bom, é melhor aprender rapidinho. Você tem tanto charme quanto uma lesma morta.

Ai. Isso doeu. Até Haymitch deve ter notado que foi duro demais porque a voz dele fica mais suave.

— Aqui vai uma ideia. Tente agir de modo humilde.

— Humilde — ecoo.

— Tente dar a impressão de que você mal consegue acreditar que uma garotinha do Distrito 12 chegou tão longe. Que toda a coisa foi muito mais do que você jamais poderia ter sonhado. Fale sobre as roupas de Cinna. Sobre como as pessoas estão sendo simpáticas. Sobre como a cidade é fantástica para você. Se você não for falar sobre si mesma, então pelo menos faça uma saudação ao público. Basta ficar repetindo esse tipo de coisa. Basta parecer deslumbrada.

As horas seguintes são agonizantes. De imediato, fica evidente que não consigo fingir estar deslumbrada. Nós tentamos fazer com que eu banque a garota de nariz empinado, mas simplesmente não tenho cacife para ser arrogante. Aparentemente, sou "vulnerável" demais para um comportamento feroz. Não sou sagaz. Nem engraçada. Nem sexy. Nem misteriosa.

Ao final da sessão, já não sou mais ninguém. Haymitch começou a beber enquanto eu estava incorporando a personalidade sagaz, e a voz dele adquiriu um tom desagradável.

– Eu desisto, queridinha. Basta responder às perguntas e tentar não deixar o público ver o quanto você sumariamente o despreza.

Naquela noite, janto em meu quarto. Peço uma ultrajante quantidade de guloseimas, como até enjoar e depois exorcizo minha raiva de Haymitch, dos Jogos Vorazes e de cada ser vivo residente na Capital despedaçando os pratos nas paredes do quarto. Quando a garota ruiva aparece para fazer minha cama, os olhos dela ficam esbugalhados com a bagunça.

– Deixa tudo como está!

Eu a odeio também, com aqueles olhos de reprovação que estão me chamando de covarde, de monstro, de marionete da Capital, não só agora como também naquela época. Para ela, a justiça finalmente está acontecendo. Pelo menos minha morte vai ajudar a compensar a morte do garoto na floresta.

Mas em vez de sair correndo do quarto, a garota fecha a porta e vai até o banheiro. Ela retorna com um pano úmido, esfrega delicadamente meu rosto e então limpa o sangue de minhas mãos, feridas por um dos pratos quebrados. Por que ela está fazendo isso? Por que estou permitindo que faça isso?

– Eu deveria ter tentado te salvar – sussurro.

Ela balança a cabeça. Será que isso significa que nós estávamos agindo certo não fazendo nada? Significa que ela está me perdoando?

– Não, o que eu fiz foi errado.

Ela bate com os dedos nos lábios e depois aponta para o meu peito. Acho que ela quer dizer que eu também teria acabado como uma Avox. Provavelmente. Isso ou teria sido executada.

Passo as horas seguintes ajudando a garota ruiva na limpeza do quarto. Depois de retirar o lixo e de limpar o que restara de comida, ela arruma minha cama. Pulo para baixo das cobertas como se fosse uma garotinha de cinco anos de idade e deixo que me coloque para dormir. Em seguida, ela vai embora. Quero que fique até que eu caia no sono. E que ela esteja presente quando eu acordar. Quero a proteção dessa garota, mesmo sabendo que ela nunca contou com a minha.

De manhã, não é a garota, mas minha equipe de preparação que ocupa meus pensamentos. Minhas lições com Effie e Haymitch estão encerradas. O dia de hoje pertence a Cinna. Ele é minha última esperança. Talvez consiga fazer com que eu pareça maravilhosa, assim ninguém vai se importar com as coisas que saírem da minha boca.

A equipe trabalha em mim até o fim da tarde, transformando minha pele numa seda cintilante, desenhando figuras em meus braços, pintando chamas em minhas vinte unhas aparadas com perfeição. Então, Venia começa a trabalhar em meu cabelo, tramando fios avermelhados que começam na minha orelha esquerda, envolvem minha cabeça e depois caem numa trança única sobre meu ombro direito. Apagam meu rosto com uma camada de maquiagem branca e redesenham minhas feições. Enormes olhos escuros, lábios grossos e vermelhos e cílios que lançam fagulhas de luz quando pisco. Finalmente, eles me cobrem toda com um pó que deixa o meu corpo com um brilho dourado.

Então, Cinna entra com o que presumo ser meu vestido, mas não consigo ver muito bem porque está coberto.

— Feche os olhos — ordena.

Sinto a textura sedosa quando eles deslizam a peça sobre meu corpo nu, e depois o peso. Deve ter uns vinte quilos. Aperto a mão de Octavia enquanto piso cegamente em meus sapatos, contente por descobrir que eles são pelo menos cinco centímetros mais baixos do que o par com o qual Effie me obrigou a treinar. Alguns ajustes são feitos e um pouco de inquietação paira no ar. Depois, o silêncio.

— Posso abrir os olhos? — pergunto.

— Pode — responde Cinna. — Abra.

A criatura que está em pé diante de mim no enorme espelho veio de outro planeta. De um planeta onde a pele cintila e os olhos faíscam e, aparentemente, onde fazem suas roupas a partir de joias. Porque meu vestido, ah, meu vestido é inteiramente coberto de preciosas gemas que refletem luminosidade: vermelho, amarelo e branco com um pouquinho de azul que acentua as pontas dos desenhos das chamas. O mínimo de movimento dá a impressão de que sou engolida por línguas de fogo.

Não estou bonita. Não estou bela. Estou tão radiante quanto o sol.

Por um instante, todos olhamos fixamente para mim.

– Ah, Cinna – finalmente sussurro. – Obrigada.

– Dá uma voltinha – pede ele. Estendo os braços e dou um giro. A equipe de preparação inteira solta um grito de admiração.

Cinna dispensa a equipe e me pede para andar um pouco com o vestido e os sapatos, que são infinitamente mais maleáveis que os de Effie. O vestido tem um caimento tão perfeito que não preciso erguer a saia ao caminhar. Menos uma preocupação para mim.

– Então, está tudo pronto para a entrevista? – pergunta Cinna. Vejo pela sua expressão que ele andou conversando com Haymitch. Que está ciente do quão terrível eu sou.

– Estou me sentindo péssima. Haymitch me chamou de lesma morta. Por mais que eu tente, é impossível pra mim. Simplesmente não consigo ser uma dessas pessoas que ele quer que eu seja.

Cinna pensa um pouco a respeito disso.

– Por que você não age como se fosse você mesma?

– Eu mesma? Isso também não vai dar certo. Haymitch diz que sou carrancuda e hostil.

– Bem, você estava... lidando com Haymitch. – Cinna dá um risinho. – Eu não acho que você seja assim. A equipe de preparação te adora. Você conquistou até os Idealizadores dos Jogos. E quanto aos cidadãos da Capital, bem, eles não param de falar de você. Ninguém consegue deixar de admirar seu espírito.

Meu espírito. Isso é uma novidade. Não sei exatamente o que significa, mas acho que quer dizer que sou uma lutadora. De uma maneira mais ou menos corajosa. Não sou sempre antipática. Tudo bem, não saio por aí amando todo mundo que encontro pelo caminho, e meus sorrisos não aparecem com facilidade. Mas me importo com as pessoas.

Cinna segura minhas mãos geladas com suas mãos quentes.

– Quando você estiver respondendo às perguntas, imagine estar se dirigindo a um velho amigo. Quem seria seu melhor amigo? – pergunta Cinna.

– Gale – respondo, instantaneamente. – Só que isso não faz sentido, Cinna. Jamais diria a Gale esse tipo de coisa a meu respeito. Ele já sabe.

– E quanto a mim? Será que você conseguiria pensar em mim como um amigo? – pergunta Cinna.

De todas as pessoas que conheci desde que saí de casa, Cinna é de longe a de que mais gosto. Gostei dele de cara e ele não me decepcionou até agora.

– Acho que sim, mas...

– Estarei sentado na plataforma principal junto com os outros estilistas. Você vai poder olhar diretamente para mim. Quando lhe fizerem uma pergunta, você me procura e responde da maneira mais honesta possível – orienta Cinna.

– Mesmo que a coisa em que eu estiver pensando seja horrível? – pergunto. – Porque, de repente, vai ser.

– Principalmente se a coisa em que você estiver pensando for horrível – afirma Cinna. – Você tenta?

Assinto com a cabeça. É um plano. Ou pelo menos é algo a tentar.

O tempo passa rápido e logo é hora de ir. As entrevistas ocorrem em um palco construído em frente ao Centro de Treinamento. Depois de sair do quarto, só terei alguns minutos antes de ficar frente a frente com a multidão, as câmeras, toda a Panem.

Quando Cinna gira a maçaneta, interrompo o movimento de sua mão.

– Cinna... – O medo da plateia tomou conta de mim.

– Lembre-se, eles já amam você – diz ele com delicadeza. – Seja você mesma.

Nós nos encontramos com o resto do pessoal do Distrito 12 no elevador. Portia e sua equipe trabalharam intensamente. Peeta está com um visual incrível, vestido com um terno preto com detalhes de chamas desenhados. Apesar de nossas roupas combinarem muito bem, é um alívio que não sejam as mesmas. Haymitch e Effie estão muito elegantes para a ocasião. Evito Haymitch, mas aceito os elogios de Effie. Ela pode ser cansativa e sem noção, mas não é destrutiva como Haymitch.

Quando a porta do elevador se abre, os outros tributos estão sendo enfileirados para subir ao palco. Todos os vinte e quatro nos sentamos em um grande arco durante toda a entrevista. Serei a última, ou penúltima, já que os tributos do sexo feminino precedem os do sexo masculino de cada distrito. Como eu gostaria de poder ser a primeira e tirar logo todo esse peso de cima de mim! Mas vou ter que escutar como todos os outros são sagazes, engraçados, humildes, firmes e encantadores antes de subir ao palco. E ainda por cima, a plateia vai começar a ficar entediada, assim como os Idealizadores dos Jogos ficaram. E não posso simplesmente atirar uma flecha na multidão para despertar a atenção deles.

Pouco antes de desfilarmos até o palco, Haymitch chega por trás de mim e de Peeta e rosna:

— Lembrem-se, vocês ainda são um par feliz. Então, ajam dessa forma.

O quê? Pensei que tínhamos abandonado isso quando Peeta solicitou o treinamento separado. Mas acho que a questão era particular, e não pública. De qualquer maneira, não há muita possibilidade de interação agora, enquanto caminhamos em fila única para os assentos e nos acomodamos em nossos lugares.

O simples fato de pisar no palco já acelera minha respiração. Sinto minha pulsação ressonando em minhas têmporas. É um alívio chegar à cadeira porque, com meus calcanhares e minhas pernas trêmulas, sinto que vou tropeçar. Embora esteja anoitecendo, o Círculo da Cidade está mais iluminado do que um dia de verão. Uma unidade com assentos elevados foi colocada para acomodar os convidados ilustres, com os estilistas ocupando a primeira fileira. As câmeras vão focalizá-los quando a multidão estiver reagindo à criatividade deles. Uma grande varanda em um edifício à direita foi reservada para os Idealizadores dos Jogos. Equipes de televisão ocuparam a maior parte das outras varandas. Mas o Círculo da Cidade e as avenidas que desembocam nele estão completamente abarrotados de gente. Só há espaço para as pessoas ficarem de pé. Nas casas e nos espaços públicos por todo o país, os aparelhos de televisão estão ligados. Todos os cidadãos de Panem estão assistindo ao evento. Hoje não haverá blecaute em lugar nenhum.

Caesar Flickerman, o homem que apresenta as entrevistas há mais de quarenta anos, sobe ao palco. É um pouco assustador porque a aparência dele permaneceu, para todos os efeitos, a mesma durante todos esses anos. A mesma cara sob uma camada de maquiagem branca. O mesmo corte de cabelo que ele tinge com uma cor diferente a cada edição dos Jogos Vorazes. O mesmo traje cerimonial azul-marinho com milhares de pequenas lâmpadas que brilham como estrelas. Na Capital, as pessoas fazem cirurgias para parecerem mais jovens e magras. No Distrito 12, parecer velho significa mais uma conquista já que tantas pessoas morrem cedo. Você vê uma pessoa mais velha e deseja logo parabenizá-la pela longevidade, sente vontade de perguntar a ela o segredo da sobrevivência. Uma pessoa rechonchuda é invejada porque não está ralando como a maioria de nós. Mas aqui a coisa é diferente. Rugas não são desejáveis. Uma barriga pronunciada não é sinal de sucesso.

Neste ano, o cabelo de Caesar está azulado, suas pálpebras e lábios com coloração combinando. Ele parece uma aberração, menos assustador do que no ano passado, no entanto, quando estava escarlate, dando a impressão de sangrar. Caesar conta algumas piadas para aquecer o público, mas logo dá início ao programa.

A garota do Distrito 1, com um visual sensual emoldurado por um vestido dourado transparente, pisa no centro do palco para ser entrevistada por Caesar. É fácil adivinhar que o mentor dela não teve nenhum trabalho em dar a ela um papel. Com aquele cabelo longo e louro, aqueles olhos da cor de esmeralda, o corpo alto e exuberante... ela é toda sexy.

Cada entrevista dura apenas três minutos. Então uma campainha soa e o próximo tributo aparece. É preciso dizer isso sobre Caesar: ele realmente faz o possível para que os tributos brilhem. Ele é amigável, tenta acalmar os mais nervosos, ri de piadas fracas e consegue transformar respostas ruins em memoráveis declarações pela maneira como reage.

Eu me sento como uma dama, da maneira que Effie me mostrou. Enquanto isso os distritos vão se seguindo: 2, 3, 4. Todos parecem estar tentando se ajustar a determinado papel. O garoto monstruoso do Distrito 2 é uma implacável máquina de matar. A garota com cara de raposa do Distrito 5 é astuta e evasiva. Avistei Cinna assim que chegou, mas nem a presença dele consegue me deixar relaxada. 8, 9, 10. O garoto com deficiência do 10 é bastante quieto. As palmas de minhas mãos estão suando muito, mas o vestido cheio de joias não absorve o suor e elas deslizam se tento secá-las nele. 11.

Rue, que está trajando um vestido finíssimo arrematado com asas, parece esvoaçar até Caesar. Um silêncio paira na multidão diante da visão desse filete mágico em forma de tributo. Caesar é muito doce com ela, cumprimentando-a pela nota 7 que recebeu no treinamento, uma marca excelente para uma pessoa tão pequena. Quando pergunta qual será o ponto forte dela na arena, a garota não hesita em dizer:

— Sou muito difícil de pegar — responde ela, com uma voz trêmula. — E se eles conseguirem me pegar, não conseguirão me matar. Então, não fiquem achando que não tenho chance.

— Nem em um milhão de anos eu pensaria uma coisa dessa — diz Caesar, incentivando-a.

O garoto do Distrito 11, Thresh, tem a mesma pele escura de Rue, mas a semelhança para por aí. Ele é um dos gigantes, provavelmente 1,95m de altura e corpulento como um touro, mas notei que rejeitou os convites dos Tributos Carreiristas para que se juntasse a eles. Ao contrário, é solitário, não fala com ninguém, demonstra pouco interesse no treinamento. Mesmo assim conseguiu um 10, e não é muito difícil imaginar que ele tenha conseguido impressionar os Idealizadores dos Jogos. Ele ignora as tentativas de papo-furado de Caesar e responde com um sim ou com um não, ou simplesmente fica em silêncio.

Se ao menos eu tivesse o tamanho dele, poderia ignorar solenemente o fato de ser carrancuda e hostil e ainda me dar bem! Aposto que metade dos patrocinadores estão pelo menos considerando a possibilidade de bancá-lo. Se tivesse dinheiro, eu mesma apostaria nele.

E então chamam Katniss Everdeen e, como se fosse um sonho, descubro a mim mesma subindo ao palco central. Aperto a mão estendida de Caesar, e ele tem a fineza de não enxugar a dele imediatamente em seu terno.

– E então, Katniss, a Capital deve ser uma mudança e tanto em relação ao Distrito 12. O que mais te impressionou desde que chegou aqui? – pergunta Caesar.

O quê? O que foi que ele disse? É como se as palavras não fizessem sentido.

Minha boca ficou tão seca quanto serragem. Desesperada, encontro Cinna no meio da multidão e fixo os olhos nele. Imagino as palavras saindo da sua boca. "O que mais te impressionou desde que chegou aqui?" Vasculho minha mente em busca de alguma coisa que tenha me deixado feliz aqui. *Seja honesta*, penso comigo mesma. *Seja honesta*.

– O cozido de cordeiro – respondo.

Caesar ri, e vagamente percebo que uma parte do público se juntou a ele.

– O que vem com ameixas secas? – Caesar quer saber. Balanço a cabeça em concordância. – Ah, sou capaz de comer uma panela inteira daquilo. – Ele olha de soslaio para o público, fazendo uma cara de horror, a mão sobre o estômago. – Não dá pra perceber, dá? – As pessoas dão gritos de incentivo e o aplaudem. É isso o que quis dizer sobre Caesar. Ele tenta ajudar. – Agora, Katniss – prossegue ele, em tom confidencial –, quando você apareceu na cerimônia de abertura, meu coração quase parou. O que você achou daquela roupa?

Cinna ergue uma sobrancelha para mim. *Seja honesta*.

– Você quer dizer logo depois de eu superar o pavor de ser queimada viva?

Muitos risos. Inclusive da plateia.

– Exatamente. Comece por aí – diz Caesar.

Cinna, meu amigo, preciso contar a ele de qualquer maneira.

– Achei que Cinna foi brilhante e foi o traje mais maravilhoso que vi na minha vida, e não podia acreditar que era eu mesma que estava usando. Também não consigo acreditar que estou usando esse aqui. – Levanto um pouco a saia para mostrá-lo. – Olha só pra isso!

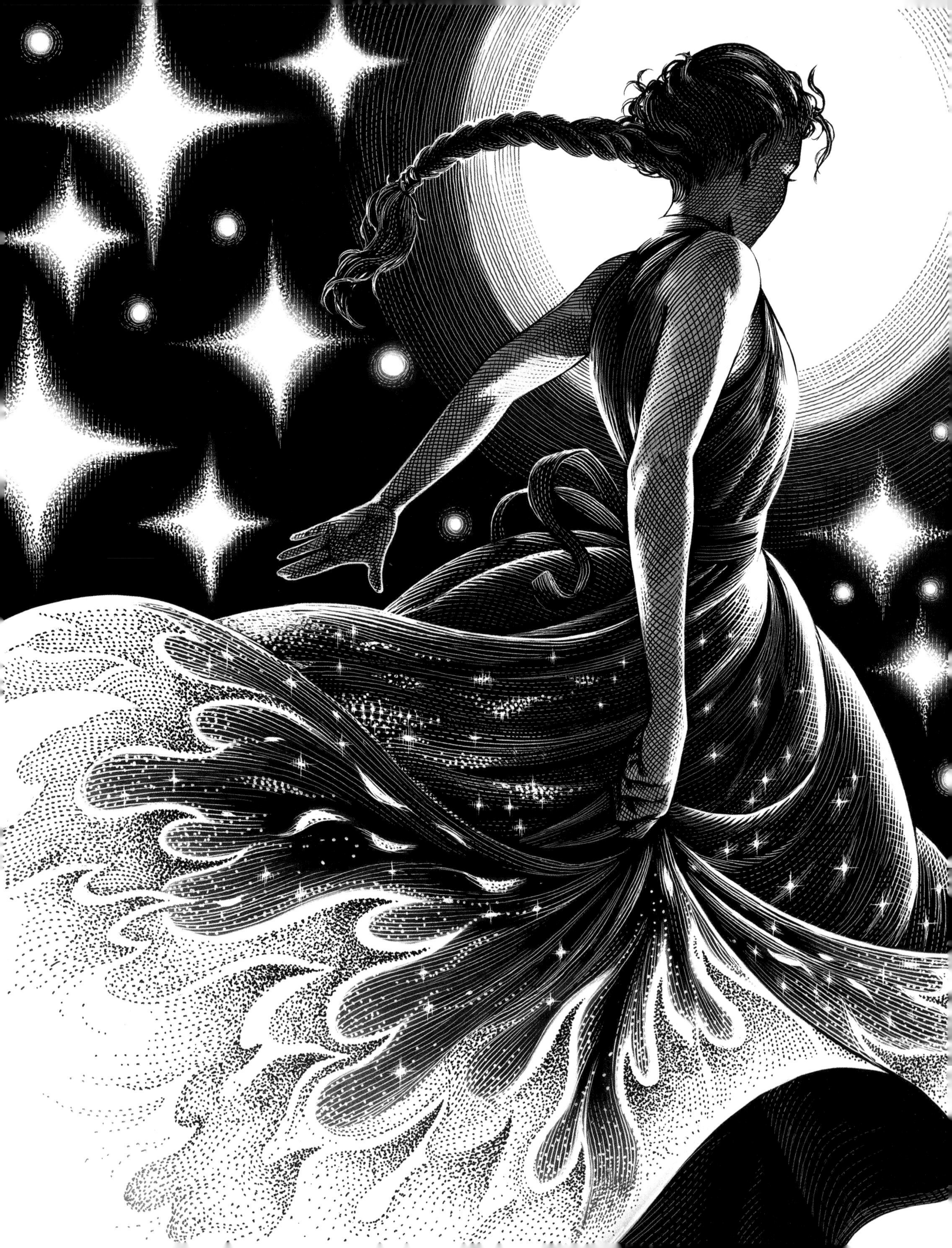

JOGOS VORAZES

Enquanto o público suspira, vejo Cinna fazendo um diminuto movimento circular com o dedo. Mas sei o que ele está dizendo. *Dá uma voltinha.*

Giro uma vez e a reação é imediata.

– Ah, mais uma vez, por favor – diz Caesar, e, então, levanto os braços e dou um giro e depois outro, fazendo a saia voar e o vestido me engolir em chamas. O público não se contém de tanto entusiasmo. Quando paro, agarro o braço de Caesar.

– Não pare! – diz ele.

– Eu preciso! Estou ficando tonta! – Também estou rindo à toa, e acho que é a primeira vez na vida que isso acontece. Mas o nervosismo e os giros me desorientaram.

Caesar coloca um braço protetor sobre meu ombro.

– Não se preocupe, você está comigo. Não posso deixar você seguir os passos de seu mentor.

Todos vaiam quando as câmeras encontram Haymitch, que já está famoso por seu mergulho de cabeça no dia da colheita. Ele faz pouco caso da manifestação e aponta de volta para mim.

– Está tudo bem – diz Caesar, tranquilizando a plateia. – Ela está a salvo comigo. Então, e quanto à nota no treinamento? *Onze.* Você pode nos dar uma noção do que aconteceu lá?

Olho de relance para os Idealizadores dos Jogos na varanda e mordo o lábio.

– Hum... tudo o que sei é que foi a primeira vez que uma coisa como essa aconteceu.

As câmeras estão focadas nos Idealizadores dos Jogos, que estão rindo e balançando a cabeça em concordância.

– Você está acabando com a gente – diz Caesar, como se estivesse realmente sentindo alguma dor. – Detalhes! Detalhes!

Dirijo-me à varanda.

– Não tenho permissão para falar sobre isso, tenho?

O Idealizador que caiu sobre a tigela de ponche grita:

– Não tem, não!

— Obrigada – respondo. – Sinto muito. Minha boca é um túmulo.

— Vamos voltar então para o momento em que sua irmã foi chamada, durante a colheita – diz Caesar. Seu tom agora está mais calmo. – E você se apresentou. Pode nos contar algo a respeito dela?

Não. Não para nenhum de vocês, exceto Cinna, quem sabe. Acho que a tristeza que vejo no rosto dele não é só coisa da minha imaginação.

— O nome dela é Prim. Ela só tem doze anos. E eu a amo mais do que qualquer coisa no mundo.

Dava para ouvir um alfinete caindo no chão do Círculo da Cidade nesse instante.

— O que foi que ela disse a você depois da colheita? – pergunta Caesar.

Seja honesta. Seja honesta. Engulo em seco.

— Ela me pediu para lutar pra valer e tentar realmente vencer. – O público está paralisado, concentrado em cada palavra que digo.

— E o que foi que você disse a ela? – interroga Caesar, com delicadeza.

Em vez de calor, sinto uma rigidez gélida tomar conta de meu corpo. Meus músculos ficam tensos, como antes de uma caçada. Quando começo a falar, minha voz soa uma oitava mais baixa:

— Eu jurei que venceria.

— Aposto que você disse isso – fala Caesar, me abraçando. A campainha soa. – Sinto muito, nosso tempo acabou. Muita sorte pra você, Katniss Everdeen, tributo do Distrito 12.

Os aplausos continuam muito tempo depois de eu me sentar. Olho para Cinna para saber se fui bem. Ele levanta levemente o polegar para mim.

Ainda estou um pouco tonta durante a primeira parte da entrevista de Peeta. Mas ele tem o público nas mãos desde o início. Dá para ouvir os risos, os gritos. Ele desempenha bem o papel do filho do padeiro, comparando os tributos aos pães de seus respectivos distritos. Então, conta uma piada engraçada sobre os perigos dos chuveiros da Capital.

— Diga-me, ainda tenho cheiro de rosa? – pergunta ele a Caesar, e então há uma confusão onde um começa a cheirar o outro que arrebata o público. Estou voltando a mim quando Caesar pergunta se ele não tem uma namorada.

Peeta hesita, e então balança a cabeça de modo pouco convincente.

— Um rapaz bonito como você deve ter alguma garota especial. Vamos lá, Peeta, qual é o nome dela?

Peeta suspira.

— Bem, há uma garota. Sou apaixonado por ela desde sempre. Mas tenho certeza de que ela não sabia que eu existia até a colheita.

Sons de solidariedade ecoam da multidão. Amores não correspondidos com os quais eles se identificam.

— Ela tem namorado?

— Não sei, mas muitos garotos gostam dela.

— Então, olha só o que você vai fazer. Você vence e volta pra casa. Ela não vai poder te recusar nessas circunstâncias, vai? – diz Caesar, incentivando-o.

— Não sei se vai dar certo. Vencer... não vai ajudar nesse caso.

— E por que não? – quer saber Caesar, perplexo.

Peeta enrubesce e gagueja.

— Porque... porque... porque ela veio pra cá comigo.

PARTE DOIS

"Os Jogos"

10

Por um momento, as câmeras focalizam o olhar abatido de Peeta enquanto suas palavras são absorvidas. Então, consigo ver meu rosto – a boca entreaberta numa mistura de surpresa e protesto – ampliado em todas as telas enquanto me dou conta do que está acontecendo. *Eu! Ele está falando de mim!* Pressiono os lábios e observo o chão, na esperança de esconder as emoções que começam a se agitar dentro de mim.

– Ah, isso sim é falta de sorte – diz Caesar, e há realmente uma pontinha de dor em sua voz. A multidão está murmurando em concordância, algumas pessoas já até soltaram exclamações angustiadas.

– Não é uma coisa legal – concorda Peeta.

– Bem, acho que todos aqui entendem sua situação. Seria difícil não se apaixonar por aquela jovem – diz Caesar. – Ela não sabia?

Peeta balança a cabeça.

– Não até agora.

Permito que meus olhos se fixem na tela de televisão por tempo suficiente para ver que o rubor em meu rosto é indisfarçável.

– Vocês não iam adorar se ela voltasse aqui e desse uma resposta? – pergunta Caesar ao público. A multidão berra em concordância. – Lamentamos muito, mas regras são regras, e Katniss Everdeen já esgotou seu tempo. Bem, toda a sorte pra você, Peeta Mellark, e acho que estou falando por toda Panem quando digo que nosso coração está com você.

O barulho da multidão é ensurdecedor. Peeta arrasou com todos nós definitivamente com sua declaração de amor a mim. Quando o público finalmente se acalma, ele deixa escapar um soluçante "Obrigado" e volta para seu assento. Nós nos levantamos para o hino.

Tenho de erguer minha cabeça por conta do respeito patriótico e não consigo deixar de reparar que todas as telas estão agora dominadas por uma imagem minha e de Peeta, separados por alguns metros que, na cabeça dos telespectadores, jamais poderão ser reduzidos. Que tragédia a nossa.

Mas sei que não é bem assim.

Depois do hino, os tributos voltam enfileirados para o saguão do Centro de Treinamento e entram nos elevadores. Faço questão de entrar num que não esteja com Peeta. A multidão obriga nosso séquito de estilistas, mentores e acompanhantes a andar devagar, de modo que só os tributos acabam entrando nos elevadores. Ninguém fala uma palavra. Meu elevador para e deposita quatro tributos antes que eu consiga ficar sozinha e então vejo que as portas se abrem no décimo segundo andar. Peeta mal saiu de seu elevador e bato a palma da mão com força em seu peito. Ele perde o equilíbrio e se choca com uma urna horrível cheia de flores falsas. A urna se parte em centenas de pedacinhos. Peeta cai sobre os cacos e imediatamente começa a sair sangue de suas mãos.

– Pra que isso? – pergunta ele, estupefato.

– Você não tinha o direito! Não tinha o direito de sair dizendo aquelas coisas sobre mim! – grito com ele.

Agora os elevadores se abrem e toda a equipe está lá, Effie, Haymitch, Cinna e Portia.

– O que está acontecendo? – pergunta Effie, um tom de histeria na voz. – Você caiu?

– Depois que ela me empurrou – diz Peeta, enquanto Effie e Cinna o ajudam a se levantar.

Haymitch se volta para mim.

– Empurrou ele?

– Isso foi ideia sua, não foi? Fazer com que eu parecesse uma idiota na frente do país inteiro!

– Foi ideia minha – diz Peeta, estremecendo ao retirar alguns cacos de suas mãos. – Haymitch só me ajudou.

— Sei, Haymitch é muito prestativo. Pra você!

— Você *é* uma idiota mesmo – diz Haymitch, enojado. – Você acha que ele feriu a sua imagem? Aquele garoto deu a você uma coisa que você jamais conseguiria por conta própria.

— Ele me fez parecer fraca!

— Ele fez você parecer desejável! E vamos encarar os fatos, qualquer ajuda nesse departamento é bem-vinda pra você. Até ele dizer que te queria, você era tão apaixonante quanto um monte de sujeira. Agora todos te querem. Vocês dois estão monopolizando todas as conversas. Os dois amantes desafortunados do Distrito 12! – diz Haymitch.

— Mas nós não somos amantes desafortunados! – retruco.

Haymitch segura meus ombros e me encosta contra a parede.

— Quem se importa? Isso aqui é um grande espetáculo. O que importa é como você é percebida. O máximo que eu poderia dizer sobre você depois de sua entrevista é que você era uma pessoa legal, embora isso já fosse um pequeno milagre por si só. Agora posso dizer que você destrói corações. Ah, como os garotos lá do seu distrito caem aos seus pés. Qual vocês acham que vai receber mais patrocinadores?

O cheiro de vinho no hálito dele me deixa enjoada. Retiro suas mãos de meus ombros e me afasto, tentando clarear a mente.

Cinna se aproxima e me abraça.

— Ele está certo, Katniss.

Não sei o que pensar.

— Alguém devia ter me dito, para que eu não ficasse com aquela cara de idiota.

— Não, sua reação foi perfeita. Se você soubesse, não teria parecido tão real – diz Portia.

— Ela só está preocupada com o namorado dela – diz Peeta, rispidamente, jogando longe um fragmento da urna cheio de sangue.

Minhas bochechas queimam novamente ao pensar em Gale.

— Eu não tenho namorado.

— Não importa – diz Peeta. – Mas aposto que ele é suficientemente esperto para identificar um blefe. Além do mais, *você* não disse que *me* amava. Então, qual é o problema?

Absorvo as palavras. Minha raiva está desaparecendo. Agora estou dividida entre achar que fui usada e achar que adquiri uma vantagem. Haymitch está certo. Sobrevivi à entrevista, mas o que fui de fato? Uma garota boba rodopiando num vestido cintilante. Rindo à toa. O único momento de alguma substância foi quando falei sobre Prim. Faça uma comparação com Thresh, com seu poder silencioso e mortífero, e me torno esquecível. Tola, cintilante e esquecível. Não, não totalmente esquecível. Tenho minha nota onze no treinamento.

Mas agora Peeta fez de mim um objeto de amor. Não apenas dele. De acordo com suas palavras, devo ter muitos admiradores. E se o público realmente pensa que nós estamos apaixonados... eu me lembro de como eles responderam com fervor à confissão dele. Amantes desafortunados. Haymitch está certo, as pessoas consomem esse tipo de coisa na Capital. Subitamente, fico preocupada de não ter reagido de maneira apropriada.

— Depois que ele disse que me amava vocês acharam que eu também pudesse estar apaixonada por ele? – pergunto.

— Eu achei – diz Portia. – Pela maneira como você evitou olhar para as câmeras, o rubor.

Os outros interrompem, concordando.

— Você está coberta de ouro, queridinha. Vai ter uma fila de patrocinadores dobrando a esquina pra te bancar – diz Haymitch.

Estou constrangida com a minha reação. Eu me forço a pedir desculpas a Peeta.

— Sinto muito pelo empurrão.

— Não tem importância – diz ele, dando de ombros –, embora seja tecnicamente ilegal.

— Suas mãos estão bem?

— Vão ficar – diz ele.

No silêncio que se segue, deliciosos aromas do nosso jantar penetram o ambiente.

JOGOS VORAZES

– Vamos comer – convida Haymitch. Nós todos o seguimos até a mesa e nos sentamos em nossos lugares. Mas Peeta está sangrando bastante e Portia o leva até a enfermaria. Começamos a comer a sopa cremosa de pétalas de rosa sem eles. Já finalizamos a refeição quando os dois retornam. As mãos de Peeta estão enroladas em bandagens. Não consigo evitar a sensação de culpa. Amanhã estaremos na arena. Ele me fez um favor e respondi com uma agressão. Será que minhas dívidas com ele jamais terminarão?

Depois do jantar, assistimos à reprise na sala de estar. Pareço frívola e superficial, girando e rodopiando em meu vestido, embora os outros me assegurem de que estou encantadora. Peeta está verdadeiramente charmoso e parece um campeão no papel do garoto apaixonado. E lá estou eu, ruborizada e confusa, tornada bela pelas mãos de Cinna, desejável pela confissão de Peeta, trágica pelas circunstâncias e, para todos os efeitos, inesquecível.

Quando o hino termina e a tela fica escura, o silêncio toma conta da sala. Amanhã, bem cedo, seremos despertados e preparados para a arena. Os Jogos verdadeiros só começam às dez horas porque muitos residentes da Capital acordam tarde. Mas Peeta e eu devemos começar cedo. Não há como dizer o quão longe viajaremos até a arena que foi preparada para os Jogos desse ano.

Sei que Haymitch e Effie não vão nos acompanhar. Assim que saírem daqui, irão para o quartel-general dos Jogos para organizar, assim espero, uma fila frenética de patrocinadores, e também montar uma estratégia sobre como e quando entregar nossas dádivas. Cinna e Portia viajarão conosco até o ponto de onde nós seremos transportados para a arena. Portanto, as últimas despedidas terão de ser feitas aqui.

Effie segura nossas mãos e, com lágrimas sinceras nos olhos, nos deseja boa sorte. Agradece por sermos os melhores tributos que ela jamais teve o privilégio de patrocinar. E, então, por ser Effie e porque aparentemente é obrigada por lei a dizer algo terrível, ela acrescenta:

– Eu não ficaria nem um pouco surpresa se fosse promovida a um distrito decente ano que vem!

Depois disso, ela nos beija no rosto e sai às pressas, afobada com a despedida emocional ou com a possível melhoria de sua sorte.

Haymitch cruza os braços e olha para nós dois.

– Algum último conselho? – pergunta Peeta.

– Quando o gongo soar, deem o fora. Nenhum dos dois está preparado para o banho de sangue na Cornucópia. Simplesmente sumam de lá, distanciem-se o máximo que puderem um do outro e dos demais tributos e achem uma fonte de água – diz ele. – Entenderam?

– E depois disso? – pergunto.

– Mantenham-se vivos – diz Haymitch. É o mesmo conselho que nos deu no trem, mas ele não está bêbado e rindo dessa vez. Apenas balançamos nossas cabeças, concordando. O que mais há para ser dito?

Vou para o meu quarto, enquanto Peeta continua lá para falar com Portia. Fico contente. Quaisquer que sejam as estranhas palavras de despedida que devemos trocar, podem muito bem esperar até amanhã. Minha cama está feita, mas não há nenhum sinal da Avox ruiva. Gostaria de saber o nome dela. Eu devia ter perguntado. Talvez ela pudesse escrever. Ou fazer uma mímica. Mas talvez isso apenas resultasse em castigo para ela.

Tomo um banho e removo a tinta dourada, a maquiagem e o cheiro de produtos de beleza do meu corpo. Tudo o que resta dos esforços da equipe de moda são as chamas nas unhas. Decido mantê-las como uma lembrança para o público de quem eu sou, Katniss, a garota em chamas. Talvez isso me dê algo a que me agarrar nos dias que vêm pela frente.

Visto um pijama grosso de flanela e pulo na cama. Levo mais ou menos cinco segundos para perceber que nunca vou conseguir dormir. E preciso desesperadamente dormir porque na arena cada momento que eu ceder à fadiga será um convite à morte.

Não é nada bom. Uma hora, duas, três horas se passam e minhas pálpebras se recusam a se fechar. Não consigo parar de imaginar em que tipo de terreno exatamente serei jogada. Deserto? Pântano? Uma terra desolada e gélida? Acima de tudo, espero que haja árvores, o que talvez me dê uma chance de me esconder, além de comida e abrigo. Frequentemente há árvores, porque paisagens áridas são chatas e os Jogos se decidem muito rapidamente sem elas. Mas como será o clima? Que armadilhas os Idealizadores dos Jogos esconderam para animar os momentos mais lentos? Isso sem contar os outros tributos...

Quanto mais ansiosa fico para dormir, mais o sono me evita. Por fim, minha inquietude é tão grande que nem consigo mais ficar deitada. Ando de um lado para o outro, o coração batendo a mil por hora, a respiração acelerada. Meu quarto parece uma cela de prisão. Se eu não puder respirar um pouco de ar fresco vou começar a jogar tudo de novo nas paredes. Disparo pelo corredor até a porta no telhado. Ela não apenas está destrancada como também escancarada. Talvez alguém tenha esquecido de fechá-la, mas pouco importa. O campo de força que cerca o telhado impede qualquer forma desesperada de fuga. E não quero fugir, apenas encher os pulmões de ar. Quero ver o céu e a lua na última noite que disponho antes de começar a ser caçada.

O telhado não fica iluminado à noite, mas assim que meus pés descalços alcançam a superfície de telhas vejo a silhueta escura dele em contraste com as luzes que brilham eternamente na Capital. Há uma agitação nas ruas, música, cantorias e buzinas de carros, sons que eu jamais teria a oportunidade de ouvir através das espessas janelas de vidro de meu quarto. Eu poderia sair agora, sem que ele reparasse na minha presença. Ele não me ouviria em meio ao barulho. Mas o ar da noite está tão gostoso que não consigo suportar a ideia de voltar para aquela jaula abafada que chamam de quarto. E que diferença faz nos falarmos ou não?

Meus pés se movem silenciosamente por cima das telhas. Estou a apenas um metro dele.

— Você devia estar dormindo um pouco.

Peeta começa a dizer alguma coisa, mas não se vira. Posso vê-lo balançar levemente a cabeça.

— Não quis perder a festa. Afinal, é em nossa homenagem.

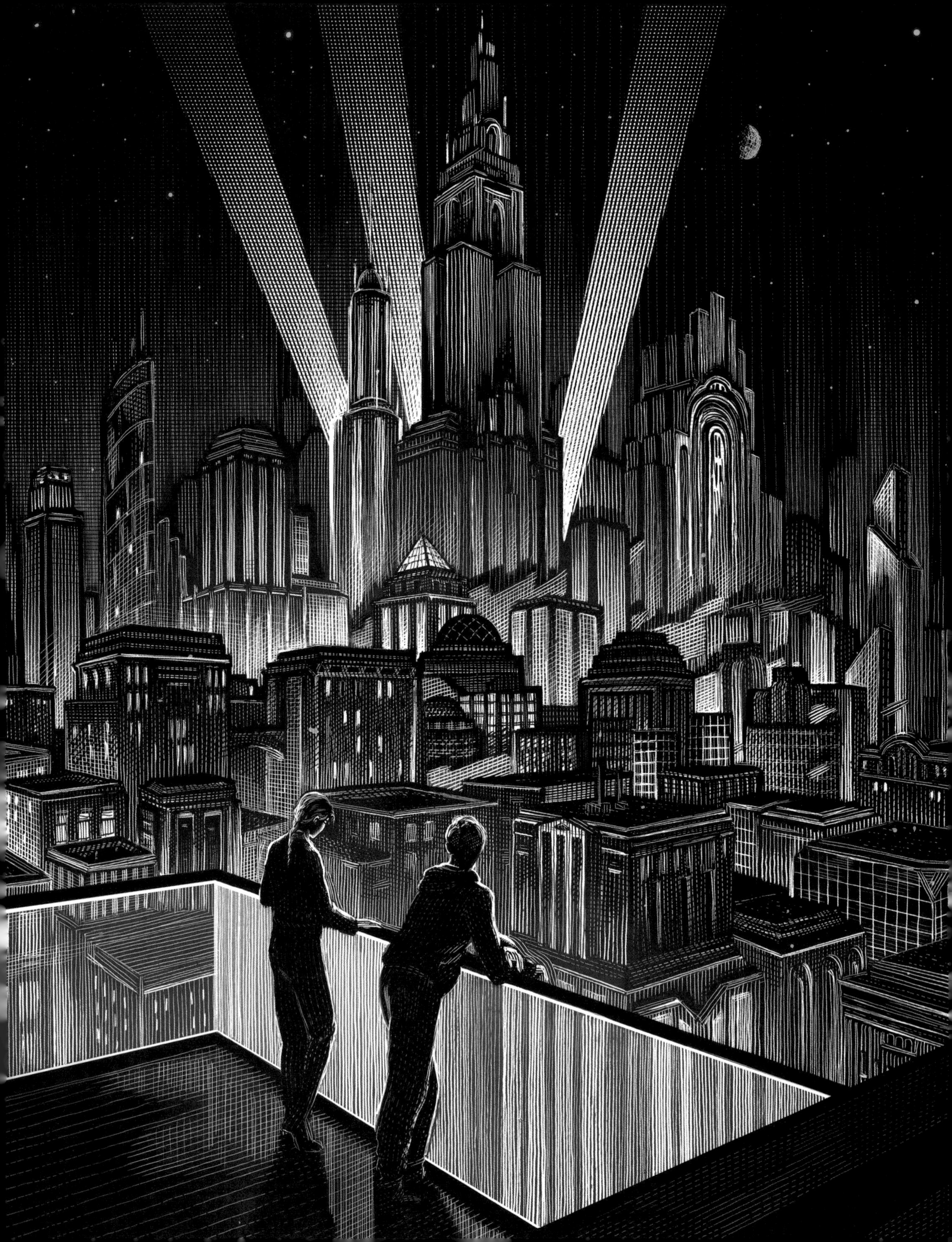

Eu me aproximo dele e me inclino sobre o parapeito. As ruas largas estão cheias de pessoas dançando. Aperto os olhos para distinguir melhor os detalhes das figuras pequeninas.

– Eles estão fantasiados?

– Quem poderia dizer? – responde Peeta. – Com essas roupas loucas que eles usam aqui! Também não conseguiu dormir?

– Não consegui desligar minha mente.

– Pensando na família?

– Não – admito, cheia de culpa. – Tudo o que consigo fazer é imaginar como vai ser amanhã. O que não faz sentido, é claro. – Com a luz que vem de baixo consigo ver o rosto dele, e a maneira esquisita com a qual segura as mãos enfaixadas. – Sinto muito mesmo pelas suas mãos.

– Não tem problema, Katniss. Nunca tive ilusão de disputar nada nesses Jogos mesmo.

– Você não deveria pensar dessa forma.

– Por que não? É verdade. O máximo que eu posso sonhar é em não sujar meu nome e... – Ele hesita.

– E o quê?

– Não sei bem como dizer isso. É que... quero morrer como eu mesmo. Isso faz algum sentido? – pergunta Peeta. Balanço a cabeça. Como ele poderia morrer a não ser como ele mesmo? – Não quero que eles mudem meu jeito de ser na arena. Não quero ser transformado em algum tipo de monstro que sei que não sou.

Mordo o lábio, sentindo-me inferior. Enquanto eu estava ruminando acerca da disponibilidade de árvores, Peeta estava lutando para saber como faria para manter a identidade. Seu eu puro.

– Você está querendo dizer que não vai matar ninguém?

– Não, quando surgir a oportunidade, tenho certeza de que vou matar como qualquer outro tributo. Não posso cair sem lutar. Só fico desejando que haja alguma maneira de...

de mostrar à Capital que eles não mandam em mim. Que sou mais do que somente uma peça nos Jogos deles.

— Mas você não é. Nenhum de nós é. É assim que os Jogos funcionam.

— Tudo bem, mas, mesmo dentro dessa estrutura, ainda existo eu, ainda existe você. Dá pra entender?

— Um pouco. Só que... sem querer ofender, mas quem se importa com isso, Peeta?

— Eu me importo. O que quero dizer é o seguinte: com o que mais posso me importar nesse estágio? – pergunta, com raiva. Ele fixou os olhos azuis nos meus, exigindo uma resposta.

Dou um passo para trás.

— Você pode se importar com o que Haymitch disse. Sobre se manter vivo.

Peeta sorri para mim, triste e zombeteiro.

— Tudo bem. Valeu pela dica, queridinha.

É como se fosse um tapa na cara ele usar o termo condescendente de Haymitch.

— Olha aqui, se você quer passar as últimas horas da sua vida planejando uma morte nobre na arena, a escolha é sua. Eu quero passar as minhas no Distrito 12.

— Eu não ficaria surpreso se você conseguisse. Mande lembranças à minha mãe quando voltar, certo?

— Pode contar com isso – respondo. Então me viro e saio do telhado.

Passo o resto da noite adormecendo e acordando, imaginando as colocações curtas e grossas que farei a Peeta Mellark na manhã seguinte. Peeta Mellark. Veremos o quão moralmente superior ele vai ser quando estiver cara a cara com a morte. Ele provavelmente se tornará um daqueles tributos brutais, do tipo que tenta comer o coração de alguém que acabou de matar. Havia um garoto assim alguns anos atrás. Ele era do Distrito 6 e se chamava Titus. Ficou completamente selvagem, e os Idealizadores dos Jogos tinham de atordoá-lo com armas elétricas para recolher os corpos dos jogadores que ele havia matado, antes que pudesse comê-los. Não há regras na arena, mas canibalismo não cai bem junto ao público da Capital, de modo que a prática precisou ser barrada. Houve especulação de que a avalanche que por fim matou Titus teria sido especificamente arquitetada para garantir que o vencedor não fosse um lunático.

Não vejo Peeta de manhã. Cinna aparece antes do dia amanhecer, me entrega uma simples muda de roupas e me conduz até o telhado. Os últimos preparativos, incluindo a arrumação da minha roupa, serão feitos nas catacumbas que ficam abaixo da própria arena. Um aerodeslizador aparece do nada, assim como aquele da floresta no dia em que vi a garota Avox sendo capturada, e uma escada desliza para baixo. Coloco minhas mãos e pés nos degraus inferiores e instantaneamente parece que fui congelada. Algum tipo de corrente me mantém grudada à escada enquanto sou erguida em segurança para dentro do veículo.

Fico na expectativa de me soltar da escada, mas ainda estou grudada quando uma mulher com um casaco branco se aproxima carregando uma seringa.

– Isso aqui é seu rastreador, Katniss. Fique parada para que eu possa injetá-lo de forma eficiente – diz ela.

Parada? Sou uma estátua. Mas isso não me impede de sentir uma picada dolorosa quando a agulha insere o dispositivo metálico em meu antebraço. Agora os Idealizadores dos Jogos sempre poderão rastrear minha posição na arena. Eles não ficariam felizes em perder algum tributo, não é mesmo?

Assim que o rastreador está no lugar, a escada me libera. A mulher desaparece e Cinna é recolhido do telhado. Um garoto Avox surge e nos dirige a uma sala onde o café da manhã está sendo servido. Apesar da tensão no estômago, como o máximo que consigo, embora nenhum item da apetitosa refeição me impressione muito. Estou tão nervosa que comeria até carvão. A única coisa que me distrai é a vista da janela, enquanto voamos por cima da cidade em direção à natureza selvagem. Essa é a visão dos pássaros. Só que eles estão livres e seguros. Exatamente o oposto de mim.

A viagem dura mais ou menos meia hora. Então as janelas escurecem, indicando que estamos nos aproximando da arena. O aerodeslizador aterrissa e Cinna e eu voltamos para a escada, só que dessa vez ela nos conduz a um tubo subterrâneo que nos leva às catacumbas que ficam abaixo da arena. Seguimos instruções até meu destino, uma câmara onde serão feitos meus últimos preparativos. Na Capital, eles chamam o lugar de Sala de Lançamento. Nos distritos, se referem a ela como o Curral. O local onde os animais são mantidos antes de serem abatidos.

Tudo é novinho em folha, serei o primeiro tributo a usar essa Sala de Lançamento. As arenas são sítios históricos, preservados após os Jogos. Destinos populares para os visitantes da Capital em férias. Passar um mês, rever os Jogos, passear pelas catacumbas, visitar os locais onde as mortes ocorreram. Você pode até participar das remontagens.

Dizem que a comida é excelente.

Luto para manter o café da manhã no estômago enquanto tomo banho e escovo os dentes. Cinna faz meu cabelo com minha marca registrada: a trança única caindo sobre as costas. Então chegam as roupas, a mesma para todos os tributos. Cinna não escolheu meu traje – sequer sabe o que encontrará no pacote –, mas me ajuda a vestir a roupa de baixo, a calça parda de corte simples, a blusa verde, o cinto marrom robusto e a jaqueta preta com capuz que chega até minhas coxas.

– O material da jaqueta é projetado para reter o calor do corpo. Pode esperar noites frias – diz ele.

As botas, que visto sobre meias apertadas, são melhores do que eu poderia imaginar. Couro macio, não muito diferentes das que tenho em casa. Mas as daqui têm solas de borracha flexíveis e proteções laterais. Boas para correr.

Quando penso que a coisa acabou, Cinna puxa do bolso o broche dourado com o pássaro. Tinha me esquecido completamente dele.

– Onde você conseguiu isso? – pergunto.

– No traje verde que você usou no trem – diz ele. Agora me lembro do momento em que o tirei do vestido de minha mãe e o prendi à camisa. – É o símbolo do seu distrito, não é? – Eu assinto e ele o prende em minha camisa. – Por pouco ele não passa na vistoria. Algumas pessoas acharam que o broche poderia ser usado como arma, dando a você uma vantagem que seria injusta. Mas, por fim, eles deixaram passar – diz Cinna. – Mas eliminaram um anel daquela garota do Distrito 1. Quando eles giraram a pedra preciosa, um esporão apareceu. Venenoso. Ela jurou que não sabia que o anel se transformava dessa maneira e não havia como provar o contrário. Mas ela perdeu o símbolo. Pronto, você está toda equipada. Mexa-se um pouco para ter certeza de que está confortável.

Ando, corro em círculo, balanço os braços para cima e para baixo.

– Tudo ótimo. O tamanho está perfeito.

– Então não há mais nada a fazer a não ser esperar a convocação – diz Cinna. – A menos que você consiga comer um pouco mais. Consegue?

Recuso a comida, mas aceito um copo d'água, que bebo aos pouquinhos enquanto espero no sofá. Não quero roer as unhas ou morder os lábios, então acabo mastigando a parte interna da bochecha que ainda não sarou completamente das investidas de alguns dias atrás. Logo o sabor de sangue toma conta da minha boca.

O nervosismo se transforma em terror à medida que começo a pensar nas coisas que estão por vir. Posso estar morta, completamente morta, daqui a uma hora. Talvez em menos tempo. Meus dedos percorrem obsessivamente o pequeno calombo duro em meu antebraço, no local onde a mulher injetou o dispositivo rastreador. Eu o pressiono, apesar da dor, eu o pressiono com tanta força que um pequeno hematoma começa a se formar.

– Você quer conversar, Katniss? – pergunta Cinna.

Balanço a cabeça em negativa, mas depois de um instante estendo a mão para ele. Cinna a envolve com suas duas mãos. E é assim que ficamos sentados, até que uma agradável voz feminina anuncia que está na hora de eu me preparar para o lançamento.

Ainda apertando uma das mãos de Cinna, caminho em direção ao círculo de metal.

– Lembre-se do que Haymitch disse. Corra e encontre água. O resto será consequência – diz ele. Balanço a cabeça em concordância. – E lembre-se disso: não posso apostar, mas se pudesse, minhas fichas iriam todas para você.

– Verdade? – sussurro.

– Verdade – diz Cinna. Ele se inclina e dá um beijo em minha testa. – Boa sorte, garota em chamas. – E então um cilindro de vidro começa a abaixar em torno de mim, interrompendo nosso aperto de mão, nos separando. Ele bate com os dedos na parte de baixo do próprio queixo. Cabeça erguida.

Ergo o queixo e fico o mais aprumada possível. O cilindro começa a subir. Por uns quinze segundos, fico em total escuridão. Em seguida, sinto o círculo de metal me empurrando para fora do cilindro, em direção ao ar livre. Por um instante, meus olhos ficam ofuscados pela intensa luz do sol e a única coisa que consigo sentir é um vento forte com o promissor aroma de pinheiro.

Então, ouço a voz do lendário locutor, Claudius Templesmith, retumbar ao meu redor:

– Senhoras e senhores, está aberta a septuagésima quarta edição dos Jogos Vorazes!

11

Sessenta segundos. Esse é o tempo que nos mandam permanecer em nossos círculos de metal até que o som de um gongo nos libere. Pise fora do círculo antes de o minuto se encerrar e minas terrestres levarão suas pernas pelos ares. Sessenta segundos para ingressar no ringue de tributos, todos equidistantes da Cornucópia, um chifre dourado gigante no formato de um cone com uma cauda curvada, cuja boca tem pelo menos seis metros de altura e está recheada das coisas que nos manterão vivos nessa arena. Comida, contêineres de água, armas, remédios, equipamentos, fósforos. Espalhados ao redor da Cornucópia encontram-se outros suprimentos, o valor dos quais decresce quanto mais distantes do chifre eles estão. Por exemplo, a apenas alguns passos de meus pés está um pedaço de plástico de um metro quadrado. Certamente ele poderia ser de algum uso num temporal. Mas, lá na boca, estou vendo uma mochila com uma barraca que me protegeria de quase qualquer tipo de intempérie — se eu tivesse coragem de chegar lá e lutar por ela com os outros vinte e três tributos, o que fui instruída a não fazer.

Estamos em um terreno aberto e plano. Uma planície de terra batida. Às costas dos tributos que estão na minha frente não consigo enxergar nada, indicando que ali deve haver um declive bem íngreme ou um penhasco. À minha direita fica um lago. À minha esquerda e atrás de mim, esparsos pinheiros. É para lá que Haymitch mandaria que eu fosse. Imediatamente.

Ouço suas instruções em minha cabeça: *"Simplesmente sumam de lá, distanciem-se o máximo que puderem um do outro e dos demais tributos e achem uma fonte de água."*

Mas é tentador, muito tentador, quando vejo o butim que está lá esperando por mim. E sei que se não pegá-lo, outra pessoa o fará. Sei também que os Tributos Carreiristas que

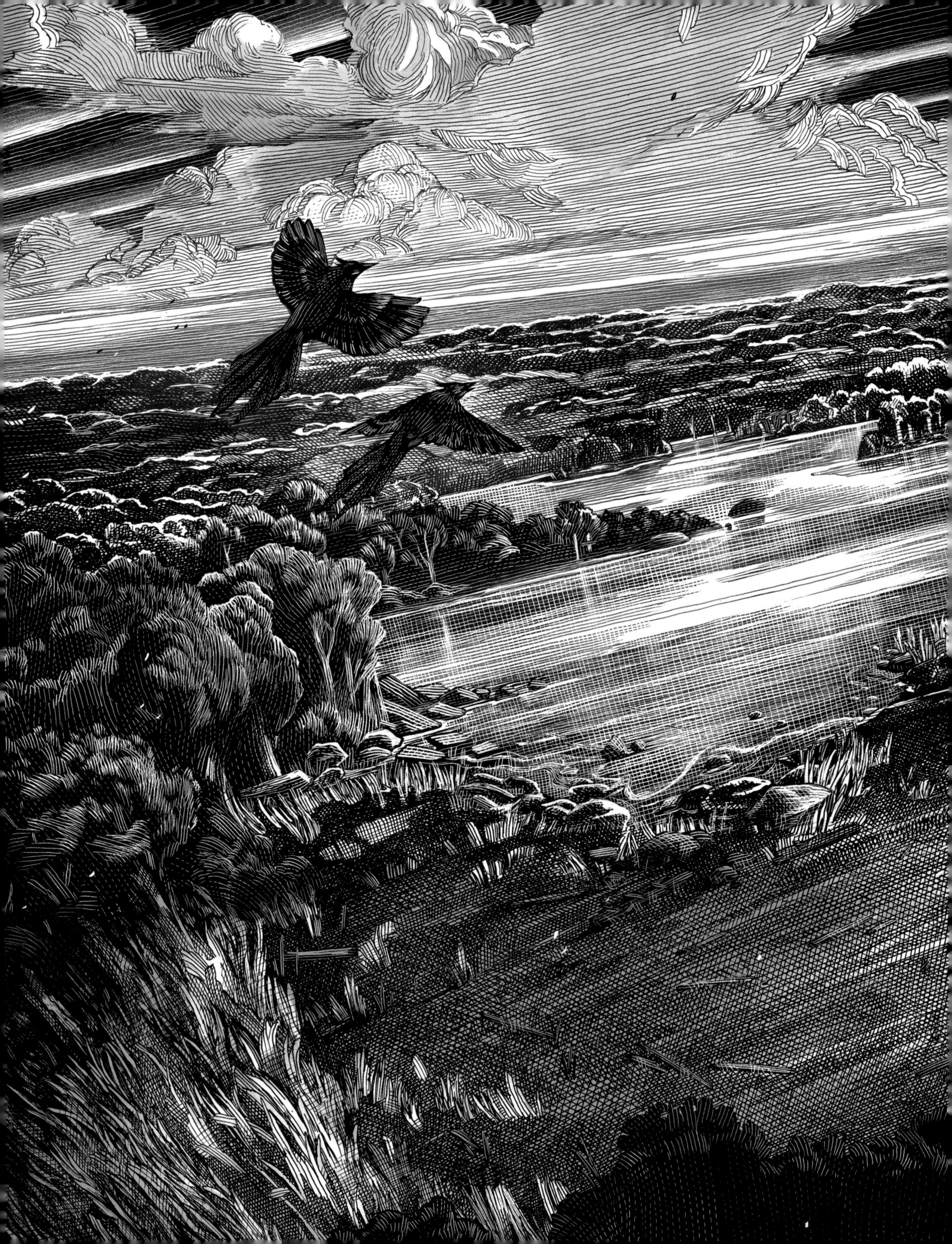

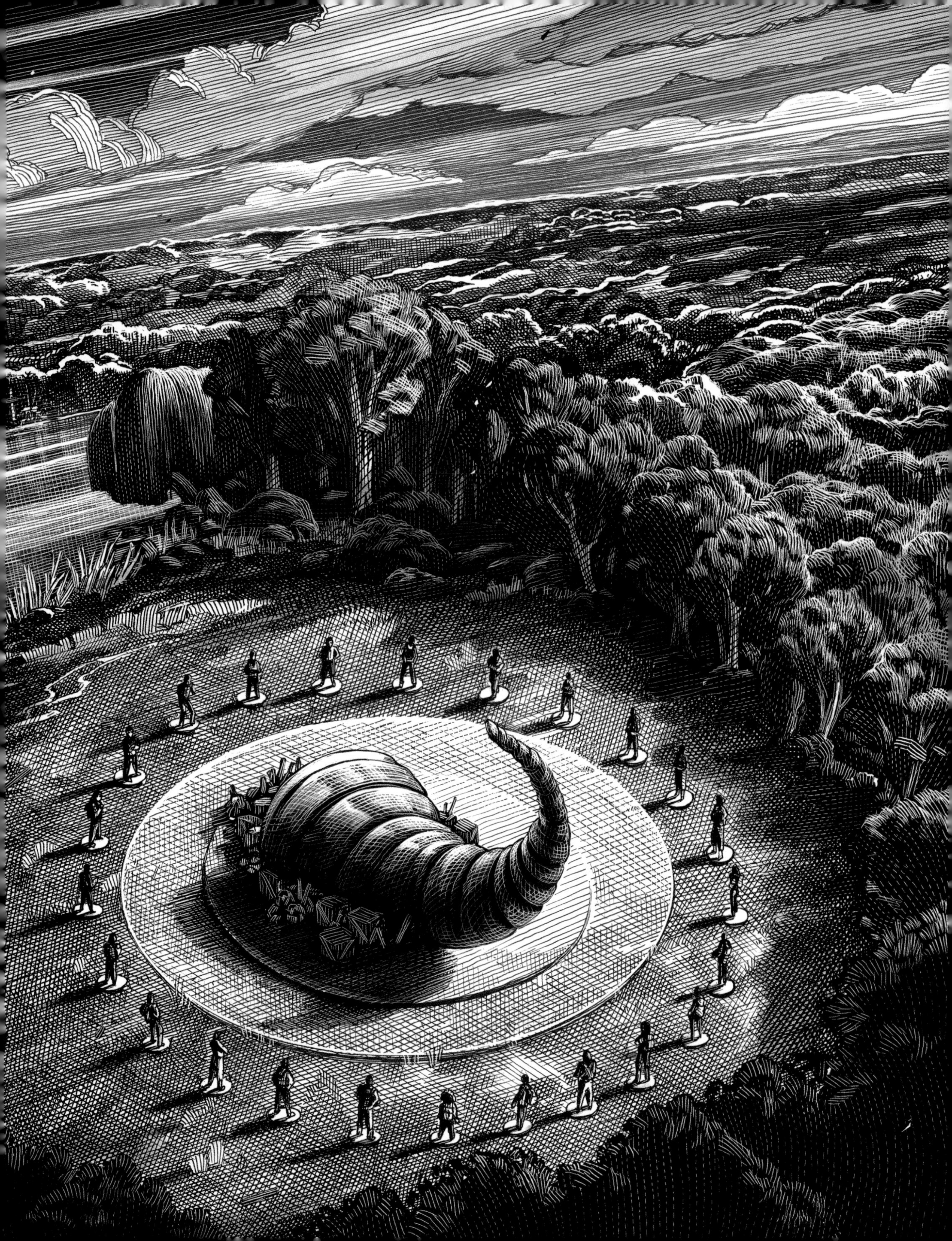

sobreviverem ao banho de sangue dividirão entre eles a maior parte do que restar daquilo. Alguma coisa me chama a atenção. Lá, sobre um monte de cobertores, está uma aljava prateada cheia de flechas e um arco, já preparado, somente esperando para ser usado. É meu, penso. *Aquilo foi feito para mim.*

Sou veloz. Consigo correr mais rápido do que todas as garotas da escola, embora algumas delas possam me vencer em corridas de longa distância. Mas essa distância de quarenta metros está perfeita para mim. Sei que consigo, que posso chegar lá antes de todos, mas a questão é o quão rapidamente posso fazê-lo. Quando eu tiver escalado as mochilas e agarrado as armas, outros já terão chegado ao chifre. Talvez eu consiga abater um ou outro, mas digamos que seja uma dúzia deles. Daquela distância, poderiam me derrubar com lanças e com porretes. Ou com os próprios punhos poderosos.

Mas ainda assim não serei o único alvo. Aposto que vários outros tributos deixariam passar uma garota menor – mesmo que ela tenha tirado nota onze no treinamento – para se concentrar em abater os adversários mais difíceis.

Haymitch nunca me viu correndo. Se tivesse visto, talvez ele me mandasse ir. Apanhar a arma. Já que essa é exatamente a arma que pode significar minha salvação. E só consigo ver um arco naquela pilha toda. Sei que o minuto já deve estar se esgotando e terei de decidir qual será minha estratégia. Então, posiciono meus pés para correr, não na direção da floresta próxima, mas na direção da pilha, na direção do arco. Subitamente, reparo a presença de Peeta, que está mais ou menos cinco tributos à minha direita, uma distância razoável. Mas, ainda assim, posso ver que está olhando para mim e imagino que talvez esteja balançando a cabeça. Mas o sol está em meus olhos, e, enquanto tento entender, o gongo soa.

E eu perdi! Perdi a chance! Pois esses poucos segundos extras que deixei passar por não estar pronta são suficientes para mudar minha cabeça a respeito de ir. Meus pés dançam por um momento, confusos sobre a direção que meu cérebro quer tomar, e então dou um salto à frente, pego a folha de plástico e um pedaço de pão. O que apanho é tão pouco e estou com tanta raiva de Peeta por ter me distraído que dou uma corrida de vinte metros para coletar uma mochila alaranjada para guardar as coisas, porque não aguento ir embora dali praticamente de mãos vazias.

Um garoto, acho que do Distrito 9, alcança a mochila ao mesmo tempo que eu, e por um curto instante nós nos digladiamos pelo objeto até ele começar a tossir, respingando sangue em meu rosto. Dou um passo para trás, enojada pelo jato quente e pegajoso. Então, o garoto desliza para o chão. Só então vejo a faca em suas costas. Outros tributos já alcançaram a Cornucópia e estão se espalhando para atacar. Sim, a garota do Distrito 2, dez metros adiante, está correndo em minha direção, uma das mãos agarrando meia dúzia de facas. Eu a vi arremessando durante o treinamento. Ela nunca erra. E sou seu próximo alvo.

Todo o medo genérico que eu estava sentindo se condensa em um medo imediato dessa garota, essa predadora que pode me matar em questão de segundos. A adrenalina toma conta de mim, jogo a mochila por cima de um ombro e corro a toda a velocidade em direção à floresta. Posso ouvir a lâmina assoviando às minhas costas e, por puro reflexo, levanto a mochila para proteger minha cabeça. A lâmina se aloja na mochila. Agora, com as duas alças nos ombros, dirijo-me para as árvores. De alguma maneira, sei que a garota não vai me perseguir. Sei que ela vai voltar para a Cornucópia antes que todas as coisas boas tenham sumido. Um sorrisinho cruza meu rosto. *Obrigada pela faca*, penso.

No limite da floresta, viro-me por um instante para inspecionar o campo. Cerca de doze tributos estão no chifre, atacando uns aos outros com selvageria. Vários já estão mortos no chão. Aqueles que fugiram estão desaparecendo nas árvores ou no vazio à minha frente. Continuo correndo até as árvores me esconderem dos outros tributos e então diminuo a velocidade para um ritmo mais estável, que imagino poder manter por um bom tempo. Durante as horas que se seguem, alterno entre a corrida e caminhada, colocando o máximo de distância que posso entre mim e meus competidores. Perdi meu pão durante a luta com o garoto do Distrito 9, mas consegui enfiar meu plástico na manga, de modo que, enquanto caminho, dobro-o com cuidado e o coloco no bolso. Também libero a faca – é um ótimo exemplar com uma lâmina longa e afiada, serrilhada perto do cabo, que será bem útil para serrar alguma coisa – e a deslizo para o cinto. Ainda não ouso parar para examinar o conteúdo da mochila. Continuo andando, parando apenas para verificar se há algum perseguidor por perto.

Posso caminhar durante um bom tempo. Sei disso devido aos dias que já passei na floresta. Mas vou precisar de água. Essa foi a segunda instrução de Haymitch, e como praticamente arruinei a primeira, mantenho um olhar aguçado atrás de algum sinal de água. Não tenho sorte.

A floresta começa a crescer, e os pinheiros estão misturados a uma variedade de árvores, algumas reconheço, outras são inteiramente estranhas a mim. Em determinado momento, ouço um ruído e puxo a faca, pensando que talvez tenha de me defender, mas só assustei um coelho. "Bom te ver", sussurro. Se tem um coelho aqui, pode haver centenas só esperando para cair em alguma arapuca.

Surge um declive. Não me deixa particularmente feliz. Vales me fazem sentir em uma armadilha. Quero estar no alto, como nas colinas em volta do Distrito 12, de onde eu possa ver meus inimigos se aproximando. Mas não tenho alternativa além de seguir em frente.

É engraçado, mas não estou me sentindo muito mal. Todos esses dias me empanturrando valeram a pena. Estou com força suficiente mesmo tendo dormido pouco na noite passada. Estar na floresta é revigorante. Me sinto contente pela solidão, mesmo sendo uma ilusão, porque provavelmente estou aparecendo na televisão agora mesmo. Não o tempo todo, mas de vez em quando. Há tantas mortes a mostrar no primeiro dia que um tributo andando na floresta não tem lá muito apelo. Mas eles vão me mostrar o suficiente para que as pessoas saibam que estou viva, inteira e em movimento. A abertura é um dos dias em que as apostas são mais acirradas, quando as primeiras vítimas aparecem. Mas isso não pode ser comparado ao que acontece quando o campo começa a encolher e só restam alguns competidores.

Está anoitecendo quando começo a escutar os canhões. Cada tiro representa um tributo morto. O combate deve ter finalmente cessado na Cornucópia. Eles nunca recolhem os corpos do banho de sangue até que os matadores tenham se dispersado. No dia de abertura, eles nem dão tiros de canhão até que o combate inicial tenha terminado porque é muito difícil acompanhar todas as fatalidades. Eu me permito uma pausa, arquejando, enquanto conto os tiros. Um... dois... três... e assim por diante até atingir onze. Onze mortos no total. Treze permanecem na competição. Minhas unhas raspam o sangue seco que o garoto do Distrito 9 tossiu em meu rosto. Ele se foi, com certeza. Penso em Peeta. Será que ele sobreviveu ao dia? Vou ficar sabendo em poucas horas. Quando projetarem as imagens dos mortos no céu para os que sobraram de nós poderem ver.

Subitamente, sou acometida pela perspectiva de que Peeta já pode ter morrido, ter virado um cadáver, sido recolhido e estar sendo transportado de volta à Capital para ser limpo, vestido e enviado em um caixão simples de madeira para o Distrito 12. Não está mais aqui. Está voltando para casa. Tento muito me lembrar se o vi logo depois que a ação começou. Mas a última imagem que consigo vislumbrar em minha mente é Peeta balançando a cabeça quando o gongo começou a soar.

Talvez seja melhor mesmo que já tenha morrido. Ele não tinha confiança de que pudesse vencer. E não vou acabar tendo de realizar a desagradável tarefa de matá-lo. Talvez seja melhor que ele já tenha caído fora.

Desabo ao lado da mochila, exausta. De uma forma ou de outra preciso examiná-la antes que anoiteça. Preciso ver quais coisas tenho à minha disposição. Assim que começo a soltar as alças, percebo que o material é resistente, embora a cor seja uma tristeza. Esse laranja vai praticamente brilhar no escuro. Ponho na cabeça que a primeira coisa a fazer amanhã é camuflá-la.

Puxo a aba. O que mais quero nesse momento é água. A orientação que Haymitch forneceu para encontrar água de imediato não foi arbitrária. Eu não vou durar muito sem isso. Por alguns dias serei capaz de funcionar com os desagradáveis sintomas da desidratação, mas depois disso minha situação se deteriorará até eu ficar completamente inútil, e, no máximo em uma semana, estarei morta. Ponto. Espalho cuidadosamente as provisões.

Um saco de dormir fino e preto que retém o calor do corpo. Um pacote de biscoitos. Um pacote de tirinhas de carne seca. Uma garrafa de iodo. Uma caixa de fósforos. Um pequeno rolo de arame. Um par de óculos escuros. E uma garrafa de plástico de um litro com tampa para carregar água, mas absolutamente seca.

Nenhuma água. Por que não encheram logo a garrafa? Tomo consciência da secura em minha garganta e boca, as rachaduras em meus lábios. Estive em movimento o dia inteiro. Estava quente e suei bastante. Estou acostumada a fazer o mesmo na floresta perto de casa, mas sempre tem algum córrego, ou neve que posso derreter, que dá conta da situação.

Enquanto recoloco as coisas na mochila um pensamento horrível cruza a minha mente. O lago. Aquele que vi enquanto esperava o gongo soar. E se essa for a única fonte de água na arena? Assim eles nos obrigariam a lutar. O lago fica a um dia inteiro de viagem de onde estou agora, uma jornada muito mais difícil sem nada para beber. E mesmo que eu o alcançasse, com certeza ele estaria muito bem vigiado por algum Tributo Carreirista. Estou a ponto de entrar em pânico quando me lembro do coelho que assustei hoje cedo. Ele também precisa beber água. Só preciso descobrir onde.

O crepúsculo já se aproxima e vou ficando inquieta. As árvores são finas demais para garantir um esconderijo. A camada de agulhas de pinheiro que abafa meus passos também dificulta a procura por animais e preciso de seus rastros para encontrar água. E ainda por cima estou descendo cada vez mais na direção de um vale que parece interminável.

Também estou faminta, mas ainda não ouso atacar meu precioso estoque de biscoito e carne. Em vez disso, pego a faca e a uso em um pinheiro, arrancando as cascas externas e raspando uma boa quantidade das cascas internas, mais macias. Mastigo lentamente enquanto caminho. Após uma semana ingerindo a melhor comida do mundo, é um pouco difícil ser obrigada a engolir esse troço. Mas já comi muito pinheiro na minha vida. Vou me adaptar rápido.

É certo que terei que achar um local para acampar daqui a uma hora. As criaturas noturnas estão começando a aparecer. Posso ouvir de vez em quando um pio ou um uivo, o primeiro indício de que terei de competir com predadores naturais pelos coelhos. Quanto a mim mesma ser considerada uma fonte de alimento, ainda é cedo para dizer. Os mais diversos animais podem estar me espreitando nesse momento.

Mas, nesse exato instante, decido fazer de meus companheiros tributos uma prioridade. Tenho certeza de que muitos deles continuarão caçando noite adentro. Os que lutaram na Cornucópia terão comida, uma abundância de água do lago, lanternas e armas que estão doidos para começar a utilizar. Minha única esperança é ter viajado para bem longe e em tempo suficiente para estar fora do alcance deles.

Antes de me assentar, pego o arame e monto duas arapucas numa moita. Sei que é arriscado ficar montando armadilhas, mas a comida vai se esgotar rapidamente por aqui e não posso montar arapucas enquanto estiver me deslocando. Mesmo assim, caminho mais cinco minutos antes de acampar.

Escolho minha árvore com cuidado. Um salgueiro, não extraordinariamente alto, porém posicionado em meio a vários outros salgueiros, oferecendo um bom esconderijo em suas longas ramificações. Escalo a árvore, grudando-me aos galhos mais fortes que estão próximos do tronco, e encontro uma forquilha resistente o suficiente para fazer de cama. Leva algum tempo, mas arrumo o saco de dormir de uma maneira relativamente confortável. Coloco minha mochila aos pés do saco e em seguida deslizo para dentro. Como precaução, removo o cinto, faço com que se enrosque tanto em um galho quanto no saco de dormir e prendo-o novamente em minha cintura. Se eu rolar durante o sono não vou cair no chão. Sou suficientemente pequena para encaixar a extremidade de cima do saco em minha cabeça, mas também coloco o capuz. À medida que anoitece, o ar esfria rapidamente. Apesar do risco que assumi ao pegar a mochila, sei que tomei a decisão correta. Esse saco de dormir, irradiando e preservando o calor do meu corpo, será inestimável. Tenho certeza de que há outros tributos cuja preocupação principal nesse exato momento é arranjar um meio de se manter aquecido, ao passo que posso até me dar ao luxo de dormir algumas horas. Se ao menos eu não estivesse com tanta sede...

Já é noite quando ouço o hino que dá início à recapitulação dos mortos. Por entre os galhos, consigo ver a insígnia da Capital, que parece flutuar no céu. Na verdade estou vendo uma outra tela, uma enorme, que é transportada por um daqueles aerodeslizadores que somem de repente. O hino vai acabando e o céu escurece por um instante. Em casa, estaríamos assistindo à reportagem completa de todas as mortes, mas imagina-se que isso daria uma vantagem injusta aos tributos que estão vivos. Por exemplo, se eu tivesse conseguido o arco e acertasse alguém, meu segredo seria revelado a todos. Mas aqui não: na arena, tudo o que vemos são as mesmas fotografias que eles mostraram quando transmitiram as notas de nosso treinamento. Fotos de rosto comuns. Mas agora, em vez de notas, eles colocam apenas os números dos distritos. Respiro bem fundo enquanto os rostos dos onze tributos mortos aparecem e faço a contagem com meus dedos.

A primeira a aparecer é a garota do Distrito 3. Isso significa que todos os Tributos Carreiristas do 1 e do 2 sobreviveram. Nenhuma surpresa nisso. Então, o garoto do 4 aparece. Esse eu não esperava, normalmente todos os Carreiristas sobrevivem ao primeiro dia. O garoto do Distrito 5... Pelo visto, a garota com cara de raposa conseguiu. Ambos os tributos do 6 e do 7. O garoto do 8. Os dois do 9. Sim, lá está o garoto que lutou comigo pela mochila. Conto os dedos, só falta um tributo morto. Será Peeta? Não, é a garota do Distrito 10. Fim. A insígnia da Capital retornou com uma fanfarra musical final. Então a escuridão e os sons da floresta retornam.

Estou aliviada por Peeta estar vivo. Penso mais uma vez que se eu for morta, a vitória dele beneficiará significativamente minha mãe e Prim. Isso é o que digo para mim mesma para explicar as emoções conflitantes que afloram quando penso em Peeta. A gratidão por ele ter me dado uma vantagem ao confessar seu amor por mim na entrevista. A raiva por seu ar de superioridade no telhado. O horror que me traz a possibilidade de termos de ficar frente a frente a qualquer momento nessa arena.

Onze mortos, mas nenhum do Distrito 12. Tento descobrir quem restou. Cinco Tributos Carreiristas. Cara de raposa. Thresh e Rue. Rue... quer dizer então que ela sobreviveu ao primeiro dia, afinal. Não consigo esconder minha felicidade. Com ela, somamos dez. Os outros três eu lembrarei amanhã. Agora que está escuro e estou bem cansada pela jornada e aninhada bem no alto dessa árvore, devo tentar descansar.

Não durmo de fato há dois dias, e também teve a longa viagem até a arena. Lentamente, permito que meus músculos relaxem; que meus olhos se fechem. A última coisa em que penso é que tenho sorte por não roncar...

Clique! O som de um galho se partindo me desperta. Por quanto tempo dormi? Quatro horas? Cinco? A ponta do meu nariz está gelada. *Clique! Clique!* O que está acontecendo? Isso não é o som de um galho sendo pisado, mas o estalo de algo se movendo em uma árvore. *Clique! Clique!* Calculo que o barulho venha de centenas de metros à minha direita. Lentamente, silenciosamente, viro-me naquela direção. Por alguns minutos, não há nada além do breu e algum arrastar de pé. Então vejo uma fagulha e uma pequena fogueira começa a ficar visível. Um par de mãos se aquece sobre as chamas, mas não consigo distinguir muito mais do que isso.

Preciso morder o lábio para não gritar todos os palavrões que conheço para o responsável pela fogueira. O que a pessoa está pensando? Uma fogueira acesa enquanto anoitecia é uma coisa. Os que lutaram na Cornucópia, com sua força superior e abundância de suprimentos, dificilmente estariam próximos o suficiente para avistar as chamas. Mas agora? Quando provavelmente estão vasculhando a floresta há horas em busca de vítimas? Seria melhor erguer logo uma bandeira e gritar: "Venham me pegar!"

E aqui estou eu, à distância de uma pedrada do maior idiota dos Jogos. Amarrada a uma árvore. Sem ousar fugir, pois minha localização acaba de ser revelada para todos os matadores interessados. Enfim, sei que aqui está frio e nem todo mundo possui um saco de dormir. Mas aí você cerra os dentes e aguenta até que amanheça!

Fico espumando de raiva no meu saco pelas horas seguintes, pensando que, se realmente conseguir sair daqui, não vou ter o menor problema em acabar com meu vizinho. Meu instinto me mandou fugir, não lutar. Mas, obviamente, essa pessoa é um risco. Gente estúpida é perigosa. E esse aqui, provavelmente, não tem arma nenhuma, enquanto eu possuo essa excelente faca.

O céu ainda está escuro, mas já posso sentir os primeiros sinais da manhã se aproximando. Estou começando a pensar que na verdade nós – estou me referindo a mim mesma e à pessoa cuja morte estou agora planejando – talvez nem tenhamos sido notados. Então o escuto. O som de vários pés em disparada. A pessoa que acendeu a fogueira deve ter cochilado. Alcançam ela antes que possa escapar. Agora sei que é uma garota. Pelas súplicas, pelos berros agonizantes que se seguem. Então, ouço uma gargalhada e congratulações de várias vozes. Alguém dá um grito: "Doze abatidos e onze a caminho!", que é recebido com aplausos e vivas.

Então estão lutando em bando. Não estou realmente surpresa. Alianças são frequentemente formadas nos primeiros estágios dos Jogos. Os mais fortes se juntam para caçar os fracos e, quando a tensão atinge proporções insuportáveis, começam a se voltar uns contra os outros. Não preciso me esforçar muito para saber quem fez essa aliança. Só podem ter sido os Tributos Carreiristas dos Distritos 1, 2 e 4. Dois garotos e três garotas. Os que almoçavam juntos.

Por um momento, eu os ouço verificando se a garota possuía suprimentos. Dá para ver pelos comentários que não encontraram nada de bom. Imagino se a vítima é Rue, mas rapidamente abandono o pensamento. Ela é inteligente demais para fazer uma fogueira dessa maneira.

– Melhor dar o fora, para que eles possam recolher o corpo antes que comece a apodrecer.

Estou quase certa de que esse é o brutamontes do Distrito 2. Há murmúrios de concordância e então, para meu horror, ouço o bando seguir em minha direção. Eles não sabem que estou aqui. Como poderiam? E estou bem escondida no meio das árvores. Pelo menos enquanto o sol não nasce. Quando isso acontecer meu saco de dormir preto vai deixar de ser uma camuflagem para se transformar em problema. Se eles continuarem andando, vão passar por mim e estarão distantes em questão de minutos.

Mas os Carreiristas param na clareira mais ou menos a dez metros da minha árvore. Eles têm lanternas, archotes. Consigo ver um braço aqui, uma bota acolá, por entre os galhos. Sou uma pedra, não ouso nem respirar. Será que me avistaram? Não, ainda não. Dá para saber pelas palavras deles que suas mentes estão em outro lugar.

— A gente já não devia ter ouvido um canhão?

— Eu diria que sim. Não tem por que eles não atirarem imediatamente.

— A menos que ela não esteja morta.

— Ela está morta. Eu mesmo acertei ela.

— Então cadê o canhão?

— Alguém devia voltar. Pra ter certeza de que o trabalho foi feito.

— É mesmo, ninguém aqui vai querer caçá-la de novo.

— Eu disse que ela está morta!

Uma discussão tem início e só acaba quando um tributo silencia os outros:

— Nós estamos perdendo tempo! Vou lá terminar o serviço e daí a gente segue caminho!

Quase caio da árvore. A voz pertence a Peeta.

12

Ainda bem que tomei a precaução de me prender ao cinto. Acabei rolando para o lado na forquilha e agora estou encarando o chão, segura pelo cinto, por uma das mãos e pelos meus pés esparramados dentro do saco de dormir, que está atado ao tronco. Deve ter havido algum barulho de folhas quando tombei para o lado, mas os Carreiristas estavam muito envolvidos em sua própria discussão para prestar atenção nisso.

– Vai lá então, Conquistador – diz o garoto do Distrito 2. – Veja você mesmo.

Só consigo vislumbrar Peeta – iluminado por um archote – voltando para onde estava a garota da fogueira. Seu rosto está inchado e cheio de hematomas. Há um curativo ensanguentado em um dos braços e, pelo som de seus passos, percebo que está mancando um pouco. Eu me lembro dele balançando a cabeça, me dizendo para não entrar na briga para pegar suprimentos. Mas na verdade ele próprio tinha planejado se lançar no olho do furacão. Exatamente o oposto do que Haymitch o orientara a fazer.

Tudo bem, vou dar uma aliviada. Ver todos aqueles suprimentos foi tentador. Mas isso aqui... isso aqui é bem diferente. Juntar-se ao bando de chacais dos Carreiristas para caçar o resto de nós... Ninguém do Distrito 12 jamais pensaria em fazer algo assim! Os tributos Carreiristas são perversos, arrogantes, mais bem-alimentados, mas apenas porque são os cachorrinhos de estimação da Capital. Universal e solidamente odiados por todos, exceto os residentes de seus próprios distritos. Posso imaginar as coisas que estão dizendo sobre ele em nosso distrito nesse exato momento. E Peeta teve a cara de pau de falar comigo sobre "sujar o nome"?

Obviamente, o nobre garoto no telhado estava fazendo mais um de seus joguinhos comigo. Mas esse será o último. Vou vigiar ansiosamente os céus noturnos em busca de sinais de sua morte. Isso se eu mesma não o matar antes.

Os Carreiristas ficam em silêncio até terem certeza de que não podem mais ser ouvidos e então falam aos sussurros:

– Por que a gente não mata ele agora e acaba logo com isso?

– Vamos continuar com ele. Qual é o perigo? E ainda por cima, ele é bom com aquela faca.

É mesmo? Isso é novidade para mim. Quantas coisas interessantes estou aprendendo hoje sobre meu amigo Peeta.

– Além disso, ele representa nossa principal chance de encontrar a garota.

Levo um instante para perceber que a "garota" à qual eles estão se referindo sou eu.

– Por quê? Você acha que ela comprou aquela historinha romântica?

– Talvez sim. A coisa toda pareceu muito simplória pra mim. Sempre que penso nela rodopiando naquele vestido sinto vontade de vomitar.

– Gostaria de saber como foi que ela conseguiu aquela nota 11.

– Aposto que o Conquistador sabe.

O som de Peeta voltando os silencia.

– Ela estava morta? – pergunta o garoto do Distrito 2.

– Não. Mas agora está – diz Peeta. Só então ouvimos o tiro do canhão. – Vamos indo?

O bando de Carreiristas parte assim que surgem os primeiros raios da manhã e o canto dos pássaros preenche o ar. Permaneço em minha posição esquisita por mais algum tempo, os músculos tremendo, e então retorno ao meu galho. Preciso descer, seguir caminho, mas por um momento fico lá parada, digerindo o que acabei de ouvir. Não apenas Peeta está com os Carreiristas, como também os está auxiliando em minha caçada. A garota simplória que precisa ser levada a sério por causa de sua nota onze. A que sabe usar arco e flecha. E que Peeta conhece melhor do que ninguém.

Mas ele ainda não contou para eles. Será que está guardando essa informação porque sabe que isso é tudo o que o mantém vivo? Será que ele ainda está fingindo me amar para o público? O que estará acontecendo em sua cabeça?

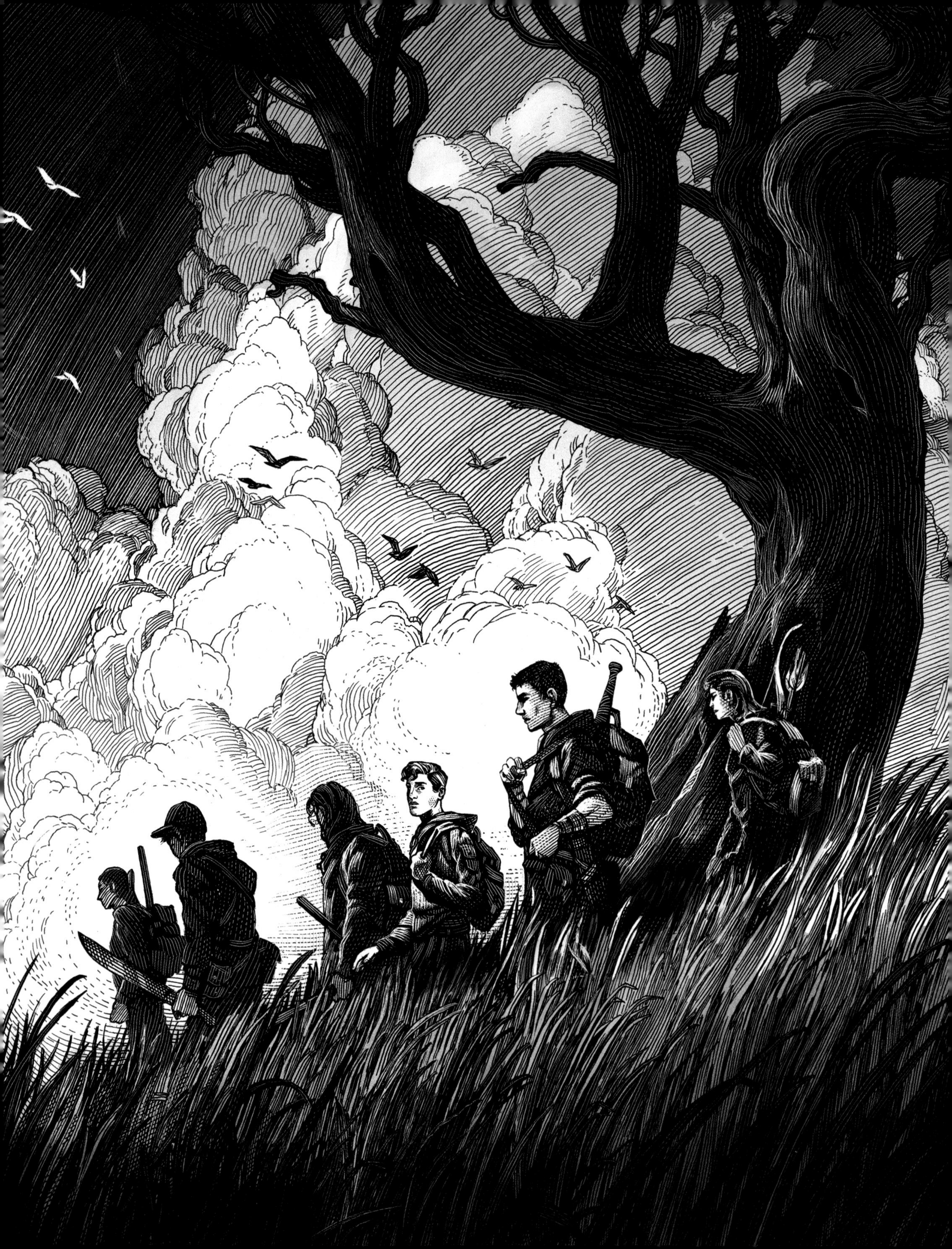

JOGOS VORAZES

De repente, os pássaros ficam em silêncio. Um deles emite um sinal agudo. Uma única nota. Como a que Gale e eu ouvimos quando a garota ruiva Avox foi capturada. Bem acima da fogueira moribunda, um aerodeslizador se materializa. Um conjunto de grandes dentes de metal é abaixado. Lentamente, delicadamente, a garota morta é erguida até o veículo. Então desaparece. Os pássaros voltam a cantar.

"Mexa-se", sussurro. Escorrego para fora de meu saco de dormir, enrolo-o e o coloco na mochila. Respiro fundo. Enquanto estive oculta pela escuridão, pelo saco de dormir e pelas folhas do salgueiro, deve ter sido difícil para as câmeras obterem uma boa tomada minha. Mas sei que devem estar me rastreando nesse exato instante. Assim que eu pisar no chão, com certeza elas me pegarão em close.

O público deve ter ficado enlouquecido, sabendo que eu estava nas árvores, que ouvi a conversa dos Carreiristas, que descobri que Peeta estava com eles. Até planejar exatamente como trabalhar tudo isso, é melhor eu me manter acima dos fatos. Sem me mostrar perplexa e, certamente, sem me mostrar confusa ou assustada.

Não, eu preciso estar sempre um passo à frente no jogo.

Então, quando deslizo pela folhagem em direção à luz da manhã, faço uma pequena pausa, dando tempo para que as câmeras me enquadrem. Em seguida, inclino levemente a cabeça para o lado e sorrio como quem conhece um segredo. Pronto! Vamos deixar eles descobrirem o que isso significa!

Estou a ponto de partir quando lembro das arapucas. Talvez seja imprudente verificá-las com os outros tributos tão próximos. Mas eu preciso. Muitos anos de caçadas, acho que esse é o motivo. E o atrativo da carne. Fui recompensada com um coelho. Em questão de segundos, limpo e eviscero o animal, deixando a cabeça, os pés, o rabo, a pele e os miúdos debaixo de uma pilha de folhas. Estou sonhando com uma fogueira – comer coelho cru pode transmitir tularemia, uma lição que aprendi da pior maneira –, quando penso na garota que morreu. Corro de volta ao acampamento dela. Com toda certeza os carvões da fogueira ainda estão quentes. Corto o coelho, improviso um espeto com alguns gravetos e os coloco sobre os carvões.

Agora estou contente pela presença das câmeras. Quero que os patrocinadores vejam que sei caçar, que sou uma boa aposta porque não serei atraída a armadilhas tão facilmente quanto os outros que estão famintos. Enquanto o coelho está assando, trituro um pedaço de galho carbonizado e começo a camuflar minha mochila laranja. A raspa preta diminui um pouco a intensidade do laranja, mas acho que uma camada de lama ajudaria muito mais. É claro que, para haver lama, eu precisaria de água...

Pego meus equipamentos, agarro o espeto, chuto um pouco de terra sobre os carvões e parto na direção oposta à que foi tomada pelos Carreiristas. Como metade do coelho no caminho e envolvo o que resta em meu plástico para comer mais tarde. A carne interrompe os resmungos de meu estômago, mas faz pouco para saciar a minha sede. Água é minha prioridade máxima a partir de agora.

À medida que caminho, tenho certeza de que ainda estou sendo focalizada pelas câmeras da Capital, então tomo cuidado para esconder as emoções. Como Claudius Templesmith deve estar se divertindo com os comentaristas convidados, dissecando o comportamento de Peeta, minha reação. Como interpretar tudo isso? Será que Peeta revelou sua verdadeira índole? Como isso afeta as apostas? Perderemos patrocinadores? Será que temos *mesmo* patrocinadores? Sim, tenho certeza de que temos, ou pelo menos tínhamos.

Certamente Peeta desfigurou a dinâmica de nosso amor desafortunado. Ou será que não? Como ele não tem falado muito em mim, de repente ainda possamos explorar a coisa por mais algum tempo. Talvez as pessoas pensem que a coisa toda foi tramada por nós dois se eu começar a demonstrar que estou me divertindo com a situação.

O sol nasce no céu, e mesmo por entre a copa das árvores, parece brilhar intensamente. Passo um pouco da gordura do coelho nos lábios e tento não ficar ofegante, mas é inútil. Estamos apenas no primeiro dia e já estou desidratando com rapidez. Tento pensar em tudo que sei a respeito de como encontrar água. Ela desce pelas montanhas, então, na verdade, não é uma má ideia continuar descendo esse vale. Se ao menos eu pudesse localizar o rastro de algum animal ou avistar alguma vegetação particularmente rica, talvez isso me ajudasse. Mas nada parece mudar. É sempre o mesmo declive gradual, os pássaros, as mesmas árvores.

À medida que o dia passa, sei que estou fadada a ter problemas. A pouca urina que consegui produzir está com a coloração escura, minha cabeça dói, e há um pedaço da minha língua com uma secura que não dimimui. O sol castiga meus olhos, de modo que pego os óculos escuros, mas, quando os coloco, alguma coisa engraçada acontece com a minha visão. Então, simplesmente jogo-os de volta na mochila.

Só consigo encontrar ajuda no fim da tarde. Avisto um aglomerado de arbustos de amoras e saio correndo para colher a fruta, para sugar o suco adocicado de sua polpa. Mas assim que encosto um punhado em meus lábios, olho fixamente para ele. O que eu imaginava que fosse uma amora possui um formato levemente diferente, e quando abro uma delas o interior é da cor de sangue. Não reconheço essas amoras – pode ser que sejam comestíveis –, mas para mim isso deve ser algum truque maligno dos Idealizadores dos Jogos. Até a instrutora de plantas do Centro de Treinamento fez questão de nos alertar para que evitássemos frutinhas, a menos que tivéssemos cem por cento de certeza de que elas não eram venenosas. Coisa que eu já sabia, mas estou com tanta sede que preciso me lembrar do aviso dela para ter coragem de jogar as frutas fora.

A fadiga está começando a tomar conta de mim, mas não é o cansaço habitual que se segue a uma longa caminhada. Preciso parar e descansar com uma certa frequência, embora saiba que a única cura para meus sofrimentos resida em continuar a busca. Tento uma nova tática: escalar a árvore mais alta que conseguir em meu estado de fraqueza para procurar algum sinal de água. Mas em todas as direções, só há a mesma extensão implacável de floresta.

Determinada a continuar até o cair da noite, ando até começar a tropeçar nos próprios pés.

Exausta, subo em uma árvore e me prendo com o cinto. Não tenho apetite, mas sugo um osso de coelho só para dar alguma função à boca. Cai a noite, o hino toca, e, no alto do céu, vejo a foto da garota que, aparentemente, era do Distrito 8. A que Peeta voltou para terminar de matar.

O medo que sinto do bando dos Carreiristas nem se compara à sede que queima a minha garganta. Além disso, eles estavam seguindo na direção oposta e, a essa altura, também já devem estar sendo obrigados a parar para descansar. Com a escassez de água, talvez eles tenham até retornado ao lago para se reabastecer.

Talvez esse seja o único destino para mim também.

A manhã traz aflição. Minha cabeça lateja no ritmo do coração. Os mais simples movimentos proporcionam golpes dolorosos em minhas juntas. Em vez de pular, caio da árvore. Levo vários minutos para juntar todo o equipamento. Algo dentro de mim me diz que estou cometendo um erro. Eu deveria estar agindo com mais cautela, me movimentando com mais urgência. Mas minha mente parece enevoada, e fazer um planejamento é muito difícil. Eu me recosto no tronco da árvore, um dedo escrupulosamente inspecionando a superfície ressecada de minha língua, enquanto avalio minhas opções. Como vou obter água?

Retornar ao lago. Nada bom. Jamais conseguiria.

Esperar que chova. Não há nenhuma nuvem no céu.

Continuar procurando. Sim, essa é minha única chance. Então, outra ideia me passa pela cabeça, e o acesso de raiva que se segue me traz de volta ao mundo real.

Haymitch! Ele poderia me enviar água! Apertar o botão e mandar de paraquedas para mim em questão de segundos. Sei que devo ter patrocinadores, pelo menos um ou dois, que poderiam me mandar um litro do líquido. Sim, custa caro, mas essa gente é cheia de dinheiro. E eles também vão estar apostando em mim. Talvez Haymitch não esteja se dando conta do quanto estou precisando.

Digo com a voz mais alta que consigo:

– Água.

Espero, toda esperançosa, um paraquedas descer do céu. Mas nada aparece.

JOGOS VORAZES

Tem alguma coisa errada. Será que estou delirando a respeito de possuir algum patrocinador? Ou será que o comportamento de Peeta fez com que todos pensassem duas vezes? Não, não acredito nisso. Tem alguém lá fora que deseja comprar água para mim, só que Haymitch está se recusando a deixar que isso se realize. Como meu mentor, ele é o responsável pelo controle do fluxo de dádivas provenientes dos patrocinadores. Sei que ele me odeia. Ele deixou isso bem claro. Mas claro o suficiente a ponto de me deixar morrer? De sede? Ele não pode fazer uma coisa dessas, pode? Se um mentor tratar mal seus tributos, ele será responsabilizado pelos telespectadores, pela população do Distrito 12. Nem mesmo Haymitch se arriscaria a isso, não é mesmo? Diga o que quiser sobre meus companheiros de comércio no Prego, mas duvido muito que eles o recebessem de braços abertos se ele me deixasse morrer dessa forma. E aí onde é que ele ia conseguir a bebida dele? E... e então? Será que ele está tentando me fazer sofrer porque o desafiei? Será que está direcionando todos os patrocinadores para Peeta? Será que está simplesmente bêbado demais para ao menos notar o que está acontecendo neste exato momento? Alguma coisa me diz que isso não é verdade, e também não acredito que ele esteja tentando me matar por pura negligência. Na verdade, ele tem tentado – com o seu jeito de ser desagradável – me preparar para tudo isso de modo bastante sincero. Então, o que será que está acontecendo?

Enterro o rosto em minhas mãos. Não há risco de lágrimas agora. Não conseguiria produzir alguma sequer para salvar minha vida. O que Haymitch está fazendo? Apesar da minha raiva, do meu ódio e da minha suspeita, uma voz fininha lá no fundo da minha cabeça sussurra uma resposta.

Talvez ele esteja te enviando uma mensagem, diz a voz. Uma mensagem. Dizendo o quê? Então, descubro. Só pode haver um motivo para Haymitch estar se recusando a me fornecer água. Porque ele sabe que estou prestes a achar o que estou procurando.

Cerro os dentes e me levanto. Minha mochila parece ter triplicado de peso. Encontro um galho quebrado que vai servir de bengala e me ponho a caminhar. O sol está forte, e queimando muito mais do que nos primeiros dois dias. Estou me sentindo como um velho pedaço de couro, seco e quebradiço devido ao calor. Cada passo é um esforço, mas me recuso a parar. Eu me recuso a me sentar. Se me sentar, há uma boa chance de não conseguir mais me levantar, de não conseguir mais me lembrar de qual é a minha tarefa.

Que presa fácil eu sou! Qualquer tributo, até mesmo a pequenina Rue, poderia me derrubar agora. Bastaria me empurrar e me matar com minha própria faca. Eu teria poucas forças para resistir. Mas se tem alguém no lado da floresta em que me encontro, está me ignorando. A verdade é que estou me sentindo a um milhão de quilômetros do ser vivo mais próximo.

Mas não sozinha. Não, certamente deve haver alguma câmera me rastreando agora. Lembro-me dos anos em que eu ficava assistindo aos tributos famintos, congelados, ensanguentados e desidratados até a morte. Só não estarei sendo transmitida se estiver acontecendo uma luta realmente boa em algum lugar.

Meus pensamentos se voltam para Prim. Provavelmente, ela não estará me assistindo ao vivo, mas eles mostrarão os últimos acontecimentos na escola durante o almoço. Por causa dela, tento parecer o menos desesperada possível.

Porém, à tarde, já estou certa de que o fim está próximo. Minhas pernas estão trêmulas e meu coração está acelerado demais. Não paro de esquecer o que estou fazendo. Tropecei repetidamente e consegui me levantar, mas, quando o bastão escorrega, finalmente caio no chão e ali fico. Mantenho os olhos fechados.

Interpretei Haymitch errado. Ele não tem nenhuma intenção de me ajudar.

Está tudo bem, penso. *Não está tão ruim aqui.* O ar está menos quente, o que significa que a noite está se aproximando. Há um aroma levemente doce que me faz lembrar lírios. Meus dedos penetram o chão macio, deslizando com facilidade pela superfície. *Esse é um bom lugar para morrer.*

As pontas de meus dedos fazem pequenos desenhos espiralados na terra fresca e escorregadia. *Eu adoro lama,* eu penso. Quantas vezes já não cacei animais com a ajuda desse tipo de superfície macia e agradável? Boa para picadas de abelha também. Lama. Lama. Lama!

JOGOS VORAZES

Meus olhos se arregalam e enterro os dedos na terra. É lama! Meu nariz se empina no ar. E essas flores aqui são lírios-d'água!

Agora começo a rastejar na lama, me arrastando na direção do cheiro. Cinco metros de onde caí, rastejo por um aglomerado de plantas até uma fonte. Flutuando na superfície, amarelos e em plena florescência, estão meus belos lírios.

Faço um imenso esforço para não mergulhar meu rosto na água e engolir o quanto posso. Mas ainda me resta um pouco de sensatez para me controlar. Com as mãos trêmulas, pego o frasco e encho de água. Acrescento o número certo de gotas de iodo – de acordo com minha lembrança – para purificá-la. A meia hora de espera é pura agonia, mas consigo. Ou pelo menos acho que é meia hora, mas certamente é o máximo que posso aguentar.

Lentamente, com calma agora, digo a mim mesma. Tomo um gole e me obrigo a esperar. Então tomo outro. Durante as duas horas seguintes, bebo a garrafa inteira. Depois mais outra. Preparo uma outra antes de me retirar para uma árvore onde continuo bebericando, comendo coelho e até mesmo me deliciando com meus preciosos biscoitos. Quando o hino começa a tocar, já estou me sentindo extraordinariamente bem. Não há rostos esta noite, nenhum tributo morreu hoje. Amanhã vou ficar aqui, descansando, camuflando minha mochila com lama, pescando alguns daqueles peixinhos que vi na fonte, colhendo as raízes dos lírios para fazer uma boa refeição. Entro no saco de dormir e fico agarrada à minha garrafa d'água como se fosse minha vida. O que, na verdade, é.

Algumas horas mais tarde, um barulho de pessoas correndo interrompe meu cochilo. Olho ao redor, embasbacada. Ainda não amanheceu, mas meus olhos doloridos conseguem enxergar.

Seria difícil não perceber a parede de fogo vindo na minha direção.

13

Meu primeiro impulso é saltar da árvore, mas estou presa pelo cinto. Não sei como, mas meus dedos conseguem soltar a fivela e caio no chão, ainda dentro do saco de dormir. Não há tempo para empacotar nada. Felizmente, minha mochila e a garrafa d'água já estão no saco. Empurro o cinto, coloco a mochila no ombro e fujo.

O mundo se transformou em chamas e fumaça. Galhos queimados se soltam das árvores e caem perto de mim em torrentes de fagulhas. A única coisa que posso fazer é seguir os outros, os coelhos e os cervos, e ainda consigo avistar uma matilha de cães selvagens atravessando a floresta. Confio em seu senso de direção porque seus instintos são mais aguçados do que os meus. Mas eles são tão mais rápidos – disparando pela vegetação rasteira cheios de desenvoltura ao passo que minhas botas tropeçam em raízes e galhos caídos – que não há nenhuma possibilidade de acompanhá-los.

O calor está horrível, mas pior do que isso é a fumaça, que ameaça me sufocar a qualquer momento. Puxo a parte de cima da minha camisa – grata por encontrá-la encharcada de suor, garantindo uma proteção a mais – e cubro o nariz. E corro – engasgada, meu saco de dormir balançando em minhas costas, meu rosto cortado pelos galhos que se materializam na névoa cinzenta sem nenhum aviso – porque sei que devo correr.

O que está acontecendo não é resultado da fogueira de algum tributo que escapou de controle, não é um acidente. As chamas que me perseguem possuem uma altura descomunal, uma uniformidade que as caracteriza como algo produzido por seres humanos, por máquinas, por Idealizadores dos Jogos. Estava tudo calmo demais hoje. Nenhuma morte, talvez nenhuma luta. O público na Capital vai ficar entediado, afirmando que a edição deste ano dos Jogos está uma chatice. Essa é a única coisa que os Jogos não podem ser.

JOGOS VORAZES

Não é difícil seguir o raciocínio dos Idealizadores. Há o bando de Carreiristas e o resto de nós, provavelmente espalhados por todos os cantos da arena. Esse incêndio tem a intenção de nos tirar do esconderijo, de nos reunir. Talvez não seja o dispositivo mais original que eu já tenha visto, mas é muito, muito eficiente.

Salto sobre um pedaço de madeira em chamas, mas o movimento não é perfeito. A parte traseira da minha jaqueta se incendeia e tenho de parar para rasgá-la e apagar o fogo. Mas não ouso abandoná-la. Mesmo calcinada como está, corro o risco de enfiá-la no saco de dormir, na esperança de que a ausência de oxigênio acabe com o fogo que não consegui extinguir. Tudo o que possuo está nas minhas costas, e é muito pouca coisa para garantir a sobrevivência de alguém.

Em questão de minutos, minha garganta e meu nariz estão queimando. A tosse vem logo em seguida e meus pulmões começam a me dar a sensação de que estão sendo cozidos. O desconforto se transforma em angústia até que cada inalação de ar gera uma dor excruciante em meu peito. Consigo me abrigar embaixo de um afloramento de pedra no exato momento em que o vômito sobe, e lá se vai minha humilde ceia e toda a água que estava em meu estômago. De quatro, vomito até que não haja mais nada para sair.

Sei que tenho de continuar andando, mas agora estou trêmula e tonta, arquejando em busca de ar. Permito que o equivalente a uma colherada de água umidifique um pouco minha boca e depois cuspo. Em seguida, tomo alguns goles da garrafa. *Você tem um minuto*, penso. *Um minuto para descansar.* Uso o tempo para reordenar meus suprimentos, dobrar o saco de dormir e enfiar tudo de maneira bagunçada dentro da mochila. Meu minuto acabou. Sei que está na hora de ir embora, mas a fumaça enevoou meus pensamentos. Os animais de patas ágeis que funcionavam como bússola para mim me deixaram para trás. Sei que jamais pisei nessa parte da floresta. Não havia nenhuma pedra do tamanho dessa que está me abrigando em minhas viagens anteriores. Para onde os Idealizadores dos Jogos estão me levando? De volta ao lago? Para um território totalmente novo cheio de novos perigos? Tinha acabado de encontrar algumas poucas horas de paz naquela fonte quando esse ataque começou. Será que haveria alguma maneira de eu viajar paralela ao fogo e assim voltar para onde estava? Para aquela fonte de água? A parede de fogo deve ter um fim. O fogo não vai queimar eternamente. Não porque os Idealizadores dos Jogos não teriam como manter a combustão, mas porque, como eu disse antes, isso poderia incitar acusações de tédio por parte do público. Se eu conseguisse voltar para trás da parede de fogo, poderia evitar o encontro com os Carreiristas. Eu tinha acabado de tomar a decisão de tentar contornar o fogo – embora isso requeresse me afastar quilômetros do inferno e depois uma rota de volta cheia de zigue-zagues – quando a primeira bola de fogo explode na pedra a mais ou menos meio metro da minha cabeça. Escapo às pressas da saliência, fortificada pelo medo renovado.

O jogo deu uma virada. A única finalidade do incêndio foi nos obrigar a nos mexer. Agora o público vai poder se divertir de verdade. Quando ouço de novo o ruído, fico grudada ao chão, sem perder tempo em olhar. A bola de fogo atinge a árvore à minha esquerda, envolvendo-a em chamas. Permanecer imóvel significa morrer. Ainda nem estou totalmente de pé quando a terceira bola de fogo atinge o chão onde eu estava deitada, criando um pilar de chamas atrás de mim. Enquanto tento freneticamente desviar dos ataques o tempo perde o significado. Não consigo ver de onde as bolas são lançadas, mas elas não vêm de um aerodeslizador. Os ângulos não são compatíveis. Provavelmente, todo esse segmento da floresta foi armado com disparadores de precisão escondidos nas árvores ou nas rochas. Em algum lugar, em alguma sala fria e imaculada, um Idealizador está sentado em frente a um painel de controle, os dedos no gatilho que poderia acabar com a minha vida em um segundo. Tudo o que ele precisa é acertar o alvo.

Seja lá qual tenha sido o plano vago que eu havia traçado para retornar à minha fonte, ele é apagado de minha mente enquanto corro em zigue-zague, e mergulho, e pulo para evitar as bolas de fogo. Cada uma tem o tamanho de uma maçã, mas alcança um poder tremendo no instante do contato. Todos os meus sentidos estão canalizados para a necessidade de sobreviver. Não há tempo para julgar se o movimento é correto. Quando ouço o ruído, ou entro em ação ou morro.

Mas alguma coisa está me mantendo em movimento. Toda uma vida assistindo aos Jogos Vorazes me permite saber que determinadas áreas da arena são aparelhadas para certos tipos de ataques. E que se eu conseguir simplesmente me afastar dessa área, talvez possa sair do alcance dos disparadores. Também arrisco cair diretamente em um fosso cheio de víboras, mas não tenho como me preocupar com isso agora.

O tempo que passo lutando para me desviar das bolas de fogo eu não saberia dizer, mas os ataques finalmente começam a diminuir. O que é bom, porque acabo vomitando novamente. Dessa vez é uma substância ácida que escalda minha garganta e chega até o nariz. Sou forçada a parar enquanto meu corpo entra em convulsão, tentando desesperadamente se livrar das toxinas que aspirei durante o ataque. Espero o ruído da próxima bola, o sinal da próxima explosão. Não acontece nada. A força que fiz para vomitar me deixou com lágrimas nos olhos. Minhas roupas estão encharcadas de suor. De algum modo, em meio à fumaça e ao vômito, sinto cheiro de cabelo chamuscado. Minha mão mexe em minha trança e descobre que uma bola de fogo queimou pelo menos quinze centímetros dela. Fios de cabelo enegrecido pelo fogo se quebram em meus dedos. Olho para eles, fascinada pela transformação, quando o ruído reaparece.

Meus músculos reagem, só que não de maneira suficientemente rápida dessa vez. A bola de fogo se espatifa no chão ao meu lado, mas não antes de atingir minha panturrilha esquerda. A visão de minha perna queimando me faz perder o controle. Eu me contorço e me arrasto desnorteada para trás, berrando, tentando me salvar do horror. Quando, por fim, recupero um pouco o bom senso, rolo a perna de um lado para o outro no chão, o que apaga a pior parte. Mas aí, sem pensar, rasgo o tecido restante com minhas próprias mãos.

Eu me sento no chão, a alguns metros de distância do local onde a bola de fogo explodiu. Minha panturrilha esbraveja de dor, minhas mãos estão cobertas de vergões avermelhados. Estou trêmula demais para me mover. Se os Idealizadores dos Jogos quiserem acabar comigo, a hora é essa.

Ouço a voz de Cinna, portando tecidos suntuosos e joias resplandecentes. "Katniss, a garota em chamas." Que boas risadas os Idealizadores dos Jogos devem estar dando com tudo isso. Talvez os belos trajes de Cinna tenham sido os responsáveis por essa tortura em particular. Sei que ele não poderia ter previsto que o resultado seria tão doloroso porque, na verdade, acredito que ele goste de mim. Mas, no fim da contas, talvez aparecer completamente nua naquela carruagem tivesse sido mais seguro.

O ataque finalmente acabou. Os Idealizadores dos Jogos não querem me ver morta. Pelo menos, ainda não. Todos sabem que eles podem nos destruir segundos após o gongo soar. O verdadeiro esporte dos Jogos Vorazes é assistir aos tributos matando uns aos outros. Vez por outra, matam algum tributo só para lembrar os competidores de que eles têm esse poder. Porém, quase sempre, eles nos manipulam para que nos enfrentemos cara a cara. O que significa que, se não estou mais sendo alvejada, deve haver algum outro tributo nas proximidades.

Eu me arrastaria até alguma árvore e me esconderia agora mesmo se pudesse, mas a fumaça ainda está espessa o suficiente para me matar. Obrigo-me a ficar de pé e a começar a mancar para longe da parede de chamas que ilumina o céu. Ela não parece mais estar me perseguindo, exceto pelas malcheirosas nuvens negras.

Uma outra luz, a do dia, começa a emergir suavemente. Fios de fumaça escurecem os raios de sol. Minha visibilidade é precária. Consigo ver, talvez, no máximo quinze metros em cada direção. Um tributo poderia estar facilmente oculto aqui, sem que eu o percebesse. Deveria pegar minha faca como precaução, mas não confio em minha habilidade para segurá-la por muito tempo. A dor em minhas mãos nem se compara à que sinto na panturrilha.

Eu odeio queimaduras, sempre as odiei, até mesmo uma sem muita importância, como ao puxar uma bandeja de pão do forno. É o pior tipo de dor, na minha opinião, mas nunca experimentei algo parecido.

Estou tão exausta que nem noto que estou imersa na fonte até o tornozelo. A água, que vem borbulhando de uma rachadura em algumas rochas, é deliciosamente fria. Mergulho minhas mãos e sinto um alívio imediato. Não é isso que a minha mãe sempre diz? O primeiro tratamento para queimadura não é água fria? Ela não leva embora o calor? Mas ela se refere a queimaduras menores. Provavelmente, recomendaria isso para minhas mãos. Mas e quanto à panturrilha? Embora não tenha tido coragem de examiná-la, estou apostando que é um ferimento com características completamente diferentes.

Deito de bruços na borda da piscina natural por um tempo, mexendo as mãos na água, examinando as pequenas chamas pintadas em minhas unhas, que estão começando a descascar. Bom. Meu contato com fogo já foi suficiente para uma vida inteira.

Limpo o sangue e as cinzas do rosto. Tento lembrar tudo o que sei a respeito de queimaduras. São ferimentos comuns na Costura, onde cozinhamos e aquecemos nossas casas com carvão. Também há os acidentes nas minas... Uma vez uma família trouxe um jovem inconsciente lá para casa, implorando para que minha mãe o ajudasse. O médico do Distrito que é responsável pelo tratamento dos mineiros já o havia desenganado. Tinha avisado à família que seria melhor se morresse em casa. Mas eles não aceitavam isso. Ele ficou deitado em nossa mesa da cozinha, insensível a tudo que o cercava. Dei uma olhadinha no ferimento em sua coxa – escancarado, a carne calcinada, visivelmente queimada até o osso – antes de sair de casa correndo. Fui para a floresta e cacei o dia inteiro, assombrada pelo aspecto aterrorizante daquela perna, lembranças da morte de meu pai. O mais engraçado é que Prim, que tem medo até da própria sombra, ficou lá e ajudou. Minha mãe diz que o dom da cura nasce com a pessoa, não se adquire. Elas fizeram o melhor que puderam, mas o homem morreu, exatamente como o médico havia dito.

Minha perna precisa de atenção, mas ainda não consigo olhar para ela. E se a queimadura for tão feia quanto a do homem e o osso estiver visível? Então me lembro de minha mãe dizendo que se uma queimadura é grave, a vítima pode nem sentir dor porque os nervos foram destruídos. Incentivada por essa lembrança, sento-me e aproximo a perna.

Quase desmaio diante da visão de minha panturrilha. A carne está de um vermelho inflamado e coberta de bolhas. Eu me forço a respirar lenta e profundamente, com a certeza quase absoluta de que as câmeras estão centradas em meu rosto. Não posso demonstrar fraqueza com esse ferimento. Principalmente se preciso de ajuda. Pena não traz ajuda alguma. Já admiração diante de sua recusa em se entregar pode trazer. Corto o que resta da calça até o joelho e examino o machucado mais detidamente. A área queimada é mais ou menos do tamanho da minha mão. Nenhuma parte da pele está preta. Acho que não está tão ruim a ponto de não poder molhar. Cautelosamente, estico minha perna em direção à piscina, colocando o salto da bota em cima de uma rocha para que o couro não fique muito encharcado, e suspiro, porque o alívio é imediato. Sei que existem ervas – se eu pudesse encontrá-las – que acelerariam o processo de cura, mas elas não me vêm à mente. Água e tempo provavelmente serão os únicos meios com os quais poderei contar.

Será que eu deveria voltar a andar? A fumaça se dissipa aos poucos, mas ainda está pesada demais para ser saudável. Se continuar me distanciando do fogo, não estarei caminhando diretamente para as armas dos Carreiristas? Além disso, sempre que tiro a perna da água, a dor retorna tão intensamente que tenho de afundá-la novamente. Minhas mãos exigem menos cuidados. Elas conseguem aguentar pequenos intervalos fora da água. Então, lentamente coloco meu equipamento de volta no lugar. Primeiro encho a garrafa com a água da fonte, purifico-a, e, após esperar o tempo necessário, começo a hidratar novamente o corpo. Depois de um tempo, obrigo-me a mastigar um biscoito, o que ajuda a tranquilizar meu estômago. Enrolo meu saco de dormir. Exceto por algumas marcas pretas, ele está relativamente sem danos. Minha jaqueta é outra história. Fedida e queimada, e com uma boa parte das costas arruinada. Corto a área destruída e fico com uma roupa que vai até as costelas. Mas o capuz está intacto e é bem melhor do que nada.

Apesar da dor, a letargia começa a aparecer. Minha vontade é de subir em uma árvore para tentar descansar, só que isso me tornaria um alvo muito fácil. Além disso, abandonar minha fonte parece impossível. Arrumo com cuidado os suprimentos e coloco até a mochila nos ombros, mas não consigo me obrigar a partir. Avisto algumas plantas aquáticas com raízes comestíveis e preparo uma pequena refeição com meu último pedaço de coelho. Bebo um pouco da água. Observo o sol arquear-se lentamente no céu. Que lugar seria mais seguro do que aqui, afinal? Eu me recosto na mochila, dominada pela letargia. *Se os Carreiristas me quiserem, que eles me encontrem, então,* penso antes de entrar em estado de completo estupor. *Que eles me encontrem.*

E é exatamente o que eles fazem. Por sorte, estou pronta para partir, porque quando ouço os passos, disponho de menos de um minuto para fugir. Está anoitecendo. Assim que desperto, já me levanto e começo a correr, chafurdando na fonte, voando na direção da vegetação rasteira. Minha perna me torna mais lenta, mas também sinto que meus perseguidores não são mais tão velozes quanto eram antes do incêndio. Ouço tosses, as vozes roucas chamando uns aos outros.

Mas, ainda assim, estão se aproximando, como uma matilha de cães selvagens. Então, faço o que sempre fiz em tais circunstâncias. Escolho uma árvore bem alta e começo a escalá-la. Se correr é doloroso, escalar é agonizante porque requer não apenas esforço físico como também um contato direto de minhas mãos com a casca da árvore. Mas sou rápida, e quando eles alcançam a base da minha árvore, já estou seis metros acima. Por um momento, paramos e nos avaliamos mutuamente. Espero que eles não consigam ouvir as batidas de meu coração.

Poderia ser agora, penso. Que chance tenho contra eles? Todos os seis estão lá, os cinco Carreiristas e Peeta, e meu único consolo é que parecem bem arrasados também. Mas ainda assim, vejo as armas. Vejo seus rostos, com os dentes à mostra e rosnando para mim, uma vítima certa acima de suas cabeças. Parece uma situação bastante desesperadora. Então uma outra coisa me passa pela cabeça. São maiores e mais fortes do que eu, sem dúvidas, mas também são mais pesados. Há um motivo para ser eu e não Gale quem se aventura para colher as frutas mais altas ou para roubar os ovos dos ninhos mais remotos. Devo pesar de vinte a vinte e cinco quilos a menos do que o menor Carreirista.

Agora sorrio.

– E aí, como é que vocês estão? – digo a eles, cheia de entusiasmo.

Isso os pega de surpresa, mas sei que o público vai adorar.

– Estamos bem – diz o garoto do Distrito 2. – E você?

– Está um pouco quente pro meu gosto. – Quase consigo ouvir as gargalhadas na Capital. – O ar é bem melhor aqui em cima. Por que vocês não sobem?

– Acho que eu vou – diz o mesmo garoto.

– Aqui, Cato, pega isso – diz a garota do Distrito 1, e dá para ele um arco de prata e uma aljava cheia de flechas. Meu arco! Minhas flechas! A simples visão da arma me deixa com tanta raiva que tenho vontade de gritar comigo e com aquele traidor do Peeta por ter me distraído na hora em que eu ia pegá-los. Tento estabelecer contato visual, mas ele parece estar intencionalmente evitando meu olhar enquanto limpa a faca com a ponta da camisa.

– Não – diz Cato, empurrando o arco para o lado. – Me saio melhor com a minha espada. – Consigo ver a arma. Uma lâmina curta e pesada em seu cinto.

Dou tempo para que Cato suba na árvore e continuo minha escalada. Gale sempre diz que o faço lembrar de um esquilo pela maneira com a qual eu me equilibro até mesmo nos galhos mais leves. Parte do motivo é meu peso, mas a experiência também conta. Você tem de saber onde colocar os pés e as mãos. Estou nove metros mais acima quando escuto um barulho e vejo Cato cair com galho e tudo. Ele atinge o chão com toda a força e torço para que tenha quebrado o pescoço, mas ele se levanta, praguejando como um demônio.

JOGOS VORAZES

A garota com as flechas, ouço alguém chamando-a de Glimmer – argh, os nomes que as pessoas do Distrito 1 dão a seus filhos são tão ridículos –, escala a árvore até que os galhos começam a quebrar embaixo de seus pés e então ela tem o bom senso de parar. Agora estou a uma altura de mais ou menos vinte e cinco metros. Ela tenta me dar uma flechada, mas fica logo evidente sua absoluta incompetência com o arco. Uma das flechas, entretanto, fica alojada na árvore perto de mim e consigo pegá-la. Sacudo-a no ar, tentando dar a impressão de que só apanhei a flecha para implicar com a garota, quando na verdade minha intenção é usá-la assim que tiver uma oportunidade. Poderia matar todos eles se aquelas flechas prateadas estivessem em minhas mãos.

Os Carreiristas se reagrupam no chão e consigo ouvi-los resmungando entre si de maneira conspiratória, furiosos por eu tê-los feito de bobos. Mas o crepúsculo chega e a janela que eles tinham para me atacar está se fechando. Finalmente, ouço Peeta dizer duramente:

– Ah, deixa ela ficar lá em cima mesmo. De lá ela não vai poder sair. A gente cuida dela amanhã de manhã.

Bem, ele tem razão com relação a uma coisa. Não vou poder sair daqui. Todo o alívio proporcionado pela água da fonte acabou, e só me resta ficar aqui sentindo as minhas queimaduras em toda a sua intensidade. Desço até uma forquilha e tento improvisar uma cama bem tosca. Visto a jaqueta. Deito em meu saco de dormir. Prendo-me com o cinto e tento evitar gemer. O calor do saco é demais para minha perna. Corto um talho do tecido e deixo a panturrilha pendurada. Jogo um pouco de água na ferida e nas mãos.

Toda a minha bravura se foi. Estou fraca por causa da dor e da fome, mas não consigo comer. Mesmo que consiga sobreviver a essa noite, o que me acontecerá de manhã? Observo a folhagem tentando me obrigar a descansar, mas as queimaduras me proíbem. Os pássaros estão se preparando para a noite, cantando para seus filhotes. As criaturas noturnas emergem. Uma coruja pia. O leve odor de um gambá atravessa a fumaça. Os olhos de algum animal me espiam de uma árvore próxima – talvez uma doninha –, refletindo a luz dos archotes dos Carreiristas. De repente, eu me apoio sobre um dos cotovelos. Esses olhos não são de doninha, conheço muito bem o olhar vidrado desse tipo de animal. Na verdade, esses olhos não são de animal nenhum. Com os últimos raios de luz, eu a identifico, observando-me silenciosamente por entre os galhos.

Rue.

Há quanto tempo será que ela está aqui? Provavelmente desde o início. Imóvel e indistinguível enquanto toda a ação se desenrolava abaixo dela. Talvez tenha subido na árvore pouco tempo antes de mim, ao ouvir que o bando estava tão próximo.

Durante um tempo, ficamos nos encarando. Então, sem mexer uma folha sequer, sua pequena mão desliza no ar e aponta para alguma coisa acima de minha cabeça.

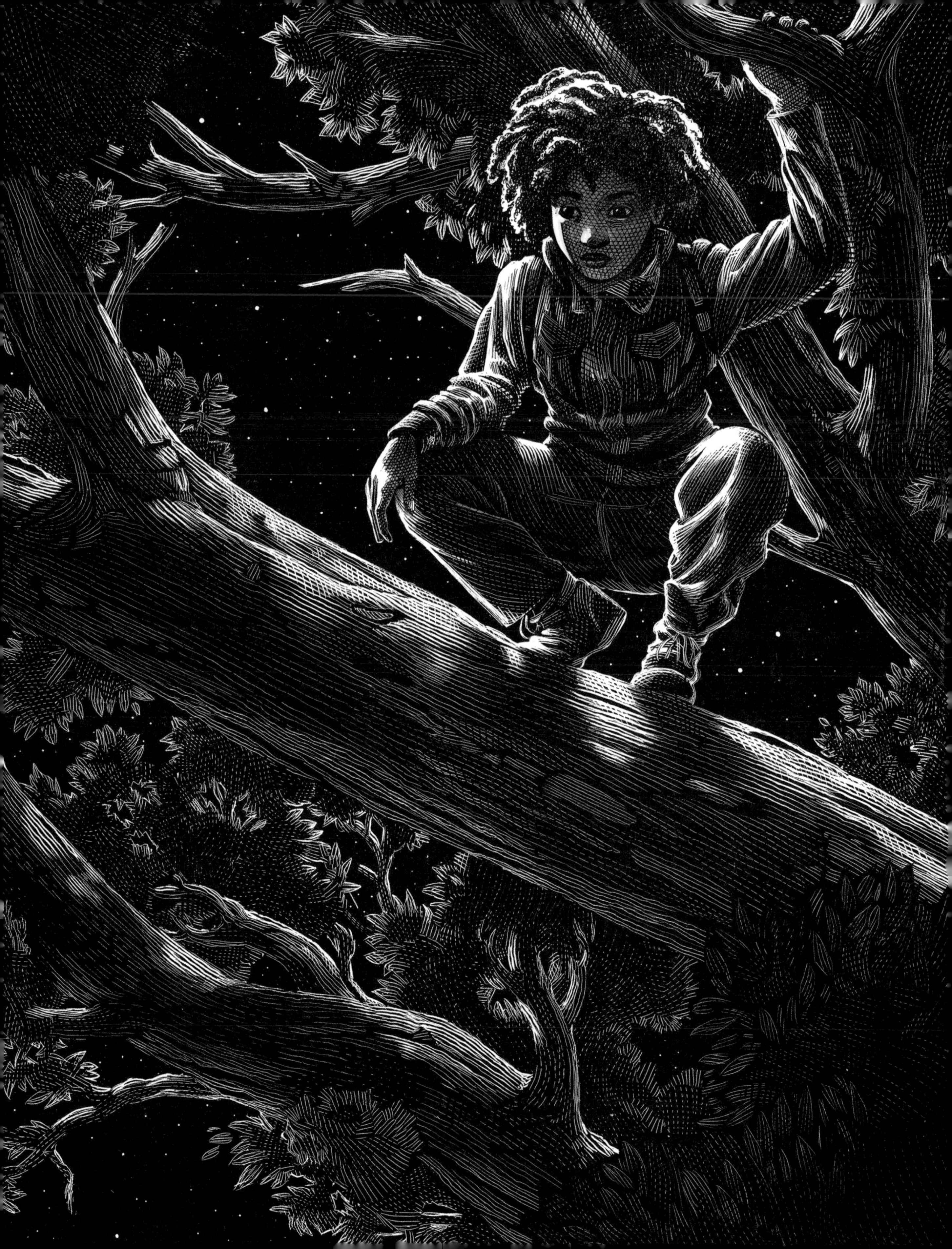

14

Meus olhos seguem a linha de seu dedo até a folhagem acima de minha cabeça. A princípio, não faço a menor ideia do que ela está apontando, mas então, uns quatro metros acima, consigo distinguir uma forma vaga na penumbra. Mas a forma... do quê? De algum tipo de animal? Parece do tamanho de um guaxinim, mas está pendurado em um galho, levemente inclinado. Mas tem outra coisa. Entre os sons familiares da floresta à noite, meus ouvidos registram um zumbido baixo. Agora já sei do que se trata. É um ninho de vespas.

O medo toma conta de mim, mas tenho o bom senso de me manter imóvel. Afinal, não sei que tipo de vespa mora aqui. Poderia ser a do tipo comum deixa-a-gente-em-paz--que-a-gente-deixa-você-em-paz. Mas esses são os Jogos Vorazes e coisas comuns não são a norma. É muito mais provável que elas sejam da Capital, teleguiadas. A exemplo dos gaios tagarelas, essas vespas assassinas foram geradas em um laboratório e dispostas estrategicamente, como minas terrestres, nos distritos durante a guerra. Maiores do que as vespas comuns, elas possuem um corpo sólido e dourado bem característico, e uma ferroada que deixa um calombo do tamanho de uma ameixa. A maioria das pessoas não tolera mais do que algumas ferroadas. Algumas morrem imediatamente. Se você sobreviver, as alucinações proporcionadas pelo veneno vão levá-lo à loucura. E tem mais uma coisa, essas vespas vão caçar qualquer pessoa que perturbe seu ninho ou que tente matá-las. Por isso são chamadas teleguiadas.

Depois da guerra, a Capital destruiu todos os ninhos que cercavam a cidade, mas aqueles perto dos distritos foram deixados intactos. Mais uma lembrança de nossa fraqueza, suponho. Exatamente como os Jogos Vorazes. Mais um motivo para não pular a cerca do

Distrito 12. Quando Gale e eu damos de cara com um ninho de teleguiadas, imediatamente seguimos para a direção oposta.

Então é isso que está pendurado acima de mim? Olho para Rue em busca de ajuda, mas ela está grudada em sua árvore.

Pelas circunstâncias em que me encontro, acho que não importa que tipo de ninho de vespa é esse. Estou ferida e presa em uma armadilha. A escuridão me concedeu uma breve trégua, mas, quando o sol nascer, os Carreiristas já terão formulado algum plano para me matar. Depois do modo como os ridicularizei, tenho certeza de que farão questão disso. Aquele ninho talvez seja a última opção que me resta. Se eu puder jogá-lo sobre eles, talvez consiga escapar daqui. Mas arriscarei minha vida no processo.

É claro que jamais serei capaz de me aproximar o suficiente do ninho a ponto de poder cortá-lo. Terei de serrar o galho do tronco e mandar o troço todo para o chão. A parte serrilhada de minha faca deve ser capaz disso. Mas será que minhas mãos conseguirão? E se os Carreiristas descobrirem o que estou fazendo e desmontarem o acampamento? Isso poria todo o plano a perder.

Chego à conclusão de que a melhor chance que terei para serrar sem chamar atenção é durante o hino. Que pode começar a tocar a qualquer momento. Eu me arrasto para fora do saco, certificando-me de que a faca está presa no cinto, e começo a subir a árvore. Isso em si já é perigoso, pois os galhos estão ficando cada vez mais finos, mas sou perseverante. Quando atinjo o galho que suporta o ninho, o zumbido torna-se mais característico. Ainda está estranhamente fraco, se é que elas são mesmo teleguiadas. *É a fumaça*, penso. *Elas ficaram sedadas pela fumaça*. Essa foi a única saída que os rebeldes encontraram para combater as vespas.

A insígnia da Capital brilha acima de mim e o hino explode no ar. *É agora ou nunca*, e começo a serrar. Bolhas estouram em minha mão direita à medida que arrasto a faca para a frente e para trás de modo desajeitado. Assim que consigo fazer um sulco, o trabalho passa a requerer menos esforço, mas é mais do que consigo suportar. Cerro os dentes e continuo o movimento, olhando ocasionalmente para o céu para ver que não houve nenhuma morte hoje. Tudo bem. O público vai ficar saciado me vendo ferida e encurralada na árvore pelo bando lá embaixo. Mas o hino está acabando, e só serrei um pouco mais do que a metade do galho quando a música se encerra, o céu fica escuro e sou forçada a parar.

E agora? Poderia terminar o trabalho pelo tato, mas talvez esse não seja o plano mais esperto. Se as vespas estiverem grogues demais; se o ninho ficar preso em algum galho na descida; se eu tentar escapar, tudo isso poderia ser uma mortífera perda de tempo. Melhor opção, penso, é ficar aqui escondida até amanhecer e então jogar o ninho na cabeça de meus inimigos.

Sob a luz tênue dos archotes dos Carreiristas, volto à minha forquilha e tenho a maior surpresa da minha vida. Em cima de meu saco de dormir encontra-se um pequeno recipiente de plástico preso a um paraquedas prateado. Minha primeira dádiva de um patrocinador! Haymitch deve ter mandado o objeto durante a execução do hino. O recipiente se encaixa facilmente na palma da minha mão. O que será? Certamente não é comida. Desenrosco a tampa e sei pelo cheiro que é um remédio. Cuidadosamente, examino a superfície do unguento. O latejar na ponta de meu dedo desaparece.

– Ah, Haymitch – sussurro. – Obrigada. – Ele não me abandonou. Não me deixou inteiramente indefesa. O custo desse remédio deve ser astronômico. Provavelmente não apenas um, mas vários patrocinadores devem ter contribuído para comprar esse pequeno frasco. Para mim, ele não tem preço.

Enfio dois dedos no frasco e delicadamente espalho o bálsamo sobre a panturrilha. O efeito é quase mágico, apagando a dor ao contato, deixando uma agradável sensação refrescante. Isso não é uma das misturas herbóreas que minha mãe prepara a partir da moagem de plantas da floresta, é um remédio de alta tecnologia desenvolvido nos laboratórios da Capital. Quando termino o tratamento na panturrilha, esfrego uma fina camada em minhas mãos. Após envolver o recipiente no paraquedas, aninho-o cuidadosamente na mochila. Agora que a dor abrandou, tudo o que consigo é me ajeitar novamente no saco de dormir antes de mergulhar no sono.

Um pássaro empoleirado a alguns centímetros de mim me alerta para a chegada de um novo dia. Na luz acinzentada da manhã, examino minhas mãos. O remédio fez com que as partes mais feias e avermelhadas do ferimento adquirissem uma tonalidade rosada de pele de bebê. Minha perna ainda está inflamada, mas a queimadura era bem mais profunda. Eu aplico outra camada de remédio e com toda a calma empacoto meu equipamento. O que quer que venha a acontecer, terei que me mover, e com rapidez. Também me obrigo a comer um biscoito e uma tirinha de carne-seca, e a beber alguns goles de água. Quase nada ficou em meu estômago ontem, e já estou começando a sentir os efeitos da fome.

Abaixo de mim, vejo Peeta e o bando dos Carreiristas adormecidos no chão. Pela sua posição, encostada no tronco da árvore, diria que Glimmer deveria estar montando guarda, mas a fadiga a venceu.

Meus olhos fazem um esforço para tentar penetrar na árvore ao lado, mas não consigo distinguir Rue. Como ela me alertou acerca do ninho de vespas, é mais do que justo que eu a alerte. Além disso, se acontecer de eu morrer hoje, gostaria que Rue fosse a vencedora. Mesmo significando um pouco menos de comida extra para minha família, a ideia de Peeta sendo coroado vencedor é insuportável para mim.

Pronuncio o nome de Rue com um sussurro e os olhos aparecem de imediato, abertos e alertas. Ela aponta novamente para o ninho. Estendo a faca e faço um movimento de quem está serrando. Ela balança a cabeça em concordância e desaparece. Ouço um farfalhar de folhas numa árvore próxima. Em seguida, o mesmo som aparece, só que dessa vez um pouco mais distante. Reparo que ela está saltando de árvore em árvore. Faço um esforço tremendo para não cair na gargalhada. Terá sido isso o que ela mostrou aos Idealizadores dos Jogos? Imagino-a voando sobre o equipamento do Centro de Treinamento sem jamais tocar o chão. Ela deveria ter recebido pelo menos um dez.

Faixas rosadas de luz estão surgindo a leste. Não posso esperar mais. Em comparação com a agonia da escalada de ontem à noite, isso aqui é uma brincadeira de criança. No galho de árvore que sustenta o ninho, posiciono a faca no sulco e estou a ponto de começar a cortar a madeira quando vejo algo se movendo. Lá no ninho. O brilho dourado de uma teleguiada preguiçosamente percorrendo a superfície fina e cinzenta. Sem dúvida está agindo de maneira um pouco contida, mas a vespa está se movendo e isso significa que as outras também sairão a qualquer momento. Suor começa a brotar nas palmas das minhas mãos, umedecendo o unguento, e faço o possível para secá-las na camisa. Se não conseguir cortar esse galho em questão de segundos, corro o risco de ser atacada por todo o enxame.

Agora não dá mais para voltar atrás. Respiro fundo, seguro o cabo da faca e prossigo na tarefa com determinação. *Para a frente, para trás, para a frente, para trás!* As teleguiadas começam a zumbir e ouço-as saindo do ninho. *Para a frente, para trás!* Uma dor aguda atinge meu joelho, e sei que uma delas me encontrou e as outras logo chegarão. *Para a frente, para trás.* E assim que a faca termina o serviço empurro a extremidade do galho para o mais distante que posso de mim. Ele vai caindo e arrebentando os galhos mais baixos, fica enganchado temporariamente em alguns, mas logo se contorce e desaba no chão com um barulho forte. O vespeiro se abre todo como se fosse um ovo, e um furioso enxame de teleguiadas começa a voar.

Sinto uma segunda ferroada na bochecha, uma terceira no pescoço, e o veneno me deixa zonza quase imediatamente. Grudo à árvore com um braço enquanto arranco os ferrões farpados de minha carne. Por sorte, apenas essas três teleguiadas haviam se dado conta da minha presença antes de o ninho cair. O restante dos insetos escolheu seus alvos no chão.

É um caos. Os Carreiristas acordaram com um ataque maciço de teleguiadas. Peeta e alguns outros têm o bom senso de deixar tudo para trás e sair em disparada. Ouço gritos de: "Para o lago! Para o lago!" e sei que eles têm a esperança de se livrar das vespas ao entrar na água. O lago deve estar perto se eles imaginam que podem fugir dos insetos furiosos. Glimmer e uma outra garota, a do Distrito 4, não têm a mesma sorte. Elas recebem múltiplas ferroadas antes mesmo de saírem de meu campo de visão. Glimmer parece ter ficado completamente louca, gritando e tentando espantar as vespas com o arco, o que é inútil. Ela pede ajuda aos outros, mas ninguém a socorre, é claro. A garota do Distrito 4 sai de vista cambaleando, mas aposto que jamais alcançará o lago. Observo Glimmer cair, se contorcer histericamente no chão por alguns minutos e depois ficar imóvel.

O ninho agora parece uma concha vazia. As vespas desapareceram na perseguição aos outros. Não acho que retornarão, mas não quero arriscar. Desço da árvore e atinjo o chão já correndo na direção oposta. O veneno dos ferrões me deixa zonza, mas encontro o caminho de volta à minha pequena fonte e afundo quase inteiramente na água, como precaução caso alguma vespa ainda esteja me perseguindo. Depois de mais ou menos cinco minutos, arrasto-me até as rochas. As pessoas não exageraram nem um pouco os efeitos dos ferrões das teleguiadas. Para falar a verdade, a ferroada em meu joelho é mais do tamanho de uma laranja do que de uma ameixa. Um líquido verde e malcheiroso sai do local de onde retirei os ferrões.

O inchaço. A dor. O líquido verde. Observar Glimmer se contorcer no chão até morrer. São muitas coisas para administrar em minha cabeça antes mesmo de o sol nascer no horizonte. Não quero imaginar como deve estar a aparência de Glimmer a uma hora dessas. O corpo desfigurado. Os dedos inchados segurando obstinadamente o arco...

O arco! Em algum canto de minha mente embaralhada um pensamento se conecta ao outro e levanto-me, tateando em meio às árvores até Glimmer. O arco. As flechas. Preciso pegá-los. Ainda não ouvi os tiros de canhão, o que quer dizer que talvez Glimmer esteja em algum tipo de coma, seu coração ainda deve estar lutando contra o veneno das vespas. Mas assim que parar e o canhão sinalizar sua morte, um aerodeslizador vai aparecer para recolher seu corpo e levar o único arco e aljava de flechas que vi nos Jogos até agora. E me recuso a deixar que escapem de meus dedos novamente!

Alcanço Glimmer no exato instante em que o canhão dá o tiro. As teleguiadas desapareceram. A garota, tão extraordinariamente bela em seu vestido dourado na noite das entrevistas, está irreconhecível. Suas feições foram erradicadas, seus membros estão três vezes maiores do que o tamanho normal. Os calombos dos ferrões começaram a explodir, expelindo o líquido verde pútrido para todos os lados. Tenho de quebrar com uma pedra vários dos que antes foram seus dedos para soltar o arco. A aljava com as flechas está grudada embaixo do seu corpo. Tento rolá-la puxando um dos braços, mas a carne se desintegra em minhas mãos e caio no chão.

Isso é mesmo real? Ou será que as alucinações começaram? Aperto os olhos com força e tento respirar, dando ordens a meu próprio corpo para que não adoeça. O café da manhã precisa ficar no estômago. Talvez demore dias até eu conseguir caçar novamente. Um segundo canhão atira e estou adivinhando que a garota do Distrito 4 acaba de morrer. Ouço os pássaros ficarem em silêncio e então um deles dá o sinal, o que significa que um aerodeslizador está para aparecer. Confusa, imagino que seja para Glimmer, embora isso não faça muito sentido porque ainda estou na cena, ainda estou lutando pelas flechas. Caio de joelhos e as árvores ao meu redor começam a girar. No meio do céu avisto o aerodeslizador. Salto sobre o corpo de Glimmer, como se estivesse tentando protegê-lo, mas então vejo a garota do Distrito 4 sendo içada e sumindo no ar.

– Faça logo isso! – ordeno a mim mesma. Cerrando os dentes, enterro as mãos embaixo do corpo de Glimmer, seguro o que parece ser a região das costelas e coloco-a de bruços. Minha respiração está bastante acelerada agora, não tenho como evitar. A coisa toda é tão digna dos meus piores pesadelos que acabo perdendo a noção do que é e do que não é real. Puxo com força a aljava com as flechas, mas está presa em alguma coisa, nos ombros talvez. Até que, finalmente, consigo soltar o objeto. Mal acabara de envolver a aljava com os braços quando escuto os passos, vários passos, sobre a vegetação rasteira, e percebo que os Carreiristas voltaram. Eles voltaram para me matar, para pegar suas armas ou para fazer ambas as coisas.

Mas não há mais tempo para correr. Puxo uma flecha viscosa da aljava e tento posicioná-la na corda do arco, mas em vez de uma corda eu estou enxergando três e o fedor das ferroadas é tão repulsivo que não consigo, não consigo. Simplesmente não consigo.

Estou desamparada quando o primeiro caçador surge em meio às árvores, com a lança erguida, preparada. O choque estampado no rosto de Peeta não faz nenhum sentido para mim. Espero o golpe. Ao contrário, ele abaixa o braço.

– O que você ainda está fazendo aqui? – pergunta, sibilando. Olho para ele sem conseguir compreender coisa alguma enquanto uma trilha de água escorre sobre uma ferroada de vespa embaixo de sua orelha. Todo o seu corpo começa a brilhar, como se estivesse coberto de orvalho. – Você está louca? – Ele agora está me cutucando com a ponta da lança. – Levante-se! Levante-se! – Eu me levanto, mas ele ainda está me empurrando. O quê? O que está acontecendo? Ele me empurra com força para longe dele. – Corra! – grita ele. – Corra!

Atrás dele, Cato avança em meio à vegetação. Ele também está todo molhado e com uma ferroada bem feia embaixo de um dos olhos. Vislumbro o brilho do sol refletido em sua espada e faço o que Peeta diz. Seguro o arco e a aljava com firmeza, esbarro em árvores que surgem do nada, tropeço e caio enquanto tento manter o equilíbrio. Passo novamente pela minha fonte e chego numa floresta que não me é familiar. O mundo começa a adquirir uma curvatura alarmante. Uma borboleta infla até atingir o tamanho de uma casa e em seguida se espatifa em um milhão de estrelas. Árvores se transformam em sangue e espirram sobre minhas botas. Formigas começam a rastejar de dentro das bolhas em minhas mãos e não consigo sacudir o braço para me livrar delas. Os insetos estão escalando meus braços, meu pescoço. Alguém está berrando, um berro longo e agudo que nunca para. Tenho uma vaga ideia de que talvez seja eu. Tropeço e caio num pequeno poço ladeado por pequeninas

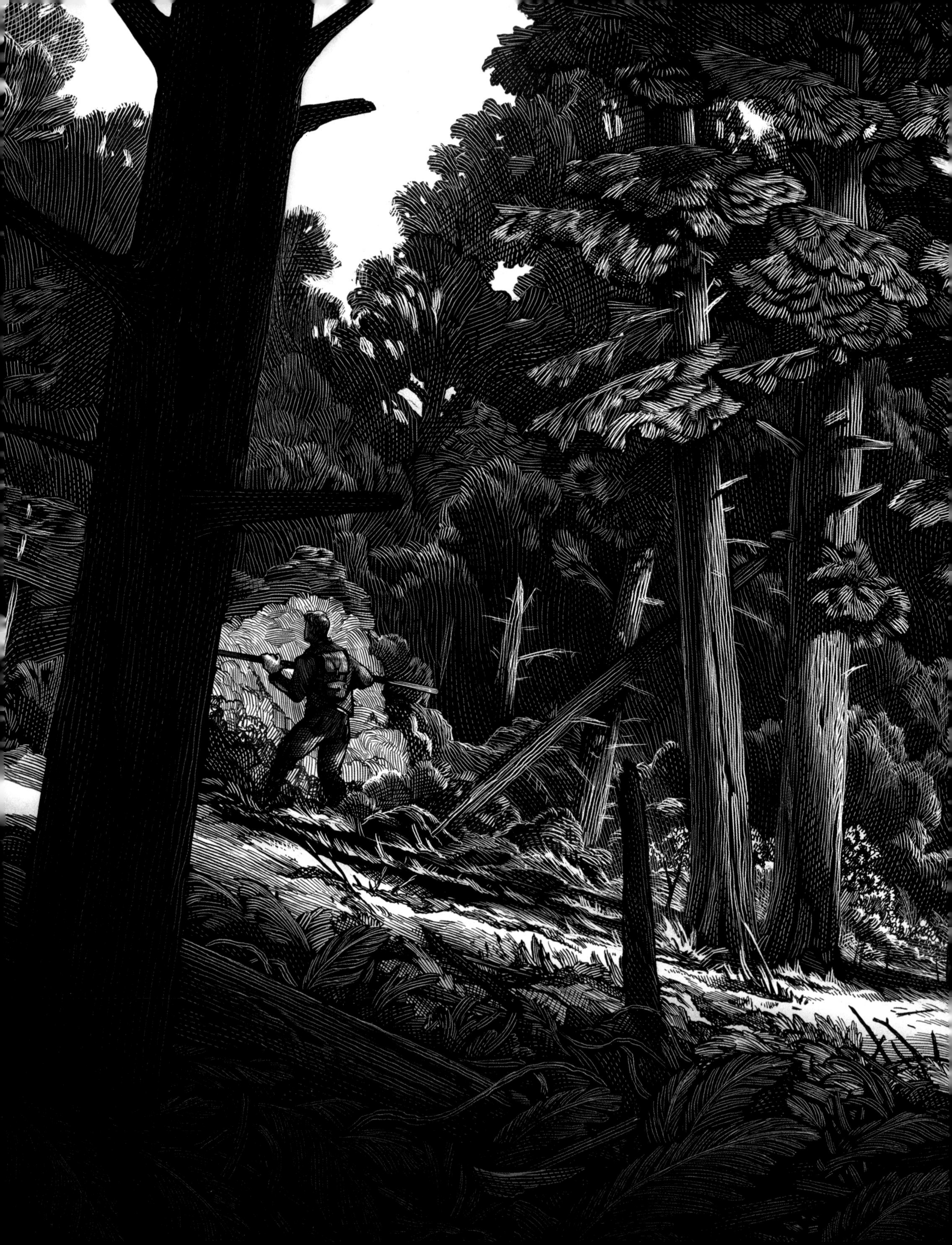

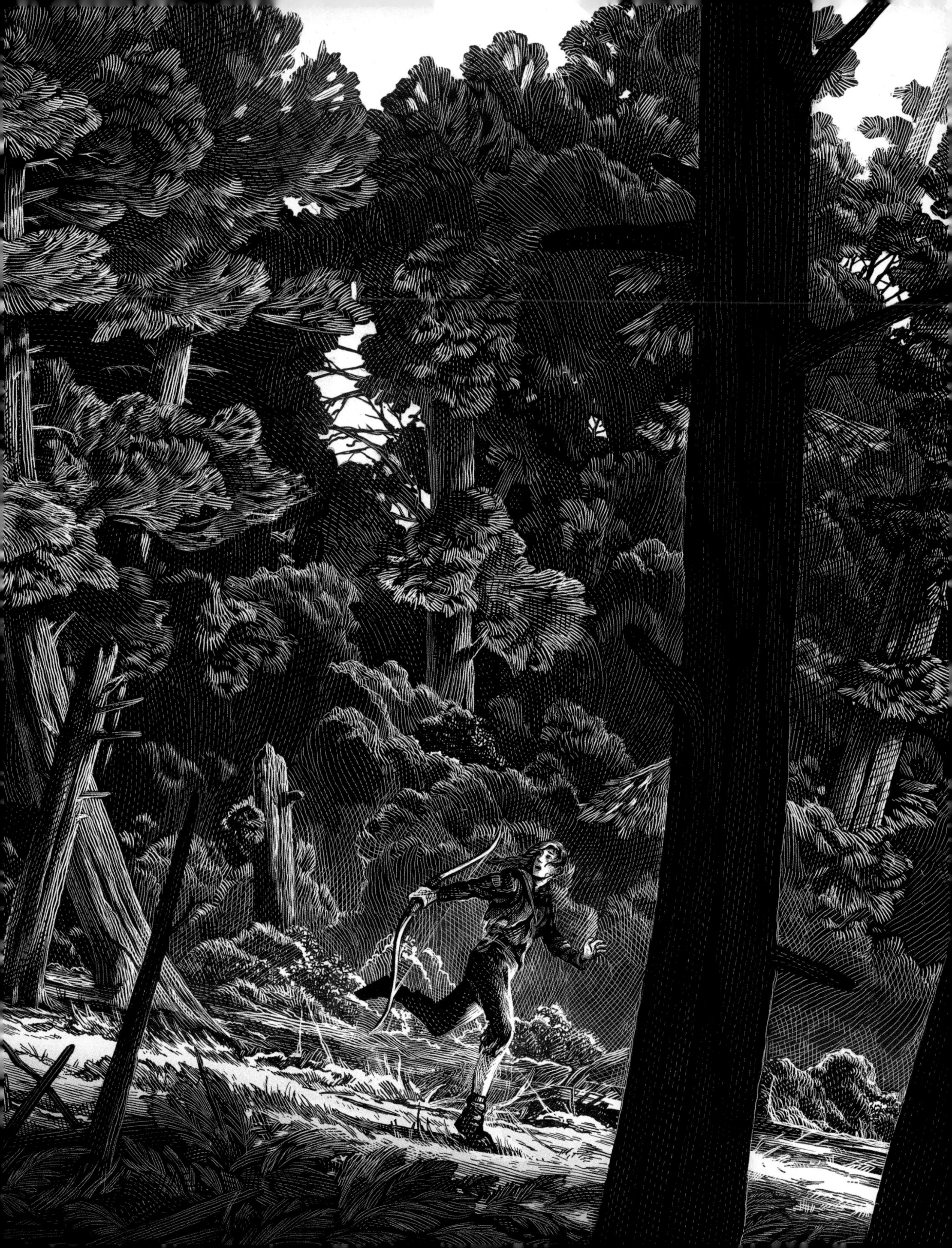

bolhas amarelas que produzem um zumbido igual ao do ninho das teleguiadas. Encaixo os joelhos no queixo e fico esperando a morte.

Doente e desorientada, sou capaz de formar um único pensamento: *Peeta Mellark acabou de salvar minha vida.*

Então, as formigas rumam em direção aos meus olhos e eu desmaio.

15

Entro em um pesadelo do qual acordo repetidamente apenas para achar um terror ainda maior esperando por mim. Todas as coisas que mais abomino, todas as coisas que mais abomino que aconteçam com os outros se manifestam em detalhes tão vívidos que só posso acreditar que são mesmo reais. A cada vez que acordo, penso: *Finalmente acabou,* mas não. É apenas o começo de um novo capítulo de tortura. De quantas maneiras diferentes assisto à morte de Prim; revivo os últimos momentos de meu pai; sinto meu próprio corpo sendo dilacerado? Essa é a natureza do veneno das teleguiadas, cuidadosamente criado para atingir os locais onde o medo se aloja em seu cérebro.

Quando finalmente me recupero, fico deitada imóvel, esperando a sequência seguinte de carnificina visual. Por fim, aceito que o veneno deve ter enfim saído de meu organismo, deixando meu corpo arrasado e enfraquecido. Ainda estou deitada de lado, incapaz de sair da posição fetal. Ergo uma das mãos até os olhos para encontrá-las saudáveis, intocadas pelas formigas, que jamais existiram. O simples esticar de um braço requer um enorme esforço. São tantas partes do meu corpo doendo que parece nem valer a pena fazer um inventário de todas elas. Lenta, muito lentamente, consigo me sentar. Estou em um buraco raso, não com as bolhas alaranjadas que zunem da minha alucinação, mas com folhas mortas. Minha roupa está encharcada, mas não sei se a causa é a água da fonte, orvalho, chuva ou simplesmente suor. Por um longo tempo, tudo o que consigo fazer é tomar pequenos goles da minha garrafa e observar um besouro passear num arbusto de madressilvas.

Por quanto tempo será que estive fora de mim? Era de manhã quando perdi a razão. Agora é de tarde. Mas minhas juntas emperradas sugerem que mais de um dia se passou, possivelmente dois. Se isso for mesmo verdade, não terei como saber quais tributos sobreviveram ao ataque daquelas teleguiadas. Sei que nem Glimmer nem a garota do Distrito 4 conseguiram escapar. Mas havia o garoto do Distrito 1, os dois tributos do Distrito 2 e Peeta. Será que eles morreram em decorrência das ferroadas? Com toda certeza, se sobreviveram, seus últimos dias devem ter sido tão horríveis quanto os meus. E quanto a Rue? Ela é tão pequena que não seria necessário muito veneno para matá-la. Mas... as teleguiadas teriam de pegá-la, e ela estava com uma boa margem de vantagem.

Um sabor ruim, de coisa podre, impregna minha boca, e a água não surte muito efeito sobre ele. Arrasto-me até o arbusto de madressilvas e arranco uma flor. Puxo delicadamente o estame pelo botão e coloco a gota de néctar na boca. A doçura se espalha até a garganta, acalentando minhas veias com lembranças de verão, da floresta perto de casa e da presença de Gale ao meu lado. Por algum motivo, nossa discussão naquela última manhã retorna à minha mente.

— *A gente conseguiria, sabe.*

— *O quê?*

— *Sair do distrito, fugir daqui. Viver na floresta. Você e eu, a gente daria um jeito.*

E, de repente, não estou mais pensando em Gale, mas em Peeta e... Peeta! *Ele salvou minha vida!* Porque, quando nos encontramos, eu já não tinha nenhuma condição de distinguir entre o real e as alucinações provocadas pelo veneno que as teleguiadas haviam injetado em mim. Mas se ele me salvou mesmo, e meus instintos me dizem que sim, qual foi o motivo? Será que ele está simplesmente desempenhando o papel do Conquistador que iniciou na entrevista? Ou será que estava realmente tentando me proteger? E se estava, o que fazia na companhia daqueles Carreiristas, para começo de conversa? Nada disso faz sentido.

Por um instante, imagino o que Gale achou do incidente, mas logo tiro a coisa toda da minha cabeça porque, por algum motivo, Gale e Peeta não coexistem muito bem em meus pensamentos.

Então, concentro-me na única coisa realmente boa que aconteceu comigo desde que aterrissei na arena. Arranjei um arco e algumas flechas! Doze flechas ao todo, se contarmos com aquela que retirei na árvore. Elas não estão com nenhum traço do muco esverdeado e tóxico que saía do corpo de Glimmer – o que me leva a crer que talvez a coisa não tenha sido inteiramente real –, mas estão com uma razoável quantidade de sangue seco. Posso limpá-las mais tarde, mas perco alguns minutos acertando algumas em uma árvore próxima. Elas se parecem mais com as armas que vi no Centro de Treinamento do que com as que tenho em casa, mas e daí? Posso trabalhar com elas assim mesmo.

As armas mudam completamente minha perspectiva dos Jogos. Sei que tenho oponentes duros de encarar. Mas deixei de ser apenas mais uma presa que corre e se esconde ou toma decisões desesperadas. Se Cato surgisse agora mesmo da floresta, eu não fugiria. Atiraria. Descubro que, na verdade, estou antecipando o momento com prazer.

Primeiro, no entanto, tenho de recuperar um pouco as minhas forças. Estou bastante desidratada outra vez e meu suprimento de água está perigosamente limitado. O pneuzinho que obtive ao me empanturrar durante o tempo de preparação na Capital agora já era, assim como os quilos extras. Os ossos da cintura e da costela estão mais proeminentes do que consigo me lembrar desde aqueles meses horríveis que se seguiram à morte de meu pai. E não vamos nos esquecer dos ferimentos com os quais tenho de lidar: queimaduras, cortes e hematomas causados pelos choques com as árvores, e três ferroadas de teleguiadas que estão mais doloridas e inchadas do que nunca. Cuido das queimaduras com o unguento e tento passar um pouco do creme também nas ferroadas, mas o remédio não tem nenhum efeito sobre elas. Minha mãe conhecia um tratamento para essas ferroadas, algum tipo de folha que conseguia retirar o veneno, mas raramente surgia alguma oportunidade para usá-lo, portanto nem me lembro do nome, quanto mais da aparência do remédio.

Primeiro água, penso. *Agora você pode caçar ao longo do caminho.* É fácil ver a direção de onde vim pelo rastro de destruição que meu corpo enlouquecido deixou na folhagem. Então, ando na direção oposta, na esperança de que meus inimigos ainda estejam presos no mundo surreal do veneno das teleguiadas.

Não consigo me mover com muita rapidez, minhas juntas rejeitam qualquer movimento abrupto. Mas estabeleço a marcha lenta de caçador que utilizo quando estou no rastro de algum animal. Depois de alguns minutos, avisto um coelho e mato minha primeira vítima com meu arco. Não é o meu tradicional tiro certeiro entre os olhos, mas dá certo assim mesmo. Depois de mais ou menos uma hora, encontro um riacho, raso porém largo, e mais do que suficiente para minhas necessidades. O sol está quente e implacável, então, enquanto espero a água ser purificada, fico só com a roupa de baixo e me jogo na corrente tranquila. Estou imunda da cabeça aos pés. Tento molhar o corpo todo, mas acabo somente deitada na água por alguns minutos, deixando-a lavar a fulignem, o sangue e os resíduos de pele que começaram a descascar na altura das queimaduras. Depois de lavar as roupas e pendurá-las em alguns arbustos para secar, sento-me à margem do rio para tomar um pouco de sol, desembaraçando o cabelo com os dedos. Meu apetite retorna e como um biscoito e uma tirinha de carne-seca. Com um punhado de musgo, limpo o sangue das minhas armas prateadas.

Refrescada, trato mais uma vez das queimaduras, prendo de volta o cabelo e visto as roupas úmidas, ciente de que o sol vai secá-las em pouco tempo. Seguir o riacho contra a corrente parece ser o plano mais inteligente. Agora estou subindo um aclive, o que prefiro, com uma fonte de água fresca não apenas para mim mesma como também para possíveis animais que venha a caçar. Acerto facilmente uma estranha ave que deve ser algum tipo de peru selvagem. De qualquer maneira, o bicho me parece bastante comestível. No fim da tarde, decido fazer uma pequena fogueira para cozinhar a comida, apostando que a penumbra ajudará a esconder a fumaça e sabendo que posso apagar o fogo ao anoitecer. Limpo a caça, tomando um cuidado extra com a ave, mas não há nada alarmante a seu respeito. Depois de tirar as penas, seu tamanho não é maior do que o de uma galinha, mas é gorda e firme. Acabo de colocar o primeiro pedaço em cima do carvão quando ouço um galho se partindo.

Com um movimento, volto-me para a direção do som, levando o arco para o ombro. Não há ninguém lá. Pelo menos ninguém que eu consiga enxergar. Então, avisto a ponta de uma bota de criança saindo de trás de um tronco de árvore. Meus ombros relaxam e sorrio. Ela se move pela floresta como se fosse uma sombra, temos que admitir. De que outra forma teria me seguido até aqui? As palavras escapam de minha boca antes que eu possa pará-las:

– Você sabe que não são só eles que têm o direito de fazer alianças, não sabe?

Por um momento, nenhuma resposta. Então, um dos olhos de Rue aparece ao lado do tronco.

– Você me quer como aliada?

– Por que não? Você me salvou com aquelas teleguiadas. Você é suficientemente esperta pra ainda estar viva. E de qualquer modo, parece que não tenho mesmo como me livrar de você. – Ela pisca para mim, tentando decidir. – Você está com fome? – Posso vê-la engolir em seco, o olho tremeluzindo na direção da carne. – Vem cá, matei dois animais hoje.

Rue pisa na clareira de modo hesitante.

– Posso curar suas ferroadas.

– Pode? Como?

Ela enfia a mão na mochila que carrega e puxa um punhado de folhas. Estou quase certa de que são as mesmas que minha mãe usa.

– Onde você encontrou?

– Por aí. Sempre andamos com elas quando saímos para trabalhar nos pomares. Deixaram vários desses vespeiros lá. E também há muitos aqui.

– Ah, é verdade. Você é do Distrito 11. Agricultura. Pomares, hein? Deve ser por isso que você consegue voar pelas árvores como se tivesse asas. – Rue sorri. Toquei em uns dos poucos temas em relação aos quais ela admite ter orgulho. – Bem, vem cá, então. Vem me curar.

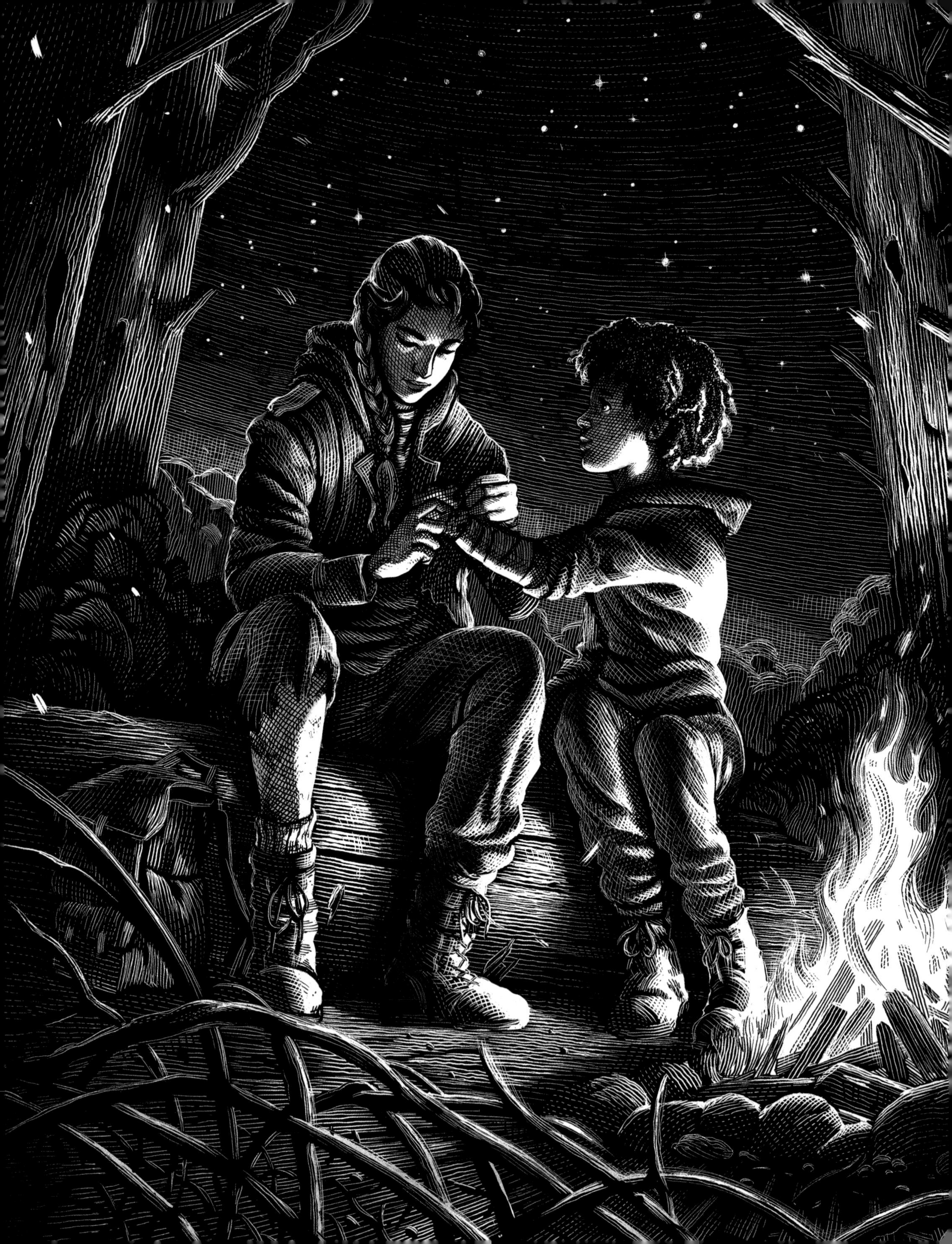

JOGOS VORAZES

Jogo-me ao lado do fogo e arregaço a calça para revelar a ferroada no joelho. Para minha surpresa, Rue coloca um punhado de folhas na boca e começa a mastigá-las. Minha mãe utilizaria outros métodos, mas aqui não dispomos de tantas opções assim. Depois de mais ou menos um minuto, Rue pressiona um maço verde e pegajoso de folhas mastigadas e cheias de cuspe sobre meu joelho.

– Ahhh...

O som sai da minha boca antes que consiga evitar. É como se as folhas estivessem realmente sugando a dor diretamente da ferroada.

Rue dá uma risada.

– Foi sorte você ter tido o bom senso de puxar os ferrões. Do contrário, você estaria bem pior.

– Agora no pescoço! No pescoço! – Estou quase implorando.

Rue enfia mais um punhado de folhas na boca, e começo logo a rir porque o alívio é delicioso demais. Noto uma longa queimadura no antebraço de Rue.

– Tenho uma coisa pra isso.

Ponho de lado as armas e aplico o remédio para queimadura em seu braço.

– Você tem bons patrocinadores – diz ela, desejosa.

– Você já conseguiu alguma coisa? – pergunto. Ela balança a cabeça. – Mas vai. Observe. Quanto mais próximas ficamos do fim, mais as pessoas vão se dando conta de como somos inteligentes. – Viro a carne.

– Você não estava brincando quando disse que me queria como aliada? – pergunta ela.

– Não, estava falando sério – respondo. Quase consigo enxergar Haymitch girando os olhos com frustração ao saber que estou trabalhando em conjunto com uma garotinha frágil. Mas eu a quero. Porque é uma sobrevivente, e confio nela. E por que não admitir? Ela me lembra Prim.

– Tudo bem – diz ela, e estende a mão. Trocamos um aperto de mãos. – É um trato.

É claro que esse tipo de trato só pode ser temporário, mas nenhuma das duas toca no assunto.

Rue contribui para a refeição com um grande punhado de tubérculos. Grelhados, têm o sabor doce e intenso de pastinaca. Ela também reconhece a ave, algum tipo de animal selvagem que chamam de ganso silvestre em seu distrito. Diz que às vezes acontece de um bando deles invadir o pomar, o que garante um almoço decente naquele dia. Por um tempo, toda a conversa é interrompida enquanto forramos nossos estômagos. A carne do ganso silvestre é deliciosa, tão gordurosa que até pinga da boca quando mordemos algum pedaço.

– Ah – suspira Rue. – É a primeira vez que tenho uma coxa inteira só pra mim.

Aposto que sim. Aposto que carne raramente cruza seu caminho.

– Pega a outra – indico.

– Posso mesmo?

– Pode pegar o quanto você quiser. Agora que tenho um arco posso caçar outros. E ainda tenho arapucas. Posso te mostrar como armar. – Rue ainda olha para a coxa da ave sem muita convicção. – Pode pegar! – insisto, colocando o pedaço de carne na mão dela. – Só vai durar alguns dias de qualquer modo, e a gente ainda tem o resto da ave e o coelho. – Assim que põe a mão na carne, o apetite a vence e ela enfia tudo na boca. – Imaginava que no Distrito 11 vocês tivessem mais fartura de comida do que nós. Afinal, vocês cultivam a comida.

Os olhos de Rue ficam arregalados.

– Ah, não, não temos permissão para comer o que cultivamos.

– Vocês são mandados pra prisão, alguma coisa assim?

– A pessoa é chicoteada na frente de todo mundo. O prefeito é bem rígido quanto a isso.

Diria, pela sua expressão, que esse tipo de ocorrência não é tão incomum assim. Alguém ser chicoteado em público é uma coisa rara no Distrito 12, embora ocorra ocasionalmente. Tecnicamente, Gale e eu poderíamos ser chicoteados diariamente por caçar ilegalmente na floresta – bem, tecnicamente, poderíamos receber penas bem piores –, só que todos os funcionários compram nossa carne. Além disso, nosso prefeito, o pai de Madge, não parece gostar muito desse tipo de evento. Talvez o fato de sermos o distrito menos prestigioso, mais pobre e mais ridicularizado do país tenha lá suas vantagens. Tais como sermos solenemente ignorados pela Capital contanto que nossa cota de carvão seja produzida regularmente.

– Você tem todo o carvão que deseja? – pergunta Rue.

– Não. Só o que a gente compra e o que vem grudado em nossas botas.

– Eles nos dão um pouco mais de comida no período da safra, para as pessoas durarem mais.

– Você não tem de frequentar a escola?

– Não no período da safra. Todos trabalham nessa época do ano.

É interessante ouvir como é sua vida. Temos tão poucas chances de nos comunicarmos com pessoas de outros distritos. Na verdade, imagino se os Idealizadores dos Jogos estão censurando nossa conversa porque, mesmo que a informação pareça inofensiva, não querem que as pessoas de distritos diferentes saibam das vidas umas das outras.

Seguindo a sugestão de Rue, expomos toda a nossa comida para fazer o planejamento dos dias que se seguirão. Ela já viu a maior parte de meus suprimentos, mas acrescento os últimos biscoitos e as tirinhas de carne-seca à pilha. Ela colheu uma boa variedade de raízes, nozes, verduras e até algumas amoras.

Giro nos dedos uma amora que não me é familiar.

– Tem certeza de que isso é seguro?

– Ah, sim, comemos isso lá em casa. Tenho comido essas amoras há dias – diz ela, enfiando um punhado na boca. Mordo uma delas com uma boa dose de hesitação, e o sabor é tão bom quanto as que comemos em casa. Ter Rue como aliada foi a melhor decisão que tomei. Dividimos nossos suprimentos de comida de modo que, caso nos separemos, ambas estaremos seguras por alguns dias. Fora a comida, Rue possui um pequeno odre de água, um estilingue feito por ela mesma e um par de meias sobressalentes. Também tem um pedaço de pedra bem afiado que usa como uma faca. – Sei que não é muita coisa – diz ela, aparentemente constrangida –, mas eu precisava sair rápido da Cornucópia.

– Você fez o certo – afirmo. Quando espalho meu equipamento, ela arqueja um pouco ao ver os óculos de sol.

– Como foi que você conseguiu isso?

– Na mochila. Até agora não serviram pra nada. Eles não bloqueiam o sol e pioram a visão – informo, dando de ombros.

– Não são para o sol, são para o escuro – exclama Rue. – Às vezes, quando a gente é obrigada a trabalhar durante a noite, eles entregam alguns pares desses óculos aos que estão mais alto nas árvores. Onde as lanternas não atingem. Uma vez, um garoto chamado Martin tentou ficar com o par. Escondeu nas calças. Mataram-no ali mesmo.

– Mataram um garoto por roubar um troço desses?

– Mataram, e todos sabiam que ele não era nem um pouco perigoso. Martin era meio ruim da cabeça. Enfim, ainda agia como se tivesse três anos de idade. Só queria ficar com os óculos pra brincar – responde Rue.

Ouvir isso me faz ter a sensação de que o Distrito 12 é uma espécie de refúgio seguro. É claro que as pessoas caem mortas de fome o tempo todo, mas não consigo imaginar os Pacificadores assassinando um garoto com deficiência mental. Há uma garotinha, uma das netas de Greasy Sae, que perambula pelo Prego. Ela não regula muito bem, mas é tratada como se fosse um bichinho de estimação. As pessoas jogam coisas para ela.

– Então pra que serve esse negócio? – pergunto a Rue, pegando os óculos.

– Eles permitem que você enxergue na escuridão total – explica Rue. – Experimente os óculos à noite, depois do pôr do sol.

Dou alguns fósforos a Rue e ela me entrega uma boa quantidade de folhas, caso as minhas ferroadas inflamem novamente. Apagamos a fogueira e seguimos rio acima até o entardecer.

— Onde você dorme? — pergunto a ela. — Nas árvores? — Ela balança a cabeça em concordância. — Só com a jaqueta?

Rue me mostra o par de meias sobressalentes.

— Uso isso aqui nas mãos.

Penso em como as noites têm sido frias.

— Você pode dividir comigo o saco de dormir, se quiser. Tem espaço suficiente pra nós duas. — Seu rosto se ilumina. Diria que isso é muito mais do que ela jamais ousaria esperar.

Pegamos uma forquilha bem no alto de uma árvore e nos assentamos para a noite no exato instante em que o hino começa a tocar. Nenhuma morte hoje.

— Rue, só acordei hoje. Quantas noites perdi? — O hino deve bloquear nossas palavras, mas mesmo assim sussurro. Tomo até a precaução de cobrir a boca com a mão. Não quero que o público saiba o que estou planejando contar a ela a respeito de Peeta. Seguindo meu exemplo, ela faz o mesmo.

— Duas — diz ela. — As garotas dos Distritos 1 e 4 estão mortas. Restam dez tributos, incluindo a gente.

— Alguma coisa estranha aconteceu. Pelo menos é o que acho. Talvez tenha sido o veneno das teleguiadas me fazendo imaginar coisas — começo a dizer. — Você conhece Peeta, o garoto de meu distrito? Acho que ele salvou minha vida. Mas estava com os Carreiristas.

— Ele não está mais com eles — diz ela. — Espionei o acampamento deles perto do lago. Voltaram antes de apagar o fogo por conta das ferroadas. Mas ele não está lá. Talvez tenha salvado você, sim. E depois precisou fugir às pressas.

Não retruco. Se de fato Peeta me salvou, estou novamente em dívida com ele. E isso não pode ser retribuído.

— Se ele me salvou mesmo, provavelmente a coisa toda foi parte do papel que está representando. Você sabe, aquela história de fazer com que as pessoas pensem que está apaixonado por mim.

— Ah! — diz Rue, pensativa. — Pra mim ele não estava representando.

– Claro que está. Bolou isso tudo com nosso mentor. – O hino acaba e o céu escurece. – Vamos experimentar esses óculos. – Puxo os óculos e os coloco no rosto. Rue não estava brincando. Consigo enxergar tudo, das folhas nas árvores ao gambá zanzando pelos arbustos a uns quinze metros de distância. Poderia matá-lo daqui se estivesse disposta a isso. Poderia matar qualquer pessoa. – Imagino quem mais possui um par desses óculos – divago.

– Os Carreiristas possuem dois pares. Mas tiveram que largar tudo no chão perto do lago – informa Rue. – E são fortes demais.

– Nós também somos fortes. Só que de maneira diferente.

– Você é forte. Você sabe atirar – diz ela. – E eu? O que sei fazer?

– Você sabe como arranjar alimento. Será que eles sabem?

– Não precisam. Eles têm todos aqueles suprimentos – retruca Rue.

– Digamos que não tivessem. Digamos que os suprimentos acabassem. Quanto tempo eles durariam? Enfim, isso aqui são os Jogos Vorazes, certo?

– Mas, Katniss, eles não estão com fome.

– Não, não estão. Esse é o problema – concordo. E pela primeira vez, tenho um plano. Um plano que não é motivado pela necessidade de fuga ou de evasão. Um plano de ataque. – Acho que teremos que dar um jeito nisso, Rue.

16

Rue decidiu confiar inteiramente em mim. Sei disso porque assim que o hino para de tocar ela se enrosca em mim e cai no sono. Também não tenho motivos para desconfiar dela, portanto não tomo nenhuma precaução particular. Se quisesse me ver morta, ela só precisaria ter sumido daquela árvore sem me apontar o ninho das teleguiadas. Mas o que está alfinetando minha mente é bastante óbvio: nós duas não podemos vencer esses Jogos. Mas como a probabilidade de nenhuma de nós sobreviver são ainda maiores, consigo ignorar o pensamento.

Além do mais, estou concentrada em minha última ideia a respeito dos Carreiristas e de seus suprimentos. De algum modo, Rue e eu devemos achar uma forma de destruir sua comida. Tenho certeza absoluta de que teriam muita dificuldade se precisassem arrumar o próprio alimento. Tradicionalmente, a estratégia dos tributos Carreiristas é tomar posse de toda a comida logo no início e trabalhar a partir daí. Os anos em que não fizeram essa proteção muito bem – num ano um bando de répteis hediondos destruiu toda a comida, em outro uma enchente produzida por um Idealizador dos Jogos inundou tudo – foram normalmente os anos em que os tributos de outros distritos venceram. O fato de os Carreiristas terem sido mais bem alimentados enquanto cresciam, na verdade, é uma desvantagem, porque eles não sabem o que é estar faminto. Não da forma como eu e Rue sabemos.

Mas estou exausta demais para começar qualquer plano detalhado agora. Meus ferimentos ainda em tratamento, minha mente ainda um pouco enevoada devido ao veneno, o calor de Rue ao meu lado e sua cabeça aninhada em meu ombro deram-me uma sensação de segurança. Percebo pela primeira vez como tenho estado solitária na arena. O quão confortável pode ser a presença de outro ser humano. Cedo ao entorpecimento, resolvendo que amanhã viraremos o jogo. Amanhã os Carreiristas é que vão precisar tomar cuidado.

O estrondo do canhão me acorda com um susto. O céu está com faixas de luz, os pássaros já estão tagarelando. Rue se equilibra em um galho na minha frente, suas mãos segurando alguma coisa. Esperamos ouvir outros tiros: não há, porém, mais nenhum.

– Quem você acha que morreu? – Não consigo evitar imaginar que tenha sido Peeta.

– Não sei. Pode ter sido qualquer um dos outros – diz Rue. – Acho que saberemos à noite.

– Quem é que restou mesmo? – pergunto.

– O garoto do Distrito 1. Os dois tributos do 2. O garoto do 3. Thresh e eu. E você e Peeta – conta Rue. – Oito no total. Espera aí, tem também o garoto do 10, o que tem a perna ruim. Com ele são nove.

Tem mais alguém, mas nenhuma das duas consegue lembrar quem é.

– Imagino como esse último tenha morrido – comenta Rue.

– Não dá pra saber. Mas é bom pra nós duas. Uma morte deverá segurar o público um pouco. Talvez tenhamos tempo pra fazer alguma coisa antes que os Idealizadores decidam que os Jogos estão parados demais. O que é isso na sua mão?

– O café da manhã – responde Rue. Ela estende os braços e revela dois ovos grandes.

– Que espécie de ovo é essa?

– Não tenho certeza. Tem uma região pantanosa naquela direção. Deve ser de algum tipo de pássaro aquático – sugere ela.

Seria bom cozinhá-los, mas nenhuma das duas quer correr o risco de acender uma fogueira. Minha hipótese é que o tributo morto hoje foi vítima dos Carreiristas, o que significa que eles estão suficientemente recuperados para voltar à disputa. Cada uma de nós suga o interior de um ovo, come uma pata de coelho e algumas amoras. É um bom desjejum em qualquer circunstância.

— Está pronta pra fazer aquilo? – pergunto, puxando a mochila.

— Fazer o quê? – devolve Rue, mas pela forma como se anima, dá para ver que estaria disposta a fazer qualquer coisa que eu propusesse.

— Hoje a gente vai pegar a comida dos Carreiristas – afirmo.

— É sério? Como? – Dá para ver o brilho de entusiasmo nos seus olhos. Nesse ponto ela é exatamente o oposto de Prim, para quem as aventuras são uma tortura.

— Não faço a menor ideia. Vamos, a gente bola um plano enquanto caça.

Mas não obtemos muita caça porque estou ocupada arrancando de Rue cada pedacinho de informação que posso sobre o acampamento-base dos Carreiristas. Ela só os espiou muito brevemente, mas observou bastante. Montaram o acampamento ao lado do lago. Seus suprimentos estão localizados a uns trinta metros de distância. Durante o dia, têm deixado um outro tributo, o garoto do Distrito 3, vigiando os mantimentos.

— O garoto do Distrito 3? – pergunto. – Ele está trabalhando com eles?

— Está. Fica no acampamento o tempo todo. Também foi ferroado, quando estavam fugindo das teleguiadas em direção ao lago – informa Rue. – Acho que concordaram em deixá-lo vivo se atuasse como vigia. Mas não é muito grande.

— Que armas tem?

— Não vi muitas. Uma lança. Talvez consiga lutar contra alguns de nós usando essa lança, mas Thresh o mataria com facilidade – diz Rue.

— E a comida fica ao ar livre? – pergunto. Ela balança a cabeça em concordância. – Tem alguma coisa nesse esquema todo que não está muito certa.

— Eu sei. Mas não saberia dizer exatamente o quê – comenta Rue. – Katniss, mesmo que você conseguisse chegar à comida, como se livraria dela?

— Queimando. Atiraria tudo no lago. Jogaria combustível em cima, sei lá. – Cutuco Rue na barriga, da mesma forma que faria com Prim, se ela estivesse aqui. – Comeria tudo!

— Ela dá uma gargalhada. — Não se preocupe, vou pensar em alguma coisa. Destruir é muito mais fácil do que construir.

Durante um tempo, desenterramos raízes, colhemos amoras e verduras, montamos uma estratégia aos sussurros. E passo a conhecer Rue, a filha mais velha de seis irmãos, protetora feroz de todos eles, que dá suas porções de comida aos mais novos, que vasculha as campinas num distrito em que os Pacificadores são bem menos condescendentes do que no nosso. Rue, que ao ser perguntada sobre a coisa que mais ama no mundo, responde:

— Música.

— Música? — questiono. Em nosso mundo, colocaria a música em algum lugar entre fitas de cabelo e arco-íris em termos de utilidade. Pelo menos o arco-íris fornece uma dica sobre o clima. — Você tem muito tempo pra isso?

— Nós cantamos em casa. E também no trabalho. É por isso que adoro seu broche — diz ela, apontando para o tordo que mais uma vez eu havia esquecido.

— Existem tordos no seu distrito?

— Existem. Tenho alguns que são meus amigos especiais. Cantamos juntos por horas e horas. Levam mensagens pra mim.

— Como assim?

— Normalmente estou bem no alto de alguma árvore, então sou a primeira a ver a bandeira que sinaliza o fim da jornada. Há uma cançãozinha especial que canto — conta Rue. Ela abre a boca e canta uma pequena melodia de quatro notas com uma voz doce e límpida. — E os tordos espalham a informação por todo o pomar. É assim que todo mundo fica sabendo que já pode ir pra casa — continua ela. — Mas às vezes podem ser perigosos, se você se aproximar demais de seus ninhos. Mas não dá pra culpá-los por isso.

Solto o broche e entrego a ela.

— Aqui está. É seu. Tem mais significado pra você do que pra mim.

– Ah, não! – diz Rue, fechando meus dedos no broche. – Gosto de ver você usando ele. Foi por isso que decidi que podia confiar em você. Além do mais, tenho isso aqui. – Ela puxa um colar feito com o mesmo tipo de material que a sua camisa. Nele está pendurada uma estrela de madeira toscamente talhada. Ou talvez seja uma flor. – É um talismã de boa sorte.

– Bem, até agora deu certo – comento, prendendo de volta o tordo na camisa. – Talvez seja melhor mesmo você continuar com esse aí.

Na hora do almoço, já estamos com o plano delineado. Ao fim da tarde, estamos preparadas para colocá-lo em ação. Ajudo Rue a coletar e a dispor a madeira para as duas primeiras fogueiras; a terceira ela terá tempo de fazer sozinha. Decidimos nos encontrar mais tarde no local onde comemos nossa primeira refeição juntas. O riacho deve me ajudar a chegar lá. Antes de sair, certifico-me de que Rue está com uma boa provisão de alimento e fósforos. Até insisto para que ela pegue meu saco de dormir, caso nosso encontro não seja possível até o cair da noite.

– E você não vai ficar com frio? – pergunta ela.

– Não se eu pegar outro saco no lago. Afinal, roubar não é ilegal aqui – respondo, sorrindo levemente.

Na última hora, Rue decide me ensinar o canto de alerta do tordo, o que ela usa para indicar que a jornada de trabalho acabou.

– Talvez não funcione. Mas se você ouvir os tordos cantando, você vai saber que estou bem, só não estarei em condições de responder de imediato.

– Há muitos tordos aqui?

– Você não viu? Há ninhos deles por todos os lados – diz ela. Tenho que admitir que não reparei.

– Tudo bem, então. Se tudo correr de acordo com o plano, a gente se encontra pro jantar.

Inesperadamente, Rue abre os braços para mim. Minha hesitação dura apenas um segundo antes de corresponder ao abraço caloroso.

– Tome cuidado – aconselha.

– Você também – retribuo. Viro-me e volto para o riacho, um pouco preocupada: com a possibilidade de Rue ser morta, com a possibilidade de Rue não ser morta e nós duas sermos deixadas por último, com o fato de deixar Prim abandonada. Não, Prim tem minha mãe e Gale, e um padeiro que prometeu que ela não passará fome. Rue só tem a mim.

Assim que alcanço o riacho, só preciso segui-lo até o local onde o localizei pela primeira vez, depois do ataque das teleguiadas. Mas tenho que ser cuidadosa ao me mover pela água porque me dou conta de que meus pensamentos estão ocupados com questões não respondidas, a maioria a respeito de Peeta. O tiro de canhão de hoje de manhã significou a morte dele? Pelas mãos de algum Carreirista? E será que isso foi uma vingança por ele ter me deixado escapar? Luto mais uma vez para me lembrar daquele momento em que eu estava sobre o corpo de Glimmer e ele apareceu de repente por entre as árvores. Mas o simples fato de que ele estava brilhando já me deixa com dúvidas sobre a veracidade do que vi.

Ontem eu devia estar me movendo muito lentamente porque em poucas horas alcanço o córrego raso onde tomei banho. Paro para me abastecer de água e adiciono uma camada de lama à minha mochila. Parece que ela cisma em voltar à cor alaranjada, não importa quantas vezes eu a cubra.

Minha proximidade do acampamento dos Carreiristas aguça meus sentidos e, quanto mais chego perto deles, mais cautelosa fico, parando frequentemente para escutar sons estranhos e deixando uma flecha posicionada na corda do arco. Não vejo nenhum outro tributo, mas noto algumas das coisas que Rue mencionou. Faixas de terra com amoras suculentas. Um arbusto com as folhas que curaram minhas ferroadas. Aglomerados de ninhos de teleguiadas nas vizinhanças da árvore em que eu estava trepada. E aqui e ali, um lampejo das asas pretas e brancas de um tordo nos galhos acima de minha cabeça.

JOGOS VORAZES

Quando alcanço a árvore com o ninho abandonado no chão, paro por um instante para reunir coragem. Rue me deu instruções específicas sobre como chegar ao melhor ponto de espionagem perto do lago da posição em que me encontro. *Lembre-se*, digo para mim mesma, *agora você é a caçadora, não eles*. Aperto o arco com firmeza e prossigo. Chego ao pequeno bosque ao qual Rue se referiu e mais uma vez sou obrigada a admitir a sagacidade da garota. Ele fica bem no limite da floresta, mas a folhagem é tão densa e baixa que consigo facilmente observar o acampamento dos Carreiristas sem ser avistada. Entre nós fica a extensão de terra onde os Jogos tiveram início.

Há quatro tributos. O garoto do Distrito 1, Cato e a garota do Distrito 2. E um garoto magricela e pálido que deve ser o do Distrito 3. Quase não reparei em sua presença durante todo o tempo que permanecemos na Capital. Não me lembro de quase nada dele. Não me lembro da roupa, não me lembro da nota que tirou no treinamento, não me lembro da entrevista. Mesmo agora, ali, mexendo em uma espécie de caixa de plástico, é facilmente ignorável na presença de seus companheiros bem maiores e dominantes. Mas ele deve ter algum valor, ou não teriam se importado em deixá-lo vivo. Ainda assim, vê-lo só aumenta minha inquietação a respeito do motivo de os Carreiristas o terem escalado para montar guarda; do motivo pelo qual permitiram que permanecesse vivo.

Todos os quatro tributos parecem ainda estar se recuperando do ataque das teleguiadas. Mesmo a essa distância, consigo ver os imensos calombos inchados em seus corpos. Não devem ter tido o bom senso de remover os ferrões ou, se tiveram, não sabiam nada a respeito das folhas curativas. Aparentemente, sejam lá quais forem os remédios que encontraram na Cornucópia, não surtiram efeito algum.

A Cornucópia está em sua posição original, mas foi totalmente dilapidada. A maioria dos suprimentos, dispostos em engradados, em sacos de estopa e lixeiras de plástico, está organizadamente empilhada numa pirâmide que está, ao que parece, a uma distância questionável do acampamento. Outros estão espalhados em volta do perímetro da pirâmide, quase imitando a disposição dos suprimentos em volta da Cornucópia no início dos Jogos. Há ainda uma cobertura de redes que parece inútil para tudo, a não ser para espantar os pássaros, protegendo a pirâmide.

Todo o esquema é completamente intrigante. A distância, a rede e a presença do garoto do Distrito 3. De uma coisa tenho certeza: destruir esses suprimentos não vai ser tão simples quanto parece. Algum outro fator está em jogo aqui, e é melhor eu ficar bem atenta até descobrir qual é. Minha hipótese é que a pirâmide está, de alguma maneira, recheada de armadilhas. Penso em fossos ocultos, redes que caem em cima de você, num fio que, quando partido, lança um dardo venenoso na direção de seu coração. Na verdade, as possibilidades são intermináveis.

Enquanto estou considerando minhas opções, escuto Cato dar um grito. Está apontando para a floresta, bem além de mim, e sem me virar, sei que Rue deve ter acendido a primeira fogueira. Garantimos que não faltasse madeira para fazer uma fogueira que fosse bastante chamativa. Os Carreiristas começam a se armar de imediato.

Uma discussão tem início. Os tons das vozes são altos o suficiente para que eu entenda que diz respeito ao garoto do Distrito 3. Se ele deve acompanhá-los ou se deve permanecer no acampamento.

– Ele vem com a gente. Nós precisamos dele na floresta e, de qualquer maneira, o trabalho dele aqui já acabou. Ninguém pode tocar nesses suprimentos – diz Cato.

– E quanto ao Conquistador? – pergunta o garoto do Distrito 1.

– Vou dizer mais uma vez. Esquece ele. Sei onde enfiei a faca nele. É um milagre ainda estar vivo depois de perder tanto sangue. Na pior das hipóteses, não tem condições de nos perseguir – diz Cato.

Então, Peeta está lá na floresta, e com um ferimento horrível. Mas ainda não sei o que o motivou a trair os Carreiristas.

— Vamos embora – chama Cato. Ele coloca uma lança na mão do garoto do Distrito 3, e eles correm na direção do fogo. A última coisa que ouço quando estão entrando na floresta é Cato dizendo:

— Quando nós a encontrarmos, vou matá-la do meu jeito e ninguém vai se meter.

Alguma coisa me diz que ele não está falando de Rue. Ela não jogou um ninho de teleguiadas nele.

Fico alerta por mais ou menos meia hora, pensando no que fazer com os suprimentos. A única vantagem que tenho com o arco e flecha é a distância. Poderia, com muita facilidade, lançar uma flecha em chamas no interior da pirâmide – sou boa o suficiente com o arco para fazer com que a flecha passe pelas pequenas aberturas na rede –, mas não há garantia de que o fogo se espalhará. É muito mais provável que a flecha queime, e depois o quê? Eu não teria conseguido nada e teria, isso sim, revelado muitas informações sobre mim para eles: que eu estava aqui, que tenho uma parceira, que sei usar o arco com precisão.

Não há alternativa. Vou ter mesmo que me aproximar e ver se não consigo descobrir o que exatamente protege os suprimentos. Na realidade, estou a ponto de sair do esconderijo quando um movimento me chama a atenção. Várias centenas de metros à minha direita, vejo alguém emergindo da floresta. Por um segundo, imagino que seja Rue, mas aí reconheço a Cara de Raposa – ela era o tributo de quem não conseguíamos nos lembrar hoje de manhã – se esgueirando na direção da clareira. Quando se convence de que está segura, corre para a pirâmide com passos curtos e rápidos. Pouco antes de alcançar o círculo de suprimentos que haviam sido empilhados em torno da pirâmide, ela para, examina o chão e cuidadosamente coloca os pés em um determinado ponto. Então, começa a se aproximar da pirâmide com saltos curtos e estranhos, às vezes aterrissando em um único pé, oscilando levemente, às vezes arriscando alguns passos. Em um ponto, ela se projeta no ar por sobre um pequeno barril e aterrissa na ponta dos pés. Mas ultrapassou um pouco o limite, e o

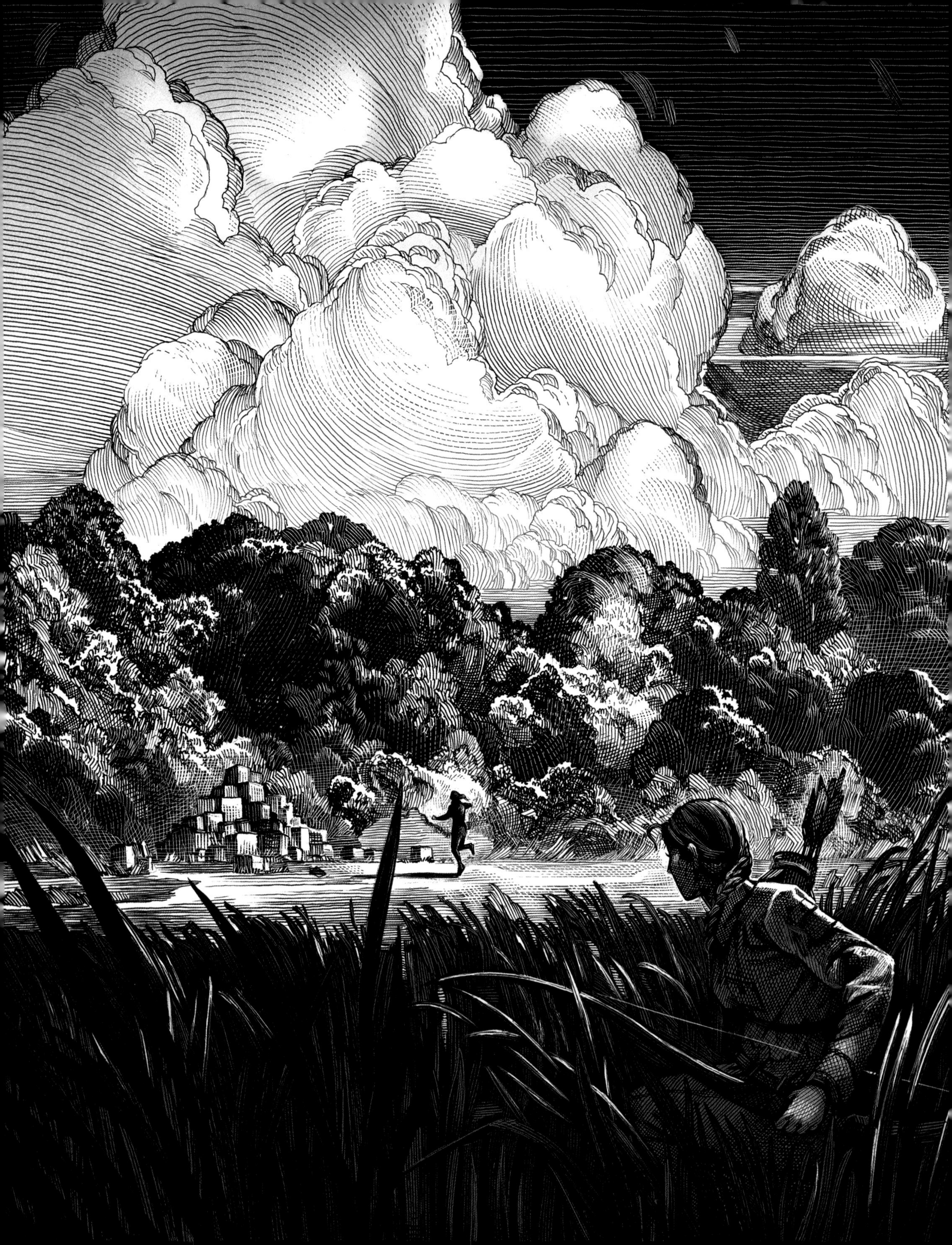

impulso a levou para a frente. Ouço seu grito agudo quando suas mãos atingem o chão, mas nada acontece. De imediato, ela se levanta e continua até alcançar a pilha de suprimentos.

Quer dizer então que estava certa a respeito da armadilha, mas sem dúvida é bem mais complexa do que eu imaginava. Também estava certa em relação à garota. Foi muita astúcia de sua parte ter descoberto essa trilha que dá acesso à comida e ter sido capaz de segui-la com tanta engenhosidade. Ela enche sua mochila, escolhendo alguns itens de uma variedade de contêineres: biscoitos de um engradado, um punhado de maçãs de um saco de estopa que está suspenso por uma corda ao lado de uma lata de lixo. Mas somente um punhado de cada coisa, não o suficiente para que se dê pela falta da comida. Não o suficiente para causar suspeita. E então volta a fazer aqueles movimentos esquisitos para sair do círculo e sumir novamente no interior da floresta, sã e salva.

Percebo que estou com os dentes cerrados de pura frustração. Cara de Raposa confirmou o que eu já havia adivinhado. Mas que tipo de armadilha montaram que requer tanta destreza? Será que possui tantos pontos de disparo? Por que ela deu aquele grito quando suas mãos tocaram o chão? Dá para imaginar que... e lentamente a coisa toda começa a se formar na minha cabeça... dá para imaginar que o próprio chão estava prestes a explodir.

— Está minado — sussurro. Isso explica tudo. A despreocupação dos Carreiristas em deixar os suprimentos. A reação de Cara de Raposa, o envolvimento do garoto do Distrito 3, onde se localizam as fábricas, onde produzem televisores e automóveis e explosivos. Mas onde ele as conseguiu? Nos suprimentos? Esse não é o tipo de arma que os Idealizadores dos Jogos normalmente disponibilizam, tendo em vista que gostam de ver os tributos sangrando no corpo a corpo. Saio dos arbustos e vou até um dos círculos de metal que trouxeram os tributos para a arena. A terra em volta dele foi escavada e depois recolocada. As minas terrestres foram desabilitadas depois dos sessenta segundos que nós ficamos nos círculos, mas o garoto do Distrito 3 deve ter conseguido reativá-las. Nunca vi ninguém fazer uma coisa dessas em nenhuma edição dos Jogos. Aposto que foi um choque até mesmo para os Idealizadores.

Bem, palmas para o garoto do Distrito 3 por armar uma para cima deles, mas o que faço agora? Obviamente, não posso sair andando na direção daquela bagunça sem explodir pelos ares. Quanto a lançar uma flecha em chamas, a ideia agora é mais risível do que nunca. As minas são ativadas por pressão. Mas também não precisa ser muita. Uma vez, uma garota deixou cair seu símbolo – uma pequena bola de madeira – enquanto estava no círculo de metal, e foi preciso, literalmente, raspar do chão todos os pedacinhos dela.

Meu braço está em boas condições, talvez eu consiga arremessar algumas pedras no local e ativar o quê? Uma mina, quem sabe? Isso poderia acarretar uma reação em cadeia. Será mesmo? Será que o garoto do Distrito 3 dispôs as minas de tal forma que uma única delas não interferiria nas outras, e dessa forma elas protegeriam os suprimentos ao garantir a morte do invasor? Mesmo que só conseguisse explodir uma única mina, eu atrairia os Carreiristas de volta com certeza. E, de qualquer maneira, o que estou pensando? Há aquela rede, visivelmente colocada para impedir tais ataques. Além disso, o que realmente teria de fazer seria arremessar umas trinta pedras no local de uma vez só, acarretando uma gigantesca reação em cadeia e pondo abaixo tudo aquilo.

Olho de relance para a floresta. A fumaça da segunda fogueira de Rue está subindo em direção ao céu. A uma hora dessas os Carreiristas provavelmente já terão começado a suspeitar de alguma espécie de truque. O tempo está se esgotando.

Há uma solução para isso, sei que há. Se ao menos eu pudesse me concentrar o suficiente... Miro a pirâmide, as latas de lixo, os engradados, pesados demais para serem derrubados com uma flechada. Talvez algum deles contenha óleo para cozinhar, e a ideia da flecha em chamas está começando a se tornar viável novamente quando recordo que poderia acabar perdendo todas as minhas doze flechas e não conseguir atingir nenhuma lixeira, já que estaria apenas supondo tudo isso. Estou seriamente pensando em tentar reproduzir os passos de Cara de Raposa até a pirâmide, na esperança de encontrar novos meios de destruição quando meus olhos brilham na direção do saco de estopa cheio de maçãs. Poderia cortar a corda em uma única tentativa. Por acaso não fiz a mesma coisa no Centro de Treinamento? É um saco grande, mas talvez ele só sirva para uma explosão. Se ao menos pudesse fazer com que as maçãs saíssem sozinhas...

Sei o que fazer. Preparo-me e disponibilizo três flechas para realizar a tarefa. Posiciono meus pés com cuidado e me isolo do resto do mundo enquanto preparo uma mira meticulosa. A primeira flecha acerta o lado do saco perto do topo, deixando um corte na estopa. A segunda o amplia para o tamanho de um buraco. Consigo ver a primeira maçã escapando quando mando a terceira flecha, pegando a aba rasgada da estopa e arrancando-a do saco.

Por um momento, tudo parece congelado no tempo. Então, as maçãs começam a se derramar pelo chão e sou jogada bruscamente para trás.

17

O impacto com a terra dura me deixa sem ar. Minha mochila pouco faz para aliviar o golpe. Por sorte, minha aljava ficou presa no cotovelo, poupando não só sua integridade como também meu ombro, e meu arco está firmemente seguro em minha mão. O solo ainda treme devido às explosões. Não consigo escutar o barulho. Não consigo escutar nada no momento. Mas as maçãs devem ter ativado uma quantidade suficiente de minas, fazendo com que os estilhaços, por sua vez, ativassem outras. Consigo proteger o rosto com os braços enquanto pedaços de várias coisas, algumas das quais em chamas, chovem sobre mim. Uma fumaça ácida cobre o ar, o que não é o remédio ideal para alguém que está tentando recuperar a capacidade de respirar.

Depois de mais ou menos um minuto, o chão para de vibrar. Rolo para o lado e me permito um momento de satisfação diante da visão dos destroços fumegantes que há pouco tempo tinham a aparência de uma pirâmide. Os Carreiristas dificilmente conseguirão salvar qualquer coisa do local.

É melhor sair logo daqui. Eles virão diretamente para cá. Mas assim que me levanto, noto que escapar talvez não seja uma tarefa tão simples. Estou tonta. Não aquele tipo de tonteira leve, mas o tipo que faz com que as árvores pareçam estar rodopiando à sua volta e a terra se movendo em ondas embaixo de seus pés. Dou alguns passos e acabo caindo. Paro alguns minutos para esperar a sensação passar, mas ela não passa.

Começo a entrar em pânico. Não posso ficar aqui. Fugir é essencial. Mas não consigo nem andar nem escutar nada. Coloco uma das mãos no ouvido esquerdo, o que estava virado na direção da explosão, e, quando olho, ela está cheia de sangue. Será que a explosão me deixou surda? A ideia me assusta. Confio tanto em meus ouvidos quanto em meus olhos nas caçadas. Às vezes, sou obrigada a confiar até mais nos ouvidos. Mas não posso permitir que meu medo apareça. Não há qualquer sombra de dúvida de que eu esteja agora ao vivo em todas as telas de televisão de Panem.

Sem rastros de sangue, digo para mim mesma, e cubro a cabeça com o capuz, amarrando a corda embaixo do queixo com dedos pouco dispostos a cooperar. Isso deve ajudar a secar o sangue. Não consigo andar, mas será que consigo rastejar? Faço um movimento para a frente, hesitante. Sim, se for bem lentamente, consigo rastejar, sim. As árvores daqui não oferecem muitas possibilidades de esconderijo. Minha única esperança é chegar ao bosque de Rue e me esconder na vegetação. Não posso ser pega aqui, jogada no chão, a céu aberto. Certamente teria de encarar não simplesmente a morte, mas uma morte lenta e dolorosa nas mãos de Cato. A imagem de Prim sendo obrigada a assistir a tudo isso faz com que eu avance infatigavelmente, centímetro a centímetro, na direção do esconderijo.

Uma outra explosão me faz grudar o rosto no chão. Uma mina desgarrada, ativada por algum engradado em queda. Acontece outras duas vezes. O som me faz lembrar dos últimos grãos de milho que explodem quando eu e Prim fazemos pipoca na lareira de casa.

Dizer que consigo escapar no último segundo não é um exagero. Mal acabei de me arrastar, literalmente, até o emaranhado de arbustos na base das árvores quando avisto Cato, correndo em disparada, e logo seguido de seus companheiros. Sua raiva é tão extrema que poderia até ser cômica – quer dizer então que as pessoas realmente arrancam os cabelos e dão socos no chão –, se eu não soubesse que ela é endereçada a mim, ao que fiz com ele. Acrescente isso à minha proximidade, minha impossibilidade de correr ou de me defender e, na verdade, a coisa toda me deixa aterrorizada. Estou contente de meu esconderijo tornar impossível para as câmeras conseguirem dar um close em mim, porque estou roendo as unhas como se não houvesse amanhã. Arrancando os últimos resquícios de esmalte, tentando evitar que meus dentes batam uns contra os outros.

O garoto do Distrito 3 joga pedras nas ruínas e deve ter declarado que todas as minas foram ativadas, porque os Carreiristas se aproximam dos destroços.

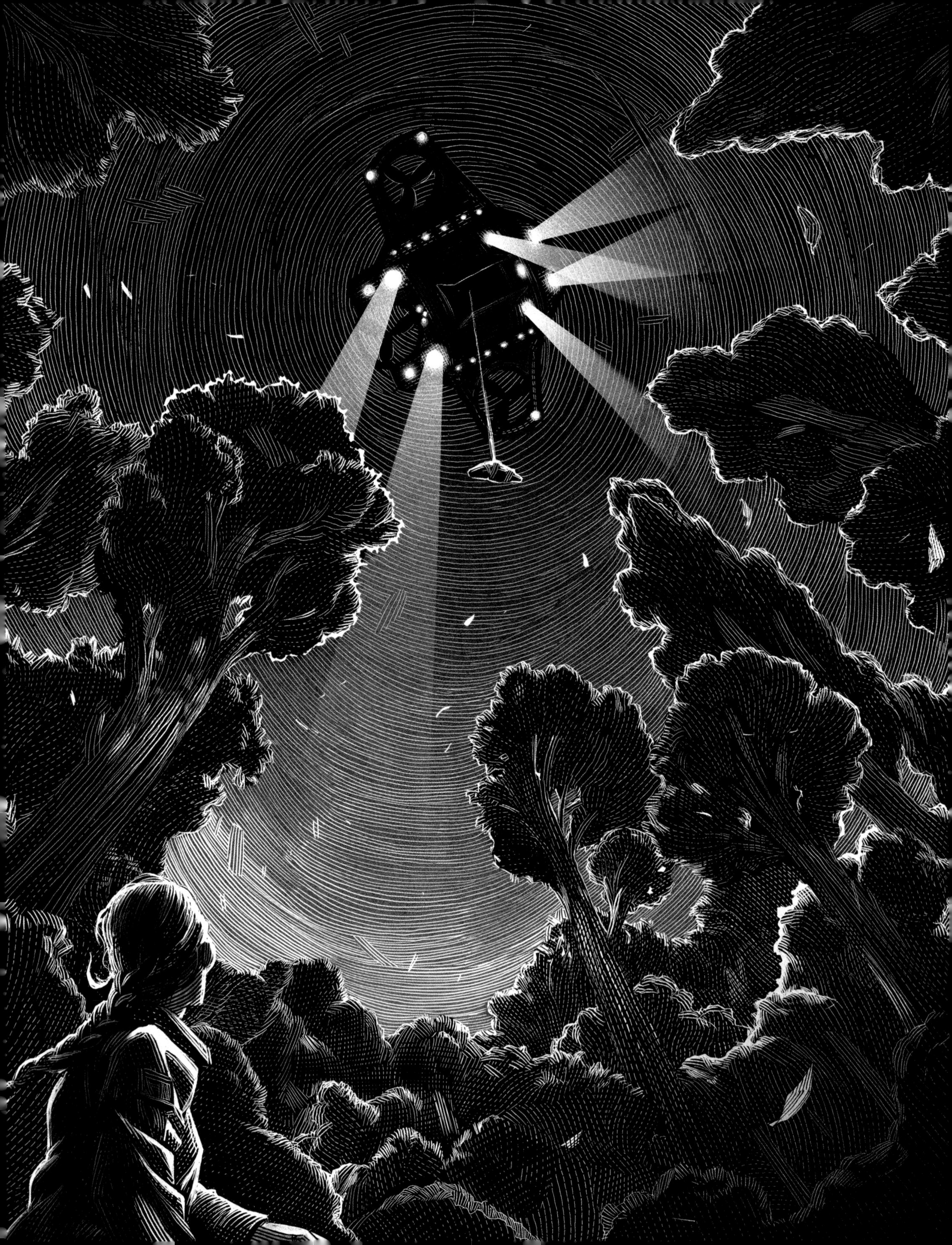

JOGOS VORAZES

Cato encerrou a primeira fase de seu ataque e agora transfere a raiva para os restos fumegantes, chutando vários contêineres. Os outros tributos estão remexendo a bagunça em busca de algo que possa ser salvo, mas não há nada. O garoto do Distrito 3 executou muito bem seu trabalho. Essa ideia também deve estar ocorrendo a Cato, porque ele se volta para o garoto e parece estar gritando com ele. O garoto do Distrito 3 só tem tempo de se virar e correr antes de Cato pegá-lo por trás com um mata-leão. Consigo ver os músculos se retesando nos braços de Cato quando ele torce a cabeça do garoto para o lado com força e precisão.

Rápida assim. A morte do garoto do Distrito 3.

Os outros dois Carreiristas parecem tentar acalmar Cato. Dá para ver que ele quer voltar para a floresta, mas eles não param de apontar para o céu, o que me deixa confusa. Aí me dou conta: *É claro. Eles pensam que quem quer que tenha desencadeado a explosão está morto.* Eles não sabem nada sobre as flechas e as maçãs. Eles reconhecem que a armadilha foi a culpada pela destruição, mas acham que o tributo que explodiu os suprimentos morreu no ato. Se houve um tiro de canhão, ele pode muito bem ter passado despercebido nas explosões subsequentes. Os restos esmigalhados do ladrão teriam sido removidos pelo aerodeslizador. Eles se retiram para a extremidade lateral do lago para permitir que os Idealizadores removam o corpo do garoto do Distrito 3. E esperam.

Suponho que haja um tiro de canhão. Um aerodeslizador aparece e leva o corpo do garoto morto. O sol se põe no horizonte. A noite cai. No céu, vejo a insígnia e sei que o hino deve ter começado. Um instante de escuridão. Eles mostram o garoto do Distrito 3. Eles mostram o garoto do Distrito 10, que deve ter morrido hoje de manhã. Então, a insígnia reaparece. Quer dizer que agora eles sabem. A pessoa que detonou a bomba sobreviveu. À luz da insígnia, consigo ver Cato e a garota do Distrito 2 colocarem seus óculos de visão noturna. O garoto do Distrito 1 acende um galho e usa como tocha, iluminando a sombria determinação em seus rostos. Os Carreiristas retornam à floresta para caçar.

A tonteira melhorou e, apesar de meu ouvido esquerdo ainda estar ensurdecido, consigo ouvir um zumbido no direito, o que parece ser um bom sinal. Porém, sair do meu esconderijo está fora de questão. Aqui, no local do crime, estou mais segura do que em qualquer outro lugar. Provavelmente estão pensando que a pessoa que detonou a bomba está com duas ou três horas de vantagem sobre eles. Mesmo assim, demora muito antes que eu me arrisque a me mexer.

A primeira coisa que faço é colocar meus óculos, o que me relaxa um pouco, pois agora tenho pelo menos um dos meus sentidos funcionando. Bebo um pouco de água e lavo o sangue do ouvido. Temendo que o cheiro de carne atraia predadores indesejáveis – sangue fresco já é suficientemente ruim –, faço uma boa refeição com verduras, raízes e amoras que eu e Rue colhemos hoje.

Onde está minha pequena aliada? Será que conseguiu chegar ao local de encontro? Será que está preocupada comigo? Pelo menos o céu mostrou que ambas estamos vivas.

Conto com os dedos os tributos sobreviventes. O garoto do Distrito 1, os dois do 2, Cara de Raposa, os dois do 11 e do 12. Apenas oito de nós. As apostas devem estar fervendo na Capital. Devem estar fazendo reportagens especiais sobre cada um de nós. Provavelmente entrevistando nossos amigos e familiares. Faz um bom tempo desde a última vez que algum tributo do Distrito 12 conseguiu ficar entre os oito primeiros. E agora estamos os dois. Embora, se levarmos em conta as palavras de Cato, Peeta esteja nas últimas. Não que Cato represente a palavra final sobre o que quer que seja. Não foi ele próprio que acabou de perder todo o estoque de suprimentos?

Está aberta a septuagésima quarta edição dos Jogos Vorazes, Cato, penso. *Que ela comece pra valer.*

Uma brisa fria sopra agora. Procuro meu saco de dormir antes de me lembrar que o emprestei a Rue. Era para eu ter pegado algum outro, mas, com as minas e tudo o mais, acabei esquecendo. Começo a tremer. Tendo em vista que ficar empoleirada a noite toda em uma árvore não é muito sensato, cavo um buraco embaixo dos arbustos e me cubro com folhas e agulhas de pinheiro. Ainda estou com frio. Coloco minha folha de plástico sobre a parte superior do corpo e posiciono a mochila no sentido oposto ao do vento. Fica um pouco melhor assim. Começo a me solidarizar com a garota do Distrito 8 que acendeu a fogueira na primeira noite. Mas agora sou eu que preciso cerrar os dentes e aguentar firme até o amanhecer. Mais folhas, mais agulhas de pinheiro. Puxo os braços para dentro da jaqueta e encaixo os joelhos no peito. Não sei como, mas acabo adormecendo.

Quando abro os olhos, o mundo parece levemente fraturado, e levo um minuto para perceber que o sol já deve estar bem alto e os óculos estão fragmentando minha visão. Enquanto me sento e os removo, escuto um riso em algum lugar perto do lago e fico paralisada. O riso é distorcido, mas o fato de ter ao menos registrado sua presença significa que estou recuperando minha audição. Sim, meu ouvido direito está escutando novamente, embora ainda esteja zumbindo. Quanto ao meu ouvido esquerdo, bem, pelo menos o sangramento parou.

Espio por entre os arbustos, com medo de os Carreiristas terem retornado, me obrigando a permanecer aqui por tempo indefinido. Não, é Cara de Raposa quem está em pé sobre os destroços da pirâmide e rindo. É mais esperta do que os Carreiristas. Na verdade, está encontrando alguns itens úteis em meio às cinzas. Um pote de metal. Uma lâmina de faca. Estou perplexa com seu bom humor até perceber que, após a eliminação das provisões dos Carreiristas, talvez ela efetivamente tenha alguma chance. Assim como o resto de nós. Passa pela minha cabeça a ideia de revelar minha presença e alistá-la como uma segunda aliada contra o bando. Mas descarto a hipótese. Tem alguma coisa nesse riso ardiloso que me faz ter certeza de que fazer amizade com Cara de Raposa terminaria por me arranjar uma facada nas costas. Com isso em mente, talvez agora seja uma excelente oportunidade para acabar com ela. Mas ela ouviu alguma coisa. Não foi nenhum barulho do meu lado porque a cabeça dela virou para outra direção, para a direção do despenhadeiro, e ela corre para a floresta. Eu espero. Ninguém. Coisa alguma aparece. Mas ainda assim, se Cara de

Raposa imaginou que fosse perigoso, talvez seja o momento de eu sair daqui também. E além do mais, estou ansiosa para contar a Rue a respeito da pirâmide.

Como não faço a menor ideia de onde estão os Carreiristas, voltar pelo riacho parece uma possibilidade tão boa quanto qualquer outra. Corro, o arco preparado em uma das mãos, um pedaço de ganso silvestre frio na outra, porque agora estou morrendo de fome, e não é fome de folhas e amoras, mas de gordura e proteína da carne. A viagem até o riacho ocorre sem incidentes. Uma vez lá, reabasteço-me e me lavo, tomando um cuidado especial com meu ouvido machucado. Então, caminho colina acima usando o riacho como guia. Em determinado ponto, encontro pegadas de botas na lama ao longo da margem. Os Carreiristas estiveram aqui, mas não por muito tempo. As pegadas são profundas porque foram feitas em lama macia, mas agora estão quase secas devido ao sol. Não tenho sido suficientemente cuidadosa em relação ao meu próprio rastro, contando com passos leves e com as agulhas dos pinheiros para ocultar minhas pegadas. Agora retiro as botas e as meias e ando descalça no leito do riacho.

A água fria exerce um efeito revigorante em meu corpo, em meu humor. Pego dois peixes no riacho com muita facilidade e como um deles cru, mesmo tendo acabado de comer o ganso silvestre. Guardo o segundo para Rue.

Aos poucos, sutilmente, o zumbindo em meu ouvido direito vai ficando mais fraco até que para de vez. Mexo periodicamente no ouvido, tentando retirar seja lá o que possa o estar impossibilitando de coletar sons. Se há alguma melhoria, não a detecto. Não consigo me ajustar à surdez. Fico com uma sensação de desequilíbrio e fragilidade do lado esquerdo. É como se fosse uma cegueira. Minha cabeça não para de se virar para o lado problemático enquanto meu ouvido direito tenta compensar o paredão vazio onde até ontem mesmo havia um fluxo constante de informação. Quanto mais o tempo passa, menos esperança tenho de que o ferimento possa ser curado.

Quando alcanço o local de nosso primeiro encontro, tenho a nítida sensação de que ninguém passou por aqui. Não há nenhum sinal de Rue, nem no chão, nem nas árvores.

JOGOS VORAZES

O que é estranho. Ela já deveria ter voltado, já que é meio-dia. Sem dúvida, passou a noite em cima de uma árvore em algum lugar por aí. O que mais ela poderia fazer sem luz e com os Carreiristas com seus óculos de visão noturna marchando pela floresta? E a terceira fogueira que deveria ter acendido — embora eu tenha esquecido de verificá-la ontem à noite — seria a mais distante de todas de nosso local. Provavelmente, estava apenas sendo cautelosa em relação à sua volta. Gostaria que se apressasse porque eu não quero ficar parada aqui por muito tempo. Quero passar a tarde viajando para um local mais alto, e caçar alguma coisa no caminho. Mas não há nada que eu realmente possa fazer além de esperar.

Removo com água o sangue da minha jaqueta e do cabelo e limpo minha lista cada vez maior de ferimentos. As queimaduras estão bem melhores, mas ponho um pouco de remédio assim mesmo. Minha principal preocupação agora é evitar alguma infecção. Faço um esforço e como o segundo peixe. Ele não ia durar muito nesse calor, mas não devo ter muita dificuldade para pegar mais alguns para Rue. Se ao menos ela aparecesse.

Sentindo-me bastante vulnerável no chão devido à minha audição desigual, resolvo escalar uma árvore e esperar. Se os Carreiristas aparecerem, aqui vai ser um excelente local para alvejá-los. O sol se move lentamente. Faço coisas para passar o tempo. Mastigo folhas e as aplico sobre as ferroadas, que estão menos inchadas, mas ainda doloridas. Penteio os cabelos úmidos com os dedos e faço uma trança. Amarro o cadarço das botas. Verifico o arco e as nove flechas restantes. Testo repetidamente meu ouvido esquerdo esfregando uma folha perto dele, em busca de sinais de vida, mas sem resultado algum.

Apesar do ganso silvestre e do peixe, meu estômago está roncando, e sei que terei o que chamamos no Distrito 12 de um dia vazio. É o tipo de dia em que não importa o quanto você coloque de comida no estômago, nunca será suficiente. Não ter nada para fazer além de ficar sentada em uma árvore só piora a sensação, então, decido ceder. Afinal, perdi muito peso na arena. Sinto necessidade de algumas calorias extras. E dispor do arco e de algumas flechas me deixa mais confiante a respeito de minhas perspectivas futuras.

Lentamente, descasco e como um punhado de nozes. Meu último biscoito. O pescoço do ganso silvestre. Essa parte é boa porque demora a ficar limpa. Finalmente, uma asa de ganso e a ave vira história. Mas é um dia vazio, e, mesmo com tudo isso, começo a sonhar com comida. Especificamente, com os pratos indulgentes servidos na Capital. A galinha com molho cremoso de laranja. Os bolos e os pudins. Pão com manteiga. Macarrão ao molho verde. O cozido de cordeiro com ameixas secas. Sugo algumas folhas de menta e digo a mim mesma que é hora de parar com isso. Menta é bom porque sempre bebemos chá de menta após a ceia, então ela acaba enganando meu estômago, fazendo-o crer que a refeição está encerrada. Ou algo assim.

Balançando na árvore ao calor do sol, a boca cheia de menta, meu arco à mão... esse é o momento mais relaxante que tive desde que entrei na arena. Se ao menos Rue aparecesse, poderíamos dar o fora daqui. À medida que as sombras crescem, cresce também minha inquietação. Ao fim da tarde, já estou decidida a sair em sua busca. Posso pelo menos passar no local onde ela acendeu a terceira fogueira e ver se há alguma pista de seu paradeiro.

Antes de ir, espalho algumas folhas de menta em volta de nossa antiga fogueira. Como nós duas colhemos as folhas a uma boa distância daqui, Rue vai entender que estive aqui, ao passo que, para os Carreiristas, elas não terão nenhum significado.

Em menos de uma hora, estou no local onde combinamos de acender a terceira fogueira, e sei que alguma coisa está errada. A madeira foi cuidadosamente arrumada, habilidosamente intercalada com lenha, mas não foi acesa em momento algum. Rue preparou a fogueira, mas nunca retornou ao local. Ela encontrou problemas em algum momento entre a segunda coluna de fumaça que espionei antes de explodir os suprimentos e esse ponto aqui.

Tenho de me lembrar que ela ainda está viva. Ou será que não? Será que o tiro de canhão anunciando sua morte foi dado de manhã cedinho, quando até meu ouvido bom estava em péssimas condições para ouvi-lo? Será que ela vai aparecer no céu hoje à noite? Não, recuso-me a acreditar nisso. Centenas de outras explicações seriam cabíveis. Ela poderia ter se perdido. Corrido na direção de um bando de predadores ou de algum outro tributo, como Thresh, e ter sido obrigada a se esconder. Seja lá o que aconteceu, tenho quase certeza de que ela está presa em algum lugar, algum lugar entre a segunda fogueira e essa fogueira não acesa aqui aos meus pés. Alguma coisa a está mantendo em cima de uma árvore.

Acho que vou descobrir o que é.

É um alívio fazer algo depois de ficar a tarde toda sentada. Esgueiro-me silenciosamente por entre as sombras, permitindo que elas me ocultem. Mas nada parece suspeito. Não há sinal de nenhum tipo de luta. Nenhuma folha arrebentada no chão. Depois de parar por um instante, ouço alguma coisa. Preciso inclinar a cabeça para ter certeza, mas ouço novamente. A canção de quatro notas de Rue saindo da boca de um tordo. A que indica que ela está bem.

Sorrio e me movo na direção do pássaro. Um outro, apenas um pouco distante daqui, reproduz as notas. Rue cantou para eles, e não faz muito tempo. Porque senão estariam cantando outra canção. Meus olhos se dirigem para as árvores, em busca de algum sinal dela. Tento cantar de volta, na esperança de que ela compreenda que é seguro se juntar a mim. Um tordo repete a melodia para mim. E então ouço o grito.

Um grito de criança, o grito de uma garota jovem. Não há mais ninguém na arena capaz de reproduzir esse som a não ser Rue. E agora estou correndo, ciente de que isso pode ser uma armadilha, ciente de que os três Carreiristas podem estar prontos para me atacar, mas não consigo evitar. Ouço mais um grito agudo, dessa vez é meu nome.

– Katniss! Katniss!

– Rue! – grito de volta, para que ela saiba que estou próxima. Para que *eles* saibam que estou próxima. Torcendo para que a voz da garota que os atacou com as teleguiadas e que tirou um onze que eles até agora não conseguem explicar seja o suficiente para desviar sua atenção de Rue. – Rue! Estou chegando!

Assim que entro na clareira, ela está no chão, desesperadamente emaranhada em uma rede. Ela só tem tempo de colocar a mão para fora da malha e dizer meu nome antes de a lança perfurar seu corpo.

18

O garoto do Distrito 1 morre antes mesmo de conseguir puxar a lança. Minha flecha o atinge bem no meio do pescoço. Ele cai de joelhos e reduz o pouco que lhe resta de vida ao arrancar a flecha, terminando por afogar-se em seu próprio sangue. Já estou preparando mais um disparo, mudando a mira de um lado para outro, enquanto grito para Rue:

– Tem mais algum? Tem mais algum?

Ela precisa dizer não várias vezes até eu conseguir ouvi-la.

Rue rolou para o lado, seu corpo está curvado em volta da lança. Jogo o garoto para longe dela e puxo a faca, soltando-a da rede. Uma olhada rápida no ferimento e sei que está bem além de minha capacidade de cura. Além da capacidade de qualquer pessoa, provavelmente. A ponta da lança está enterrada em seu estômago. Rastejo até ela, observando a arma enfiada sem saber o que fazer. Não há nenhum sentido em dizer palavras reconfortantes; em dizer que ela vai ficar boa. Ela não é nenhuma imbecil. Rue estende a mão e a agarro como se fosse uma corda salva-vidas. Como se fosse eu que estivesse morrendo e não ela.

– Você explodiu a comida?

– Até o último grão.

– Você precisa vencer.

– Eu vou. Agora vou vencer por nós duas – prometo a ela. Ouço um canhão e levanto os olhos. Deve ser para o garoto do Distrito 1.

– Não vá. – Rue aperta minha mão com mais força.

– É claro que não. Vou ficar bem aqui. – Aproximo-me dela, puxando sua cabeça para meu colo. Delicadamente, jogo seus cabelos escuros e espessos para trás da orelha.

JOGOS VORAZES

– Cante – diz ela, mas quase não consigo ouvir a palavra.

Cantar? Cantar o quê? Sei algumas canções. Acredite ou não, tempos atrás também havia música na minha casa. Música que ajudei a fazer. Meu pai possuía uma voz extraordinária que eu amava, mas desde que ele morreu não tenho mais cantado muito. Exceto quando Prim está muito doente. Aí, canto para ela as mesmas canções de que ela gostava quando criança.

Cantar. Minha garganta está apertada por causa das lágrimas, rouca devido à fumaça e ao cansaço. Mas como esse é o último pedido de Prim, quer dizer de Rue, tenho pelo menos de fazer uma tentativa. A canção que me vem à mente é uma cantiga bem simples com a qual ninamos bebês agitados e esfomeados. É muito antiga, acho. Foi feita há muito tempo em nossas colinas. O que minha professora de música chamava de ar da montanha. Mas a letra é fácil e tranquilizadora, prometendo que o amanhã será bem mais esperançoso do que este horroroso momento que chamamos de hoje.

Tusso um pouco, engulo em seco e começo:

Bem no fundo da campina, embaixo do salgueiro
Um leito de grama, um macio e verde travesseiro
Deite a cabeça e feche esses olhos cansados
E quando se abrirem, o sol já estará alto nos prados.

Aqui é seguro, aqui é um abrigo
Aqui as margaridas te protegem de todo perigo
Aqui seus sonhos são doces e amanhã eles serão lei
Aqui é o local onde sempre te amarei.

Os olhos de Rue se fecharam. Seu peito se move, mas apenas levemente. Engasgo com as lágrimas e elas deslizam por minhas bochechas. Mas tenho que terminar a canção para ela.

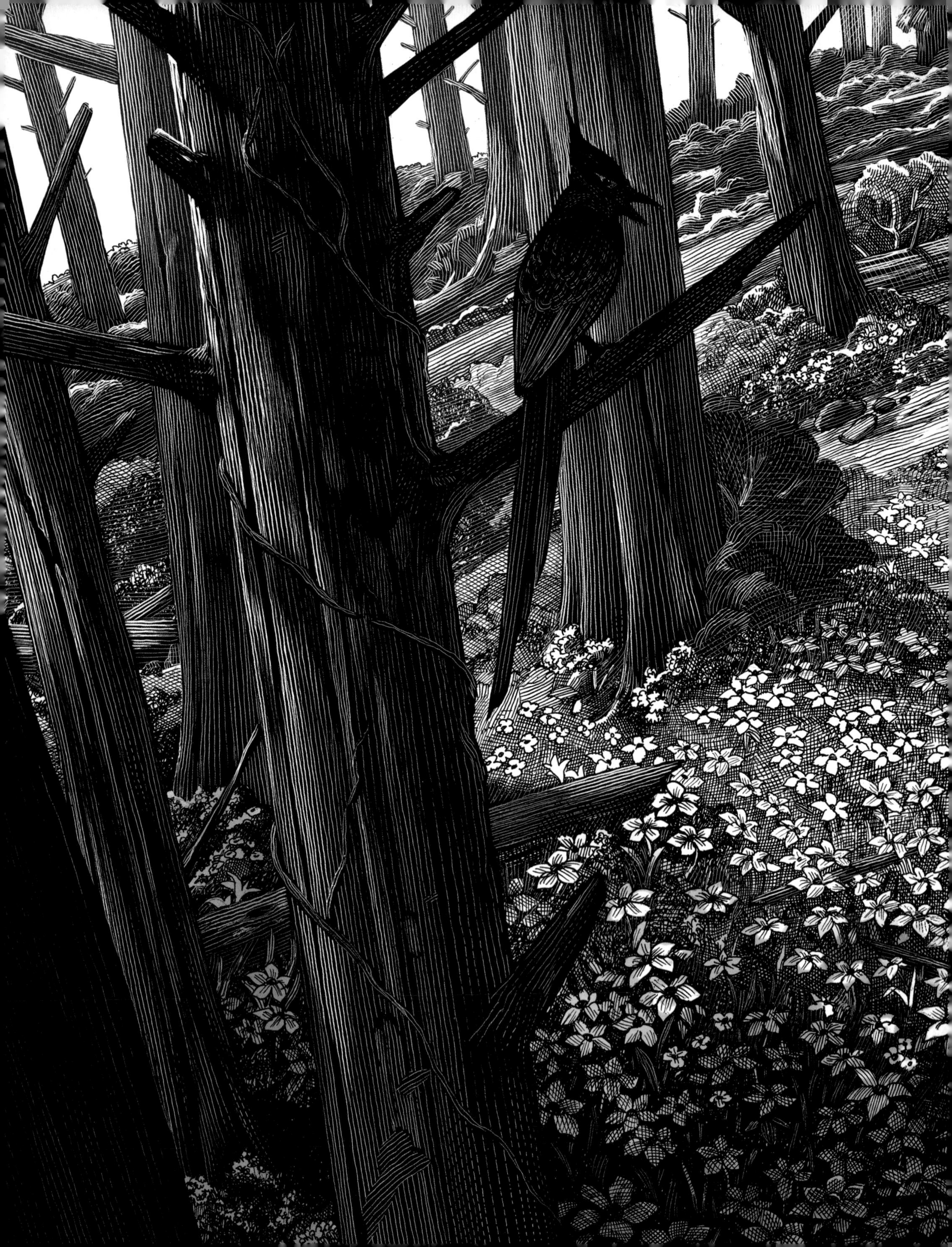

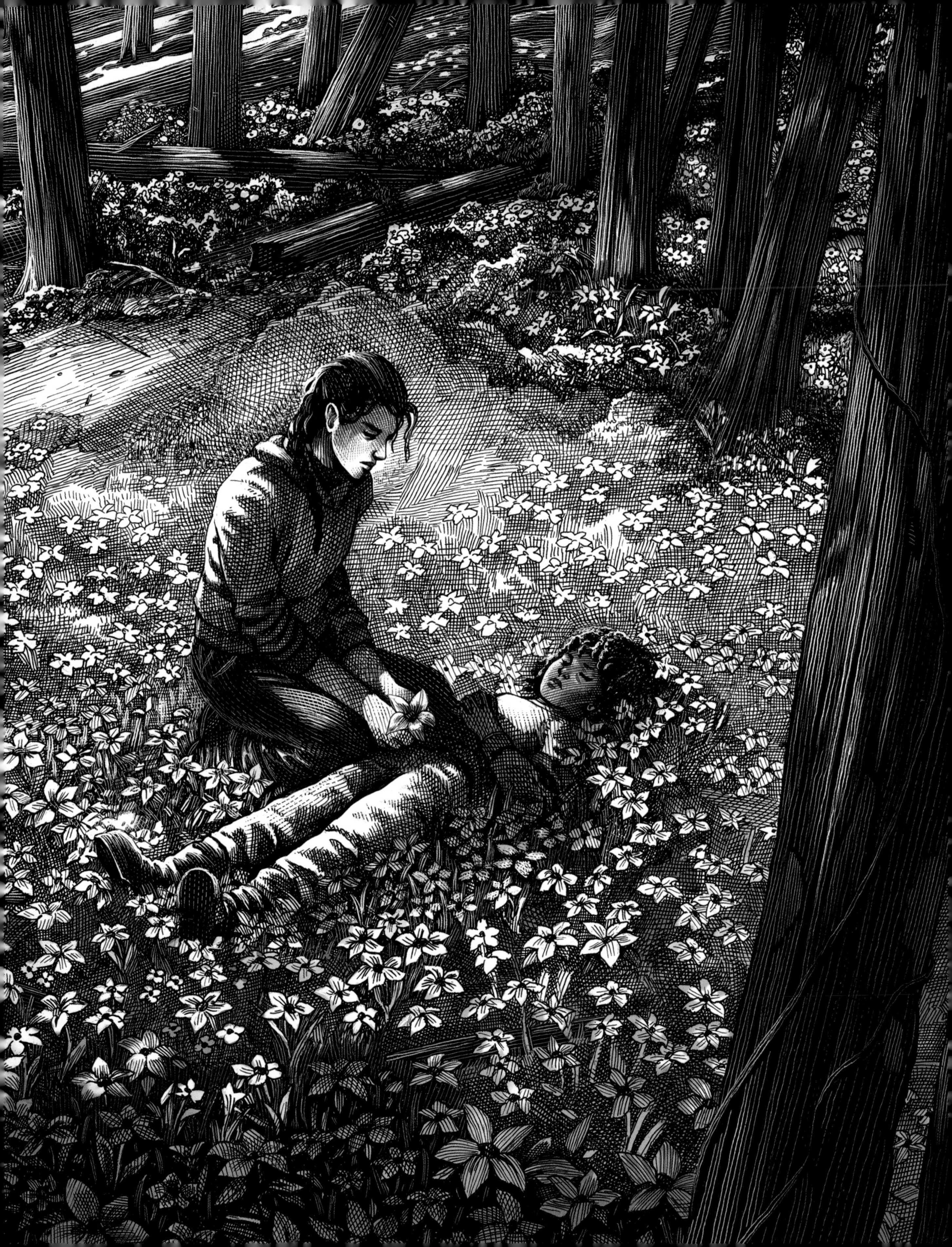

Bem no fundo das campinas, bem distante
Num maço de folhas, brilha o luar aconchegante
Esqueça suas tristezas e aquele problema estafante
Porque quando amanhecer de novo ele não será mais tão pujante.

Aqui é seguro, aqui é um abrigo
Aqui as margaridas te protegem de todo perigo

As últimas estrofes são quase inaudíveis.

Aqui seus sonhos são doces e amanhã serão lei
Aqui é o local onde sempre te amarei.

Tudo está tranquilo e quieto. Então, de maneira quase fantasmagórica, o tordo reproduz minha canção.

Por um instante, permaneço lá sentada, observando minhas lágrimas se derramarem no seu rosto. O canhão de Rue soa. Inclino-me para a frente e pressiono meus lábios na sua têmpora. Lentamente, como se não quisesse acordá-la, coloco sua cabeça no chão e solto sua mão.

Eles vão querer que eu dê o fora agora. Para que possam recolher os corpos. E não há nenhum motivo para ficar aqui. Rolo o garoto do Distrito 1 até que fique de bruços e pego sua mochila. Coleto a flecha que acabou com sua vida. Corto também a mochila de Rue de suas costas, ciente de que ela gostaria que eu ficasse com ela. Mas deixo a lança em seu estômago. Armas fincadas em corpos são transportadas para o aerodeslizador. Não tenho nenhuma utilidade para uma lança, então, quanto mais cedo for embora da arena, melhor para mim.

Não consigo parar de olhar para Rue, que me parece menor do que nunca. Um filhote de animal enroscado em um ninho. Não consigo me convencer a deixá-la assim. Fora de perigo, mas parecendo totalmente indefesa. Odiar o garoto do Distrito 1, que também parece muito vulnerável agora que está morto, soa inadequado. É a Capital que odeio. Por fazer isso com todos nós.

A voz de Gale está em minha cabeça. Seus discursos contra a Capital não são mais despropositados; não merecem mais ser ignorados. A morte de Rue me forçou a confrontar minha própria raiva contra a crueldade, a injustiça que infligem sobre nós. Mas aqui, de modo até mais forte do que em casa, sinto minha impotência. Não há como se vingar da Capital. Ou será que há?

Então, lembro-me das palavras de Peeta no telhado: *"Só fico desejando que haja alguma maneira de... de mostrar à Capital que eles não mandam em mim. Que sou mais do que somente uma peça nos Jogos deles."* E, pela primeira vez, compreendo o que ele estava querendo dizer.

Quero fazer alguma coisa, aqui mesmo, nesse exato momento, para envergonhá-los, para responsabilizá-los, para mostrar à Capital que o que quer que façam ou nos forcem a fazer aqui, haverá sempre uma parte de cada tributo que não está sob suas ordens. Que Rue era mais do que uma peça no seu Jogo. E eu também.

Dentro da floresta há um amontoado de flores silvestres. Talvez não passem de algum tipo de erva, mas estão florescendo em belos tons de violeta, amarelo e branco. Junto um punhado delas e volto para o lado de Rue. Lentamente, um caule atrás do outro, decoro seu corpo com as flores. Cubro o ferimento horroroso. Faço uma grinalda em seu rosto. Tranço seus cabelos com cores vivas.

Terão de mostrar isso. Ou, mesmo que escolham virar as câmeras para algum outro ponto agora, eles terão de trazê-las de volta quando os corpos forem recolhidos e todos então a verão e saberão que fiz isso. Afasto-me e olho Rue uma última vez. Ela poderia muito bem estar apenas adormecida nessa campina, afinal de contas.

– Tchau, Rue – sussurro. E pressiono três dedos de minha mão esquerda em meus lábios e os ergo na sua direção. Então, vou embora sem olhar para trás.

Os pássaros ficam em silêncio. Em algum lugar, um tordo dá o aviso que precede o aerodeslizador. Não sei como ele sabe. Deve ouvir coisas que os humanos não ouvem. Faço uma pausa, meus olhos focados no que está à frente, não no que está atrás de mim. Não demora muito e a cantoria geral dos pássaros recomeça. Então sei que ela se foi.

Outro tordo, um jovem, a julgar pela aparência, aterrissa em um galho diante de mim e extravasa a melodia de Rue. Minha canção, o aerodeslizador, era tudo muito pouco familiar para que esse novato aprendesse, mas ele dominou com maestria as notas de Rue. As que indicam que ela está a salvo.

— Sã e salva — digo enquanto passo por baixo do galho do pássaro. — Nós não precisamos mais nos preocupar com ela. — Sã e salva.

Não faço a menor ideia de para onde devo ir. A tênue sensação de lar que desfrutei àquela noite com Rue desapareceu. Meus pés vagam para uma direção e depois para outra até o cair da noite. Não estou com medo, não estou nem mesmo vigilante, o que me torna uma presa fácil. Exceto pelo fato de que mataria qualquer pessoa que encontrasse pelo caminho. Sem emoção alguma e sem o menor tremor nas mãos. O ódio que sinto pela Capital não diminuiu nem um pouco o ódio que sinto por meus concorrentes. Principalmente pelos Carreiristas. Eles, pelo menos, podem ser obrigados a pagar pela morte de Rue.

Mas ninguém se materializa à minha frente. Não restam muitos de nós e a arena é bem grande. Logo, logo eles vão colocar para funcionar algum outro dispositivo que nos obrigue a nos reunir. Mas hoje já houve sangue o suficiente. Talvez até consigamos dormir um pouco.

Estou a ponto de jogar minhas mochilas numa árvore para montar um acampamento quando um paraquedas prateado flutua e aterrissa na minha frente. Uma dádiva de um patrocinador. Mas por que agora? Tenho estado bem abastecida com relação a suprimentos. Talvez Haymitch tenha notado meu desespero e esteja tentando me entusiasmar um pouco. Ou será que é alguma coisa para ajudar meu ouvido?

Abro o paraquedas e encontro um pequeno pedaço de pão. Não é aquele pão branco de primeira da Capital. É feito de grãos de ração escurecidos e tem a forma de meia-lua. Salpicado de sementes. Rememoro a lição de Peeta no Centro de Treinamento a respeito dos pães dos vários distritos. Esse pão veio do Distrito 11. Ergo cautelosamente o pedaço ainda quente. O que isso não deve ter custado às pessoas do Distrito 11, que nem conseguem se alimentar direito... Quantas pessoas não devem ter ficado sem nada só para arranjar um trocado para produzir esse pãozinho? Foi mandado para Rue, certamente. Mas, em vez de recolherem a dádiva assim que ela morreu, autorizaram Haymitch a dá-lo para mim. Como agradecimento? Ou porque, como eu, eles não gostam de deixar de quitar as dívidas? Seja lá qual for o motivo, isso é algo inédito. Uma dádiva de um distrito ser entregue a um tributo de outro distrito.

Ergo meu rosto e percebo os últimos raios de luz do dia.

– Meus agradecimentos ao povo do Distrito 11 – digo. Quero que eles saibam que sei de onde vem a dádiva. Que todo o valor daquela dádiva foi reconhecido.

Escalo perigosamente uma árvore bem alta, não em busca de segurança, mas para me afastar o máximo que posso do dia de hoje. Meu saco de dormir está muito bem acondicionado na mochila de Rue. Amanhã, vou fazer um inventário de suprimentos. Amanhã, vou traçar um novo plano. Mas, agora de noite, tudo o que consigo fazer é me amarrar ao tronco e dar algumas mordidas no pão. É gostoso. Tem sabor de casa.

Logo a insígnia aparece no céu e escuto o hino em meu ouvido direito. Vejo o garoto do Distrito 1. E Rue. Isso é tudo por hoje. *Restam seis de nós. Apenas seis.* Ainda agarrada ao pão, caio imediatamente no sono.

Às vezes, quando as coisas estão particularmente ruins, meu cérebro me proporciona um sonho feliz. Uma visita à floresta com meu pai. Uma hora tomando sol e comendo bolo com Prim. Hoje, ele me envia Rue, ainda emoldurada pelas flores, empoleirada no topo de um oceano de árvores tentando me ensinar a falar com os tordos. Não vejo nenhum sinal de seus ferimentos, nenhum sangue, apenas uma garota vivaz e risonha. Ela canta canções que jamais ouvi com uma voz límpida e melodiosa. Uma atrás da outra. A noite toda. Há um intervalo sonolento em que ouço as últimas estrofes de sua música, embora ela esteja perdida nas folhas. Quando desperto de vez, fico momentaneamente reconfortada. Tento segurar a sensação de paz contida no sonho, mas ela se esvai com rapidez, deixando-me mais triste e solitária do que nunca.

Sinto um peso tomar conta de todo meu corpo, como se chumbo líquido estivesse sendo bombeado em minhas veias. Perdi a vontade de realizar as mais simples tarefas, de fazer qualquer coisa a não ser ficar aqui deitada, observando a copa da árvore sem piscar. Por várias horas, permaneço imóvel. Como de costume, é a imagem do rosto ansioso de Prim me assistindo na televisão que me tira da letargia.

Dou a mim mesma uma série de comandos simples, tais como "agora você tem que se sentar, Katniss", "agora você tem que beber água, Katniss".

Reajo às ordens com movimentos lentos e robotizados.

"Agora você tem que fazer um inventário de suprimentos, Katniss."

A mochila de Rue contém meu saco de dormir, seu odre de água quase vazio, um punhado de nozes e raízes, uma porção de coelho, suas meias sobressalentes e sua atiradeira. O garoto do Distrito 1 possui diversas facas, duas pontas de lança soltas, uma lanterna, uma pequena bolsa de couro, um kit de primeiros socorros, uma garrafa de água cheia e um pacote de frutas secas. Um pacote de frutas secas! Entre todas as coisas que ele poderia ter escolhido! Para mim, isso é um sinal de extrema arrogância. Afinal, por que se importar em carregar comida se você dispõe de um suprimento de tal magnitude quando chega ao acampamento? Se você consegue retornar para casa antes de sentir fome após matar rapidamente seus inimigos? Só posso esperar que os outros Carreiristas tenham tido a mesma falta de cuidado no que diz respeito à comida e agora estejam sem nada.

Por falar nisso, meu próprio estoque de comida está começando a rarear. Termino de comer o pãozinho do Distrito 11 e o que sobrou do coelho. Como a comida some num piscar de olhos! Tudo o que me resta são as raízes e as nozes de Rue, as frutas secas do garoto e uma tirinha de bife. *Agora você precisa caçar, Katniss*, digo a mim mesma.

Reúno obedientemente os suprimentos que quero e os acomodo na mochila. Depois de descer da árvore, escondo as facas e as pontas de lança do garoto em uma pilha de pedras, de modo que ninguém mais possa usá-las. Perdi meu rumo com toda a perambulação de ontem à noite, mas tento seguir a direção geral do riacho. Sei que estou no caminho certo quando avisto a terceira fogueira de Rue, a que não foi acesa. Pouco tempo depois, descubro um bando de gansos silvestres empoleirados numa árvore e flecho três antes que sequer percebam o que os atingiu. Retorno à fogueira e a acendo, sem me importar com o excesso de fumaça. *Onde está você, Cato?*, pergunto-me enquanto grelho as aves e as raízes de Rue. *Estou esperando bem aqui.*

Quem sabe onde os Carreiristas se encontram agora? Ou longe demais para me alcançar ou com certeza demais de que isso aqui é uma armadilha ou... será possível? Com medo demais de mim? Eles sabem que estou armada com arco e flecha, é claro. Cato viu quando peguei a arma do corpo de Glimmer. Mas será que já somaram dois mais dois? Será que descobriram que explodi os suprimentos e matei seu amiguinho Carreirista? Possivelmente, devem estar achando que foi Thresh quem fez tudo isso. Não seria bem mais provável que ele, e não eu, estivesse disposto a vingar a morte de Rue, já que ambos pertenciam ao mesmo distrito? Não que ele tenha demonstrado algum interesse nela.

E quanto a Cara de Raposa? Será que ela ficou por perto para me ver explodindo os suprimentos? Não. Quando a peguei rindo em meio às cinzas na manhã seguinte, a impressão que tive é que alguém havia lhe proporcionado uma linda surpresa.

Duvido que eles estejam pensando que foi Peeta que acendeu a fogueira de aviso. Cato tem certeza absoluta de que ele está morto. Flagro-me desejando poder contar a Peeta a respeito das flores que coloquei em Rue. Desejando poder contar que agora consigo compreender o que ele estava tentando dizer no telhado. Talvez, caso ele vença os Jogos, Peeta me veja na noite do vitorioso, quando repetem os momentos mais importantes na tela que fica no palco em que fizemos as entrevistas. O vencedor se senta em um local de honra sobre a plataforma, cercado por sua equipe de apoio.

Mas eu disse a Rue que estaria lá. Por nós duas. E, de algum modo, isso parece ainda mais importante do que a promessa que fiz a Prim.

Agora realmente acho que tenho uma chance. De vencer. Não é somente o fato de possuir um arco ou de ter sido capaz de iludir os Carreiristas algumas vezes, embora essas coisas ajudem. Algo aconteceu quando segurei a mão de Rue e fiquei assistindo à vida se esvair do seu corpo. Agora estou determinada a vingá-la, a tornar sua falta inesquecível. E só vou conseguir isso vencendo e, por conseguinte, também me tornando inesquecível.

Faço questão de me demorar para cozinhar as aves na esperança de que alguém apareça para ser executado, mas ninguém dá as caras. Talvez os outros tributos estejam por aí, alucinados em um combate feroz. O que seria bom. Desde o banho de sangue, tenho aparecido nas telas muito mais vezes do que gostaria.

Depois de um tempo, guardo minha comida e volto ao riacho para beber um pouco de água e encher a garrafa. Mas o peso da manhã toma conta de meu corpo novamente e, embora ainda esteja cedo, escalo uma árvore e me preparo para o repouso da noite. Meu cérebro começa a repetir os eventos de ontem. Continuo vendo Rue vitimada pela lança, minha flecha penetrando o pescoço do garoto. Nem sei por que eu deveria me preocupar com aquele garoto.

Aí então me dou conta... Ele foi minha primeira vítima.

Junto com outras estatísticas que eles divulgam para ajudar as pessoas em suas apostas, cada tributo possui uma lista de vítimas. Acho que, tecnicamente, seria creditada em meu favor a morte de Glimmer e também a da garota do Distrito 4, por eu ter jogado aquele ninho sobre elas. Mas o garoto do Distrito 1 foi a primeira pessoa que eu sabia que morreria por causa de minhas ações. Inúmeros animais perderam suas vidas em minhas mãos, mas somente um ser humano. Escuto Gale dizendo: *"E que diferença pode ter?"*

Incrivelmente similar na execução. Um arco retesado, uma flecha atirada. Totalmente diferente nos desdobramentos. Matei um garoto cujo nome nem mesmo sei. Em algum lugar, sua família está chorando por ele. Seus amigos clamam por meu sangue. Talvez tivesse uma namorada que realmente acreditava que ele voltaria...

JOGOS VORAZES

Mas então penso no corpo sem vida de Rue e sou capaz de banir o garoto de minha mente. Pelo menos por enquanto.

Foi um dia sem muitos acontecimentos importantes, de acordo com o céu. Nenhuma morte. Imagino quanto tempo ainda temos até que a próxima catástrofe nos reúna mais uma vez. Se for hoje à noite, quero dormir um pouco antes. Cubro meu ouvido bom para bloquear o som do hino. Então, escuto os trompetes e me sento, prevendo problemas.

Na maior parte das vezes, a única comunicação que os tributos recebem do mundo exterior é a contagem das mortes à noite. Mas, ocasionalmente, há trompetes seguidos de algum anúncio. Normalmente, é a chamada para algum ágape. Quando a comida está escassa, os Idealizadores dos Jogos convidam os jogadores para uma refeição em algum local de conhecimento de todos, como a Cornucópia, por exemplo, para induzir à reunião e ao combate. Às vezes, há um banquete, às vezes, não há nada além de um pãozinho mofado pelo qual os tributos devem competir. Eu não iria pela comida, mas essa poderia ser uma boa oportunidade para acabar com alguns competidores.

A voz de Claudius Templesmith ribomba acima de mim, congratulando os seis de nós que ainda restam. Mas ele não está nos convidando para um ágape. Está dizendo alguma coisa bem confusa. Houve uma mudança na regra dos Jogos. Uma mudança na regra! Isso em si já é de enlouquecer, já que não temos exatamente regras a seguir, exceto não pise fora do círculo por sessenta segundos e a regra implícita de não comermos uns aos outros. Sob a nova regra, dois tributos de mesmo distrito serão declarados vencedores se forem os últimos dois a permanecer vivos. Claudius faz uma pausa, como se soubesse que não estamos entendendo muito bem, e repete a mudança.

A novidade é absorvida. Dois tributos podem vencer esse ano. Se forem do mesmo distrito. Ambos podem viver. Nós dois podemos viver.

Antes de conseguir me conter, pronuncio o nome de Peeta.

PARTE TRÊS

"*O Vitorioso*"

19

Tapo a boca com as mãos, mas o som já escapou. O céu fica preto e escuto um coro de sapos começando a cantar. *Que idiotice! Que ideia mais idiota!* Espero, paralisada, a floresta adquirir vida com a presença de agressores. Então, lembro-me de que quase ninguém sobrou.

Peeta, que está ferido, agora é meu aliado. Quaisquer dúvidas que eu tenha tido em relação a ele estão dissipadas porque, se um de nós tirar a vida do outro agora, seremos considerados párias quando retornarmos ao Distrito 12. Na realidade, sei que, se estivesse assistindo, eu odiaria qualquer tributo que não se aliasse imediatamente a seu companheiro de distrito. Além disso, faz todo o sentido do mundo um proteger o outro. E, no meu caso – na condição de parte integrante dos amantes desafortunados do Distrito 12 –, é um requisito absoluto se desejo mais alguma ajuda de patrocinadores solidários.

Os amantes desafortunados... Peeta deve ter desempenhado esse papel o tempo todo. Por que outro motivo os Idealizadores dos Jogos teriam feito essa mudança sem precedentes nas regras? Para dois tributos terem o direito de sentir o gostinho da vitória, nosso "romance" deve estar tendo uma repercussão tão grande junto ao público que condená-lo colocaria em xeque o sucesso dos Jogos. Não graças a mim. O máximo que fiz foi não matar Peeta. Mas o que quer que ele tenha feito na arena, deve ter convencido o público de que o fez para me manter viva. Balançar a cabeça em negativa para me impedir de correr para a Cornucópia. Lutar com Cato para me deixar escapar. Até a aliança com os Carreiristas deve ter sido uma estratégia para me proteger. Peeta, ao que parece, nunca representou uma ameaça para mim.

A ideia me faz sorrir. Solto as mãos e levanto o rosto na direção do luar, de modo a garantir que as câmeras tenham uma excelente tomada.

Então, dos que sobraram, quem devo temer? Cara de Raposa? O garoto do seu distrito está morto. Está agindo sozinha, à noite. E sua estratégia tem sido se esquivar, não atacar. Acho que, mesmo que ouvisse minha voz, ela não faria nada. Simplesmente esperaria alguém me matar.

Em seguida, temos Thresh. Tudo bem, ele é uma ameaça especial. Mas não o vi, nem uma única vez, desde que os Jogos começaram. Lembro-me de como Cara de Raposa se sobressaltou quando ouviu um barulho nas proximidades do local da explosão. Mas ela não se virou para a floresta, e sim para o que está além dela. Virou-se na direção daquela área da arena que despenca até um local desconhecido. Tenho quase certeza de que a pessoa de quem ela fugiu era Thresh e que aquele é seu domínio. Ele nunca teria me ouvido de lá e, mesmo que tivesse, estou numa posição alta demais para alguém de seu tamanho alcançar.

Então, restam Cato e a garota do Distrito 2, que certamente devem estar celebrando a nova regra a uma hora dessas. Entre os que restaram, são os únicos que se beneficiam da mudança além de Peeta e eu. Será que devo fugir deles agora, no caso de eles terem me ouvido chamar Peeta? *Não. Deixe que eles venham.* Deixe que venham com seus óculos de visão noturna e seus corpos pesados que nenhum galho suporta. Diretamente para o alcance de minhas flechas. Mas sei que não virão. Se não vieram até mim de dia, não vão arriscar entrar à noite no que poderia ser mais uma armadilha. Quando vierem, será nas suas condições, não porque permiti que descobrissem meu paradeiro.

Fique preparada e durma um pouco, Katniss, instruo a mim mesma, embora meu desejo fosse começar a procurar Peeta agora mesmo. *Amanhã você o achará.*

Consigo dormir, mas de manhã estou supercautelosa, imaginando que, apesar de os Carreiristas estarem hesitantes em me atacar na árvore, são totalmente capazes de preparar uma emboscada para mim. Tomo todas as precauções possíveis para me preparar para o dia – ingerir um farto café da manhã, verificar a mochila, deixar as armas a postos – antes de descer. No chão, porém, tudo parece tranquilo e sem perturbações.

Hoje, terei de ser escrupulosamente cuidadosa. Os Carreiristas saberão que estarei tentando localizar Peeta. Eles podem muito bem querer esperar até que eu o encontre para só então agir. Se ele estiver tão ferido quanto Cato supõe, serei obrigada a defender a nós dois sem qualquer assistência. Mas se ele está tão incapacitado assim, como conseguiu permanecer vivo? E como raios vou ser capaz de encontrá-lo?

Tento pensar em qualquer coisa que Peeta tenha dito que possa me dar alguma indicação de onde está escondido, mas nada me ocorre. Então, retorno mentalmente ao último momento em que o vi brilhando na luz do sol, gritando para que eu corresse. Em seguida, Cato apareceu de espada em punho. E depois que saí de lá, ele feriu Peeta. Mas como Peeta escapou? Talvez tenha reagido melhor ao veneno das teleguiadas do que Cato. Talvez essa tenha sido a variável que lhe permitiu escapar. Mas ele também foi ferroado. Então, até onde poderia ter ido, apunhalado e tomado pelo veneno? E como tem conseguido permanecer vivo desde então? Se o ferimento e os ferrões não o mataram, certamente a sede já teria acabado com ele depois de todos esses dias.

E assim descubro a primeira pista do seu paradeiro. Ele não poderia ter sobrevivido sem água. Sei disso por causa dos meus primeiros dias aqui. Ele deve estar escondido em algum lugar próximo a uma fonte. Tem o lago, mas acho essa opção bastante improvável já que é muito próxima do acampamento dos Carreiristas. Há algumas piscinas naturais. Mas a pessoa seria um alvo muito fácil deitado em uma delas. E o riacho. O que começa no acampamento que Rue e eu fizemos, passa perto do lago e desemboca em algum lugar além. Se ele se manteve próximo ao riacho, teve a possibilidade de mudar sua localização sem precisar se afastar da água. Ele pode ter caminhado na água sem deixar rastros. Pode até ter conseguido pescar um ou outro peixe.

Bem, de qualquer maneira, já é um começo.

Para confundir a cabeça de meus inimigos, acendo uma fogueira com muita madeira e folhas. Mesmo que imaginem que se trata de um truque, espero que acreditem que estou acampada em algum lugar próximo a ela. Quando, na verdade, estarei no encalço de Peeta.

O sol derrete a névoa matinal quase instantaneamente, e posso garantir que o dia vai ser mais quente do que o habitual. A água está fria e agradável nos meus pés descalços à medida que desço o riacho. Fico tentada a gritar o nome de Peeta enquanto ando, mas decido não fazer isso. Terei de encontrá-lo com meus olhos e com o ouvido bom, ou então ele terá de me encontrar. Mas ele vai saber que o estou procurando, certo? Ele não terá um conceito tão ruim de mim a ponto de imaginar que eu ignoraria a nova regra e permaneceria fazendo tudo sozinha, não é? Ele é muito imprevisível, o que talvez seja interessante em outras circunstâncias, mas no momento proporciona apenas um obstáculo a mais.

Não demora muito até eu alcançar o local onde me desviei para chegar ao acampamento dos Carreiristas. Nenhum sinal de Peeta, mas isso não me surpreende. Subi e desci esse córrego três vezes desde o incidente com as teleguiadas. Se ele estivesse nas proximidades, certamente eu já teria suspeitado antes. O riacho começa a fazer uma curva para a esquerda em direção a uma parte da floresta que é nova para mim. Margens enlameadas cobertas de um emaranhado de plantas aquáticas levam a rochas imensas que só aumentam até eu começar a me sentir numa espécie de armadilha. Não seria uma coisa das mais simples escapar desse riacho agora. Lutar com Cato ou com Thresh enquanto escalo esse terreno rochoso. Na verdade, acabei de decidir que estou em uma pista totalmente equivocada, que um garoto ferido seria incapaz de navegar nessa fonte de água, quando vejo o rastro de sangue descendo a curva de um penedo. Está seco faz muito tempo, mas as linhas manchadas correndo de um lado a outro sugerem que alguém – que talvez não estivesse em total domínio de suas faculdades mentais – tentou apagá-las.

Abraçando as rochas, movo-me lentamente na direção do sangue, em busca dele. Encontro mais algumas manchas de sangue, uma com alguns fios de tecido grudado, mas nenhum sinal de vida. Não me contenho e chamo o nome dele com a voz abafada:

— Peeta! Peeta!

Então um tordo aterrissa em uma árvore desgastada e começa a imitar minha voz, o que me faz parar. Desisto e desço de volta ao riacho. *Ele deve ter seguido caminho. Deve ter descido o riacho ainda mais.*

Meu pé mal mergulha através da superfície da água quando escuto uma voz:

— Você está aqui pra acabar comigo, queridinha?

Dou meia-volta. Veio da esquerda, o que significa que não ouvi muito bem. E a voz era áspera e fraca. Mas ainda assim, deve ser de Peeta. Que outra pessoa nessa arena me chamaria de queridinha? Meus olhos examinam a margem do riacho, mas não vejo nada. Apenas lama, as plantas, a base das rochas.

— Peeta? – sussurro. – Onde você está? – Nenhuma resposta. Será que imaginei tudo? Não, tenho certeza que a voz era real e bem próxima também. – Peeta? – Movo-me ao longo da margem.

— Por favor, não pise em mim.

Salto para trás. Sua voz veio de debaixo dos meus pés. Mas ainda não consigo enxergar nada. Então seus olhos se abrem, inequivocamente azuis em meio à lama marrom e às folhas verdes. Arquejo e sou recompensada com alguns dentes brancos quando ele ri.

É a melhor camuflagem que já vi. Esqueça aquela história de ficar arremessando pesos. Peeta devia ter ido à sua entrevista particular com os Idealizadores dos Jogos e pintado a si mesmo como uma árvore. Ou como um penedo. Ou como uma margem de rio enlameada e cheia de ervas.

— Feche novamente os olhos – ordeno. Ele obedece, e sua boca também desaparece completamente. Grande parte do que imagino ser seu corpo está na verdade embaixo de uma camada de lama e plantas. Seu rosto e braços estão tão magnificamente disfarçados que até parecem invisíveis. Ajoelho-me ao seu lado.

— Imagino que todas aquelas horas decorando bolos tenham valido a pena – digo.

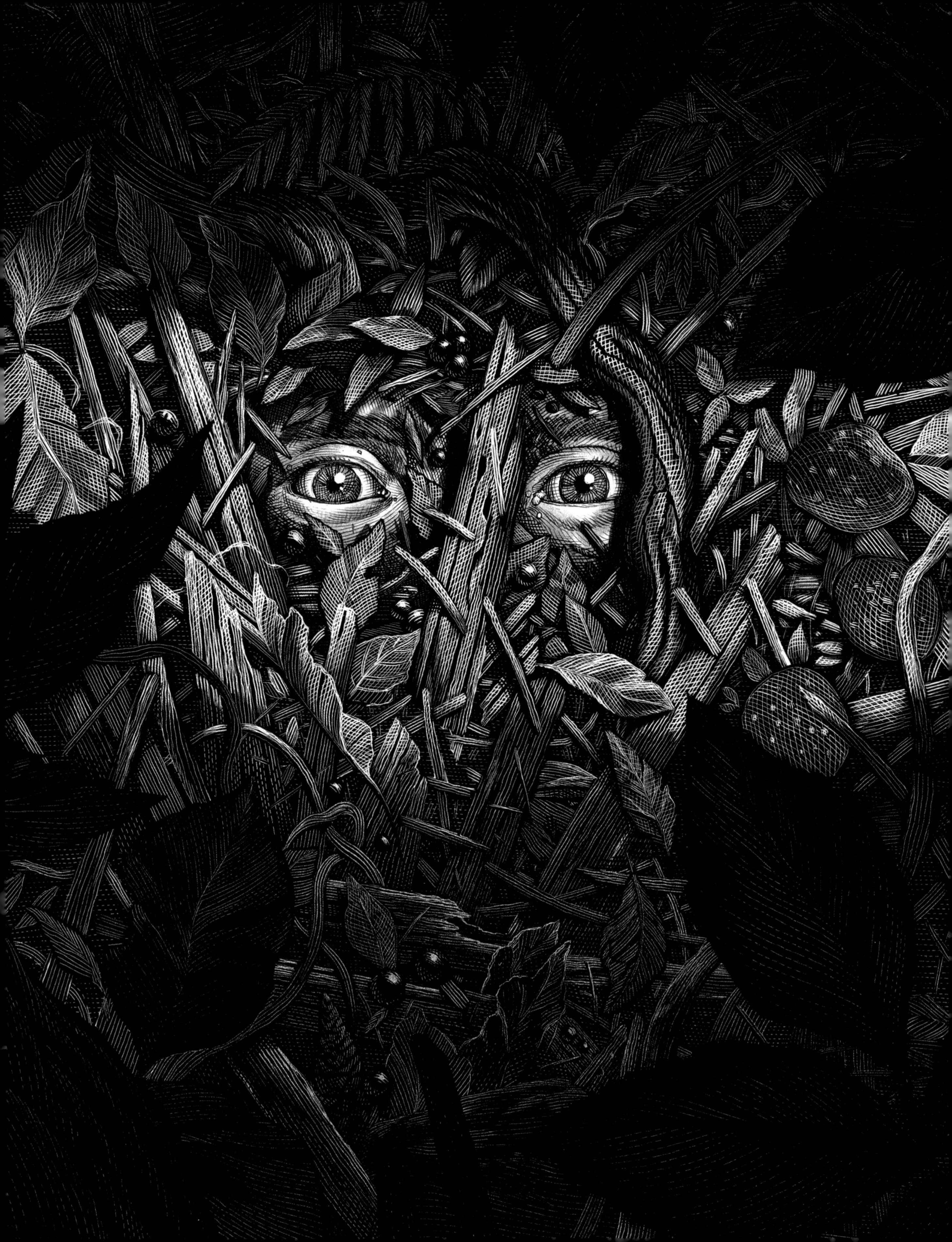

JOGOS VORAZES

Peeta sorri.

— É isso aí. Glacê. A última defesa dos moribundos.

— Você não vai morrer — rebato com firmeza.

— Quem diz? — A voz dele está áspera demais.

— Eu digo. Nós agora estamos na mesma equipe, você sabe disso.

Os olhos dele se abrem.

— Foi o que ouvi. Legal de sua parte achar o que restou de mim.

Pego minha garrafa de água e ofereço-a a ele.

— Cato te esfaqueou?

— Perna esquerda. No alto — responde Peeta.

— Vamos lá pro riacho pra você se lavar. Assim vou poder ver que tipo de ferimento você tem.

— Abaixa aqui um minutinho — pede ele. — Preciso te dizer uma coisa. — Inclino-me e ponho o ouvido bom na altura da sua boca, que faz cócegas quando ele sussurra: — Lembre-se: nós somos loucamente apaixonados um pelo outro, então não há problema algum em você me beijar sempre que tiver vontade.

Afasto bruscamente a cabeça, mas acabo rindo.

— Obrigada, não vou me esquecer disso. — Pelo menos, ele ainda é capaz de fazer piada. Mas quando começo a ajudá-lo a ir em direção ao riacho, toda a frivolidade desaparece. São só cinquenta centímetros, será assim tão difícil? Muito difícil, quando percebo que ele não é capaz de se mover nem um centímetro sequer por conta própria. Está tão fraco que o melhor que consegue fazer é não resistir. Tento arrastá-lo, mas apesar de saber que ele está fazendo o máximo possível para ficar em silêncio, gritos agudos de dor escapam de sua boca. A lama e as plantas parecem tê-lo aprisionado e, finalmente, tenho de dar um puxão gigantesco para livrá-lo delas. Ele ainda está deitado cinquenta centímetros distante da água, com os dentes cerrados, lágrimas produzindo trilhas ao longo de seu rosto enlameado. — Escuta, Peeta, vou rolar você até o riacho. É bem raso aqui, certo?

– Excelente.

Rastejo para o seu lado. Independentemente do que aconteça, digo a mim mesma, não pare até que ele esteja na água.

– No três, hein? Um, dois, três!

Só consigo rolá-lo uma vez antes de parar por causa dos horríveis sons que está emitindo. Agora ele está na borda do riacho. Talvez seja melhor assim.

– Tudo bem, mudança de planos. Não vou colocar você todo na água – digo a ele. Até porque, se colocá-lo, quem garante que serei capaz de retirá-lo depois?

– Não vai mais me rolar? – pergunta ele.

– Acabou. Vamos fazer uma limpeza em você. Fica de olho na floresta pra mim, certo? – peço. É difícil saber por onde começar. Ele está tão cheio de lama e de folhas que nem consigo ver suas roupas. Se é que ele está usando alguma roupa. O pensamento me faz hesitar um pouco, mas prossigo com a tarefa. Corpos nus não chamam tanto a atenção na arena, não é mesmo?

Tenho duas garrafas de água e o odre de Rue. Encosto as duas garrafas nas rochas do riacho, de modo que estarão sempre cheias, enquanto jogo o conteúdo do odre sobre o corpo de Peeta. Leva um tempo, mas, por fim, consigo retirar lama o suficiente para achar suas roupas. Delicadamente, abro sua jaqueta, desabotoo a camisa e a retiro. Sua camiseta está tão emplastrada nos ferimentos que tenho de cortá-la com a faca e molhá-la novamente para que ela se solte de seu corpo. Ele tem uma queimadura bem feia no peito e quatro ferroadas de teleguiadas, contando a que está abaixo da orelha. Mas estou me sentindo um pouco melhor. Este nível de ferimento consigo curar. Decido cuidar da parte superior de seu corpo – para aliviar um pouco da dor – antes de encarar quaisquer que tenham sido os estragos feitos por Cato em sua perna.

Tendo em vista que não faz qualquer sentido tratar dos ferimentos de Peeta com ele deitado no que se transformou em um bolo de lama, dou um jeito de escorá-lo num penedo. Ele fica lá sentado, sem reclamar, enquanto retiro todos os resquícios de sujeira de seu cabelo e de sua pele. Seu corpo parece muito pálido à luz do sol e ele não está mais com aquela aparência forte e atarracada. Tenho de cavar os ferrões de dentro dos calombos deixados pelas teleguiadas, o que o faz estremecer. Contudo, assim que aplico as folhas, ele suspira de alívio. Enquanto seca ao sol, lavo a camisa e a jaqueta imundas e as estendo sobre o penedo. Depois aplico o creme para queimaduras em seu peito. Só então percebo como a pele está ficando quente. A camada de lama e as garrafas de água disfarçaram o fato de que ele está ardendo em febre. Meto a mão no kit de primeiros socorros que peguei do garoto do Distrito 1 e acho uns comprimidos que fazem baixar a temperatura. Minha mãe, na verdade, até compra uns desses quando os seus remédios caseiros falham.

– Engole isso – indico a ele, e ele toma o remédio obedientemente. – Você deve estar faminto.

– Pra falar a verdade, não estou não. É engraçado. Faz vários dias que não sinto fome – diz Peeta. E, de fato, quando lhe ofereço um pouco de ganso silvestre, ele torce o nariz e vira a cara. É nesse momento que percebo o quanto está doente.

– Peeta, nós precisamos botar algum alimento na sua barriga – insisto.

– Eu vou vomitar tudo – responde ele. O máximo que consigo fazer é convencê-lo a comer alguns pedaços de maçã seca. – Obrigado. Estou bem melhor, é sério. Posso dormir agora, Katniss?

– Logo, logo – prometo. – Primeiro preciso dar uma olhada em sua perna. – Tentando ser o mais delicada possível, removo suas botas, suas meias e então, muito lentamente, vou tirando sua calça. Consigo ver o rasgão que a espada de Cato produziu no tecido, na altura da coxa, mas isso de maneira alguma me prepara para o que se encontra embaixo. O talho profundo e inflamado que exsuda sangue e pus. O inchaço da perna. E, o pior de tudo, o cheiro de decomposição.

Quero sair correndo. Desaparecer na floresta como fiz no dia em que levaram aquele homem queimado lá para casa. Sair para caçar enquanto minha mãe e Prim cuidavam do que eu não tinha nem a habilidade nem a coragem para enfrentar. Mas não há ninguém aqui além de mim. Tento reproduzir a postura calma que minha mãe assume quando tem de lidar com casos particularmente difíceis.

– Bem feio, hein? – comenta Peeta. Ele está me observando com atenção.

– Mais ou menos – digo, e dou de ombros para dar a impressão de que a coisa não é tão grave. – Você tinha de ver algumas pessoas que são trazidas das minas pra minha mãe cuidar. – Contenho-me para não revelar que normalmente dou o fora de casa sempre que ela está tratando de algo mais grave do que um resfriado. Imagine só, não gosto nem de ficar perto de pessoas tossindo. – A primeira coisa a fazer é limpar bem o ferimento.

Não tirei a roupa de baixo de Peeta porque ela não está em mau estado e não quero puxá-la por cima da coxa inchada e... tudo bem, talvez imaginá-lo despido me deixe desconfortável. Esse é outro detalhe em relação à minha mãe e Prim. A nudez não tem nenhum efeito sobre elas, não as deixa nem um pouco constrangidas. Ironicamente, a essa altura dos Jogos, minha irmã mais nova seria de muito mais utilidade para Peeta do que estou sendo. Enfio meu quadrado de plástico embaixo dele para que eu possa lavar o resto de seu corpo. Quanto mais água jogo sobre ele, pior fica a aparência do ferimento. O resto da parte inferior de seu corpo está em bom estado, apenas um ferrão e algumas pequenas queimaduras que trato com rapidez. Mas o talho na perna... o que raios posso fazer com aquilo?

– Por que a gente não deixa ele tomando um pouco de ar e depois... – Baixo o tom de voz.

– E depois você conserta tudo? – continua Peeta. Ele parece estar quase sentindo pena de mim, como se soubesse o quanto estou perdida.

– É isso aí. Enquanto isso, você come isso aqui.

JOGOS VORAZES

Coloco algumas peras secas em sua mão e volto para o riacho para lavar o que resta da sua roupa. Quando elas estão estendidas secando, examino o conteúdo do kit de primeiros socorros. É coisa bem básica. Curativos, comprimidos para febre, remédios para o estômago. Nada do calibre que necessito para tratar de Peeta.

– Vamos ter que experimentar um pouco – admito. Sei que as folhas usadas no tratamento das ferroadas drenam a infecção, então começo por aí. Pressiono um punhado de folhas mastigadas no ferimento, e não demora para uma boa quantidade de pus começar a escorrer pela perna. Digo a mim mesma que isto é um bom sinal e mordo com força o interior da bochecha porque meu café da manhã está ameaçando voltar por onde entrou.

– Katniss? – chama Peeta. Encontro seus olhos, ciente de que meu rosto deve estar com uma tonalidade esverdeada. Ele pronuncia as palavras sem emitir som. – Que tal aquele beijo?

Tenho um acesso de riso porque a coisa toda é tão repulsiva que mal consigo aguentar.

– Algum problema? – pergunta ele, um pouco ingênuo demais.

– Eu... eu não sou boa nisso. Não sou minha mãe. Não faço a menor ideia do que estou fazendo e odeio pus – digo. – Argh! – Permito-me exclamar, soltando um grunhido enquanto retiro a primeira leva de folhas e aplico a segunda. – Arghhhhh!

– Como é que você caça? – pergunta ele.

– Pode acreditar. Matar é bem mais fácil do que fazer isso. Apesar de que, pra todos os efeitos, é bem possível que eu esteja te matando também.

– Você pode se apressar um pouco?

– Não. Cala a boca e come essas peras.

Após três aplicações e o que deve ser um balde de pus, o ferimento parece realmente melhor. Agora que o inchaço reduziu, consigo ver o quanto foi profundo o corte da espada de Cato. Até o osso.

– E agora, dra. Everdeen?

– Talvez eu coloque um pouco do unguento para queimaduras nele. Acho que deve ajudar na infecção, sei lá. Devo fazer um curativo, de repente? – sugiro. E assim faço, e a coisa toda parece bem mais apresentável coberta de algodão. Embora, em contraste com o curativo esterilizado, a bainha do short pareça imunda e repleta de bactérias contagiosas. Pego a mochila de Rue. – Aqui, cubra-se com isso que vou lavar seu short.

– Ah, não me importo de você me ver nu – comenta Peeta.

– Você é exatamente como o resto da minha família... Eu me importo, certo? – Viro as costas e olho para o riacho, até que o short é jogado na água. Ele deve estar se sentindo um pouquinho melhor se está conseguindo arremessar as coisas assim.

– Pra uma pessoa tão letal, até que você é bem enjoadinha – diz Peeta enquanto esfrego o short na rocha. – Gostaria de ter deixado você dar banho em Haymitch, afinal de contas.

Enrugo o nariz com a lembrança.

– O que ele te mandou até agora?

– Nada – informa Peeta. Então há uma pausa até ele se dar conta. – Por quê? Você recebeu alguma coisa?

– Remédio pra queimadura – respondo, quase acanhada. – Ah, e um pouco de pão.

– Sempre soube que você era a favorita dele.

– Dá um tempo, ele não suporta ficar na mesma sala que eu.

– Porque vocês dois são muito parecidos – sussurra Peeta. Mas eu ignoro o comentário porque este não é realmente o momento para eu ficar insultando Haymitch, que é a primeira coisa que me vem à cabeça.

Deixo Peeta cochilar enquanto suas roupas secam, mas ao cair da tarde, não ouso mais esperar. Delicadamente, sacudo seu ombro.

– Peeta, precisamos ir embora agora.

– Ir embora? – Ele parece confuso. – Pra onde?

— Pra longe daqui. Descer o riacho, talvez. Algum lugar em que a gente possa se esconder até que você se fortaleça. — Ajudo-o a se vestir, deixando-o descalço para que possamos caminhar na água, e o coloco de pé. Seu rosto fica pálido assim que ele joga o peso sobre a perna. — Vamos lá, você consegue.

Mas ele não consegue. Pelo menos, não por muito tempo. Andamos mais ou menos cinquenta metros rio abaixo com ele apoiado em meu ombro, e já dá para ver que vai desmaiar. Eu o sento na margem, com a cabeça acomodada entre os próprios joelhos, e dou tapinhas em suas costas enquanto avalio a área. É claro que eu adoraria transportá-lo para uma árvore, mas isso não vai acontecer. Mas poderia ser pior. Algumas rochas formam pequenas estruturas parecidas com cavernas. Avisto uma delas mais ou menos vinte metros acima do riacho. Quando Peeta consegue se levantar, eu meio o guio, meio o carrego até a caverna. Para ser honesta, gostaria de encontrar um local melhor, mas esse aqui vai ter que servir porque meu aliado está ferido. Branco como uma folha de papel, arquejando e – apesar da temperatura estar apenas fresca – tremendo.

Cubro o chão da caverna com uma camada de agulhas de pinheiro, desenrolo meu saco de dormir e o encaixo dentro. Consigo fazê-lo ingerir alguns comprimidos e um pouco de água quando não está atento, mas ele se recusa a comer até mesmo a fruta. Então, simplesmente fica lá deitado, seus olhos fixos em meu rosto enquanto construo um tipo de persiana com galhos de vinha para esconder a entrada da caverna. O resultado é insatisfatório. Talvez um animal deixasse passar, mas uma pessoa veria num piscar de olhos que aquilo havia sido produzido por um ser humano. Destruo tudo, frustrada.

— Katniss — chama ele. Vou até Peeta e tiro o cabelo de seus olhos. — Obrigado por me encontrar.

— Você teria me encontrado se pudesse — digo. Sua testa está ficando mais quente. Como se o remédio não estivesse fazendo nenhum efeito. De repente, sem explicação, a perspectiva da morte iminente de Peeta me aterroriza.

— Teria, sim. Olha, se eu não voltar... – começa ele.

— Não fale assim. Não drenei todo aquele pus à toa.

— Eu sei. Mas caso eu não... – Ele tenta continuar.

— Não, Peeta. Nem quero discutir essa hipótese – interrompo-o, colocando meus dedos em seus lábios para tranquilizá-lo.

— Mas eu... – insiste ele.

Impulsivamente, inclino-me em sua direção e o beijo, cortando suas palavras. Já estava mais do que na hora, de todo modo, pois ele tem razão: supostamente, somos loucamente apaixonados um pelo outro. É a primeira vez que beijo um garoto, o que em si já deveria causar um impacto, acho eu, mas tudo o que consigo registrar é como seus lábios estão anormalmente quentes devido à febre. Afasto-me e puxo o saco de dormir para cobri-lo.

— Você não vai morrer. Eu proíbo. Certo?

— Certo – sussurra ele.

Saio da caverna para respirar um pouco do ar frio da noite no exato instante em que um paraquedas flutua no céu. Meus dedos desatam rapidamente o nó, na esperança de encontrar algum remédio para tratar a perna de Peeta. Em vez disso, encontro um pote de caldo quente.

Haymitch não podia estar me enviando uma mensagem mais clara. Um beijo equivale a um pote de caldo. Quase consigo escutá-lo rosnando: "Para todos os efeitos, vocês se amam, queridinha. O garoto está morrendo. Vê se adianta meu lado!"

E ele está certo. Se eu quero manter Peeta vivo, tenho de despertar mais simpatia no público. Amantes desafortunados desesperados por voltar para casa. Dois corações batendo como um só. Romance.

Como nunca me apaixonei, a coisa vai ser um pouco complicada. Penso em meus pais. Em como meu pai jamais deixou de levar presentes da floresta para minha mãe. Em como o rosto de minha mãe se iluminava ao ouvir o som de suas botas no batente da porta. Em como ela quase parou de viver quando ele morreu.

– Peeta! – chamo-o, tentando o tom especial que minha mãe costumava usar somente com meu pai. Ele cochilou novamente, mas beijo-o para acordá-lo, o que parece sobressaltá-lo. Então, ele sorri como se estivesse feliz com a perspectiva de ficar ali deitado olhando para mim eternamente. Ele é excelente nesse negócio de atuação.

Mostro o pote.

– Peeta, olha só o que Haymitch mandou pra você.

20

Levo uma hora para persuadir Peeta a tomar o caldo. Imploro, ameaço e, claro, beijo, mas finalmente, gole após gole, ele esvazia o pote. Então, deixo que ele caia no sono e vou cuidar de minhas próprias necessidades, colocando para dentro uma ceia de ganso silvestre e raízes enquanto assisto à recontagem diária no céu. Nenhuma nova vítima. Ainda assim, Peeta e eu proporcionamos ao público um dia razoavelmente interessante. Se tivermos sorte, os Idealizadores dos Jogos vão nos permitir uma noite tranquila.

De maneira automática, observo nosso entorno, atrás de uma boa árvore para me aninhar antes de perceber que isso acabou. Pelo menos por enquanto. Não posso deixar Peeta desprotegido no chão. Deixei intocado o local de seu último esconderijo na margem do riacho – como é que eu poderia escondê-lo? – e nós estamos no máximo a cinquenta metros rio abaixo. Coloco os óculos, deixo minhas armas preparadas e me posiciono para montar guarda.

A temperatura cai rapidamente e logo estou congelando até os ossos. Por fim, cedo e deslizo para dentro do saco de dormir e me junto a Peeta. Está bem quentinho e me enrosco gratificada até perceber que está muito mais do que quente. Está fervendo, porque o saco está refletindo a febre dele. Verifico a testa de Peeta e noto que está ressecada e pegando fogo. Não sei o que fazer. Deixá-lo no saco e esperar que o calor excessivo acabe com a febre? Levá-lo para fora e esperar que o ar frio da noite o refresque? Acabo simplesmente umedecendo uma bandagem e colocando-a sobre sua testa. Acho pouco, mas estou com medo de fazer alguma coisa drástica demais.

JOGOS VORAZES

Passo a noite meio sentada, meio deitada, próxima a Peeta, refazendo o curativo e tentando não pensar no fato de que, ao me associar a ele, acabei me tornando muito mais vulnerável do que quando estava sozinha. Amarrada ao chão, montando guarda, com uma pessoa bastante doente para tomar conta. Mas eu sabia que ele estava ferido. E, ainda assim, fui atrás dele. Vou ser obrigada a acreditar que, qualquer que tenha sido o instinto que me levou a encontrá-lo, foi bem-intencionado.

Quando o céu adquire uma tonalidade rosada, reparo na camada de suor sobre a boca de Peeta e descubro que a febre passou. Ele não voltou ao normal, mas a temperatura baixou alguns graus. Na noite passada, quando eu estava colhendo vinhas, dei de cara com um arbusto cheio das amoras de Rue. Agora, colho um punhado da fruta e amasso tudo no pote do caldo com água gelada.

Quando chego à caverna, Peeta está fazendo um enorme esforço para se levantar.

– Acordei e você tinha saído – diz ele. – Fiquei preocupado com você.

Tenho que rir ao ajudá-lo a se deitar novamente.

– Você ficou preocupado comigo? Por acaso já viu o seu estado?

– Imaginei que talvez Cato e Clove pudessem ter te achado. Eles gostam de caçar à noite – diz ele, ainda sério.

– Clove? Quem é essa aí?

– A garota do Distrito 2. Ela ainda está viva, certo?

– Certo. Só restam eles e nós e mais Thresh e Cara de Raposa. Esse é o apelido que dei pra garota do 5. Como você está se sentindo?

– Melhor do que ontem. Isso aqui é um grande avanço em relação à lama – diz ele. – Roupa limpa, remédios, saco de dormir... e você.

Ah, tudo bem, a historinha romântica. Eu me aproximo para tocar seu rosto e ele pega minha mão e a pressiona contra os lábios. Lembro-me de meu pai fazendo exatamente a mesma coisa com a minha mãe e imagino onde Peeta aprendeu o gesto. Certamente não foi com o pai e nem com aquela bruxa da sua mãe.

— Não vai mais ganhar beijo até comer – informo.

Ajudo-o a se escorar na parede da caverna e ele engole obedientemente as colheradas da papa de amoras que lhe dou. Mas recusa novamente o ganso silvestre.

— Você não dormiu – comenta Peeta.

— Estou bem – minto. A verdade é que estou exausta.

— Durma um pouco agora. Eu monto guarda. Acordo você se alguma coisa acontecer – oferece ele. Hesito. – Katniss, você não vai poder ficar acordada pra sempre.

Ele tem razão nesse ponto. Em algum momento, terei que dormir. E, provavelmente, será melhor fazê-lo agora que ele parece estar relativamente alerta e nós dispomos da luz do dia como nossa aliada.

— Tudo bem. Mas só por algumas horas. Depois, você me acorda.

Está quente demais para dormir no saco agora. Estiro-o sobre o piso da caverna e me deito, uma das mãos de prontidão no arco, caso seja necessário utilizá-lo às pressas. Peeta está sentado ao meu lado, encostado na parede, sua perna ferida esticada à minha frente, seus olhos fixos no mundo exterior.

— Vai dormir – diz ele, suavemente. Sua mão afasta carinhosamente alguns fios de cabelo rebeldes de minha testa. Ao contrário dos beijos encenados e das carícias que vinham se desenrolando até agora, esse gesto parece natural e reconfortante. Não quero que pare, e ele não para. Ainda está acariciando meus cabelos quando caio no sono.

Demais. Durmo demais. Assim que abro os olhos, percebo que já estamos no meio da tarde. Peeta continua ao meu lado, sua posição imutável. Eu me sento, sentindo-me um pouco na defensiva, mas muito mais descansada do que estive em vários dias.

— Peeta, você devia ter me acordado antes.

— Pra quê? Não tem nada acontecendo aqui. Além do mais, gosto de te ver dormir. Você perde a cara braba. Melhora muito sua aparência.

Isso, é claro, evoca uma "cara braba" que o faz rir. Então, percebo o quanto seus lábios estão secos. Sinto sua temperatura. Está quente como um forno. Ele afirma que tem bebido água, mas os contêineres ainda me parecem cheios. Dou a ele mais alguns comprimidos e fico na sua frente enquanto bebe água, primeiro um galão e depois outro. Então trato os ferimentos menores, as queimaduras, as ferroadas, que estão obviamente melhorando. Tomo coragem e desenrolo o curativo da perna.

Meu coração dá um salto. Está pior, muito pior. Não há mais pus, mas o inchaço aumentou e a pele brilhante está inflamada. Em seguida, vejo as listras vermelhas que sobem pela perna. Septicemia. Se não for tratada, vai matá-lo com certeza. Minhas folhas mastigadas e o unguento não fecharão essa ferida. Vamos precisar de antibióticos fortes vindos da Capital. Não consigo imaginar o custo de remédios tão potentes. Se Haymitch juntasse todas as doações de todos os patrocinadores, será que ainda assim conseguiria? Duvido muito. O preço das dádivas sobe à medida que os Jogos avançam. O que compra uma refeição completa no primeiro dia compra um biscoito no décimo segundo. E o tipo de medicamento de que Peeta necessita deve ser uma dádiva difícil de se conseguir desde o início.

— Bem, inchou um pouco, mas não tem mais pus — observo, com a voz instável.

— Sei o que é septicemia, Katniss — diz Peeta. — Mesmo minha mãe não sendo curandeira.

— Basta que você chegue ao final, Peeta. Na Capital eles terão como curar isso depois de vencermos.

— Sim, esse me parece um bom plano. — Sinto que ele diz isso mais por minha causa.

— Você precisa comer. Precisa se manter forte. Vou fazer uma sopa pra você.

– Não acenda uma fogueira. Não vale a pena.

– Vamos ver.

Quando levo o pote até o riacho, fico impressionada com o quanto ele está brutalmente quente. Juro que os Idealizadores dos Jogos estão aumentando progressivamente a temperatura durante o dia e baixando durante a noite. Mas o calor das pedras do riacho cozidas pelo sol me dá uma ideia. Talvez não seja preciso acender uma fogueira.

Posiciono-me sobre uma grande rocha achatada a meio caminho entre o riacho e a caverna. Depois de purificar metade de um pote de água, coloco-o ao sol e acrescento várias pedras quentes, do tamanho de ovos. Sou a primeira a admitir que não sou uma cozinheira exemplar, mas já que o preparo de uma sopa envolve basicamente jogar tudo dentro de um pote e ficar esperando, o resultado é um de meus melhores pratos. Pico pedaços de ganso silvestre até virarem praticamente uma papa e misturo com algumas das raízes de Rue. Por sorte, tudo já tinha sido grelhado, de modo que só falta aquecer. A água já está morna, aquecida pelo sol e pelas pedras. Coloco a carne e as raízes dentro do pote, substituo as pedras e vou atrás de alguma verdura para acentuar um pouco o sabor. Em pouco tempo, descubro um tufo de cebolinhas na base de algumas rochas. Perfeito. Corto-as em pedaços bem fininhos e as adiciono ao pote. Troco novamente as pedras, tampo o pote e deixo tudo cozinhando.

Vi poucos sinais de caça nas redondezas, mas não me sinto confortável deixando Peeta sozinho enquanto caço, então armo meia dúzia de arapucas e fico na esperança de ter alguma sorte. Imagino como estarão os outros tributos; como eles estarão se virando agora que sua principal fonte de alimento foi pelos ares. Pelo menos três deles, Cato, Clove e Cara de Raposa, tinham isso como garantia. Thresh, por sua vez, provavelmente não. Tenho a sensação de que ele deve compartilhar um pouco dos conhecimentos de Rue a respeito de como obter provisões da terra. Será que estão lutando uns contra os outros? Atrás de nós? Talvez um deles tenha nos localizado e esteja apenas esperando o momento certo para atacar. A ideia me faz retornar à caverna.

Peeta está esticado em cima do saco de dormir na sombra das rochas. Embora se alegre um pouco quando apareço, seu sofrimento é mais do que visível. Coloco panos frios em sua cabeça, mas esquentam assim que tocam sua pele.

– Você quer alguma coisa? – pergunto.

– Não – responde ele. – Obrigado. Espera aí, quero sim. Conta uma história.

– Uma história? Sobre o quê? – Não sou muito de contar histórias. É como cantar. Mas, de vez em quando, Prim consegue me convencer a contar uma ou outra.

– Alguma coisa alegre. Conta pra mim qual foi o dia mais feliz da sua vida – sugere Peeta.

Algo entre um suspiro e um resmungo de exasperação me escapa da boca. Uma história alegre? Isso vai requerer muito mais esforço do que a sopa. Vasculho minha mente em busca de lembranças agradáveis. A maioria delas tem a ver comigo e com Gale caçando e, de alguma maneira, não acho que isso cairia bem com Peeta ou mesmo com o público. Sobra Prim.

– Já te contei como consegui a cabra de Prim? – pergunto. Peeta sacode a cabeça e olha para mim na expectativa. Então, começo. Mas com cuidado. Porque minhas palavras estão sendo transmitidas para toda Panem. E, embora baste somar dois mais dois para as pessoas perceberem que caço ilegalmente, não quero causar transtornos a Gale ou a Greasy Sae ou ao açougueiro ou mesmo aos Pacificadores em meu distrito, que são meus clientes, anunciando publicamente que eles também estão infringindo a lei.

Aqui está a verdadeira história de como consegui o dinheiro para comprar Lady, a cabra de Prim. Era uma noite de sexta-feira, o dia anterior ao décimo aniversário de Prim, no fim de maio. Assim que a aula terminou, Gale e eu fomos correndo para a floresta porque eu queria vender muito para poder comprar um presente para Prim. Talvez algum tecido para um vestido novo ou uma escova de cabelos. Nossas arapucas haviam funcionado muito bem e a floresta estava repleta de verduras, mas nada de diferente do que normalmente conseguíamos em nossas empreitadas das sextas-feiras. Estava decepcionada em nosso caminho de volta, mesmo com Gale dizendo que com certeza nos sairíamos melhor no dia seguinte. Descansávamos um pouco perto do riacho quando o vimos. Um jovem cervo, provavelmente um filhote, pelo seu tamanho. Seus chifres estavam apenas surgindo, ainda pequenos e aveludados. Disposto a correr, mas curioso com nossa presença. Total falta de familiaridade com seres humanos. Belo.

Menos belo, talvez, no instante em que duas flechas o acertaram, uma no pescoço, a outra no peito. Gale e eu atiramos ao mesmo tempo. O cervo tentou correr, mas tropeçou, e a faca de Gale cortou-lhe a garganta antes que ele pudesse saber o que havia acontecido. Momentaneamente, senti uma angústia por matar algo tão jovem e inocente. Então, senti meu estômago roncar ao imaginar toda aquela carne jovem e inocente.

Um cervo! Gale e eu só tínhamos matado, até então, três da espécie ao todo. O primeiro, uma corça que havia ferido a perna de alguma maneira, quase não contava. Mas sabíamos, a partir daquela experiência, que não devíamos carregar a carcaça para o Prego. O bicho causara um caos tremendo, com as pessoas fazendo lances por determinadas partes e até mesmo tentando arrancar alguns pedaços elas mesmas. Greasy Sae interveio e nos mandou para o açougue junto com nosso cervo, mas não antes de o animal ser seriamente danificado, com pedaços de carne arrancados e o couro cheio de furos. Embora todos tenham pagado um preço justo, o valor final da caça ficou muito aquém do esperado.

Dessa vez, esperamos até o anoitecer e deslizamos através de um buraco na cerca próximo ao açougue. Apesar de sermos caçadores conhecidos de todos, não teria sido bom carregar um cervo de setenta quilos pelas ruas do Distrito 12 à luz do dia, como se estivéssemos esfregando o bicho na cara dos Pacificadores.

JOGOS VORAZES

A açougueira, uma mulher baixinha e atarracada chamada Rooba, veio até a porta dos fundos. Ninguém regateia com Rooba. Ela dá um preço e você aceita ou não, mas o preço é sempre justo. Nós aceitamos sua oferta e ela incluiu no valor alguns bifes do animal que nós poderíamos pegar depois. Mesmo com o dinheiro dividido por nós dois, nem Gale nem eu jamais havíamos tido tanto de uma vez em nossa vida. Decidimos manter segredo e fazer uma surpresa para nossas famílias com a carne e o dinheiro no fim do dia seguinte.

Foi assim que consegui de fato o dinheiro para a cabra, mas conto a Peeta que vendi um antigo medalhão de prata de minha mãe. Isso não vai atrapalhar a vida de ninguém. Então, prossigo com a história a partir do fim da tarde do dia do aniversário de Prim.

Gale e eu fomos ao mercado na praça para que eu comprasse alguns materiais para a confecção do vestido. Enquanto eu estava passando o dedo sobre um pedaço de tecido azul de algodão, alguma coisa me chamou atenção. Há um velho que possui um pequeno rebanho de cabras do outro lado da Costura. Não sei seu nome verdadeiro, todo mundo só se refere a ele como o Homem das Cabras. Suas juntas são inchadas e deformadas, e ele tem uma tosse seca que prova que passou vários anos nas minas. Mas tem sorte. De alguma maneira, conseguiu juntar dinheiro suficiente para comprar cabras e agora tem o que fazer na velhice, além de morrer de fome lentamente. Ele é imundo e impaciente, mas as cabras são limpas e seu leite é bem nutritivo, se você tiver como pagar por ele.

Uma das cabras, branca com manchas pretas, estava deitada em cima de uma carroça. Era fácil ver o motivo. Alguma coisa, provavelmente um cão, havia machucado o seu ombro esquerdo e um processo infeccioso havia se instalado. Estava tão ruim que o Homem das Cabras precisava erguê-la para ordenhá-la. Mas ocorreu-me que talvez eu conhecesse alguém capaz de curar a ferida.

– Gale – sussurrei. – Quero dar aquela cabra a Prim.

Possuir uma cabra pode mudar sua vida no Distrito 12. Esses animais podem comer quase qualquer coisa, a Campina é um lugar perfeito para se alimentarem e eles conseguem produzir quase quatro litros de leite por dia. Para beber, para se fazer queijo, para ser vendido. Não é contra a lei.

– Ela está bem machucada – observou Gale. – É melhor a gente olhar de perto.

Nós nos aproximamos e compramos um copo de leite para tomarmos juntos. Então, ficamos perto da cabra, como se estivéssemos apenas curiosos.

– Deixa ela em paz – advertiu o homem.

– Só estamos olhando – respondeu Gale.

– Então olha rápido. Ela está indo pro açougue. Quase ninguém compra o leite dela e ainda por cima só pagam metade do preço – informou o homem.

– Quanto a açougueira está dando por ela? – perguntei.

O homem deu de ombros.

– Fica por aí que você vai ver. – Virei-me e vi Rooba atravessando a praça e vindo em nossa direção. – Sorte sua você ter aparecido – disse o Homem das Cabras assim que ela chegou. – A garota está de olho na sua cabra.

– Não se ela já estiver prometida – respondi, descuidadamente.

Rooba me olhou de cima a baixo e então franziu o cenho na direção da cabra.

– Não vejo como. Olha só aquele ombro. Aposto que metade da carcaça deve estar podre demais. Não deve dar nem pra fazer salsicha.

– O quê? – surpreendeu-se o Homem das Cabras. – Mas a gente tinha um trato.

– A gente tinha um trato com relação a um animal com algumas marcas de dentes. Não isso aqui. Vende o bicho pra garota se ela for idiota o suficiente pra pagar por ele – disse Rooba. Quando ela se pôs a caminho, pude vê-la piscando para mim. O Homem das cabras estava bravo, mas ainda queria se livrar da cabra. Levamos meia hora para chegar a um acordo sobre o preço. Uma multidão considerável já havia se juntado para dar opinião. Seria um negócio excelente se a cabra vivesse. Eu teria sido roubada se ela morresse. As pessoas tomaram partido na discussão, mas acabei levando a cabra.

JOGOS VORAZES

Gale ofereceu-se para carregá-la. Acho que ele queria ver a cara de Prim tanto quanto eu. Num impulso, acabei comprando uma fitinha cor-de-rosa e a amarrei em torno do pescoço do bicho. Em seguida, corremos de volta para minha casa.

Você tinha que ver a reação de Prim quando aparecemos com a cabra. Lembre-se de que essa é a garota que chorou para salvar Buttercup, aquele gato horroroso. Ela ficou tão entusiasmada que começou a chorar e rir ao mesmo tempo. Minha mãe não se alegrou tanto ao ver o machucado, mas a dupla logo começou a trabalhar nele, picando ervas e persuadindo o animal a ingerir tudo.

— Elas parecem você — comenta Peeta. Eu quase havia me esquecido de sua presença.

— Ah não, Peeta. Elas fazem mágica. Aquela coisinha não morreria nem que tentasse. — Então, mordo a língua, percebendo o que aquelas palavras poderiam significar para Peeta, que está morrendo nas minhas mãos incompetentes.

— Não se preocupe. Não estou tentando — brinca ele. — Termina logo essa história.

— Bem, é isso. Só lembro que naquela noite Prim insistiu para dormir com Lady sobre um cobertor próximo à lareira. E pouco antes de as duas adormecerem, a cabra lambeu seu rosto, como se estivesse lhe dando um beijo de boa-noite ou alguma coisa assim — conto. — A cabra já estava apaixonada por ela.

— Ela ainda estava usando a fitinha cor-de-rosa? — pergunta ele.

— Acho que sim. Por quê?

— Estou apenas tentando visualizar a cena — responde, pensativo. — Dá pra ver porque esse dia te deixou tão feliz.

— Bem, eu sabia que aquela cabra seria uma pequena mina de ouro.

— Sim, é claro que eu estava me referindo a isso e não à duradoura alegria que você proporcionou à irmã que você ama tanto, a ponto de substituí-la na colheita — diz Peeta, secamente.

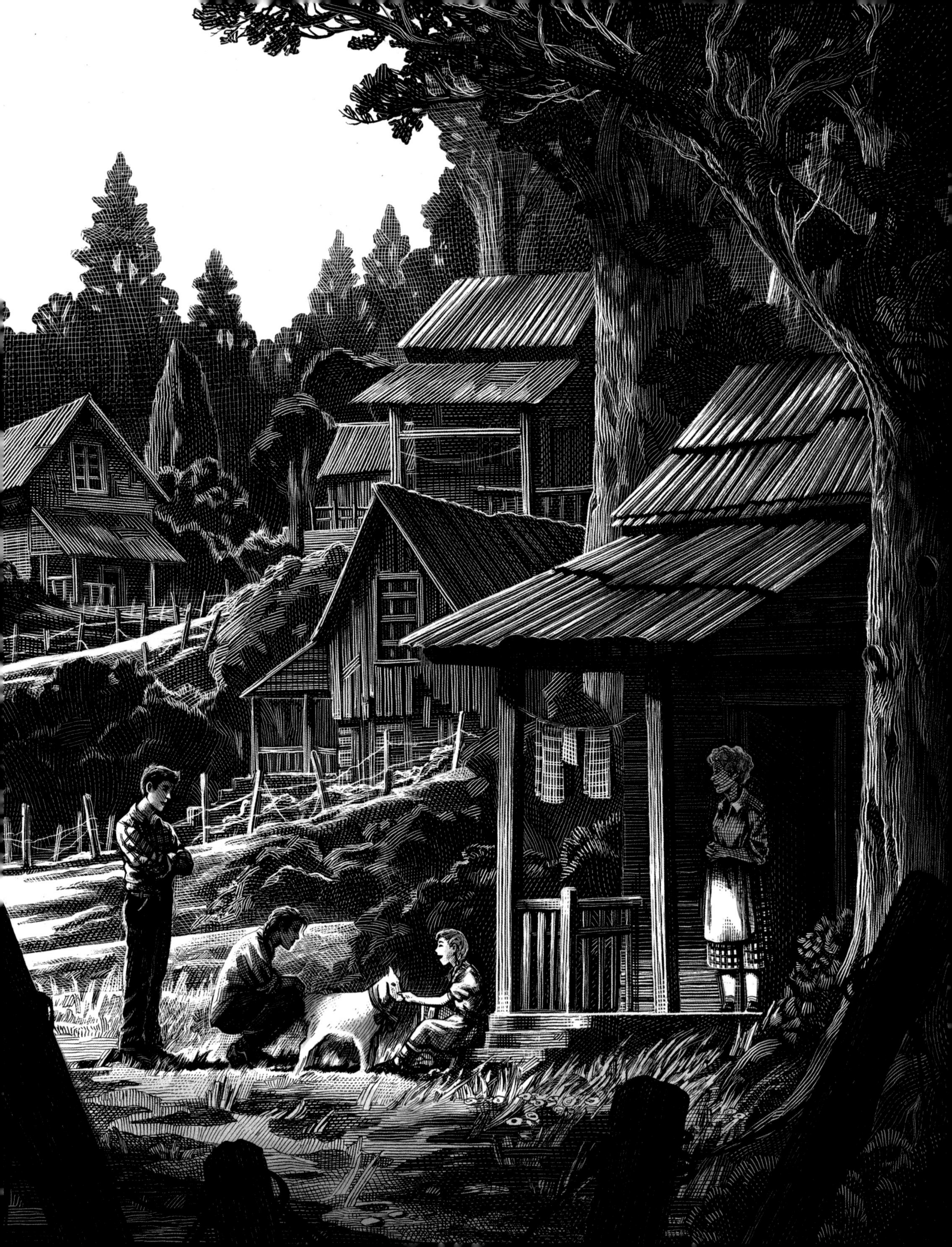

— A cabra se *pagou*. Muitas e muitas vezes o valor que dei por ela — retruco, num tom de superioridade.

— Bem, ela não ousaria fazer qualquer outra coisa depois de você ter salvado a vida dela — devolve Peeta. — E isso vale para mim também.

— Jura? Quanto foi que você me custou mesmo? — pergunto.

— Uma boa quantidade de problemas. Não se preocupe. Você vai receber tudo de volta.

— Você não está dizendo coisa com coisa. — Coloco a mão na sua testa. A febre não para de subir. — Mas está menos quente.

O som de trompetes me sobressalta. Levanto-me e vou até a boca da caverna num segundo, disposta a não perder uma sílaba sequer. É meu novo melhor amigo, Claudius Templesmith e, como eu já esperava, está nos convidando para um ágape. Bem, nós não estamos tão famintos assim e, na verdade, estou dispensando sua oferta com indiferença quando ele diz:

— Esperem um pouco. Alguns de vocês já devem estar declinando de meu convite. Mas esse não será um ágape qualquer. Cada um de vocês precisa desesperadamente de alguma coisa.

De fato, preciso desesperadamente de alguma coisa. De alguma coisa que possa curar a perna de Peeta.

— Cada um de vocês encontrará essa alguma coisa na Cornucópia, ao amanhecer, dentro de uma mochila marcada com o número de seu distrito. Pensem bem antes de se recusarem a comparecer. Para alguns de vocês, essa será a última chance — conclui Claudius.

Não há mais nada, apenas suas palavras suspensas no ar. Dou um pulo quando Peeta agarra meu ombro por trás.

— Não — diz ele. — Você não vai arriscar sua vida por mim.

— Quem disse que arriscaria?

— Quer dizer então que você não vai?

— É claro que não. Vê se me dá um pouco de crédito. Você acha que vou sair correndo pra encarar um vale-tudo com Cato, Clove e Thresh? Não seja idiota – respondo, ajudando-o a voltar para a cama. – Vou deixar que eles se engalfinhem e depois vamos ver quem aparece no céu à noite. A partir daí, traçamos um plano.

— Você mente tão mal, Katniss. Não sei como você sobreviveu tanto tempo. – Ele comenta e depois começa a me imitar: – *Eu sabia que aquela cabra seria uma pequena mina de ouro. Mas está menos quente. É claro que não vou.* – Ele balança a cabeça. – Nunca blefe num jogo de cartas. Você vai perder tudo.

Uma sensação de raiva faz meu rosto queimar.

— Tudo bem, eu vou, e você não vai me impedir!

— Posso te seguir. Pelo menos parte do caminho. Pode ser que eu não chegue na Cornucópia, mas se eu berrar o seu nome, aposto que alguém vai poder me encontrar. E aí vou morrer com certeza.

— Você não consegue andar cem metros com essa perna.

— Então, eu me arrasto – diz Peeta. – Se você for, eu vou.

Ele é suficientemente teimoso e, quem sabe, suficientemente forte para fazê-lo. Para vir uivando atrás de mim na floresta. Mesmo que um tributo não o encontre, pode ser que alguma outra coisa o faça. Ele não pode se defender. Provavelmente, eu teria de prendê-lo na caverna simplesmente para conseguir sair sozinha. E quem sabe o que o esforço não faria a ele?

— O que devo fazer então? Ficar aqui sentada assistindo à sua morte? – Ele deve saber que essa não é uma opção. Que o público me odiaria por isso. E, francamente, eu mesma me odiaria também se nem ao menos tentasse.

— Não vou morrer. Prometo. Se você prometer não ir – diz ele.

Estamos numa espécie de impasse. Sei que não tenho condições de convencê-lo, de modo que nem tento. Finjo, relutantemente, prosseguir com seu jogo.

— Então você vai ter de fazer o que eu disser. Beber a água, me acordar na hora certa e comer toda a sopa por pior que seja o gosto dela! — rebato.

— Aceito. Ela está pronta?

— Espera aqui. — O tempo esfriou, apesar de o sol ainda estar alto. Os Idealizadores dos Jogos devem mesmo estar bagunçando a temperatura. Imagino que a coisa de que outra pessoa necessita desesperadamente é um bom cobertor. A sopa ainda está boa e quente no pote de ferro. E o sabor não é tão ruim assim.

Peeta come sem reclamar, até raspa o pote para demonstrar entusiasmo. Ele começa a divagar sobre como está deliciosa, o que parece estimulante se você desconhece o que a febre faz com as pessoas. Ele está parecendo o Haymitch pouco antes de o álcool afogá-lo na incoerência. Dou a ele mais uma dose do remédio para febre antes que perca completamente as estribeiras.

Enquanto desço ao riacho para me lavar, só consigo pensar que ele vai morrer se eu não for ao ágape. Vou conseguir mantê-lo por um ou dois dias, mas depois a infecção atingirá o coração ou o cérebro ou o pulmão e ele estará morto. E estarei aqui o tempo todo. Novamente. À espera dos outros.

Estou tão imersa em pensamentos que quase não percebo o paraquedas flutuando bem ao meu lado. Então, corro atrás dele, arrancando-o da água, rasgando o tecido prateado para retirar o frasco. Haymitch conseguiu! Ele arranjou o remédio — não sei como, persuadiu algum bando de tolos românticos a vender suas joias, talvez —, e vou poder salvar Peeta! Mas é um frasco pequeno demais. O conteúdo deve ser bem forte para curar alguém tão doente quanto Peeta. Uma pontinha de preocupação percorre meu corpo. Desatarraxo o frasco e aspiro profundamente. Meu ânimo despenca diante do aroma doce e enjoativo.

Só para me certificar, coloco uma gota na ponta da língua. Não há dúvida, é xarope do sono. É um remédio comum no Distrito 12. Barato, para um medicamento, mas causa muita dependência. Quase todo mundo já tomou uma dose em algum momento da vida. Temos um pouco em casa. Minha mãe o administra a pacientes histéricos que necessitam de pontos em algum ferimento grave e precisam ser tranquilizadas, ou simplesmente o utiliza para ajudar pessoas com dor a dormir bem. Basta uma pequena quantidade. Um frasco desse tamanho poderia tirar Peeta do ar por um dia inteiro, mas para que isso serviria? Estou com tanta raiva que estou a ponto de jogar a última dádiva de Haymitch no riacho quando uma ideia me ocorre. Um dia inteiro? Isso é mais do que preciso.

Misturo um punhado de amoras, de modo que o sabor não fique tão acentuado a ponto de ser reconhecido, e adiciono algumas folhas de menta para equilibrar. Então, volto para a caverna.

– Trouxe um presentinho pra você. Acabei de achar mais um pé de amoras descendo o riacho.

Peeta abre a boca para a primeira mordida sem hesitar. Engole e em seguida franze levemente a sobrancelha.

– Como são doces!

– São sim. São amoras de olmeiro. Minha mãe faz uma geleia maravilhosa com elas. Você nunca experimentou? – pergunto, enfiando mais uma colherada na sua boca.

– Não – diz ele, um pouco perplexo. – Mas o sabor é bem familiar. Amoras de olmeiro?

– Ah, não dá pra encontrar no mercado com muita facilidade, elas só crescem na natureza – explico. Outra colherada. Basta mais uma.

– O sabor é doce como xarope – diz ele, tomando a última colherada. – Xarope. – Seus olhos ficam arregalados quando ele percebe a verdade. Empurro a mão com força em sua boca e em seu nariz, forçando-o a engolir em vez de cuspir a papa. Ele tenta vomitar, mas é tarde demais, já está perdendo os sentidos. Enquanto ele apaga, vejo em seus olhos que o que acabei de fazer é imperdoável.

Fico sentada sobre os calcanhares, olhando para ele com uma mistura de tristeza e satisfação. Um rastro de amora escorre de seu queixo e eu o limpo.

– Quem é que não sabe mentir, Peeta? – pergunto, embora saiba que ele não pode me ouvir.

Não tem problema. Panem inteira pode.

21

Nas horas que restam antes do anoitecer, reúno algumas pedras e faço o melhor possível para camuflar a abertura da caverna. É um processo lento e árduo, mas, depois de muito suor e de mudar várias coisas de um lado para o outro, sinto-me plenamente satisfeita com meu trabalho. A caverna agora parece fazer parte de uma pilha de rochas bem maior, como tantas outras nos arredores. Ainda consigo rastejar até Peeta por meio de uma pequena abertura que, no entanto, é impossível de ser detectada do exterior. Isso é bom, porque vou precisar compartilhar aquele saco de dormir novamente hoje à noite. E, se eu não conseguir retornar do ágape, Peeta estará escondido, porém não inteiramente aprisionado. Embora duvide que ele possa aguentar muito mais tempo sem medicamentos. Se eu morrer no ágape, será pouquíssimo provável que o Distrito 12 tenha um vencedor.

Faço uma refeição com um peixe pequeno e ossudo que habita o riacho por aqui, encho todos os contêineres de água e os purifico. Em seguida limpo as armas. Restam-me nove flechas ao todo. Pondero a possibilidade de deixar a faca com Peeta para que ele tenha alguma proteção enquanto estou fora, mas a verdade é que a ideia não faz muito sentido. Ele estava certo quando afirmou que a camuflagem era sua última defesa. Talvez eu ainda tenha algum uso para a faca. Quem sabe o que encontrarei pela frente?

Aqui vão algumas coisas de que tenho certeza. Sei que pelo menos Cato, Clove e Thresh estarão por perto quando o ágape começar. Não estou certa quanto a Cara de Raposa, já que um confronto direto não é seu estilo, ou mesmo sua característica mais forte. Ela é até menor do que eu e está desarmada, a menos que tenha conseguido alguma arma recentemente. Provavelmente estará em algum local nas proximidades, espreitando para saber o que poderá surrupiar. Mas os outros três... Estarei com as mãos cheias. Minha habilidade para matar a distância é meu principal trunfo, mas sei que terei que me meter no meio da confusão para pegar aquela mochila, a que está com o número 12, segundo as palavras de Claudius Templesmith.

Observo o céu, na esperança de que mais um oponente tenha caído, mas ninguém aparece. Amanhã com certeza surgirão rostos no céu. Os ágapes sempre resultam em mortes.

Rastejo para o interior da caverna, pego os óculos e me enrosco ao lado de Peeta. Por sorte pude dormir aquelas várias horas hoje. Preciso ficar acordada. Não acho que alguém possa realmente atacar nossa caverna à noite, mas não posso arriscar perder a hora.

Está tão frio, tão brutalmente frio esta noite. Parece até que os Idealizadores dos Jogos enviaram uma infusão de ar gelado para a arena, o que eles podem muito bem ter feito. Fico deitada perto de Peeta no saco de dormir, tentando absorver o máximo que posso de seu calor febril. É estranho estar tão fisicamente próxima de alguém tão distante. Se Peeta estivesse na Capital, ou no Distrito 12, ou mesmo na Lua nesse exato momento, não estaria mais inalcançável do que aqui. Nunca me senti tão solitária desde que os Jogos começaram.

Simplesmente aceite que a noite será ruim, digo a mim mesma. Tento evitar, mas não consigo deixar de pensar em minha mãe e em Prim. Fico imaginando se elas conseguirão pregar os olhos essa noite. Nessa fase adiantada dos Jogos, com um evento importante como o ágape, provavelmente as aulas estarão suspensas. Minha família pode assistir naquela velha televisão cheia de estática lá de casa ou se juntar à multidão na praça para assistir nos telões com imagens em alta resolução. Em casa, terão privacidade, mas na praça terão apoio. As pessoas darão palavras de incentivo, serão gentis. Oferecerão até um pouco de comida, se puderem. Imagino se o padeiro as procurou – principalmente agora que Peeta e eu formamos uma equipe – e cumpriu a promessa de manter a barriga de minha irmã cheia.

Os ânimos devem estar exaltados no Distrito 12. É muito raro termos alguém por quem torcer nesse ponto dos Jogos. Certamente as pessoas estão entusiasmadas comigo e com Peeta, especialmente agora que estamos juntos. Se eu fechar os olhos, consigo imaginá-los gritando para as telas de televisão, incentivando-nos. Vejo seus rostos – Greasy Sae e Madge, e até mesmo os Pacificadores que compram minha carne – torcendo por nós.

E Gale. Eu o conheço. Ele não vai estar gritando e torcendo. Mas estará assistindo a cada lance, cada virada, cada guinada da competição, e desejando que eu volte para casa. Imagino se está esperando que Peeta também consiga voltar. Gale não é meu namorado, mas será que seria se eu lhe abrisse essa porta? Ele repetia aquela conversa sobre nós dois fugirmos juntos. Será que aquilo era apenas um cálculo prático de nossas chances de sobrevivência longe do distrito? Ou seria algo mais?

Imagino o que ele achou de todos aqueles beijos.

Através de uma rachadura na rocha, observo a lua cruzar o céu. Quando faltam o que julgo serem três horas para o amanhecer, dou início aos últimos preparativos. Tenho o cuidado de deixar Peeta com água e o kit médico bem ao lado. Nada mais será de muito uso se eu não voltar, e mesmo esses itens só prolongariam sua vida por um período muito curto. Após alguma ponderação, tiro sua jaqueta e a visto sobre a minha. Ele não tem necessidade disso. Não agora que está no saco de dormir e com febre e, durante o dia, se eu não estiver aqui para removê-la, ele ficará cozinhando dentro dela. Minhas mãos já estão rígidas devido ao frio, então pego o par de meias sobressalentes de Rue, faço furos para os dedos e os polegares, e as calço. Ajuda um pouco. Encho a pequena mochila com um pouco de comida, uma garrafa de água e curativos, prendo a faca no cinto, pego o arco e as flechas. Estou a ponto de sair quando me lembro da importância de manter a rotina dos amantes desafortunados, e me inclino sobre Peeta para lhe dar um longo e duradouro beijo. Imagino os suspiros lacrimosos emanando da Capital e finjo enxugar também minhas próprias lágrimas. Então, esgueiro-me pela fresta das rochas e saio.

Minha respiração produz pequenas nuvens brancas ao atingir o ar. Está tão frio quanto uma noite de novembro no meu distrito. Uma noite em que adentro a floresta, lanterna na mão, para me juntar a Gale em algum local previamente combinado onde ficamos sentados colados um no outro, bebericando chá de ervas em frascos de metal, enrolados em colchas, esperando que algum animal passe por nós à medida que a manhã avança sobre a madrugada. *Ah, Gale. Se ao menos eu tivesse seu apoio agora...*

Movo-me o mais rápido que posso. Os óculos são realmente fantásticos, mas ainda sinto muito a falta de meu ouvido esquerdo. Não sei exatamente o que aconteceu, acho que a explosão causou algum dano profundo e irreparável. Pouco importa. Se eu voltar para casa, vou estar tão podre de rica que serei capaz de pagar alguém para ouvir as coisas para mim.

A floresta sempre tem uma aparência diferente à noite. Mesmo com os óculos, as coisas surgem com um ângulo pouco familiar. Como se as árvores, as flores e as pedras que encontramos durante o dia tivessem ido para a cama e enviado versões levemente mais sinistras delas próprias para ficar em seus lugares. Não tento ser esperta experimentando outro caminho. Subo de volta o riacho e sigo a mesma trilha que leva ao esconderijo de Rue perto do lago. Ao longo do caminho, não vejo nenhum sinal de outro tributo, nenhuma lufada de respiração, nenhum balançar de galhos. Ou sou a primeira a chegar ou os outros se posicionaram ontem à noite. Faz mais de uma hora que estou aqui, talvez duas, quando me insinuo em meio à vegetação rasteira e fico esperando o sangue começar a jorrar.

Mastigo algumas folhas de menta, meu estômago não suporta muito mais do que isso. Ainda bem que estou com a jaqueta de Peeta além da minha. Se não estivesse, seria forçada a ficar me movimentando para me manter aquecida. O céu adquire uma névoa cinza matinal e ainda não há sinal de nenhum outro tributo. Mas, na verdade, isso não é nenhuma surpresa. Todos são competidores que se distinguiram ou pela força, ou pela letalidade, ou pela sagacidade. Será que eles acham – imagino eu – que estou acompanhada de Peeta? Duvido que Cara de Raposa e Thresh saibam que ele está ferido. Tanto melhor que pensem que ele está me dando cobertura quando eu for atrás da mochila.

Mas onde ela está? A arena já está suficientemente iluminada para que eu possa retirar os óculos. Ouço os pássaros da manhã cantando. Já não está na hora? Por um segundo, entro em pânico por achar que estou no local errado. Mas não, tenho certeza de me lembrar que Claudius Templesmith se referiu especificamente à Cornucópia. E aí está ela. E aqui estou eu. Então cadê o ágape?

No instante em que o primeiro raio de sol reluz na Cornucópia dourada, ocorre um distúrbio na planície. O chão na frente da boca do chifre se divide em dois e uma mesa redonda revestida com um tecido branco como a neve surge na arena. Sobre a mesa encontram-se quatro mochilas, duas grandes e pretas com os números *2* e *11*, uma verde de tamanho médio com o número *5* e uma pequena de cor laranja – eu poderia carregá-la até enrolada no pulso – que deve estar marcada com o número *12*.

Mal a mesa é fixada no lugar, uma figura sai de dentro da Cornucópia, agarra a mochila verde e escapa a toda a velocidade. Cara de Raposa! Só mesmo ela para delinear um plano tão astuto e arriscado! Enquanto o resto de nós ainda está parado ao redor da planície, avaliando a situação, ela já tomou posse de sua mochila. Ainda nos deixou numa armadilha, porque ninguém está disposto a caçá-la, não enquanto suas próprias mochilas estão precariamente dispostas sobre a mesa. Cara de Raposa deve ter deixado as outras mochilas intactas propositalmente, ciente de que, se roubasse alguma que não contivesse seu número, seria impiedosamente perseguida. Essa deveria ter sido minha estratégia! Quando consigo superar as emoções de surpresa, admiração, raiva, inveja e frustração, aquela cabeleira ruiva já está desaparecendo nas árvores e completamente fora de alcance. Hmm. Estou sempre apavorada com os outros, mas talvez Cara de Raposa seja minha verdadeira oponente aqui.

Ela também me fez perder tempo, porque agora já está claro que devo ser a próxima a chegar na mesa. Qualquer um que chegue antes de mim vai pegar minha mochila com facilidade e sair correndo. Sem hesitação, disparo na direção da mesa. Consigo sentir a chegada do perigo antes de vê-lo. Por sorte, a primeira faca passa zunindo à minha direita, de modo que posso ouvi-la e consigo desviá-la com o arco. Viro-me, repuxando a corda do arco e solto uma flecha na direção do coração de Clove. Ela se vira no momento exato para evitar um ferimento fatal, mas a ponta perfura seu braço esquerdo. Infelizmente, ela é destra, mas o golpe foi suficiente para que perca um pouco de tempo, sendo obrigada a remover a flecha do braço e avaliar a gravidade da lesão. Continuo em movimento, posicionando automaticamente a próxima flecha, como somente uma pessoa que caça há anos consegue fazer.

Estou na mesa agora, meus dedos agarrando a diminuta mochila laranja. Minha mão desliza por entre as correias e prendo-a ao braço, é realmente pequena demais para ser encaixada em qualquer outra parte de minha anatomia, e viro alvo novamente quando uma segunda faca me acerta a testa. Ela me atinge logo acima da sobrancelha, abrindo um talho que faz o sangue jorrar e escorrer por meu rosto, impedindo-me de enxergar, enchendo minha boca com o gosto forte e metálico de meu próprio sangue. Cambaleio de volta, mas ainda consigo mandar uma flecha na direção geral de minha agressora. No instante em que a flecha parte, sei que não acertará o alvo. E então Clove se choca contra mim, me jogando de costas no chão, prendendo meus ombros com os joelhos.

É o fim, penso, e espero que seja rápido por causa de Prim. Mas Clove deseja saborear o momento. Até sente que tem tempo. Sem dúvida, Cato está em algum lugar por perto, dando-lhe cobertura, esperando Thresh e possivelmente Peeta.

– Onde está seu namorado, Distrito 12? Ainda está vivo? – pergunta ela.

Bem, enquanto estivermos conversando permanecerei viva.

– Ele está por aí. Caçando Cato – rosno na sua direção. Então, grito a plenos pulmões:
– Peeta!

Clove pressiona o punho em minha traqueia de modo bem eficiente, cortando minha voz. Mas ela move a cabeça de um lado para outro e sei que, pelo menos por um momento, está considerando a possibilidade de eu estar dizendo a verdade. Como nenhum Peeta aparece para me salvar, ela se volta para mim.

— Mentirosa – acusa ela, dando um risinho. – Ele está quase morto. Cato sabe muito bem onde enfiou a espada. Provavelmente, você amarrou ele em alguma árvore enquanto tenta manter o coração dele batendo. O que tem nessa linda bolsinha? Remédio pro Conquistador? Que pena que ele nunca vai pôr as mãos nele.

Clove abre sua jaqueta. Contém uma impressionante coleção de facas. Cuidadosamente, ela seleciona um exemplar de aparência quase requintada, com uma lâmina curva de aspecto cruel.

— Prometi a Cato que, se ele deixasse você por minha conta, eu daria um show inesquecível ao público.

Estou agora lutando para desequilibrá-la, mas não adianta nada. Ela é pesada demais e está me apertando com muita força.

— Esquece isso, Distrito 12. Nós vamos te matar. Da mesma forma que fizemos com aquela sua aliadazinha ridícula... como era mesmo o nome dela? A que pulava de galho em galho nas árvores. Rue? Bem, primeiro Rue, depois você, e então eu acho que a gente vai simplesmente deixar a natureza cuidar do Conquistador. O que você acha disso? Agora, por onde começar?

Com a manga da jaqueta, ela seca o sangue de meu ferimento de modo desleixado. Por um instante, examina meu rosto, virando-o para um lado e depois para outro, como se fosse um bloco de madeira e estivesse decidindo exatamente que formas entalharia. Tento morder sua mão, mas ela agarra meu cabelo e me força a voltar para o chão.

— Eu acho... – ela está quase ronronando. – Acho que começaremos pela boca. – Cerro os dentes à medida que ela traça o contorno de meus lábios com a ponta da lâmina só para me provocar.

Não vou fechar os olhos. O comentário sobre Rue me encheu de fúria, fúria suficiente para que eu morra com alguma dignidade. Como meu último ato de provocação, vou encará-la enquanto puder, o que, tudo indica, não será por um período muito longo, mas vou encará-la. Não vou chorar, vou morrer do meu jeito, invicta.

– Pois é, eu acho que você não vai ter mais muito o que fazer com essa boca. Quer mandar um último beijo pro Conquistador? – pergunta ela. Produzo uma quantidade suficiente de sangue e saliva e cuspo na sua cara. Ela fica vermelha de raiva. – Tudo bem, então. Vamos começar.

Preparo-me para a agonia que certamente sofrerei. Mas assim que sinto a ponta da faca começando a cortar minha boca, uma força descomunal arranca Clove de cima de mim e, então, ela começa a berrar. A princípio, fico embasbacada, totalmente incapaz de processar o que acabou de acontecer. Será que Peeta conseguiu de alguma forma aparecer para me salvar? Será que os Idealizadores dos Jogos mandaram algum animal selvagem para incrementar a diversão? Será que um aerodeslizador inexplicavelmente a jogou para longe?

Mas quando me sustento sobre meus braços dormentes, vejo que não é nenhuma das opções acima. Clove está pendurada no ar, aprisionada nos braços de Thresh. Arquejo, vendo-o assim, assomando sobre mim, segurando Clove como se ela fosse uma boneca de pano. Lembrava que ele era grande, mas agora parece ainda mais gigantesco, mais poderoso do que consigo recordar. No mínimo, dá a impressão de ter ganhado peso na arena. Ele gira o corpo de Clove e a arremessa em direção ao chão.

Quando ele grita, me sobressalto, já que é a primeira vez que o ouço pronunciar algo além de um sussurro:

– O que você fez com aquela garotinha? Você a matou?

Clove está recuando, arrastando-se como um inseto em frenesi, chocada demais até para chamar por Cato.

– Não! Não! Não fui eu!

– Você falou o nome dela. Eu ouvi. Você a matou? – Um outro pensamento produz uma nova onda de fúria em suas feições. – Você a cortou como ia cortar essa outra garota aqui?

– Não! Não! Eu... – Clove vê a pedra na mão de Thresh, mais ou menos do tamanho de um pão de forma, e perde o controle. – Cato! – berra ela. – Cato!

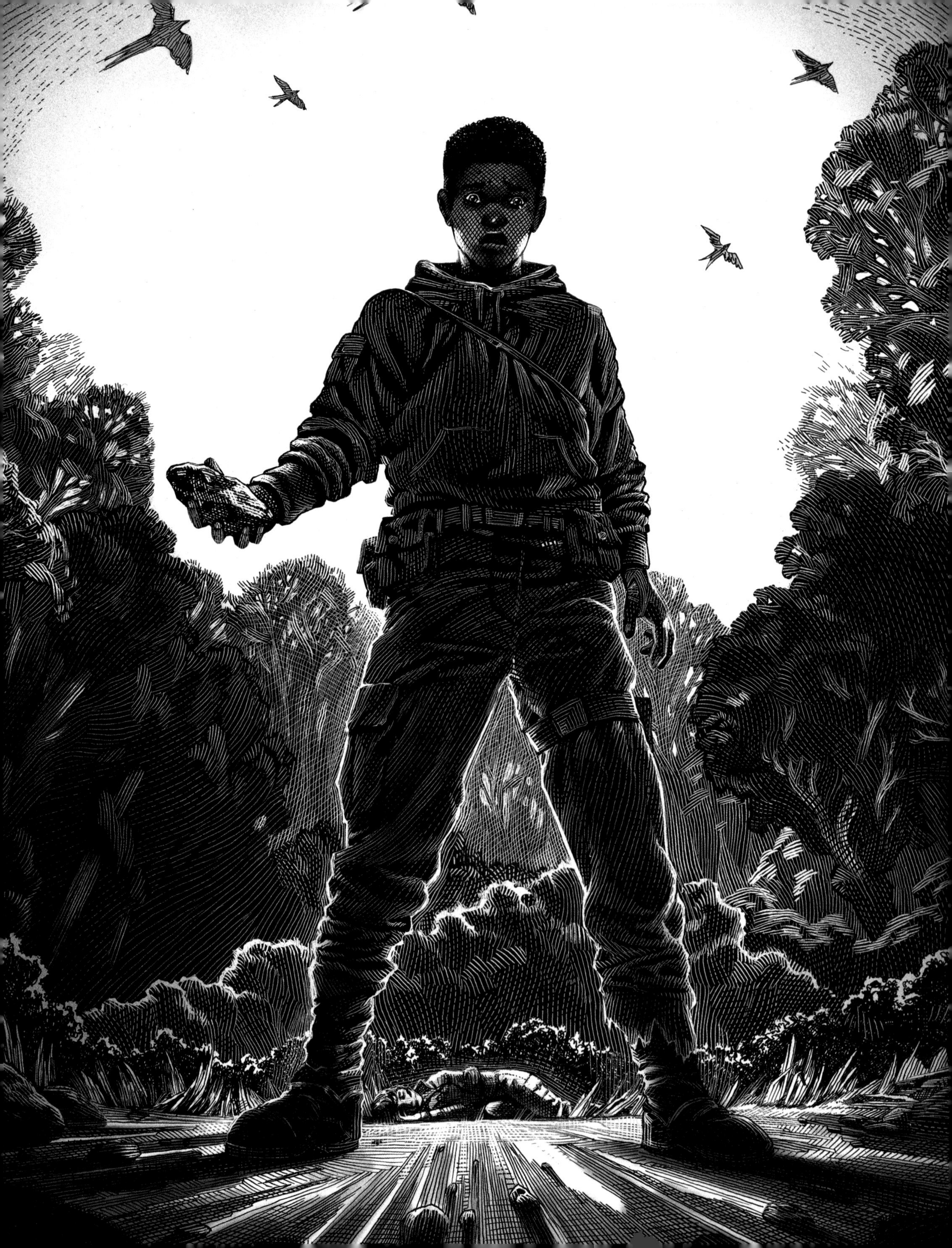

JOGOS VORAZES

— Clove! — Ouço a resposta de Cato, mas ele está longe demais, presumo, para lhe dar algum auxílio. O que ele estava fazendo? Tentando pegar Cara de Raposa ou Peeta? Ou será que ele estava esperando por Thresh e simplesmente errou sua localização?

Thresh bate a pedra com força na têmpora de Clove. Não sangra, mas vejo a reentrância na cabeça e sei que ela já era. Mas ainda há algum sinal de vida nela, dá para ver pelo movimento do peito, pelo gemido baixo que escapa dos seus lábios.

Quando Thresh gira o corpo em minha direção, a pedra erguida, sei que não é uma boa ideia tentar correr. E meu arco está vazio, já que eu havia utilizado a última flecha pronta em Clove. Estou encurralada no brilho de seus estranhos olhos cor de âmbar.

— O que ela quis dizer quando falou que Rue era sua aliada?

— Eu... eu... Nós fizemos uma parceria. Explodimos os suprimentos. Tentei salvá-la, juro que tentei. Mas o garoto chegou antes de mim. Do Distrito 1 — respondo. Talvez se ele souber que ajudei Rue, não escolherá alguma maneira lenta e sádica de acabar comigo.

— E você o matou? — pergunta ele.

— Matei. Matei ele, sim. E enterrei ela em flores. E cantei pra ela dormir.

Lágrimas brotam de meus olhos. A tensão e a luta abandonam meu corpo quando a lembrança se instala. E fico dominada por Rue, e pela dor em minha cabeça, e pelo medo de Thresh, e pelos gemidos da garota moribunda alguns metros distante.

— Pra dormir? — diz Thresh, mal-humorado.

— Quando ela estava morrendo. Cantei até que ela morresse. Seu distrito... eles me enviaram pão. — Estendo a mão, mas não para a flecha que sei que jamais vou alcançar. Para esfregar o nariz. — Seja rápido, Thresh. Certo?

Emoções conflitantes estão estampadas no rosto de Thresh. Ele abaixa a pedra e aponta para mim, de modo quase acusatório.

— Vou deixar você escapar, mas só dessa vez. Pela garotinha. Agora eu e você estamos quites. Não te devo mais nada. Tá me entendendo?

Balanço a cabeça porque entendo, sim. Entendo a dívida. Entendo o ódio que ele sente por isso. Entendo que se Thresh vencer, ele terá de voltar e encarar um distrito que já infringiu todas as regras para me agradecer, e ele também está infringindo as regras para me agradecer. E entendo que, por enquanto, Thresh não vai esmagar meu crânio.

– Clove! – A voz de Cato está bem mais próxima agora. Dá para sentir pela dor que emana que ele está vendo a garota no chão.

– Melhor correr agora, Garota em Chamas – diz Thresh.

Não preciso ouvir duas vezes. Dou um salto e meus pés se enterram na terra dura à medida que corro para longe de Thresh e de Clove, e do som da voz de Cato. Somente quando alcanço a floresta, viro-me por um instante. Thresh e as duas mochilas grandes estão desaparecendo no limite da planície e seguindo na direção da área onde nunca estive. Cato se ajoelha ao lado de Clove, lança na mão, implorando para que ela fique com ele. Em questão de segundos, vai se dar conta de que sua súplica é inútil, ela não pode ser salva. Me choco contra as árvores enquanto corro, retirando sem cessar o sangue que cai nos meus olhos, fugindo como a criatura selvagem e ferida que sou. Depois de alguns minutos, escuto o canhão e sei que Clove morreu; que Cato virá atrás de algum de nós. Ou de Thresh ou de mim. Estou aterrorizada, enfraquecida por causa do ferimento na cabeça, trêmula. Coloco uma flecha no arco, mas Cato pode arremessar aquela lança quase tão longe quanto eu posso atirar a flecha.

Apenas um pensamento me acalma. Thresh está com a mochila de Cato, que contém as coisas de que ele precisa desesperadamente. Se eu tivesse de apostar, diria que Cato foi atrás de Thresh, não de mim. Mas, mesmo assim, não diminuo a velocidade quando chego à água. Mergulho imediatamente, com botas e tudo, e chapinho na corrente. Retiro as meias de Rue que estava usando como luvas e as pressiono na testa, tentando estancar o fluxo de sangue, mas elas ficam encharcadas em minutos.

Consigo, de alguma maneira, chegar à caverna. Espremo o corpo e passo pelas pedras. Na luz parca, puxo do braço a pequena mochila laranja, abro-a e jogo o conteúdo no chão.

JOGOS VORAZES

Uma caixa fina contendo uma agulha hipodérmica. Sem hesitar, enfio a agulha no braço de Peeta e pressiono lentamente até o fim.

Minhas mãos vão até minha cabeça e depois caem em meu colo, pegajosas de sangue.

A última coisa de que me lembro é uma mariposa verde e prata extraordinariamente bela aterrissando na curva de meu pulso.

22

O som da chuva batendo no telhado de nossa casa me conduz delicadamente de volta à consciência. Contudo, luto para voltar a dormir, enrolada em um aconchegante casulo de cobertores, a salvo no lar. Estou vagamente ciente das dores em minha cabeça. Devo estar gripada, e é por isso que me é permitido permanecer na cama, mesmo sabendo que já dormi demais. A mão de minha mãe acaricia meu rosto e não a empurro para longe como faria se estivesse acordada, sem querer que ela saiba o quanto anseio por esse toque delicado; o quanto sinto sua falta, embora ainda não confie nela. Então, ouço uma voz, a voz errada, não a voz de minha mãe, e fico com medo.

– Katniss – diz a voz. – Katniss, consegue me ouvir?

Meus olhos se abrem e a sensação de segurança desaparece. Não estou em casa, não estou com minha mãe. Estou em uma caverna mal-iluminada e fria, meus pés estão congelados apesar da coberta, o ar está contaminado com o inconfundível cheiro de sangue. O rosto abatido e pálido de um garoto surge em meu campo de visão, e após um susto inicial, me tranquilizo.

– Peeta.

– Oi – responde. – Bom poder ver seus olhos novamente.

– Quanto tempo fiquei apagada?

– Não tenho certeza. Acordei ontem à noite e você estava deitada ao meu lado em uma poça de sangue assustadora. Acho que o sangramento finalmente parou, mas eu não me mexeria se fosse você.

Levo a mão cautelosamente até a cabeça e vejo que ela está enfaixada. Esse gesto simples me deixa tonta e fraca. Peeta encosta uma garrafa em meus lábios e bebo com vontade.

— Você está melhor – observo.

— Muito melhor. Seja lá o que você injetou em meu braço teve um efeito mágico. Hoje de manhã, quase todo o inchaço na perna já tinha acabado.

Ele não parece estar zangado por ter sido ludibriado, por ter sido drogado por mim e por eu ter corrido até o ágape. Talvez eu esteja simplesmente arrasada demais e serei obrigada a ouvir tudo depois, quando estiver mais revigorada. Mas, por enquanto, ele é só gentileza.

— Você comeu? – pergunto.

— Desculpe, mas botei pra dentro três pedaços daquele ganso silvestre antes de me dar conta de que eles deveriam durar mais tempo. Não se preocupe, voltei pra minha dieta rígida.

— Não, você fez bem. Você precisa comer. Logo, logo vou caçar.

— Não tão logo, certo? Deixa eu cuidar de você um pouco.

Nada indica que eu tenha muita escolha. Peeta me alimenta com pedaços de ganso e passas e me obriga a tomar muita água. Ele massageia meus pés até esquentá-los e os enrola em sua jaqueta antes de fechar novamente o saco de dormir abaixo de meu queixo.

— Suas botas e meias ainda estão úmidas e o tempo não está ajudando muito – informa ele.

Ouço um trovão e vejo um raio eletrizar o céu através de uma abertura nas pedras. Chuva goteja por diversos buracos no teto, mas Peeta construiu uma espécie de dossel sobre minha cabeça e a parte superior do corpo, encaixando o quadrado de plástico nas pedras acima de mim.

— Fico imaginando qual seria o motivo dessa tempestade. Quem é o alvo dela, afinal? – quer saber Peeta.

— Cato e Thresh – respondo, sem pensar. – Cara de Raposa deve estar em sua toca em algum lugar, e Clove... ela me cortou e depois... – Baixo o tom da voz.

— Sei que Clove está morta. Vi no céu ontem à noite – diz ele. – Você a matou?

— Não. Thresh quebrou a cabeça dela com uma pedra.

— Sorte ele também não ter pegado você.

A lembrança do ágape retorna com força total e fico enjoada.

— Ele me pegou, mas me deixou escapar. — Então, é claro que tenho de contar a ele. Coisas que mantive em segredo porque ele estava doente demais para perguntar e eu não estava preparada para reviver. Como a explosão, e meu ouvido, e Rue morrendo, e o garoto do Distrito 1, e o pão. Tudo isso conduz ao que aconteceu com Thresh e a maneira com a qual ele pagou aquela espécie de dívida.

— Ele te deixou escapar porque não estava disposto a dever nada a você? — pergunta Peeta, descrente.

— Isso. Não espero que você entenda. Você sempre teve tudo de que precisava. Mas se morasse na Costura, eu não teria de explicar nada.

— E nem tente. Obviamente sou muito burro pra entender isso.

— É como o negócio do pão. Tenho a impressão de nunca conseguir quitar essa dívida com você.

— Pão? O quê? Da época que a gente era criança? Acho que a gente pode esquecer aquilo. Quer dizer, você me trouxe de volta dos mortos.

— Mas você não me conhecia. A gente nunca tinha nem mesmo conversado. Além disso, a primeira dádiva é sempre a mais difícil de retribuir. Eu nem estaria aqui se você não tivesse me ajudado naquela ocasião. Aliás, por que fez aquilo?

— Por quê? Você sabe por quê — diz Peeta. Sacudo levemente a cabeça, apesar da dor. — Bem que Haymitch disse que eu ia precisar de muito tempo pra te convencer.

— Haymitch? O que ele tem a ver com isso?

— Nada. Cato e Thresh, hein? Aposto que deve ser demais esperar que os dois acabem um com o outro simultaneamente, né?

Mas a ideia só me inquieta.

– Acho que a gente ia gostar de Thresh. Acho que ele seria nosso amigo no Distrito 12 – digo.

– Então vamos torcer para que Cato acabe com ele, assim a gente fica dispensado disso – diz Peeta, impiedosamente.

Não quero de maneira alguma que Cato mate Thresh. Não quero que mais ninguém morra. Mas isso não é o tipo de coisa que os vitoriosos podem sair por aí dizendo na arena. Apesar de meus esforços, sinto lágrimas começando a encharcar meus olhos.

Peeta olha para mim preocupado.

– O que foi? A dor está forte demais?

Dou outra resposta a ele, não só porque é igualmente verdadeira mas porque também pode ser encarada como um breve instante de fraqueza e não como uma desistência definitiva.

– Quero ir pra casa, Peeta – digo melancolicamente, como uma criancinha.

– Você vai. Eu prometo – diz ele, e se inclina para me dar um beijo.

– Quero ir pra casa agora.

– Vou te dizer uma coisa. Você volta a dormir e sonha com sua casa. Não vai demorar para você poder voltar pra lá de verdade. Certo?

– Certo – sussurro. – Pode me acordar se quiser que eu monte guarda.

– Estou bem e descansado, graças a você e a Haymitch. Além do mais, quem sabe o quanto isso aqui vai durar?

A que ele está se referindo? À tempestade? À breve pausa que ela nos proporciona? Aos próprios Idealizadores dos Jogos? Não sei, mas estou triste e cansada demais para perguntar.

Já é noite quando Peeta me acorda novamente. A chuva se transformou em um temporal, lançando torrentes de água em nosso teto, no local onde antes caíam apenas pingos. Peeta colocou o pote de caldo debaixo do pior buraco e reposicionou o plástico para desviar de mim a maior parte da água. Estou me sentindo um pouco melhor, capaz de me sentar sem ficar tonta demais, e absolutamente faminta. Assim como Peeta. Logo fica claro que estava esperando que eu acordasse para comer, e está ansioso para começar.

Não restou muita coisa. Dois pedaços de ganso silvestre, uma pequena mistura de raízes e um punhado de frutas secas.

– Será que a gente devia racionar a comida? – pergunta Peeta.

– Não, vamos acabar com ela e pronto. O ganso está ficando passado, de qualquer modo, e a última coisa que a gente precisa é ficar doente por causa de comida estragada – respondo, dividindo a comida em duas pilhas iguais. Nós tentamos comer lentamente, mas estamos ambos tão famintos que terminamos tudo em alguns minutos. Meu estômago não fica nada satisfeito. – Amanhã é dia de caçada.

– Não vou poder ajudar muito nisso – diz Peeta. – Jamais cacei na minha vida.

– Eu mato e você cozinha. E você também pode colher vegetais.

– Gostaria de encontrar por aí algumas plantas que dão pão – diz Peeta.

– O pão que eles me mandaram do Distrito 11 ainda estava morno – suspiro. – Aqui, mastiga isso aqui. – Dou a ele algumas folhas de menta e coloco algumas na minha boca.

É difícil até assistir à projeção no céu, mas há nitidez suficiente para ver que não aconteceu mais nenhuma morte hoje. Então, Cato e Thresh ainda não se enfrentaram.

– Pra onde foi Thresh? Afinal, o que existe na extremidade do círculo? – pergunto a Peeta.

– Um campo. Até onde dá pra enxergar, o local é coberto por um matagal que vai até a altura dos meus ombros. Não sei não, mas de repente uma parte dele é de cultivo de grãos. Há partes de cores diferentes. Mas não tem nenhuma trilha até lá – diz Peeta.

– Aposto que há muitos grãos, sim. Também aposto que Thresh sabe quais são. Você esteve lá?

– Não. Ninguém ficou interessado em seguir Thresh até aquele matagal. O lugar é meio sinistro. Sempre que olho pra esse campo só consigo pensar no que está escondido nele. Cobras, animais raivosos e areia movediça. Deve ter todo tipo de coisa por lá.

Não falo, mas as palavras de Peeta me fazem lembrar dos avisos que nos dão a respeito de não ultrapassar a cerca no Distrito 12. Não consigo evitar, por um instante, compará-lo a Gale, que veria nesse campo uma fonte potencial de comida além de uma ameaça. Thresh certamente enxergou isso. Não é que Peeta seja frouxo, e com certeza já provou que não é nenhum covarde. Mas há certas coisas que você acaba não questionando muito, imagino, se sua casa está sempre com um cheirinho de pão fresco. Gale, por sua vez, questiona tudo. O que Peeta pensaria de nossos bate-papos irreverentes, que ocorrem quando infringimos diariamente a lei? Será que ele ficaria chocado com as coisas que falamos a respeito de Panem? Com os discursos de Gale contra a Capital?

— De repente há plantas que dão pão naquele campo. Quem sabe não é essa a razão de Thresh parecer estar mais bem alimentado agora do que no início dos Jogos.

— Ou isso ou ele possui patrocinadores bem generosos – sugere Peeta. – Imagino o que a gente teria de fazer pra conseguir que Haymitch mandasse um pouco de pão pra nós.

Ergo as sobrancelhas antes de me lembrar que ele desconhece a mensagem que Haymitch nos enviou algumas noites atrás. Um beijo equivale a um pote de caldo. Mas isso também não é o tipo de coisa que posso falar assim, sem mais nem menos. Reproduzir meus pensamentos em voz alta revelaria ao público que o romance foi fabricado para angariar simpatias, o que resultaria no fim da comida. De alguma maneira realista, tenho que fazer com que as coisas voltem aos eixos. Algo simples, para começar. Aproximo-me e pego sua mão.

— Bem, provavelmente ele gastou muitos recursos me ajudando a te nocautear – digo, maliciosamente.

— Sei... Por falar nisso – começa Peeta, prendendo os dedos nos meus –, vê se não tenta repetir esse tipo de coisa.

— Ou o quê?

— Ou... ou... – Ele não consegue encontrar nada interessante para dizer. – Me dá um minuto.

– Qual é o problema? – pergunto, dando um risinho.

– O problema é que nós dois ainda estamos vivos. O que apenas reforça a ideia na sua cabeça de que você tomou a decisão correta – responde ele.

– Eu tomei a decisão correta, sim.

– Não! Não mesmo, Katniss! – O aperto em meus dedos ficou mais forte, machucando minha mão, e há uma raiva real na sua voz. – Não morra por minha causa. Você não estará me fazendo nenhum favor, certo?

Estou atônita pela intensidade das palavras, mas reconheço uma excelente oportunidade para arranjar comida, o que me leva a improvisar.

– Talvez eu tenha feito isso por mim mesma, Peeta. Já parou pra pensar nessa possibilidade? Talvez você não seja o único que... que se preocupa com... como seria se...

Balbucio. Não sou tão desenvolta com as palavras quanto Peeta. E enquanto eu estava falando, a perspectiva de perdê-lo de fato atingiu-me novamente e me dei conta do quanto desejo que ele fique vivo. E não tem nada a ver com os patrocinadores. E não tem nada a ver com o que vai acontecer quando chegarmos em casa. E não é pelo simples fato de que eu não quero ficar sozinha. É por ele. Não quero perder o garoto com o pão.

– Se o quê, Katniss? – pergunta ele, suavemente.

Gostaria de poder fechar as persianas para impedir que esse momento fosse alvo dos olhares enxeridos de Panem. Mesmo que isso signifique perder comida. Seja lá o que for que estou sentindo, só diz respeito a mim e a mais ninguém.

– Esse é exatamente o tipo de assunto do qual eu deveria manter distância, como Haymitch frisou diversas vezes – comento, evasivamente, embora Haymitch jamais tenha mencionado qualquer coisa dessa natureza. Na verdade, ele deve estar me amaldiçoando nesse exato momento por deixar a peteca cair durante um momento tão emocionalmente intenso. Mas Peeta entende a situação, de uma forma ou de outra.

– Então eu mesmo vou ter de preencher as lacunas – diz ele, e se aproxima de mim.

JOGOS VORAZES

Esse é o primeiro beijo do qual estamos ambos plenamente cientes. Nenhum dos dois está tomado por alguma doença ou dor ou simplesmente inconsciente. Nossos lábios não estão nem quentes de febre nem gelados de frio. Esse é o primeiro beijo que eu realmente sinto chacoalhar meu peito. Gostoso e estranho. Esse é o primeiro beijo que me faz querer mais.

Mas não recebo outro. Bem, até recebo um segundo beijo, mas somente um beijinho rápido na ponta do nariz porque Peeta distraiu-se.

– Acho que sua ferida voltou a sangrar. Deita aqui, já está mesmo na hora de dormir.

Minhas meias estão secas o suficiente para serem usadas. Convenço Peeta a recolocar sua jaqueta. O frio úmido faz meus ossos doerem, o que significa que ele também deve estar congelando. Insisto também para ser a primeira a montar guarda, embora nenhum de nós imagine a possibilidade de alguém aparecer com esse tempo. Mas ele não aceita, a menos que eu também entre no saco de dormir, e estou tremendo tanto que não faz sentido discordar. Num contraste gritante com duas noites atrás, quando eu tinha a sensação de que Peeta estava a milhões de quilômetros de distância, nossa proximidade agora é arrebatadora. Enquanto nos acomodamos, ele puxa minha cabeça para perto, de maneira a usar seu braço como travesseiro. O outro se mantém sobre mim, de modo protetor, até mesmo quando vai dormir. Ninguém me abraça assim há muito tempo. Desde que meu pai morreu e parei de confiar em minha mãe, nenhum outro par de braços fez com que eu me sentisse tão segura.

Com a ajuda dos óculos, fico observando as gotas da chuva pingando no chão da caverna. Ritmadas e calmantes. Diversas vezes caio no sono, mas logo em seguida acordo num estalo, culpada e zangada comigo mesma. Depois de três ou quatro horas, não consigo evitar, sou obrigada a despertar Peeta porque não consigo mais manter os olhos abertos. Ele não parece se importar.

– Amanhã, quando estiver seco, vou achar um lugar bem no alto de uma árvore pra gente poder dormir em paz – prometo, ao cair no sono.

Mas o amanhã não melhora com relação ao clima. O dilúvio continua, dando a impressão de que os Idealizadores dos Jogos estão com a intenção de submergir todos por aqui. O trovão é tão potente que parece sacudir o chão. Peeta está pensando na possibilidade de seguir caminho de qualquer maneira para conseguir comida, mas digo a ele que com essa tempestade a ideia não faz sentido. Não vai conseguir enxergar três palmos à frente e vai acabar encharcado até a alma. Ele sabe que estou certa, mas o ronco em nossos estômagos está começando a ficar doloroso.

O dia se arrasta até virar noite e o tempo não dá trégua. Haymitch é nossa única esperança, mas nada é enviado, ou por falta de dinheiro – tudo deve custar uma fortuna exorbitante – ou porque ele está insatisfeito com nosso desempenho. A segunda opção é a mais provável. Eu seria a primeira a admitir que não estamos particularmente atraentes hoje. Esfomeados, enfraquecidos devido aos ferimentos, tentando não reabrir as feridas. Estamos enroscados um no outro e enrolados no saco de dormir, sim, estamos, mas principalmente para nos mantermos aquecidos. A coisa mais excitante que fazemos é tirar uma soneca.

Não tenho muita certeza sobre como agitar esse romance. O beijo de ontem à noite foi legal, mas preparar um outro vai exigir muito planejamento. Há algumas garotas na Costura, algumas comerciantes, que navegam nessas águas com muita desenvoltura. Mas nunca tive muito tempo ou jeito para esse tipo de coisa. De qualquer modo, está mais do que claro que um simples beijo já não é mais suficiente, porque, se fosse, teríamos recebido comida ontem à noite. Meus instintos me dizem que Haymitch não está apenas atrás de afeição física, ele quer algo mais pessoal. O tipo de coisa que ele tentou me convencer a falar sobre mim mesma enquanto praticávamos para a entrevista. Sou péssima nisso, mas Peeta não. Talvez a melhor opção seja fazer com que ele fale.

– Peeta – chamo, levemente. – Você disse na entrevista que sempre foi apaixonado por mim. Quando foi que esse "sempre" começou?

— Ah, vamos ver. Acho que no primeiro dia de aula. Nós tínhamos cinco anos. Você estava usando um vestido vermelho e seus cabelos... estavam presos com duas tranças em vez de uma. Meu pai apontou pra você quando a gente estava esperando pra entrar na fila.

— Seu pai? Por quê?

— Ele disse: "Está vendo aquela garotinha ali? Eu queria me casar com a mãe dela, mas ela preferiu um trabalhador das minas."

— O quê? Você está inventando tudo isso!

— Não! É verdade! E eu disse: "Um trabalhador das minas? Por que ela preferiu um trabalhador das minas se podia ter você?" E ele disse: "Porque quando ele canta... até os pássaros param pra ouvir."

— Isso é verdade. Eles param mesmo. Digo, eles paravam. — Estou perplexa e surpreendentemente comovida, pensando no padeiro contando isso a Peeta. Acaba de me ocorrer que minha própria relutância em cantar, meu próprio desdém pela música, talvez não seja realmente o fato de eu achar que isso é uma perda de tempo. Talvez seja porque me faça lembrar demais de meu pai.

— Então, naquele dia, na aula de música, a professora perguntou quem conhecia a canção do vale. Sua mão logo se ergueu. Ela colocou você em um banquinho e mandou você cantar pra gente. E juro, todos os pássaros do lado de fora ficaram em silêncio.

— Ah, dá um tempo. — Rio.

— Não, aconteceu mesmo. E assim que você terminou a canção, percebi, exatamente como tinha acontecido com sua mãe quando ouvia seu pai, que eu estava apaixonado por você. Então, pelos onze anos seguintes, tentei preparar os nervos pra falar com você.

— Sem sucesso — acrescento.

— Sem sucesso. Aí, num certo sentido, meu nome ter sido escolhido na colheita acabou sendo um verdadeiro golpe de sorte.

Por um momento, estou sentindo uma felicidade quase tola, e então sou tomada pela confusão. Porque nós deveríamos estar inventando essa coisa toda, representando nosso amor, e não nos amando de fato. Mas a história de Peeta possui um quê de verdade. Aquela parte sobre meu pai e os pássaros. E cantei mesmo no primeiro dia de aula, embora não me lembre mais da canção. E aquele vestido vermelho... existia mesmo, um vestidinho de segunda mão que depois foi de Prim e que virou trapo após a morte de meu pai.

Isso explicaria uma outra coisa também. Por que Peeta levou tamanha surra para me dar o pão naquele dia horroroso. Então, se todos esses detalhes são verdadeiros... será que tudo isso é verdade?

– Você possui uma... memória notável – comento, hesitante.

– Eu me lembro de tudo a seu respeito – diz Peeta, colocando um fio de cabelo solto para trás de minha orelha. – É que você nunca prestou atenção.

– Agora estou prestando.

– Bem, aqui eu não tenho tantos competidores – diz ele.

Quero mudar de assunto, fechar novamente as persianas, mas sei que não posso. É como se eu pudesse ouvir Haymitch sussurrando em meu ouvido: "Fale! Fale!"

Engulo em seco e deixo as palavras saírem de minha boca:

– Você não tem competidores em lugar nenhum.

E dessa vez sou eu quem se aproxima.

Nossos lábios estão quase se tocando quando a explosão do lado de fora me faz dar um pulo. O arco já está na minha mão, a flecha preparada para voar, mas não há mais nenhum outro som. Peeta espia por entre as pedras e em seguida emite um grito de entusiasmo. Antes que eu possa impedir, ele já está na chuva me entregando alguma coisa. Um paraquedas prateado atado a uma cesta. Abro-a imediatamente com um rasgão e encontro um verdadeiro banquete dentro: pãezinhos frescos, queijo de cabra, maçãs e, o melhor de tudo, uma terrina com aquele incrível cozido de cordeiro com arroz selvagem. O mesmo prato que eu havia dito a Caesar Flickerman ser a coisa mais impressionante que a Capital tinha a oferecer.

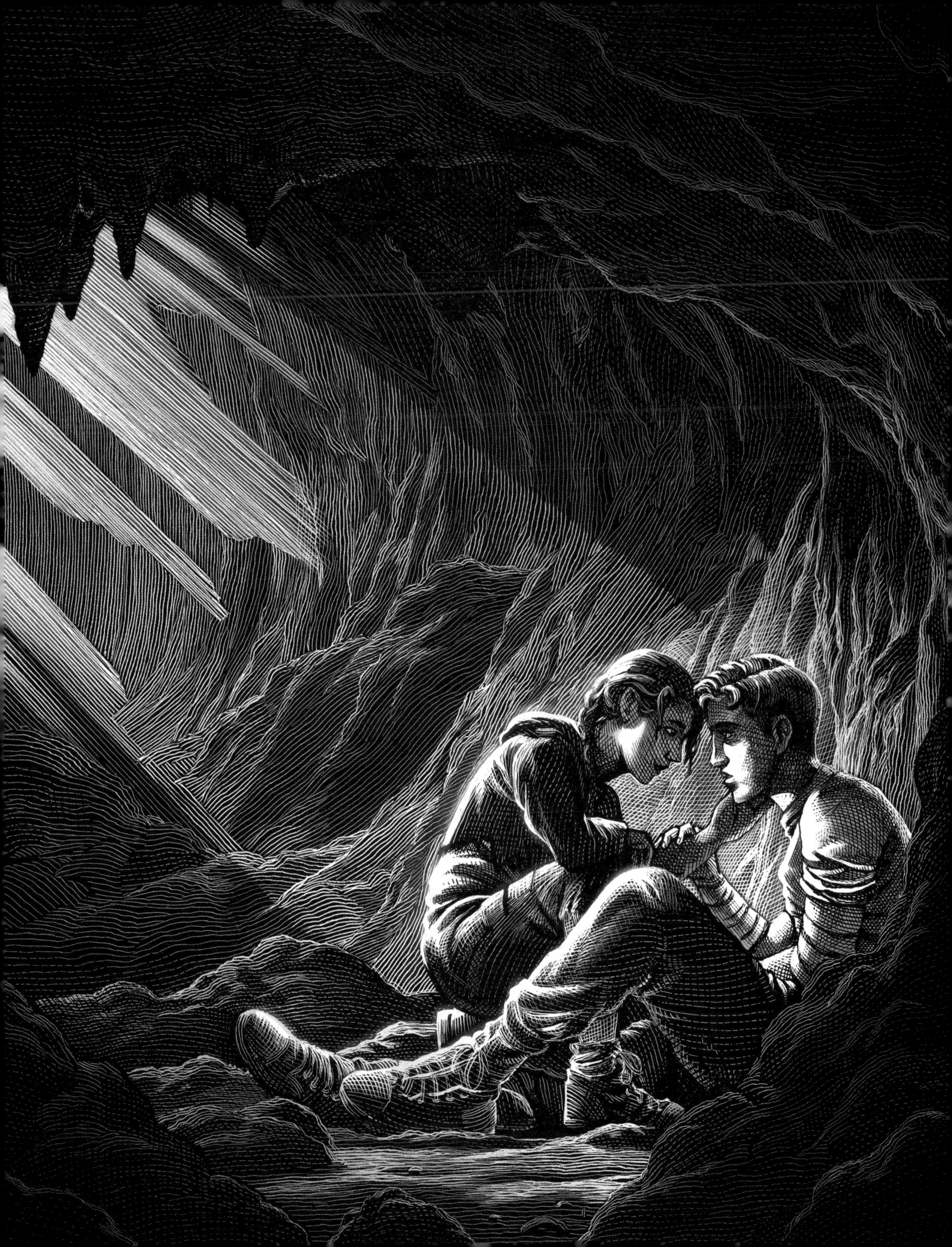

Peeta se contorce todo para entrar na caverna, seu rosto iluminado como o sol.

– Imagino que Haymitch tenha finalmente ficado cansado de nos ver passar fome.

– Imagino que sim – respondo.

Mas, na minha cabeça, posso ouvir as palavras presunçosas e levemente exasperadas de Haymitch: "Sim, é *isso* o que eu estou procurando, queridinha."

23

Todas as células de meu corpo desejam que eu enfie a cara no cozido e me empanturre até dizer chega. Mas a voz de Peeta me faz parar:

— É melhor a gente comer devagar esse cozido. Lembra a primeira noite no trem? A comida pesada me deixou enjoado, e eu nem estava com tanta fome assim.

— Você tem razão. E eu bem que podia engolir isso aqui tudo! — comento, lamentando a situação. Mas não faço isso. Somos bastante sensatos. Cada um come um pãozinho, metade de uma maçã e uma porção do tamanho de um ovo de cozido e arroz. Obrigo-me a comer o cozido em pequenas colheradas — eles mandaram até pratos e talheres de prata —, saboreando cada mordida. Quando terminamos, olho para o prato ainda com fome. — Quero mais.

— Eu também. É o seguinte, a gente espera uma hora, se a comida assentar no estômago, aí a gente come mais um pouco — sugere Peeta.

— Combinado. Vai ser uma hora bem demorada.

— Talvez não tão demorada. O que era mesmo que você estava dizendo antes de a comida chegar? Alguma coisa a meu respeito... nenhum competidor... a melhor coisa que aconteceu com você na sua vida...

— Não me lembro dessa última parte — retruco, na esperança de que a iluminação esteja bem fraca aqui dentro para que as câmeras não consigam mostrar meu rosto vermelho.

— Ah, certo. Isso era o que *eu* estava pensando. Chega pra lá, estou congelando.

Deixo um espaço para ele no saco de dormir. Nós nos encostamos contra a parede da caverna, minha cabeça sobre o seu ombro, ele abraçado a mim. Posso sentir Haymitch me cutucando para prosseguir com a encenação.

— Nós tínhamos cinco anos e desde então você nunca reparou nas outras garotas? — pergunto.

— Não. Eu reparava em todas as garotas, mas nenhuma delas me deixou uma impressão tão duradoura quanto você.

— Imagino que esse negócio de você gostar de uma garota da Costura não empolgou muito seus pais.

— Nem um pouco. Mas isso não me importa. De qualquer modo, se a gente conseguir voltar, você não vai mais ser uma garota da Costura, você vai ser uma garota da Aldeia dos Vitoriosos.

É isso aí. Se nós vencermos, cada um de nós vai ganhar uma casa na parte da cidade reservada aos vitoriosos dos Jogos Vorazes. Muito tempo atrás, por ocasião do início dos Jogos, a Capital construiu uma dúzia de belas casas em cada distrito. É claro que no nosso apenas uma está ocupada. A maioria das outras jamais foi utilizada.

Um pensamento perturbador me ocorre.

— Mas então, nosso único vizinho vai ser Haymitch!

— Ah, isso vai ser legal — diz Peeta, abraçando-me com mais intensidade. — Você, Haymitch e eu. Bem aconchegante. Piqueniques, aniversários, longas noites de inverno ao redor da lareira, rememorando antigas histórias dos Jogos Vorazes.

— Eu já disse, ele me odeia! — argumento, mas não consigo evitar dar uma risada ao imaginar Haymitch se tornando meu novo amigo.

— Só às vezes. Quando ele está sóbrio, nunca fala qualquer coisa negativa sobre você.

— Ele nunca está sóbrio! — protesto.

— É verdade. Em quem estou pensando, afinal? Ah, já sei. Cinna. É Cinna que gosta de você. Principalmente porque você não tentou correr quando ele tocou fogo em você. Por outro lado, Haymitch... bem, se eu fosse você, eu evitaria Haymitch completamente. Ele te odeia.

— Pensei que você tinha dito que eu era a favorita dele.

— Ele me odeia mais ainda. Acho que, no geral, gente não é o negócio dele.

Sei que o público vai gostar de nós estarmos tirando sarro de Haymitch. Ele está na ativa há tanto tempo, é praticamente um velho amigo de alguns. E depois que ele desabou do palco, todos o conhecem. A uma hora dessas, já devem tê-lo arrastado para fora da sala de controle para dar entrevistas sobre nós. Não dá para adivinhar que tipo de mentiras inventou. Ele está um pouco em desvantagem porque a maioria dos mentores possui um parceiro, um outro vitorioso para auxiliá-los, ao passo que Haymitch precisa estar pronto para entrar em ação a qualquer momento. Mais ou menos como eu, quando estou sozinha na arena. Imagino como ele está segurando as pontas com a bebedeira, o excesso de atenção e o estresse de tentar nos manter vivos.

É engraçado. Haymitch e eu não nos damos muito bem cara a cara, mas talvez Peeta esteja certo quando diz que somos parecidos, porque ele parece ser capaz de se comunicar comigo, se levarmos em conta seu *timing* perfeito no envio das dádivas. Por exemplo, como eu soube que estava perto de uma fonte de água pelo fato de ele não ter me enviado nada, como soube que o xarope do sono não era apenas para aliviar a dor de Peeta, e como sei agora que tenho que interpretar o papel de garota apaixonada. Ele não fez tanto esforço assim para se conectar com Peeta. Talvez ele pense que uma tigela de caldo seria apenas uma tigela de caldo para Peeta, ao passo que eu saberia ver o que está por trás dela.

Um pensamento me ocorre, e fico impressionada pela pergunta ter demorado tanto a aflorar. Talvez seja porque só recentemente eu tenha começado a ver Haymitch com algum grau de curiosidade.

— Como você acha que ele conseguiu?

— Quem? Conseguiu o quê? — pergunta Peeta.

— Haymitch. Como você acha que ele venceu os Jogos?

Peeta reflete durante um bom tempo antes de responder. Haymitch é bem corpulento, mas não é nenhuma maravilha física como Cato ou Thresh. Não é particularmente bonito. Não da maneira que faz com que os patrocinadores despejem dádivas sobre você. E é tão intratável que é difícil imaginar alguém se aliando a ele. Só há uma maneira de Haymitch ter vencido, e Peeta deixa escapar a resposta no exato momento em que eu mesma estou chegando à conclusão.

– Ele foi mais esperto do que os outros.

Balanço a cabeça em concordância e abandono a conversa. Mas, secretamente, estou imaginando se Haymitch ficou sóbrio por tempo suficiente para ajudar Peeta e a mim porque pensou que nós dois talvez tivéssemos a sagacidade necessária para sobreviver. Talvez ele não tenha sido um beberrão a vida inteira. Talvez, no início, tenha tentado ajudar os tributos. Mas, então, a coisa ficou insuportável. Deve ser um horror ser mentor de dois jovens e depois assistir à morte deles pela televisão. Ano após ano após ano. Percebo que, se conseguir escapar daqui, esse se tornará meu emprego. Orientar a garota do Distrito 12. A ideia é tão repulsiva que a arranco de minha cabeça.

Quase meia hora se passou quando decido que preciso comer novamente. Peeta também está muito faminto para se opor. Enquanto como mais duas pequenas porções de cozido de cordeiro e arroz, ouvimos o início do hino. Peeta encosta os olhos na abertura entre as pedras para observar o céu.

– Não deve haver nada para se ver hoje – comento, muito mais interessada no cozido do que no céu. – Não aconteceu nada, senão a gente teria escutado o canhão.

– Katniss – murmura Peeta.

– O quê? Quer dividir outro pãozinho?

– Katniss – repete ele, mas meu desejo é ignorá-lo.

– Vou dividir. Mas vou guardar o queijo pra amanhã. – Peeta está olhando para mim. – Que é?

– Thresh morreu.

– Não pode ser.

– O tiro do canhão deve ter sido durante a tempestade e a gente nem se deu conta.

– Tem certeza? Afinal, está chovendo à beça hoje. Não sei como você consegue enxergar alguma coisa. – Eu o empurro para o lado e espremo os olhos na direção do céu escuro e chuvoso. Por mais ou menos dez segundos, vislumbro a imagem distorcida de Thresh e então ele desaparece. Num piscar de olhos.

Meu corpo desaba contra as pedras e esqueço por um momento a tarefa que estava realizando. Thresh morto. Eu deveria estar feliz, certo? Menos um tributo a encarar. E poderoso, ainda por cima. Mas não estou feliz. Só consigo pensar em Thresh me deixando escapar, me deixando correr por causa de Rue, que morreu com aquela lança no estômago...

– Você está bem? – pergunta Peeta.

Dou de ombros evasivamente e coloco as mãos nos cotovelos, aproximando-os do corpo. Tenho de ocultar a dor verdadeira porque quem é que vai apostar em um tributo que não para de choramingar por causa das mortes de seus oponentes? Rue era diferente, éramos aliadas. Ela era jovem demais. Mas ninguém vai entender a tristeza que sinto pelo assassinato de Thresh. A palavra me deixa em estado de alerta em um segundo. Assassinato! Ainda bem que não falei em voz alta. Isso não me daria muitos pontos na arena. Faço outro comentário:

– É só que... se a gente não vencesse... eu queria que Thresh vencesse. Porque ele me deixou viver. E por causa de Rue.

– Certo, eu sei. Mas isso significa que a gente está um passo mais próximo de voltar pro Distrito 12. – Ele aproxima um prato de comida de minhas mãos. – Come. Ainda está quente.

Dou uma colherada no ensopado para mostrar que não estou ligando tanto assim, mas a comida parece ter virado borracha em minha boca e preciso me esforçar bastante para engolir.

— Também significa que Cato voltará a nos caçar.

— E ele está novamente com suprimentos – diz Peeta.

— Ele está ferido, aposto.

— Por que você está dizendo isso?

— Porque Thresh jamais cairia sem luta. Ele é muito forte. Enfim, era forte. E eles estavam no território dele.

— Bom. Quanto mais ferido Cato estiver, melhor. Imagino como Cara de Raposa está se virando.

— Ah, ela está bem – comento, irritada. Ainda estou com raiva por ela ter pensado em se esconder na Cornucópia e eu não. – Provavelmente vai ser mais fácil pegar Cato do que ela.

— Talvez um pegue o outro e a gente vá pra casa. Mas é melhor sermos mais cuidadosos com a vigilância. Eu cochilei algumas vezes.

— Eu também. Mas não essa noite.

Terminamos a refeição em silêncio e então Peeta se oferece para montar guarda em primeiro lugar. Entoco-me no saco de dormir ao lado dele e cubro o rosto com o capuz para escondê-lo das câmeras. Só preciso de alguns instantes de privacidade para poder deixar minhas emoções aflorarem em meu rosto sem serem vistas. Debaixo do capuz, despeço-me silenciosamente de Thresh e o agradeço por me deixar viver. Prometo me lembrar sempre dele e, se puder, fazer alguma coisa para ajudar sua família e a de Rue, se sair vencedora. Então, mergulho no sono, confortada pela barriga cheia e pelo calor estável de Peeta ao meu lado.

Quando ele me acorda mais tarde, a primeira coisa que registro é o cheiro de queijo de cabra. Ele está segurando metade de um pãozinho com o material branco e cremoso e com fatias finas de maçã por cima.

— Não fique chateada. Eu precisava comer de novo. Aqui está sua metade.

JOGOS VORAZES

— Ah, como é bom – comento, mordendo imediatamente um pedaço enorme. O queijo forte e gorduroso tem o sabor igual ao que Prim faz, a maçã está doce e crocante. – Hummm.

— Nós fazemos uma torta de queijo de cabra e maçã na padaria.

— Aposto que é bem cara.

— Cara demais pra minha família comer. A menos que fique muito rançosa. É claro que praticamente tudo o que a gente come é rançoso. – E Peeta enrola-se no saco de dormir. Em menos de um minuto está roncando.

Hmm... Sempre imaginei que os comerciantes tivessem uma vida mansa. E é verdade, Peeta sempre teve comida suficiente. Mas deve ser meio deprimente passar a vida comendo pão velho, aqueles pães secos e duros que ninguém mais quis. Lá em casa, como eu trago comida diariamente, a maior parte dela é tão fresca que você precisa ficar atenta para ela não sair correndo.

Em algum momento do meu turno de guarda a chuva para, não de maneira gradual, mas de uma vez só. O temporal acaba, e há somente gotas residuais nos galhos e a correnteza do riacho que transbordou. Uma lua cheia e bela surge no céu, e, mesmo sem os óculos, consigo enxergar o exterior. Não consigo decidir se a lua é real ou meramente uma projeção dos Idealizadores dos Jogos. Sei que ela estava cheia pouco antes de eu sair de casa. Gale e eu a observamos surgir quando estávamos caçando a altas horas da noite.

Quanto tempo já passei aqui? Imagino que tenha passado mais ou menos duas semanas na arena, e houve aquela semana de preparação na Capital. Talvez a lua tenha completado seu ciclo. Por algum motivo, desejo muito que essa seja a minha lua, a mesma que vejo da floresta que cerca o Distrito 12. Isso me daria algo a que me agarrar no mundo surreal da arena, onde a autenticidade de tudo deve ser colocada em xeque.

Restam quatro de nós.

Pela primeira vez, permito-me verdadeiramente pensar na possibilidade de que talvez eu consiga mesmo voltar para casa. E atingir a fama. E riqueza. E conseguir minha casa própria na Aldeia dos Vitoriosos. Minha mãe e Prim morariam lá comigo. Não teríamos medo da fome. Seria um novo tipo de liberdade. Mas... e aí? Como seria minha vida diária? A maior parte dela é dedicada à busca de comida. Se tirarem isso de mim, nem tenho mais certeza de quem sou, de qual é a minha identidade. A ideia me assusta um pouco. Penso em Haymitch, com todo o dinheiro que tem. Em que sua vida se transformou? Ele vive sozinho, sem esposa ou filhos, e bêbado a maior parte do tempo. Não quero acabar desse jeito.

– Mas você não vai estar sozinha – sussurro para mim mesma. Tenho minha mãe e Prim. Bem, por enquanto. Depois... não quero pensar sobre depois, quando Prim tiver crescido, quando minha mãe tiver morrido. Sei que nunca vou me casar, nunca vou correr o risco de colocar uma criança nesse mundo. Porque se tem uma coisa que ser vitoriosa não garante é a segurança de seus filhos. Os nomes dos meus filhos apareceriam nas bolas da colheita como quaisquer outros. E juro que nunca vou deixar isso acontecer.

O sol se ergue por fim, sua luz deslizando sobre as rachaduras e iluminando o rosto de Peeta. Em quem ele vai se transformar se voltarmos para casa? Esse garoto desconcertante, de boa índole, que consegue bolar mentiras tão convincentes que toda a Panem acredita que ele esteja perdidamente apaixonado por mim. E vou ter de admitir, há momentos em que até eu acredito. O que acontecerá com ele? *Pelo menos, nós seremos amigos*. Nada vai mudar o fato de que salvamos a vida um do outro aqui. E, além disso, ele nunca vai deixar de ser o garoto com o pão. *Bons amigos*. Mas nada além disso... e eu sinto os olhos cinzentos de Gale, lá do Distrito 12, me observando enquanto observo Peeta.

O desconforto me obriga a me mover. Aproximo-me e sacudo o ombro de Peeta. Seus olhos se abrem sonolentos, e, quando se fixam em mim, ele me puxa e me dá um longo beijo.

— Estamos perdendo tempo de caçada – digo, quando finalmente consigo me afastar.

— Eu não chamaria isso de perda de tempo – diz ele espreguiçando-se longamente enquanto se senta. – Quer dizer então que a gente caça de estômago vazio pra ter uma vantagem?

— Não, não. A gente enche a barriga pra ficar mais poderoso.

— Pode contar comigo – diz Peeta. Mas dá para ver que ele fica surpreso quando divido o resto do cozido e do arroz e entrego a ele um prato bem servido. – Tudo isso?

— A gente recupera hoje – respondo e ambos mergulhamos em nossos respectivos pratos. Mesmo frio, é uma das melhores coisas que já provei na minha vida. Deixo o garfo de lado e raspo os últimos resquícios de molho com o dedo. – Já estou até vendo Effie Trinket estremecendo com meus modos.

— Ei, Effie! Olha só pra isso! – chama Peeta. Ele joga o garfo por cima do ombro e literalmente lambe o prato, produzindo ruídos de extrema satisfação. Depois, manda um beijo para ela e diz: – Estamos com saudade de você, Effie!

Cubro sua boca com minha mão, mas estou rindo.

— Para com isso! Cato pode estar aqui fora!

Ele retira minha mão e diz:

— E eu com isso? Agora tenho você pra me proteger. – Ele me puxa para perto dele.

— Dá um tempo – peço, exasperada, tentando me livrar da sua pegada, mas não antes de receber outro beijo.

Parados do lado de fora da caverna e já preparados para partir, voltamos a ficar sérios. É como se nos últimos dias, protegidos pelas pedras, pela chuva e até pelo fato de a atenção de Cato estar voltada para Thresh, nós tivéssemos tido uma trégua, uma espécie de feriado. Agora, embora o dia esteja ensolarado e quente, nós dois temos a sensação de estar de volta aos Jogos. Entrego minha faca a Peeta, já que todas as armas que ele possuía se perderam, e ele a prende no cinto. Minhas últimas sete flechas – das doze, sacrifiquei três na explosão e duas no ágape – chacoalham soltas na aljava. Não posso me dar ao luxo de perder mais nenhuma.

– Ele já deve estar na nossa cola a uma hora dessas – diz Peeta. – Cato não é do tipo que espera sua presa aparecer.

– Se ele estiver ferido... – começo.

– Isso não vai fazer diferença – interrompe Peeta. – Se puder se mover, ele virá.

Com toda aquela chuva, o riacho transbordou pelos dois lados da margem. Paramos para encher as garrafas de água. Verifico as arapucas que montei dias atrás e vejo que estão vazias. Não é nenhuma surpresa, considerando o clima dos últimos dias. Além do mais, não avistei muitos animais ou sinais de algum nessa área.

– Se a gente quer comida, é melhor voltar pro meu antigo local de caçada – sugiro.

– Você manda. Basta me dizer o que você quer que eu faça – diz Peeta.

– Fica de olho – digo. – E é melhor caminhar sobre as pedras o máximo possível, não faz sentido a gente deixar rastros pra ele seguir. E ouça por nós dois. – Está mais do que claro, a essa altura, que a explosão destruiu definitivamente a audição do meu ouvido esquerdo.

Eu caminharia na água para evitar qualquer tipo de pegada, mas não tenho certeza se a perna de Peeta aguenta a correnteza. Embora os medicamentos tenham erradicado a infecção, ele ainda está bem fraco. Minha testa dói no local que a faca rasgou, mas, depois de três dias, o sangramento parou. Estou com um curativo em volta da cabeça, caso o esforço físico abra a ferida novamente.

Enquanto subimos o riacho, passamos pelo local onde encontrei Peeta camuflado na lama. Uma boa notícia: depois do temporal e do transbordamento do riacho, todos os sinais de seu esconderijo foram apagados. Isso significa que, se preciso for, podemos voltar para a caverna. Do contrário, eu não arriscaria fazer isso com Cato em nosso encalço.

JOGOS VORAZES

Os penedos se transformam em rochas que, por fim, transformam-se em cascalhos, e então, para meu alívio, estamos de volta às agulhas de pinheiro e à delicada inclinação do piso da floresta. Pela primeira vez, percebo que temos um problema: andar pelo terreno pedregoso com uma perna machucada. Bem, não há como não fazer algum ruído – é natural –, mas, mesmo caminhando sobre o macio leito de agulhas de pinheiro, Peeta faz barulho. E quando digo barulho é barulho mesmo, como se ele estivesse fazendo questão de bater o pé com toda a força ou algo assim. Viro-me e olho para ele.

– O que é? – ele pergunta.

– Você precisa fazer menos barulho ao andar – respondo. – Não estou nem me referindo a Cato, mas você deve estar espantando todos os coelhos num raio de dez quilômetros.

– É mesmo? Desculpa, eu não sabia.

Então, recomeçamos e ele está um pouquinho melhor, mas mesmo com um único ouvido funcionando, ele me sobressalta.

– Você consegue tirar essas botas? – sugiro.

– Aqui? – pergunta ele, sem conseguir acreditar, como se eu tivesse pedido que caminhasse descalço sobre brasa ou algo parecido. Tenho de me lembrar que ele ainda não está familiarizado com a floresta, que é o local assustador e proibido localizado além das cercas do Distrito 12. Penso em Gale, com sua pisada de veludo. É arrepiante como ele produz tão pouco som, mesmo caminhando sobre uma camada de folhas no outono, quando é um desafio fazer qualquer movimento sem espantar a caça. Tenho certeza de que ele está gargalhando em casa.

– Isso – respondo, impaciente. – Também vou tirar as minhas. Assim os dois fazem menos barulho. – Como se eu estivesse fazendo algum barulho. Então, nós dois removemos nossas botas e meias e, apesar de alguma melhora, eu poderia jurar que ele está se esforçando para quebrar todos os galhos que vê pelo caminho.

Não preciso nem dizer que, embora sejam necessárias várias horas para alcançar o antigo acampamento que compartilhei com Rue, ainda não atirei em nada. Se o riacho se aquietasse, os peixes poderiam ser uma opção, mas a correnteza ainda está forte demais. Quando paramos para descansar e beber água, tento encontrar uma solução. O ideal seria deixar Peeta colhendo algumas raízes fáceis de localizar enquanto eu caçasse, mas aí ele teria de ficar com uma única faca para se defender das lanças e da força superior de Cato. Então, o que eu realmente gostaria de fazer é tentar escondê-lo em algum lugar seguro, sair para caçar e depois voltar para buscá-lo. Mas tenho a sensação de que seu ego não aceitará essa sugestão.

– Katniss – chama ele. – Precisamos nos separar. Sei que estou espantando os animais.

– Só porque sua perna está machucada – digo, com generosidade, porque na verdade é visível que isso é apenas uma pequena parte do problema.

– Eu sei. Então, por que você não vai? Mostra pra mim algumas plantas que eu possa colher e assim nós dois seremos úteis.

– Não se Cato aparecer e te matar. – Tento dizer isso de modo simpático, mas, mesmo assim, ainda parece que estou pensando que ele é um fracote.

Surpreendentemente, ele apenas ri.

– Olha aqui, consigo encarar Cato. Já lutei com ele antes, não lutei?

Certo, e o resultado foi fantástico. Você acabou quase morto naquela lama. É isso o que quero dizer, mas não consigo. Afinal, ele realmente salvou minha vida ao enfrentar Cato. Tento uma outra tática.

– E se você subisse em uma árvore e ficasse de vigia enquanto eu caço? – sugiro, tentando fazer com que a coisa soe como um trabalho bem importante.

– E se você me mostrasse o que é comestível por aqui e fosse atrás de alguma carne pra gente comer? – pergunta ele, imitando meu tom de voz. – Só não vai muito longe porque se precisar de ajuda vai ser difícil.

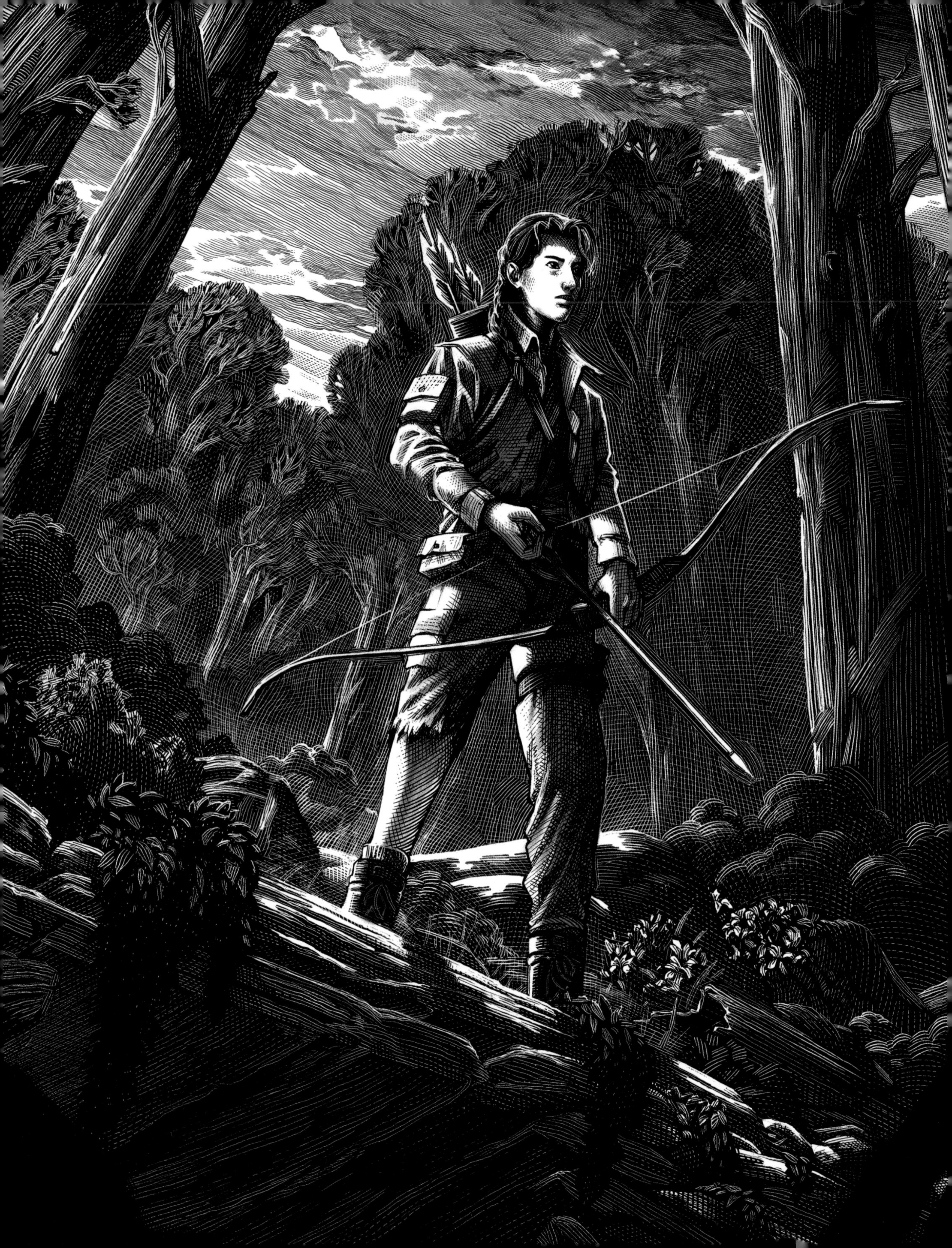

Suspiro e lhe mostro algumas raízes que ele pode arrancar. Nós precisamos de comida, isso é inquestionável. Uma maçã, dois pãezinhos e um pedacinho de queijo do tamanho de uma ameixa não sustentam ninguém por muito tempo. Não vou me distanciar tanto e espero que Cato esteja bem longe.

Ensino-lhe um assobio de pássaro – não uma melodia como a de Rue, mas um assobio simples de duas notas – que podemos usar para comunicar um ao outro que estamos bem. Felizmente, ele é bom nisso. Vou embora, deixando-o com a mochila.

Sinto-me como se tivesse onze anos novamente, acorrentada não à segurança da cerca, mas a Peeta, permitindo a mim mesma percorrer no máximo vinte, quem sabe trinta metros de área de caça. Contudo, distante dele, a floresta está viva e repleta de sons de animais. Estimulada por seus assobios periódicos, eu me permito aventurar-me um pouco mais além e logo tenho dois coelhos e um esquilo gordo como recompensa. Decido que já é o bastante. Posso armar as arapucas e quem sabe pescar algum peixe. Com as raízes de Peeta, teremos comida suficiente por enquanto.

Enquanto percorro a curta distância de volta, noto que nós não trocamos sinais há algum tempo. Quando meu assobio não recebe resposta, corro. Quase imediatamente, encontro a mochila e uma pilha bem-arrumada de raízes em seu interior. O pedaço de plástico foi estendido no chão onde o sol atinge a camada solitária de amoras que o cobre. Mas onde está ele?

– Peeta! – grito, em pânico. – Peeta! – Volto-me na direção de um farfalhar de arbustos e quase acerto uma flecha nele. Felizmente, puxo meu arco no último segundo e ela se finca num carvalho à sua esquerda. Ele dá um salto para trás, soltando um punhado de amoras na relva.

Meu medo se transforma em raiva.

– O que você está fazendo? Você deveria estar aqui e não correndo na floresta!

– Achei algumas amoras perto do riacho – diz ele, visivelmente confuso com meu ataque de fúria.

— Eu assobiei. Por que você não assobiou de volta? – retruco.

— Não ouvi. A água é barulhenta demais, acho – responde ele. Peeta se aproxima e coloca as mãos em meus ombros. Só então percebo que estou tremendo.

— Pensei que Cato tivesse te matado! – Estou quase gritando.

— Não, eu estou bem. – Ele me abraça, mas eu não retribuo. – Katniss?

Empurro-o para longe, tentando organizar meus sentimentos.

— Se duas pessoas combinam de fazer um sinal elas precisam ficar ao alcance uma da outra. Porque, se uma delas não responder, os dois vão ficar encrencados, certo?

— Certo!

— Certo. Porque foi isso o que aconteceu com Rue e acabei sendo obrigada a assistir à morte dela! – Dou as costas a ele, vou até a mochila e abro uma nova garrafa de água, embora ainda reste um pouco na minha. Mas ainda não estou pronta para perdoá-lo. Noto a comida. Os pãezinhos e as maçãs estão intactos, mas alguém com toda certeza pegou um dos pedaços de queijo. – E você, ainda por cima, comeu sem mim! – Para falar a verdade, não dou a mínima, só quero mais um motivo para ficar com raiva.

— O quê? Não comi, não – diz Peeta.

— Ah, então as maçãs devem ter comido o queijo, quem sabe.

— Eu não sei o que comeu esse queijo – diz Peeta, lenta e educadamente, como se estivesse tentando não perder a calma –, mas não fui eu. Eu estava no riacho colhendo amoras. Quer um pouco?

Até que eu queria, para ser sincera, mas ainda não estou pronta para deixar a discussão de lado. Caminho até elas e dou uma olhada. Nunca vi esse tipo antes. Não, vi sim. Mas não na arena. Essas não são as amoras de Rue, embora sejam semelhantes. E tampouco parecem ser qualquer uma que eu tenha estudado durante o treinamento. Abaixo-me e pego algumas, rolando-as entre os dedos.

A voz de meu pai ecoa em minha mente: *"Essas não, Katniss. Essas nunca. São amoras--cadeado. Você morre antes que elas cheguem ao seu estômago."*

Nesse exato instante, ouvimos um tiro de canhão. Giro o corpo, na expectativa de ver Peeta caído no chão, mas ele apenas ergue as sobrancelhas. O aerodeslizador aparece a uns cem metros de distância. O que resta do corpo descarnado de Cara de Raposa é erguido no ar. Posso ver os lampejos de seu cabelo ruivo à luz do sol.

Eu devia ter percebido assim que notei o sumiço do queijo...

Peeta está me segurando pelo braço, puxando-me na direção da árvore.

– Suba. Ele vai estar aqui a qualquer momento. A gente vai ter mais chance se lutar do alto.

Interrompo-o, subitamente calma.

– Não, Peeta, foi você quem matou ela, não Cato.

– O quê? Não me encontro com ela desde o primeiro dia. Como é que eu poderia ter matado essa garota?

Como resposta, estendo as amoras.

24

Levo um tempo explicando a situação a Peeta. Como Cara de Raposa roubou a comida da pilha de suprimentos antes de eu explodi-la; como ela tentou pegar o suficiente para se manter viva, mas não o bastante a ponto de alguém dar falta; como ela não teria motivos para questionar se as amoras eram venenosas ou não se nós mesmos estávamos nos preparando para comê-las.

– Imagino como ela nos encontrou – diz Peeta. – Acho que foi culpa minha, se fiz mesmo todo esse barulho que você disse.

Estávamos sendo tão discretos quanto uma manada de bois, mas tento ser gentil.

– E ela é muito esperta, Peeta. Bem, era esperta. Até você se provar mais raposino do que ela.

– Mas não foi de propósito. Não me soa muito justo. Enfim. Nós dois estaríamos mortos também se ela não tivesse comido as amoras primeiro. – Ele verifica com os próprios olhos. – Não, é claro que a gente não comeria isso aqui. Você reconheceu, não foi?

Balanço a cabeça em concordância.

– A gente chama de amoras-cadeado.

– Até o nome parece mortífero – diz ele. – Desculpa, Katniss. Realmente imaginei que elas eram do mesmo tipo que aquelas que você tinha colhido.

– Não precisa pedir desculpas. Significa apenas que estamos mais próximos de casa, certo?

– Vou me livrar das que restaram – diz Peeta. Ele recolhe o plástico azul, com cuidado para prender as amoras do lado de dentro, e faz menção de jogá-las na floresta.

— Espera aí! – grito. Encontro a bolsa de couro que pertenceu ao garoto do Distrito 1 e encho-a com um punhado de amoras que estavam no plástico. – Se elas enganaram Cara de Raposa, quem sabe não enganam Cato também. Se ele está nos perseguindo ou coisa parecida, a gente pode fingir que deixou essa bolsa cair sem querer e se ele comer as frutas...

— Aí, olá Distrito 12! – diz Peeta.

— É isso aí – respondo, prendendo a bolsinha no cinto.

— Ele deve saber onde a gente está agora. Se ele estava em algum lugar por perto e viu aquele aerodeslizador, já sabe que a gente matou a Cara de Raposa e está em nosso encalço.

Peeta está certo. Essa pode ser a oportunidade que Cato esperava. Mas, mesmo que corrêssemos agora, há a carne para cozinhar e nossa fogueira seria mais um sinal de nosso paradeiro.

— Vamos fazer uma fogueira. Agora mesmo. – E começo a juntar alguns gravetos.

— Já está pronta para encarar ele?

— Estou pronta pra comer. Melhor cozinhar nossa comida enquanto temos chance. Se ele sabe que a gente está aqui, ele sabe e pronto. Mas ele também sabe que somos dois e provavelmente imagina que a gente estava caçando Cara de Raposa. Isso significa que você já está recuperado. E a fogueira significa que a gente não está escondido, mas que estamos, isso sim, convidando ele a vir aqui. Você apareceria?

— Acho que não – responde ele.

Peeta é um ás com fogo, obtendo uma chama a partir de madeira úmida. Em questão de segundos, coloco os coelhos e o esquilo para grelhar, e as raízes, envoltas em folhas, ponho para cozinhar nos carvões. Nós nos revezamos para colher verduras e para manter uma vigilância cuidadosa em busca de Cato, mas, como eu havia previsto, ele não dá as caras. Quando a comida está pronta, empacoto quase tudo, deixando duas pernas de coelho para comermos enquanto caminhamos.

Quero um local mais alto na floresta; escalar uma boa árvore e montar um acampamento para a noite, mas Peeta discorda.

— Eu não consigo subir tão bem quanto você, Katniss, principalmente com minha perna nesse estado, e não acho que conseguiria dormir quinze metros acima do chão.

— Não é seguro ficar aqui embaixo a céu aberto, Peeta.

— Não dá pra gente voltar pra caverna? Tem água por perto e lá é fácil de defender.

Suspiro. Várias horas mais caminhando – ou será que eu deveria dizer nos arrastando – na floresta para alcançar uma área que teremos de abandonar na manhã seguinte para caçar. Mas Peeta não está pedindo muito. Seguiu minhas instruções o dia todo e tenho certeza de que se as coisas fossem ao contrário, ele não me obrigaria a passar a noite em cima de uma árvore. Acaba de me ocorrer que não tenho sido muito gentil com Peeta hoje. Reclamando do barulho que estava fazendo, gritando com ele por ter desaparecido. O romance teatral que havíamos sustentado na caverna desapareceu quando saímos de lá e encaramos o sol quente e a espreita ameaçadora de Cato. Haymitch já deve ter desistido de mim. E quanto ao público...

Aproximo-me e lhe dou um beijo.

— Com certeza. Vamos voltar pra caverna.

Ele parece satisfeito e aliviado.

— Bem, até que foi fácil.

Retiro a flecha do carvalho, com cuidado para não estragar a ponta. Essas flechas agora significam comida, segurança e nossas próprias vidas.

Jogamos mais um monte de madeira na fogueira. Ela deve produzir fumaça por mais algumas horas, embora eu duvide que Cato conclua alguma coisa a partir disso. Quando alcançamos o riacho, vejo que a água baixou consideravelmente e voltou ao fluxo normal, de modo que sugiro que o caminho de volta seja feito nele. Peeta simpatiza com a proposta e, já que ele faz bem menos barulho na água do que em terra, a ideia é duplamente boa. Contudo, é uma longa caminhada de volta à caverna, mesmo sendo uma descida, mesmo com o coelho nos dando energia extra. Estamos ambos exaustos por causa de nossa marcha de hoje e ainda muito subalimentados. Mantenho o arco a postos, não só para Cato, como também para algum peixe que eventualmente apareça, mas o riacho parece estranhamente vazio de seres vivos.

Quando alcançamos o destino, nossos pés já estão se arrastando e o sol já está baixo no horizonte. Enchemos nossas garrafas de água e escalamos o pequeno aclive até nossa toca. Não é nada de mais, mas aqui na natureza selvagem, é o mais próximo que podemos chamar de casa. Também é mais quente do que uma árvore, porque está protegida do vento do oeste que começou a soprar com firmeza. Começo a preparar um bom jantar, mas, antes que fique pronto, Peeta já está cochilando. Após dias de inatividade, a caçada está cobrando seu preço. Digo-lhe que entre no saco de dormir e separo o resto de sua comida para quando ele acordar. Ele adormece imediatamente. Puxo o saco de dormir até seu queixo e beijo-lhe a testa, não pelo público, mas por mim. Porque estou muito grata por ele ainda estar aqui, e não morto no riacho, como eu havia imaginado. Estou muito contente por não ser obrigada a encarar Cato sozinha.

O brutal e sanguinário Cato, que consegue quebrar um pescoço com um girar de braços, que teve poder para superar Thresh, que não vai com a minha cara desde o início. Provavelmente, ele nutre um ódio especial por mim desde que fiz mais pontos do que ele no treinamento. Um garoto como Peeta simplesmente daria de ombros para uma coisa como essa. Mas tenho a sensação de que isso fez com que Cato se distraísse. O que não é tão difícil assim. Relembro a ridícula reação que teve ao ver os suprimentos pelos ares. Os outros ficaram irritados, é claro, mas ele ficou completamente fora de si. Chego até a pensar que Cato talvez não bata muito bem da cabeça.

O céu se ilumina com a insígnia, observo Cara de Raposa brilhando e, em seguida, sumindo definitivamente do mundo. Ele não disse, mas não acho que Peeta tenha se sentido muito bem por matá-la, apesar da importância do ato. Não posso fingir que vou sentir sua falta, mas sou obrigada a admitir uma certa admiração por ela. Meu palpite é que, se nos tivessem obrigado a fazer algum tipo de teste de inteligência, ela teria tirado a nota mais alta dentre todos os tributos. Se estivéssemos, de fato, montando uma armadilha, aposto que ela teria percebido e evitado as amoras. Foi a própria ignorância de Peeta que a derrubou. Passei tanto tempo me obrigando a não subestimar meus oponentes que acabei esquecendo que é igualmente perigoso superestimá-los.

Isso me traz de volta a Cato. Mas, se por um lado eu imaginava que conhecia Cara de Raposa, que sabia quem era e como agia, por outro ele é uma substância um pouco mais escorregadia. Poderoso, bem treinado, mas será que é astuto? Não sei. Não da maneira que ela era. E com uma imensa defasagem no que diz respeito ao autocontrole que Cara de Raposa demonstrava. Acredito que Cato poderia perder facilmente sua capacidade de julgamento em meio a um acesso de raiva. Não que me sinta superior nesse quesito. Lembro-me do momento em que lancei a flecha na direção da maçã na boca do porco quando estava enfurecida. Talvez eu entenda Cato melhor do que eu imagine.

Apesar da fadiga em meu corpo, minha mente está alerta, de modo que deixo Peeta dormir bem mais do que o combinado. Na verdade, um dia levemente cinzento já surgiu quando sacudo seu ombro. Ele olha, quase assustado.

– Dormi a noite toda. Isso não é justo, Katniss, você deveria ter me acordado.

Dou uma espreguiçada e me enfio no saco.

– Vou dormir agora. Pode me acordar se alguma coisa interessante acontecer.

Aparentemente, nada acontece, porque, quando abro meus olhos, o sol brilhante e quente da tarde penetra as frestas da caverna.

– Algum sinal de nosso amigo? – pergunto.

Peeta balança a cabeça.

– Não, a discrição dele chega a ser perturbadora.

– Quanto tempo você acha que a gente vai ter até que os Idealizadores dos Jogos nos reúnam? – pergunto.

– Bem, Cara de Raposa morreu há quase um dia, então, já houve tempo suficiente para o público fazer suas apostas e ficar entediado. Imagino que a coisa aconteça a qualquer momento.

– É mesmo, e estou com a sensação de que hoje é o dia – comento. Sento-me e olho para a paisagem tranquila. – Imagino como eles farão isso.

Peeta permanece em silêncio. Na verdade, não há nenhuma resposta razoável.

– Bem, até que isso aconteça, não faz sentido desperdiçar um dia de caçada – digo. – Mas talvez seja uma boa ideia a gente comer o máximo que conseguir caso haja algum problema.

Peeta empacota nosso equipamento enquanto preparo uma farta refeição. O que restou dos coelhos, raízes, verduras, os pãezinhos com os últimos pedaços de queijo. As únicas coisas que deixo de reserva são o esquilo e a maçã.

Quando terminamos, tudo o que sobra é uma pilha de ossos de coelho. Minhas mãos estão gordurosas, o que só aumenta minha sensação de imundície. É verdade que não tomamos banho diariamente na Costura, mas nos mantemos mais limpos do que tenho estado ultimamente. Exceto por meus pés, que caminharam no riacho, estou toda coberta por uma camada de sujeira.

Sair da caverna dá uma sensação de conclusão. Algo me diz que não haverá outra noite na arena. De uma forma ou de outra, morta ou viva, estou com a sensação de que escaparei hoje. Dou um tapinha de despedida nas pedras e rumamos em direção ao riacho para nos lavar. Sinto minha pele ansiar pela água fria. Vou lavar os cabelos e prendê-los úmidos mesmo. Estou imaginando se seria possível lavarmos rapidamente nossas roupas quando alcançamos o riacho. Ou o que costumava ser o riacho. Agora só existe um leito seco como osso. Baixo as mãos para senti-lo.

– Nem mesmo uma ligeira umidade. Eles devem ter drenado tudo enquanto a gente estava dormindo – comento. Um temor da língua rachada, do corpo dolorido e da mente confusa proporcionados por minha desidratação anterior invade minha consciência. Nossas garrafas e odres estão razoavelmente cheios, mas, com duas pessoas bebendo e esse sol de rachar, não vai demorar muito até o suprimento se esgotar.

– O lago – lembra Peeta. – É pra lá que eles querem que a gente vá.

– Talvez as fontes ainda estejam com alguma água – imagino, cheia de esperança.

JOGOS VORAZES

– Podemos verificar. – Mas ele só está sendo condescendente comigo. Também estou sendo condescendente comigo mesma porque sei o que vou achar quando retornarmos à fonte onde afundei minha perna queimada. Um buraco poeirento que mais parece uma boca arreganhada. Mas seguimos até lá assim mesmo, só para confirmar o que já sabemos.

– Você tem razão. Eles estão levando a gente pro lago – admito. Onde não há proteção. Onde eles terão a garantia de um combate sangrento até a morte com nada que possa atrapalhar sua visão. – Você quer ir direto ou esperar até que a água acabe?

– Vamos agora, enquanto temos comida e estamos descansados. Vamos acabar logo com isso.

Balanço a cabeça em concordância. É engraçado. Estou quase me sentindo como se fosse novamente o início dos Jogos. Como se eu estivesse na mesma posição. Vinte e um tributos estão mortos, mas ainda tenho que matar Cato. E, vamos ser sinceros, não era ele a pessoa que eu tinha de matar desde sempre? Agora parece que os outros tributos eram apenas obstáculos de menor importância, distrações que nos mantinham afastados da verdadeira batalha dos Jogos. Cato e eu.

Mas não, há também o garoto que está esperando aqui do meu lado. Sinto seus braços me envolvendo.

– Dois contra um. Vai ser moleza – diz ele.

– Nossa próxima refeição vai ser na Capital – respondo.

– Pode apostar que sim.

Ficamos lá durante um tempo, abraçados, com a sensação de que não há nada no mundo além de nós, da luz do sol e do farfalhar das folhas aos nossos pés. Então, sem dizer uma palavra, nós nos separamos e seguimos na direção do lago.

Não me importa agora que os passos de Peeta espantem os bichos, que façam com que os pássaros voem. Temos que lutar com Cato e eu preferia fazer isso aqui. Mas duvido que tenha essa chance. Se os Idealizadores dos Jogos nos querem a céu aberto, então, a céu aberto nós estaremos.

Paramos para descansar por alguns minutos embaixo da árvore onde os Carreiristas me emboscaram. O invólucro do ninho das teleguiadas, completamente destruído pela chuva pesada e ressecado pelo sol causticante, confirma a localização. Toco-o com a ponta da bota e ele se dissolve em poeira, que é rapidamente levada pelo vento. Não consigo evitar uma olhada na árvore onde Rue estava secretamente empoleirada, esperando para salvar minha vida. Teleguiadas. O corpo deformado de Glimmer. As alucinações aterrorizantes...

– Vamos sair daqui – digo, querendo escapar da escuridão que cerca o local. Peeta não discorda.

Devido ao fato de termos começado o dia com um certo atraso, alcançamos a planície já ao anoitecer. Não há nenhum sinal de Cato. Nenhum sinal de nada, exceto a Cornucópia dourada brilhando em meio aos oblíquos raios de sol. Só para ficarmos alertas caso Cato tente dar uma de Cara de Raposa, circundamos a Cornucópia para nos certificar de que está vazia. Então, obedientemente, como se estivéssemos seguindo instruções, vamos até o lago e enchemos nossos contêineres de água.

O sol poente me faz franzir as sobrancelhas.

– Não é uma boa pra nós lutarmos com ele na escuridão. Só temos um par de óculos.

Peeta despeja cuidadosamente algumas gotas de iodo na água.

– Vai ver é exatamente isso o que ele está esperando. O que você pretende fazer? Voltar pra caverna?

– Ou isso ou achar uma árvore. Mas vamos dar a ele mais meia hora. Depois disso a gente procura abrigo.

Nós nos sentamos às margens do lago, inteiramente visíveis. Agora não há mais sentido em nos escondermos. Vejo os tordos, esvoaçando nas árvores da extremidade da planície, rebatendo suas canções uns para os outros como se fossem alegres bolinhas coloridas. Então cantarolo a melodia de quatro notas de Rue. Posso senti-los parando, curiosos com o som da minha voz, ouvidos atentos à espera de mais. Repito as notas em meio ao silêncio.

Primeiro um tordo reproduz a canção, depois outro. Em seguida o mundo todo parece adquirir vida com o som.

— Exatamente como seu pai — comenta Peeta.

Meus dedos encontram o broche em minha camisa.

— Essa é a canção de Rue. Acho que eles se lembram.

A música infla e reconheço sua genialidade. À medida que as notas se sobrepõem, elas saúdam umas às outras, formando uma harmonia bela, celestial. Então era esse som que, graças a Rue, sinalizava aos trabalhadores do Distrito 11 o momento de voltar para suas casas. Imagino se alguém a substituiu nessa tarefa, agora que está morta.

Durante um tempo, apenas fecho os olhos e escuto, encantada pela beleza da canção. Então, alguma coisa começa a perturbar a música. Sons cortados abruptamente em frases distorcidas e imperfeitas. Notas dissonantes intercaladas na melodia. As vozes dos tordos se elevam num grito agudo de alerta.

Ficamos imediatamente de pé, Peeta segurando a faca, eu preparada para atirar. Então, Cato sai da floresta aos trancos e barrancos e avança rapidamente em nossa direção. Não está segurando nenhuma lança. Na verdade, suas mãos estão vazias e no entanto ele corre diretamente para nós. Minha primeira flecha atinge seu peito e, inexplicavelmente, cai no chão.

— Ele está usando alguma espécie de armadura! — grita Peeta.

Em cima da hora, porque Cato já está bem ao nosso lado. Preparo-me para o confronto, mas ele dispara entre nós sem fazer esforço algum para diminuir a velocidade. Dá para ver pelo ritmo da respiração, pelo suor que escorre de seu rosto arroxeado, que ele está correndo em alta velocidade há muito tempo. Não para nos caçar, mas fugindo de alguma coisa. Mas do quê?

Meus olhos rastreiam a floresta em tempo hábil para avistar a primeira criatura saltar em direção à planície. No instante em que me viro, vejo mais meia dúzia delas se juntando à primeira. Então, já estou tropeçando e correndo cegamente atrás de Cato sem pensar em mais nada além de salvar minha própria pele.

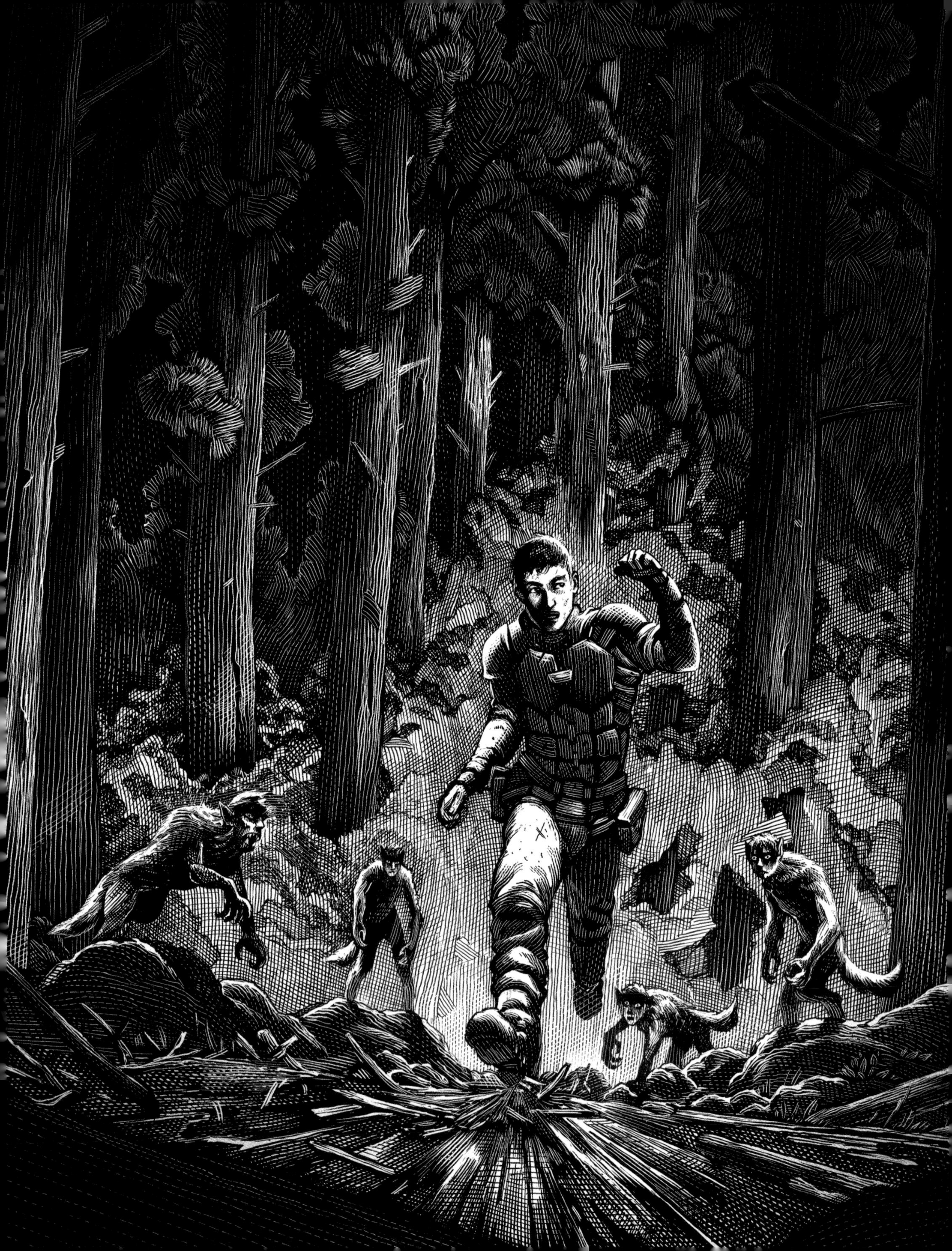

25

Bestantes. Não há dúvidas. Nunca vi essas bestas, mas não são animais naturais. Parecem lobos imensos, mas que espécie de lobo aterrissa e depois se equilibra com tanta facilidade sobre suas patas traseiras? Que espécie de lobo faz sinal com a pata dianteira para que o resto do bando avance, como se tivesse um punho? Essas coisas consigo perceber a distância. De perto, tenho certeza de que características mais ameaçadoras dessas criaturas serão reveladas.

Cato disparou em linha reta até a Cornucópia, e o sigo sem pestanejar. Se ele acha que lá é o local mais seguro, quem sou eu para discutir? Além do mais, mesmo que eu conseguisse chegar às árvores, seria impossível para Peeta superá-los em velocidade devido à sua perna. Peeta! Minhas mãos acabam de aterrissar na pontuda cauda metálica da Cornucópia quando me lembro que faço parte de uma equipe. Ele está mais ou menos quinze metros atrás de mim, mancando o mais rápido que pode, mas os bestantes estão se aproximando. Dou uma flechada no bando e um deles cai, mas há muitos para assumir o posto.

Peeta está acenando para que eu suba na Cornucópia.

– Vai, Katniss! Vai!

Ele tem razão. Não tenho como proteger nenhum dos dois aqui no chão. Começo a subir, escalando a Cornucópia com as mãos e os pés. A superfície de ouro puro foi desenhada para parecer o chifre serpenteado que nós enchemos durante a colheita das safras, de modo que há pequenas arestas e sulcos que permitem uma pegada decente. Mas após um dia sob o sol da arena, o metal está quente o suficiente para encher minhas mãos de bolhas.

Cato está deitado de lado no topo do chifre, seis metros acima do chão, arquejando para retomar o fôlego enquanto vomita na borda. Agora é minha chance de acabar com ele. Paro no meio do caminho e coloco outra flecha no arco, mas, assim que estou pronta para atirar, escuto Peeta gritar. Giro o corpo e vejo que ele acabou de alcançar a ponta da Cornucópia e os bestantes estão em seus calcanhares.

– Sobe! – berro. Peeta começa a subir, dificultado não só pela perna ferida como também pela faca que está segurando. Acerto a flecha no pescoço do primeiro bestante que coloca as patas no metal. Ao morrer, a criatura reage com violência, acertando inadvertidamente alguns de seus companheiros. É então que consigo dar uma boa olhada em suas garras. Dez centímetros de comprimento e visivelmente afiadas como lâminas.

Peeta alcança meus pés, agarro seu braço e o puxo para cima. Então lembro de Cato esperando no topo e giro o corpo, mas ele está recurvado e com cãibras, aparentemente mais preocupado com os bestantes do que conosco. Ele deixa escapar algumas palavras que não consigo entender. O som áspero e rouco que emana das criaturas não ajuda em nada.

– O quê? – grito para ele.

– Ele disse: "Elas conseguem escalar?" – responde Peeta, fazendo com que meus olhos voltem a se concentrar na base do chifre.

As bestas estão começando a se reunir. À medida que se juntam, erguem-se sobre as patas traseiras com facilidade, o que dá a elas uma aparência assombrosamente humana. Todas possuem uma pelagem espessa, algumas com pelos retos e lisos, outras com pelos ondulados, e as cores variam entre o preto retinto e o que só posso descrever como louro. Há uma outra coisa a respeito delas, uma coisa que faz os cabelos em minha nuca se eriçarem, mas eu ainda não sei dizer o que é.

As criaturas colocam os focinhos no chifre, farejando e saboreando o metal, arranhando a superfície e então emitindo sons agudos umas às outras. Deve ser assim que elas se comunicam, porque o bando se afasta como se estivesse dando passagem a alguém. Então, uma delas, uma besta de tamanho razoável, com um pelo sedoso louro e ondulado, dá um impulso e sobe no chifre. Suas pernas traseiras devem ser incrivelmente poderosas porque aterrissam poucos passos abaixo de nós, seus lábios rosados franzidos num rosnado. Por um instante, ela fica lá parada, e, neste momento, percebo o que mais me havia desconcertado em relação às bestas. Os olhos verdes que brilham para mim não são os de um cão ou lobo, ou qualquer outro animal canino que eu já tenha visto. Eles são inegavelmente humanos. Estou quase registrando a revelação quando reparo na coleira com o número 1 adornado com joias, e todo o horror me atinge como um raio. O cabelo louro, os olhos verdes, o número... é Glimmer.

Um grito me escapa da boca e estou tendo dificuldades para manter o arco no lugar. Eu estava esperando o momento de atirar, ciente de que meu suprimento de flechas está acabando. Esperando para ver se as criaturas podem, efetivamente, subir. Mas agora, mesmo com a besta tendo começado a deslizar para o lado – incapaz de achar algum apoio no metal – e mesmo eu podendo escutar o lento arranhar das garras produzindo um ruído como o de unhas num quadro-negro, acerto a garganta do bicho. Seu corpo se contorce e cai no chão fazendo um estrondo.

– Katniss? – Sinto Peeta apertando meu braço.

– É ela!

– Quem? – pergunta Peeta.

Minha cabeça vai de um lado a outro à medida que examino o bando, captando os diversos tamanhos e cores. A criatura pequena com a pelagem vermelha e olhos cor de âmbar... Cara de Raposa! E lá, o cabelo grisalho e os olhos castanhos do garoto do Distrito 9 que morreu enquanto lutávamos pela mochila! E o que é pior, a menor besta de todas, com uma pelagem escura e brilhante, imensos olhos castanhos e uma coleira onde está escrito *11* em palha trançada. Dentes cerrados destilando ódio. Rue...

– O que foi, Katniss? – pergunta Peeta, sacudindo meu ombro.

– São eles. São todos eles. Os outros. Rue e Cara de Raposa e... todos os outros tributos – digo, quase engasgando.

Ouço Peeta arquejar ao reconhecê-los.

– O que será que fizeram com eles? Você não está achando que... você acha que esses poderiam ser os olhos reais deles?

Os olhos são a menor das minhas preocupações. E o cérebro? Será que os bestantes receberam alguma lembrança dos tributos reais? Será que foram programados para odiar especificamente nossos rostos porque sobrevivemos e eles foram assassinados de maneira tão cruel? E os que matamos de fato... será que acreditam que estão vingando suas próprias mortes?

Antes que eu possa responder, as criaturas dão início a um novo ataque ao chifre. Elas se dividiram em dois grupos nas laterais do chifre e estão usando seus poderosos quadris para se lançar em nossa direção. Uma bocarra se fecha a poucos centímetros de minha mão e então ouço Peeta dando um grito. Sinto o puxão em seu corpo, todo seu peso somado ao do bestante me jogando para o lado. Se não fosse o aperto em meu braço, ele teria caído. Mas, da maneira que está, preciso usar toda a minha força para nos manter sobre a curva traseira do chifre. E mais tributos estão chegando.

– Mata ele, Peeta! Mata ele! – grito, e, embora mal consiga ver o que está acontecendo, sei que ele deve ter apunhalado a coisa, porque o puxão diminui de intensidade. Agora consigo içá-lo de volta ao chifre, onde nos arrastamos na direção do topo onde o menor dos problemas nos espera.

Cato ainda não consegue ficar de pé, mas sua respiração está voltando ao normal e sei que logo, logo ele estará suficientemente recuperado para nos atacar, para nos arremessar em direção a nossas mortes. Empunho o arco, mas a flecha acaba atingindo um bestante que só pode ser Thresh. Quem mais poderia dar um salto alto assim? Sinto um alívio momentâneo porque finalmente conseguimos subir além do alcance das criaturas e estou me virando para encarar Cato quando Peeta é arrancado do meu lado. Estou certa de que o bando o pegou até seu sangue espirrar em meu rosto.

JOGOS VORAZES

Cato está em pé na minha frente, quase na extremidade do chifre, segurando Peeta em uma espécie de mata-leão, impedindo-o de respirar. Peeta está golpeando o braço de Cato, mas sem muita força, como se estivesse confuso em relação ao que seria mais importante: respirar ou tentar deter o fluxo de sangue que jorra da fenda que um bestante deixou em sua panturrilha.

Miro uma das minhas duas últimas flechas na cabeça de Cato, ciente de que ela não fará nenhum efeito em seu tronco ou membros que, agora posso ver, estão revestidos com uma malha vermelha e justa no corpo. Alguma armadura de alta qualidade proveniente da Capital. Seria isso o que estava na mochila que ele achou no ágape? Uma armadura para se defender de minhas flechas? Bem, eles se esqueceram de enviar uma proteção para o rosto.

Cato apenas ri.

– Atire em mim e ele cai comigo.

Ele tem razão. Se eu atirar e ele cair onde estão as bestas, Peeta certamente morrerá com ele. Chegamos a um impasse. Não posso atirar em Cato sem matar Peeta também. Ele não pode matar Peeta sem garantir uma flecha em seu cérebro. Ficamos como estátuas, os dois procurando uma saída.

Meus músculos estão tão retesados que parece até que vão se distender a qualquer instante. Meus dentes chegam a ranger. Os bestantes ficam em silêncio e a única coisa que consigo escutar é o sangue latejando em meu ouvido bom.

Os lábios de Peeta estão ficando azulados. Se eu não fizer alguma coisa rapidamente, ele vai morrer asfixiado e então o terei perdido, e Cato provavelmente utilizará seu corpo como uma arma contra mim. Na verdade, tenho certeza de que esse é o plano de Cato porque, apesar de ter parado de rir, seus lábios estão emoldurando um sorriso triunfal.

Como um último esforço, Peeta ergue os dedos – respingando sangue da perna – na direção do braço de Cato. Em vez de tentar escapar lutando, seu dedo indicador muda de direção e traça deliberadamente um X nas costas da mão de seu agressor. Cato percebe o que isso significa exatamente um segundo depois de mim. Dá para ver pela maneira pela qual o sorriso desaparece de seu rosto. Um segundo é tarde demais porque, a essa altura, minha flecha já está penetrando sua mão. Ele dá um grito e, num reflexo, libera Peeta, que investe contra ele. Durante um momento de puro horror, acho que ambos estão caindo. Dou um mergulho para a frente e agarro Peeta enquanto Cato perde o equilíbrio sobre o chifre escorregadio devido ao excesso de sangue e desaba.

Escutamos quando ele atinge o chão, o ar deixando seu corpo com o impacto, e, então, as bestas o atacam. Peeta e eu amparamos um ao outro, esperando pelo canhão, esperando o fim da competição, esperando nossa libertação. Mas isso não acontece. Não ainda. Porque esse é o clímax dos Jogos Vorazes, e o público espera um show.

Não assisto, mas consigo ouvir os rosnados, os grunhidos, os uivos de dor não só do ser humano como também das feras à medida que Cato enfrenta o bando de bestantes. Não consigo entender como ele ainda está vivo até me lembrar da armadura que o protege do tornozelo até o pescoço, e percebo como essa noite ainda pode ser longa. Cato também deve ter uma faca ou espada ou algo do tipo, algo que ele guardava escondido nas roupas, porque, vez por outra, podemos ouvir um grito de morte de uma besta ou o som de metal batendo em metal à medida que a lâmina colide com o chifre dourado. O combate prossegue pela lateral da Cornucópia, e sei que Cato deve estar tentando a única manobra que poderia salvar sua vida: contornar de volta a ponta do chifre e se juntar novamente a nós. Mas, ao fim, apesar de suas notáveis força e habilidade, ele simplesmente é superado pelos bestantes.

Não sei quanto tempo demorou, talvez uma hora ou mais, até Cato tombar e nós ouvirmos as bestas o arrastando de volta à Cornucópia. *Agora elas acabarão com ele.* Mas ainda não ouvimos nenhum canhão.

A noite cai e o hino toca e não há nenhuma foto de Cato no céu, apenas uns fracos gemidos vindo do metal abaixo de nós. O ar gelado soprando na planície me faz lembrar que os Jogos ainda não terminaram e que talvez continuem assim por algum tempo. Não há nenhuma garantia de vitória.

Volto minha atenção para Peeta e descubro que sua perna está sangrando mais do que nunca. Todos os nossos suprimentos, nossas mochilas, permanecem perto do lago onde nós os deixamos quando fugimos dos bestantes. Não tenho nenhum curativo, nada que possa estancar o fluxo de sangue de sua panturrilha. Embora esteja tremendo nesse vento cortante, arranco minha jaqueta, remova a camisa e volto a colocar a jaqueta o mais rápido que posso. O breve período que fico exposta ao frio faz com que meus dentes comecem a bater descontroladamente.

O rosto de Peeta está cinza à luz pálida do luar. Faço com que ele se deite e, em seguida, examino o ferimento. Sangue quente e escorregadio escorre pelos meus dedos. Um simples curativo não será suficiente. Já vi minha mãe fazendo torniquetes inúmeras vezes e tento reproduzir a ação. Rasgo uma das mangas de minha camisa, enrolo-a duas vezes em volta de sua perna logo abaixo do joelho e faço um nó frouxo. Não tenho nenhum pedaço de madeira aqui, então, pego a última flecha que me resta e a insiro no nó, apertando o torniquete até onde a coragem me permite. É um processo arriscado – Peeta pode acabar perdendo a perna –, mas em comparação com perder a vida que alternativa me resta? Cubro o ferimento com o que sobrou de minha camisa e me deito ao seu lado.

– Não durma – digo a ele. Não tenho certeza se esse é um procedimento médico, mas estou aterrorizada com a possibilidade de ele não acordar mais, caso caia no sono.

– Você está com frio? – pergunta Peeta. Ele abre a jaqueta e eu colo meu corpo ao dele enquanto ele a fecha sobre mim. É um pouco mais confortável compartilhar o calor de nosso corpo dentro das duas camadas de jaqueta, mas a noite está só começando. A temperatura continuará a cair. Posso sentir até a Cornucópia, que era tão quente quando a escalei, lentamente se transformando em gelo.

– Cato ainda pode vencer esse negócio – sussurro para Peeta.

— Não acredite nisso – diz ele, puxando meu capuz, mas ele está tremendo mais do que eu.

As horas seguintes são as piores de toda a minha vida, o que, se você parar para pensar, não é pouca coisa. O frio em si já seria tortura suficiente, mas o verdadeiro pesadelo é ouvir Cato gemendo, implorando e finalmente choramingando à medida que as bestas acabam aos poucos com ele. Não demora muito para que eu pare de me importar com quem ele é ou o que ele fez, tudo o que quero é que o sofrimento termine.

— Por que não matam logo ele e pronto? – pergunto a Peeta.

— Você sabe por quê – diz ele, e me puxa para mais perto dele.

E sei mesmo. Nenhum telespectador conseguiria tirar os olhos do programa agora. Sob o ponto de vista dos Idealizadores dos Jogos, essa é a palavra final em entretenimento.

A coisa segue e segue e segue até que, por fim, consome a minha mente por inteiro, bloqueando lembranças e esperanças em relação ao amanhã, apagando tudo que não seja o presente. E começo a acreditar que jamais mudará. Jamais haverá coisa alguma a não ser o frio e o medo, e os sons agonizantes do garoto morrendo no chifre.

Peeta começa a cochilar e, sempre que isso acontece, flagro a mim mesma berrando seu nome cada vez com mais intensidade porque se ele morrer em meus braços agora, sei que ficarei completamente louca. Ele está lutando contra isso, provavelmente mais por minha causa do que por ele mesmo, e é difícil porque a inconsciência seria uma maneira de escapar. Mas a adrenalina que tomou conta de meu corpo jamais permitiria que eu o seguisse, de modo que não posso deixar que ele se vá. Simplesmente não posso.

A única indicação da passagem do tempo reside nos céus, a sutil mudança da lua. Então, Peeta começa a apontá-la para mim, insistindo para que eu identifique seu progresso e, às vezes, por apenas alguns segundos, sinto uma pontinha de esperança até que a agonia da noite novamente toma conta do meu ser.

Por fim, escuto-o sussurrar que o sol está nascendo. Abro meus olhos e percebo as estrelas desaparecendo na pálida luz da madrugada. Também consigo ver como o rosto de Peeta ficou descorado. Como lhe resta pouco tempo. E sei que tenho de levá-lo de volta à Capital.

Mas, ainda assim, não ouvimos nenhum canhão. Pressiono meu ouvido bom no chifre e só consigo distinguir a voz de Cato.

– Acho que ele está mais próximo agora. Katniss, você consegue atirar nele? – pergunta Peeta.

Se ele estiver perto da boca, talvez eu possa acertá-lo. Seria um ato de misericórdia nas atuais circunstâncias.

– Minha última flecha está em seu torniquete – respondo.

– Pode usar – diz Peeta, abrindo a jaqueta e me soltando.

Então, libero a flecha, amarrando novamente o torniquete com o máximo de força que meus dedos congelados conseguem reunir. Esfrego minhas mãos, tentando regularizar a circulação. Quando rastejo até a boca do chifre e me penduro sobre a borda, sinto as mãos de Peeta me agarrando para me sustentar.

Levo alguns instantes para achar Cato na luminosidade tênue, em meio à carnificina. Então, o pedaço de carne viva que era meu inimigo produz um som, e identifico o local onde se encontra sua boca. E eu acho que a frase que ele está tentando pronunciar é *por favor.*

Um sentimento de pena, não de vingança, lança minha flecha na direção de sua cabeça. Peeta me puxa de volta, arco na mão, aljava vazia.

– Acertou nele? – sussurra.

O canhão dá um tiro em resposta.

– Então nós vencemos, Katniss – diz ele, sem entusiasmo.

– Saudações a nós dois – consigo deixar escapar. Mas não há qualquer júbilo em minha voz.

Um buraco se abre na planície e, como se seguissem instruções, as bestas restantes se jogam dentro dele, desaparecendo à medida que a terra se fecha sobre elas.

Esperamos para ver o aerodeslizador levar os restos mortais de Cato; para ouvir os trompetes da vitória que deveriam se seguir a ele. Mas nada acontece.

— Ei! — grito para o ar. — O que está acontecendo? — A única resposta é o burburinho dos pássaros despertando.

— Pode ser o corpo. Talvez a gente tenha que se afastar dele — diz Peeta.

Tento me lembrar. É preciso se afastar do tributo morto após o último combate? Meu cérebro está confuso demais para ter certeza, mas que outro motivo poderia existir para o atraso?

— Tudo bem. Você acha que consegue chegar ao lago? — pergunto.

— Acho melhor tentar — responde Peeta. Descemos até a ponta do chifre e caímos no chão. Se meus próprios membros estão assim tão rígidos, como Peeta consegue se mover? Sou a primeira a me levantar, balançando e mexendo os braços e pernas até achar que estou pronta para ajudá-lo. De alguma maneira, conseguimos voltar ao lago. Encho as mãos com água gelada, que ofereço a Peeta. Depois, levo um pouco dela aos meus lábios.

Um tordo dá um assobio longo e lágrimas de alívio inundam meus olhos quando o aerodeslizador aparece e leva o corpo de Cato. Agora eles virão nos buscar. Agora poderemos ir para casa.

Mas, novamente, nada acontece.

— O que eles estão esperando? — pergunta Peeta, com a voz fraca. Entre a perda do torniquete e o esforço que empreendeu para chegar no lago, seu ferimento reabriu.

— Não sei — respondo. Seja lá qual for o motivo para a demora, não consigo vê-lo perder mais sangue. Levanto-me para tentar encontrar um galho, mas quase imediatamente dou de cara com a flecha rechaçada pela armadura de Cato. Vai funcionar tão bem quanto a outra. Assim que me abaixo para pegá-la, a voz de Claudius Templesmith retumba na arena:

JOGOS VORAZES

– Saudações aos últimos competidores da septuagésima quarta edição dos Jogos Vorazes. A revisão anterior foi revogada. Um exame mais minucioso do livro de regras revelou que apenas um vencedor pode ser permitido – diz ele. – Que a sorte esteja sempre a seu favor.

Há um pequeno ruído de estática e, então, nada mais acontece. Olho para Peeta em total descrença à medida que absorvo a verdade. Eles jamais tiveram a intenção de permitir que nós dois vivêssemos. Tudo isso foi articulado pelos Idealizadores dos Jogos para garantir a mais dramática disputa final da história. E eu, como uma idiota, acreditei.

– Se você pensar bem, não é assim tão surpreendente – diz Peeta, suavemente. Observo-o se levantar em meio às dores. Então ele começa a andar em minha direção, como se estivesse em câmera lenta, sua mão puxando a faca do cinto...

Antes mesmo de me dar conta de minha ação, meu arco já está preparado com a flecha apontada diretamente para o seu coração. Peeta ergue as sobrancelhas e vejo que a faca já saiu de sua mão e está viajando em direção ao fundo do lago. Baixo o arco e dou um passo para trás, meu rosto queimando pelo único motivo possível: vergonha.

– Não – diz ele. – Vai em frente. – Peeta manca em minha direção e coloca novamente a arma em minhas mãos.

– Não posso. Não vou fazer isso.

– Vamos lá. Antes que eles enviem aqueles bestantes de volta ou algo parecido. Não quero morrer como Cato.

– Então você atira em mim – retruco, furiosamente, jogando o arco para ele. – Você atira em mim e volta pra casa e vive com essa realidade! – E enquanto digo isso, sei que morrer aqui e agora seria a opção mais fácil.

– Você sabe que não posso – diz Peeta, descartando a arma. – Tudo bem, vou primeiro de qualquer modo. – Ele se inclina e rasga o curativo da perna, eliminando a última barreira entre o sangue e a terra.

— Não, você não pode se matar. — Estou de joelhos, recolocando desesperadamente o curativo na ferida.

— Katniss. É isso o que eu quero.

— Você não vai me deixar aqui sozinha. — Porque se ele morrer, nunca mais vou poder voltar para casa. Não para valer. Vou passar o resto da vida nessa arena tentando traçar uma alternativa.

— Escuta – diz ele, puxando-me de volta. — Nós dois sabemos que eles precisam de um vitorioso. Só pode ser um de nós. Por favor, vença. Por mim. — E ele prossegue dizendo o quanto me ama, como sua vida seria sem mim etc. Mas parei de ouvir porque suas palavras anteriores estão presas em minha cabeça, sacudindo-a desesperadamente.

Nós dois sabemos que eles precisam de um vitorioso.

Sim, eles precisam de um vitorioso. Sem um vitorioso, a coisa toda explodiria nas mãos dos Idealizadores dos Jogos. Eles teriam fracassado diante da Capital. Talvez fossem até executados, lenta e dolorosamente, com as câmeras transmitindo para todas as telas de televisão do país.

Se Peeta e eu morrêssemos, ou se eles imaginassem que nós tivéssemos...

Meus dedos remexem a bolsinha em meu cinto, liberando-a. Peeta a vê e sua mão agarra meu pulso.

— Não, não vou deixar você fazer isso.

— Confie em mim – sussurro. Ele fixa seus olhos nos meus por um bom tempo e então me solta. Desamarro a parte de cima da bolsinha e coloco algumas amoras na palma de sua mão. Depois, coloco um pouco na minha. — Contamos até três?

Peeta se inclina e me beija uma vez, delicadamente.

— Até três – diz ele.

Nós ficamos parados, nossas costas pressionadas uma contra a outra, nossas mãos vazias presas num aperto firme.

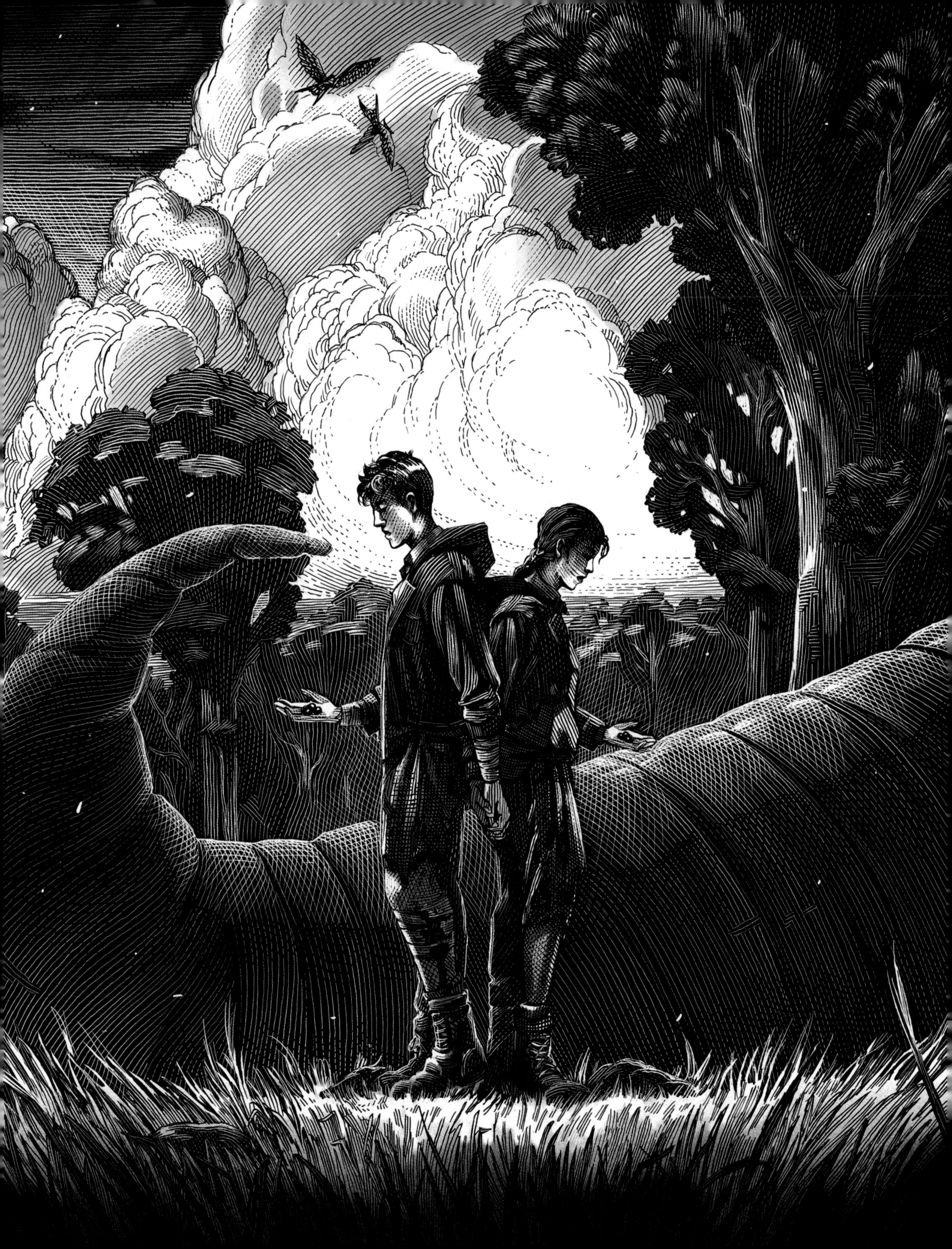

— Mostra bem as amoras. Quero que todo mundo veja – diz ele.

Estendo meus dedos e as amoras escuras brilham ao sol. Aperto uma última vez a mão de Peeta como um sinal, como um adeus, e nós começamos a contar.

— Um. – Talvez esteja errada. – Dois. – Talvez eles não liguem se nós dois morrermos. – Três! – Tarde demais para mudar de ideia. Ergo minha mão até a boca, dando uma última olhada para o mundo. As amoras estão quase dentro de minha boca quando os trompetes começam a soar.

A voz frenética de Claudius Templesmith berra por cima deles:

— Parem! Parem! Senhoras e senhores, tenho o prazer de anunciar os vitoriosos da septuagésima quarta edição dos Jogos Vorazes, Katniss Everdeen e Peeta Mellark! Eu apresento... os tributos do Distrito 12!

26

Cuspo as amoras, esfregando a língua com a ponta da camisa para ter certeza de que nenhum resquício da fruta permanece em meu corpo. Peeta me puxa para o lago onde nós dois lavamos nossas bocas e em seguida caímos nos braços um do outro.

– Você não engoliu nada? – pergunto.

Ele balança a cabeça.

– E você?

– Imagino que já estaria morta a uma hora dessas se tivesse – digo. Posso ver seus lábios se movendo em resposta, mas não consigo ouvi-lo devido ao barulho da multidão na Capital, que estão transmitindo ao vivo pelos alto-falantes.

O aerodeslizador se materializa acima de nossas cabeças e duas escadas são jogadas, só que não solto Peeta de maneira nenhuma. Mantenho um braço em volta dele enquanto o ajudo a subir, e cada um de nós coloca um pé no primeiro degrau da escada. A corrente elétrica nos paralisa no local e, dessa vez, fico contente por isso pois não tenho lá muita certeza se Peeta consegue realmente se sustentar a viagem toda. Quando olho para baixo, vejo que, apesar de nossos músculos estarem imóveis, nada está impedindo o sangue de escorrer pela perna de Peeta. E, de fato, assim que a porta se fecha atrás de nós e a corrente para, ele desaba inconsciente no chão.

Meus dedos ainda estão agarrando a parte de trás da jaqueta com tanta força que, no momento em que ele é levado, ela se rasga, deixando-me com uma ponta de tecido preto na mão. Médicos em roupas brancas esterilizadas, com máscaras e luvas, já prontos para a cirurgia, entram em ação. Peeta está tão pálido e imóvel sobre a mesa prateada, com tantos tubos e fios saindo por todos os lados que, por um momento, me esqueço de que estamos fora dos Jogos e vejo os médicos simplesmente como mais uma ameaça, mais um bando de bestantes com o intuito de matá-lo. Aterrorizada, corro até ele, mas sou agarrada e conduzida a outra sala, e uma porta de vidro nos separa. Bato no vidro, gritando a plenos pulmões. Todos me ignoram, exceto um assessor da Capital, que surge atrás de mim e me oferece algo para beber.

Desabo no chão, meu rosto grudado à porta, mirando o copo de cristal em minha mão sem conseguir compreender nada. Gelado, cheio de suco de laranja, um canudo branco com umas ondulações. Como o objeto parece estranho em minhas mãos imundas e ensanguentadas, com minhas unhas sujas de terra e as várias cicatrizes. O aroma me faz salivar, mas eu coloco o copo cuidadosamente no chão, sem conseguir confiar em nada tão limpo e bonitinho.

Através do vidro, vejo os médicos trabalhando incessantemente em Peeta, suas testas enrugadas de concentração. Vejo o fluxo de líquidos bombeado nos tubos, observo um paredão de números e luzes que não significam coisa alguma para mim. Não tenho certeza, mas tenho a impressão de que o coração dele para duas vezes.

É como estar novamente em casa, naquelas ocasiões em que uma pessoa irremediavelmente destroçada por alguma explosão nas minas, ou alguma mulher em seu terceiro dia de trabalho de parto, ou uma criança esfomeada lutando contra a pneumonia são recebidas por minha mãe e Prim com essas mesmas rugas de preocupação nos rostos. É a hora de correr para a floresta, para me esconder nas árvores até que o paciente há muito já tenha partido, e em outra parte da Costura os martelos já estejam preparando o caixão. Mas estou presa aqui não só pelas paredes do aerodeslizador como pela mesma força que segura aqueles que amam aos que estão para morrer. Quantas vezes não os vi, ao redor da mesa de nossa cozinha, e ficava imaginando: *Por que não vão embora? Por que ficam para ver?*

E agora sei a resposta. É porque não há alternativa.

Tomo um susto quando pego alguém olhando diretamente para mim a alguns centímetros de distância e então me dou conta de que é meu próprio rosto refletido no vidro.

Olhos selvagens, bochechas descarnadas, meus cabelos um emaranhado só. Virulenta. Feroz. Furiosa. Não é à toa que todos estão mantendo uma distância segura de mim.

Percebo em seguida que nós aterrissamos de volta sobre o telhado do Centro de Treinamento e eles estão levando Peeta, mas me deixando atrás da porta. Começo a me jogar contra o vidro, berrando, e acho que acabei de vislumbrar uma cabeleira cor-de-rosa – deve ser Effie, tem de ser Effie vindo em meu socorro – quando a agulha me perfura pelas costas.

Quando acordo, a princípio fico com medo de me mexer. Todo o teto brilha com uma luz amarela suave, permitindo-me ver que me encontro em uma sala onde só existe minha cama. Nenhuma porta, nenhuma janela está visível. O ar cheira a algo forte e antisséptico. Do meu braço direito partem vários tubos atados à parede atrás de mim. Estou nua, mas a roupa de cama é suave contra minha pele. Tento em vão erguer minha mão esquerda acima da coberta. Não só a mão foi limpa como também as unhas estão perfeitamente cortadas e as cicatrizes das queimaduras parecem menos proeminentes. Toco minha bochecha, meus lábios, o relevo da cicatriz acima de minha sobrancelha, e estou começando a percorrer os dedos pelos cabelos sedosos quando fico paralisada. Apreensivamente, balanço os cabelos acima de meu ouvido esquerdo. Não, não foi uma ilusão. Estou ouvindo novamente.

Tento me sentar, mas uma espécie de tala restritiva em volta da minha cintura me impede de erguer-me mais do que alguns centímetros. O confinamento físico me faz entrar em pânico e estou tentando me erguer e arrastar os quadris para fora da tala, quando uma parte da parede se abre e a garota ruiva Avox entra no recinto carregando uma bandeja. Acalmo-me ao vê-la e paro de tentar escapar. Quero lhe fazer um milhão de perguntas, mas tenho medo de que uma demonstração de familiaridade possa causar a ela algum problema. Obviamente, estou sendo monitorada de perto. Ela coloca a bandeja em cima de minhas coxas e aperta algum botão que me coloca na posição sentada. Enquanto ela ajusta meus travesseiros, arrisco uma pergunta. Pronuncio em voz alta, com tanta clareza quanto permite minha voz rouca, de modo que não soe furtivo:

– Peeta sobreviveu?

Ela faz que sim com a cabeça e, enquanto desliza a colher para minha mão, sinto uma pressão amiga.

Imagino que ela não tenha desejado minha morte, afinal. E Peeta sobreviveu. É claro que sobreviveu. Com todo aquele equipamento caro que eles possuem aqui... Mas, ainda assim, eu tinha minhas dúvidas até agora.

Quando a Avox sai, a porta se fecha atrás dela sem fazer nenhum ruído e me volto vorazmente para a bandeja. Uma tigela com um caldo claro, uma pequena porção de molho de maçã e um copo de água. *Isso é tudo?*, penso, mal-humorada. Meu jantar de retorno não deveria ser um pouco mais espetacular? Mas descubro que é uma dificuldade terminar a escassa refeição que está diante de mim. Meu estômago parece haver encolhido até ficar do tamanho de uma castanha, e preciso imaginar quanto tempo estive inconsciente porque na última manhã que passei na arena não tive nenhuma dificuldade para ingerir uma quantidade bem razoável de comida no café da manhã. Normalmente, há um intervalo de alguns dias entre o fim da competição e a apresentação do vitorioso, para que ele possa deixar para trás seu eu maltratado, ferido e faminto. Em algum lugar, Cinna e Portia devem estar criando nossos modelitos para as aparições públicas. Haymitch e Effie estarão preparando o banquete para nossos patrocinadores, revisando as perguntas para nossas entrevistas finais. Lá em casa, o Distrito 12 estará provavelmente um caos, com todos tentando organizar as comemorações de retorno ao lar para mim e para Peeta, já que a última vez que isso aconteceu foi há quase trinta anos.

Casa! Prim e minha mãe! Gale! Até a imagem do gato velho e horroroso de Prim me faz sorrir. Logo estarei em casa!

Quero sair dessa cama. Ver Peeta e Cinna, descobrir mais a respeito do que está acontecendo. E por que eu não deveria sair daqui? Estou me sentindo bem. Mas, assim que começo a tentar escapar da tala, sinto um líquido frio entrando em minha veia por um dos tubos e perco a consciência quase imediatamente.

JOGOS VORAZES

Isso acontece de modo intermitente por uma quantidade de tempo indeterminada. Acordo, como e, mesmo resistindo ao impulso de tentar escapar da cama, sou nocauteada novamente. Pareço estar imersa em um estranho e contínuo crepúsculo. Apenas algumas coisas são registradas por minha mente. A garota ruiva Avox não voltou desde que me trouxe a comida, minhas cicatrizes estão desaparecendo e... será que estou imaginando coisas ou estou mesmo ouvindo um homem berrando? Não no sotaque da Capital, mas nas cadências mais rudes de meu distrito. E não consigo evitar uma sensação vaga e reconfortante pelo fato de que alguém está cuidando de mim.

Então, finalmente, chega a hora em que acordo e não há mais nada plugado em meu braço direito. A restrição em volta de minha cintura foi removida e estou livre para me mover. Começo a me sentar, mas sou tomada de surpresa pela visão de minhas mãos. A perfeição da pele, macia e brilhante. Não apenas as cicatrizes da arena, mas também todas aquelas acumuladas ao longo de tantos anos caçando, desapareceram sem deixar vestígios. Minha testa está sedosa, e quando tento encontrar a queimadura em minha panturrilha, não há mais nada.

Deslizo minhas pernas para fora da cama, ansiosa para saber como vão sustentar meu peso e as encontro fortes e firmes. Aos pés da cama me deparo com um traje que me deixa perplexa. É o uniforme que todos os tributos usam na arena. Encaro-o como se o objeto possuísse dentes até me lembrar que, é claro, isso é o que vestirei para saudar minha equipe.

Visto-me em menos de um minuto e estou irrequieta na frente da parede, onde sei que há uma porta mesmo que não consiga enxergá-la, quando, subitamente, ela se abre. Piso num corredor amplo e deserto que parece não possuir mais nenhuma porta. Mas deve possuir. E atrás de uma delas deve estar Peeta. Agora que estou consciente e podendo me mover, estou cada vez mais ansiosa em relação a ele. Peeta deve estar vivo, como a Avox me garantiu. Mas preciso vê-lo com meus próprios olhos.

– Peeta! – grito, já que não há mais ninguém a quem perguntar. Escuto meu nome em resposta, mas não é a voz dele. É uma voz que primeiro provoca irritação e depois impaciência. Effie.

Eu me viro e vejo todos esperando em uma grande câmara ao fim do corredor – Effie, Haymitch e Cinna. Meus pés partem sem hesitação. Talvez um vitorioso devesse demonstrar mais comedimento, mais superioridade, principalmente quando sabe que aparecerá na televisão, mas não dou a mínima. Corro até eles e surpreendo até a mim mesma ao me lançar nos braços de Haymitch em primeiro lugar. Quando ele sussurra em meu ouvido "Bom trabalho, queridinha", seu tom não soa sarcástico. Effie está com os olhos cheios d'água e não para de acariciar meus cabelos e de falar como contou para todo mundo que nós éramos verdadeiras pérolas. Cinna apenas me abraça com força e não diz nada. Então, noto que Portia está ausente e tenho um mau pressentimento.

– Onde está Portia? Ela está com Peeta? Ele está bem, não está? Digo, ele está vivo, não está? – deixo escapar.

– Ele está ótimo. Só que eles querem que vocês se reencontrem ao vivo na cerimônia – diz Haymitch.

– Ah, é isso? – O momento de horror em que novamente imaginei que Peeta houvesse morrido se esvai. – Imagino que eu mesma gostaria de ver tudo isso.

– Vá com Cinna. Ele precisa te aprontar – diz Haymitch.

É um alívio ficar a sós com Cinna, sentir seu braço protetor em volta de meus ombros enquanto me leva para longe das câmeras por algumas passagens até um elevador que nos conduz ao saguão do Centro de Treinamento. Então, o hospital fica bem no subterrâneo, mais abaixo até do que o ginásio onde os tributos aprenderam a amarrar nós e a arremessar lanças. As janelas do saguão estão escuras, e um punhado de guardas está a postos. Ninguém mais está lá para nos ver entrar no elevador dos tributos. Nossos passos ecoam no vazio. E enquanto subimos até o décimo segundo andar, os rostos de todos os tributos que jamais voltarão surgem em minha mente e sinto meu peito se contraindo.

Quando a porta do elevador se abre, Venia, Flavius e Octavia me abraçam, falando com tanta rapidez e com tanto arrebatamento que mal consigo entender as palavras. Mas o sentimento é claro. Eles estão verdadeiramente emocionados por me ver e estou feliz por vê-los também, embora não da mesma maneira que estava ao ver Cinna. Esse encontro parece mais com rever um trio de animais de estimação ao fim de uma jornada particularmente árdua.

Eles me empurram para dentro da sala de jantar e sou agraciada com uma refeição de verdade – rosbife, ervilhas e pãezinhos macios –, embora minhas porções ainda estejam estritamente controladas. Porque, quando peço para repetir, não sou atendida.

– Não, não e não. Eles não querem que toda essa comida acabe sendo vomitada em pleno palco – diz Octavia, mas, sem que ninguém veja, ela me passa um pãozinho extra por baixo da mesa para que eu saiba que ela está do meu lado.

Voltamos para meu quarto e Cinna desaparece por um tempo enquanto a equipe de preparação me apronta.

– Ah, eles fizeram um polimento realmente fantástico em seu corpo – diz Flavius, com inveja. – Não ficou nenhuma falha na sua pele.

Mas, quando olho para meu corpo nu no espelho, tudo o que consigo ver é como estou magra. Enfim, tenho certeza de que estava bem pior quando voltei da arena, mas posso contar minhas costelas com facilidade.

Eles cuidam dos controles do chuveiro para mim e começam a trabalhar em meus cabelos, unhas e maquiagem depois que saio do banho. Eles são tão tagarelas que quase não preciso responder, o que é bom, já que não estou muito disposta a conversar. É engraçado, porque, apesar de eles estarem tagarelando sobre os Jogos, só falam sobre onde estavam ou o que estavam fazendo ou o que sentiram quando determinado evento ocorreu. "Eu ainda estava na cama!" "Eu tinha acabado de tingir as sobrancelhas!" "Eu juro que quase desmaiei!" Tudo se refere a eles, não aos jovens que estavam morrendo na arena.

Não nos comportamos assim a respeito dos Jogos no Distrito 12. Nós cerramos os dentes e assistimos porque somos obrigados, e então tentamos voltar ao trabalho o mais rápido possível quando a transmissão acaba. Para não odiar a equipe de preparação, simplesmente me desligo de quase tudo o que eles estão dizendo.

Cinna volta com o que parece ser um despretensioso vestido amarelo nos braços.

– Você desistiu de toda aquela história de "garota em chamas"? – pergunto.

– Se é o que você diz – responde ele, e desliza o vestido por cima de minha cabeça. Imediatamente, noto o revestimento sobre meus seios, adicionando curvas que a fome roubou de meu corpo. Minhas mãos vão até o peito e franzo as sobrancelhas. – Eu sei – diz Cinna, antes que eu possa reclamar. – Mas os Idealizadores dos Jogos queriam te alterar cirurgicamente. Haymitch brigou feio com eles para impedir isso. Esse foi o acordo. – Ele me interrompe antes que eu possa olhar meu reflexo. – Espera aí, não se esqueça dos sapatos. – Venia me ajuda a calçar um par de sandálias de couro baixas e me viro para o espelho.

Ainda sou a "garota em chamas". O tecido diáfano brilha suavemente. Até o mais leve movimento no ar faz meu corpo ondular. Em comparação, o traje da carruagem parece vulgar e o vestido da entrevista parece artificial demais. Nesta roupa, dou a impressão ilusória de estar vestindo uma vela acesa.

– O que você acha? – pergunta Cinna.

– Acho que esse é o melhor de todos – respondo. Quando consigo desviar meus olhos do tecido bruxuleante, estou mais ou menos num estado de choque. Meus cabelos estão soltos, mantidos presos por uma simples fitinha. A maquiagem suaviza e preenche os ângulos duros de meu rosto. Um esmalte claro cobre minhas unhas. O vestido sem mangas está justo nas costelas, não na cintura, eliminando quase que por completo toda a ajuda que o revestimento pudesse porventura dar à minha aparência. A bainha está bem na altura dos joelhos. Sem salto alto, dá para ver minha estatura real. Em poucas palavras, estou parecendo uma garota. Uma garota jovem. Catorze anos no máximo. Inocente. Inofensiva. Sim, é chocante Cinna ter bolado esse vestido se considerarmos que eu acabei de vencer os Jogos.

Esse é um visual bem calculado. Nenhuma das produções de Cinna é arbitrária. Mordo meu lábio tentando destrinchar sua motivação.

– Achei que seria um visual um pouco mais... sofisticado.

– Imaginei que Peeta fosse gostar mais desse aí – responde ele, com cuidado.

Peeta? Não, isso não tem nada a ver com Peeta. Tem a ver com a Capital e com os Idealizadores dos Jogos. E com o público. Embora eu ainda não entenda o propósito de Cinna, o vestido é uma lembrança de que os Jogos ainda não estão totalmente encerrados. E, por trás de sua resposta inocente, percebo um alerta. De algo que ele não pode mencionar nem na frente de sua própria equipe.

Entramos no elevador e fomos até o nível em que realizamos nosso treinamento. É de praxe que o vitorioso e sua equipe de apoio surjam da parte de baixo do palco. Primeiro a equipe de preparação, seguida do acompanhante, do estilista, do mentor e, finalmente, do vitorioso. Só que nesse ano, com dois vitoriosos que compartilham um acompanhante e um mentor, a coisa toda teve de ser repensada. Estou em uma área pouco iluminada abaixo do palco. Uma placa de metal novinha em folha foi instalada para me transportar até lá em cima. Ainda é possível ver pequenas pilhas de serragem e sentir o cheiro de tinta fresca. Cinna e a equipe de preparação se despem para vestir seus próprios trajes e tomar suas posições, deixando-me sozinha. Na penumbra, vejo uma parede improvisada a mais ou menos dez metros de distância e imagino que Peeta esteja atrás dela.

O ribombar da multidão é ensurdecedor, de modo que não reparo na presença de Haymitch até ele tocar meu ombro. Dou um salto, surpresa, uma parte de mim ainda incapaz de deixar para trás a violência da arena, pelo visto.

– Calma, sou eu. Deixa eu dar uma olhada em você – diz Haymitch. Estendo meus braços e dou uma voltinha. – Dá pro gasto.

Não é exatamente um elogio.

– Mas? – pergunto.

Os olhos de Haymitch percorrem o espaço úmido e desconfortável em que estou, e ele parece tomar uma decisão.

– Mas nada. Que tal um abraço pra dar sorte?

Tudo bem, esse é um pedido um tanto esquisito da parte de Haymitch, mas, afinal, somos vitoriosos. Talvez um abraço para dar sorte caia bem. Só que, quando eu coloco meus braços em volta de seu pescoço, fico presa em seu abraço. Ele começa a falar, muito rapidamente, muito baixo em meu ouvido, meus cabelos escondendo seus lábios:

– Escuta. Vocês estão encrencados. Estão falando por aí que a Capital está furiosa com vocês por terem armado pra cima deles na arena. A única coisa que eles não conseguem suportar é ser motivo de riso, e eles são a piada de Panem no momento.

Sinto o pavor tomando conta de mim, mas rio como se Haymitch estivesse dizendo algo totalmente agradável porque não há nada cobrindo minha boca.

– E daí?

– A única chance de vocês escaparem dessa é provar que vocês estavam tão loucamente apaixonados um pelo outro que não podem ser responsabilizados por suas ações – diz Haymitch, puxando-me de volta e ajustando a fitinha em meu cabelo. – Sacou, queridinha? – Ele poderia estar falando sobre qualquer outra coisa agora.

– Saquei – respondo. – Você contou isso pra Peeta?

– Não preciso – diz Haymitch. – Não para Peeta.

– E você acha que para mim precisa? – pergunto, aproveitando a oportunidade para endireitar uma chamativa gravata-borboleta vermelha que Cinna deve ter empurrado para cima dele.

– Desde quando o que eu acho tem alguma importância? – responde Haymitch. – Melhor a gente ir logo pros nossos lugares. – Ele me conduz ao círculo de metal. – Essa é a sua noite, queridinha. Aproveite. – Ele beija a minha testa e desaparece na penumbra.

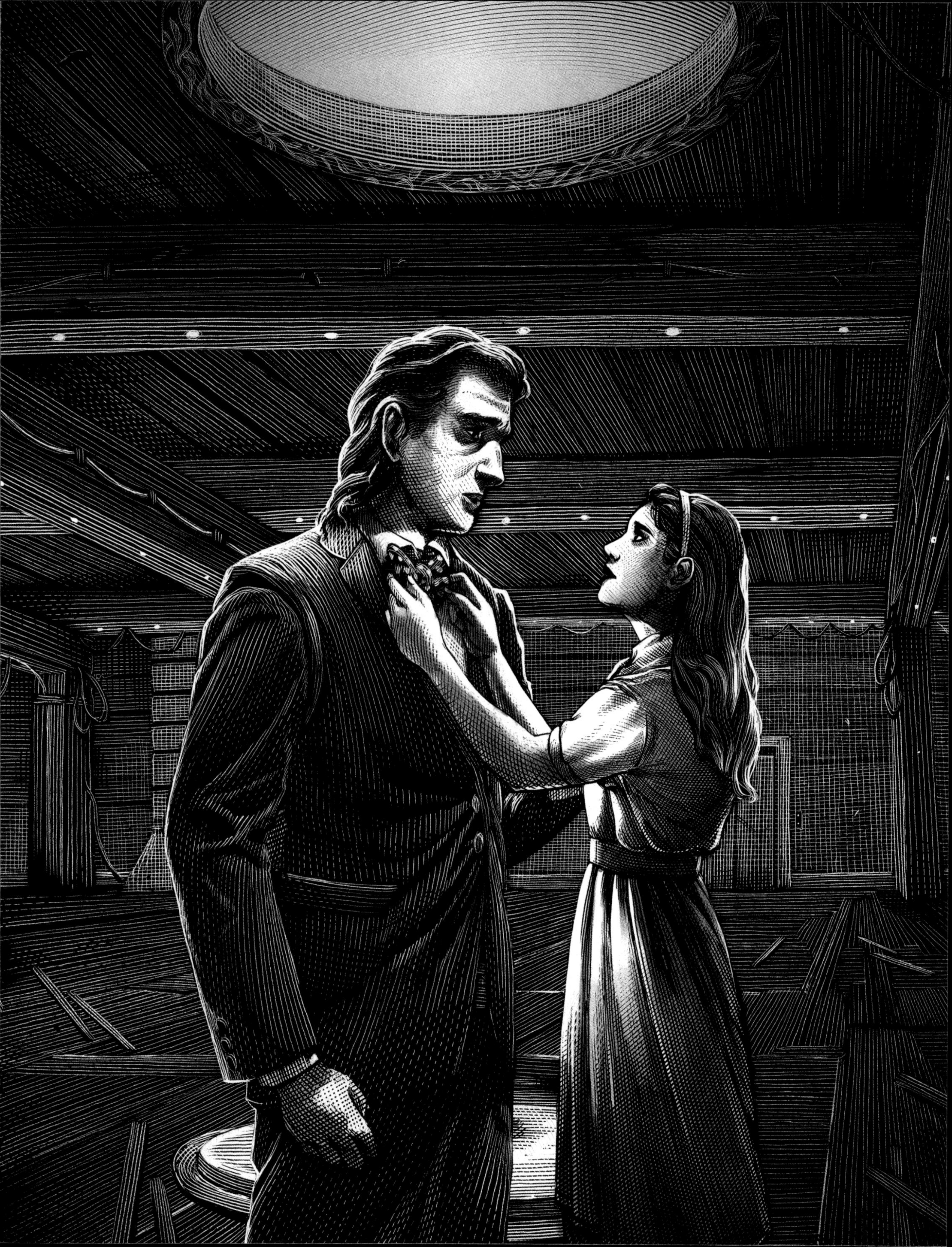

Puxo a saia, desejando que fosse mais longa, para que cobrisse os meus joelhos trêmulos. Então, percebo que não há sentido nisso. Todo o meu corpo está tremendo como vara verde. Com sorte, vão pensar que isso se deve ao entusiasmo. Afinal, é minha noite.

O cheiro úmido e rançoso do espaço abaixo do palco ameaça me sufocar. Um suor pegajoso surge em minha pele e não consigo me livrar da sensação de que os estrados acima de minha cabeça estão a ponto de cair e me enterrar viva embaixo dos destroços. Assim que saí da arena, assim que os trompetes soaram, deveria estar a salvo. Daquele momento em diante. Pelo resto da vida. Mas se o que Haymitch disse é verdade, e ele não tem nenhum motivo para mentir, jamais estive em um local tão perigoso em toda a minha vida.

É muito pior do que ser caçada na arena. Lá, o máximo que poderia acontecer era eu morrer. Fim de papo. Mas aqui, Prim e minha mãe, Gale, o povo do Distrito 12, todas as pessoas de quem gosto podem ser punidas se eu não conseguir representar o papel da garota-louca-de-amor que Haymitch sugeriu.

Mas ainda tenho uma chance. Engraçado, na arena, quando coloquei aquelas amoras na boca, só estava pensando em enganar os Idealizadores dos Jogos, não estava pensando em como minhas ações iriam refletir na Capital. Mas os Jogos Vorazes são sua arma e ninguém pode se sentir capaz de derrotá-los. Então, agora a Capital agirá como se eles tivessem estado no controle o tempo todo. Como se tivessem orquestrado todo o evento, até o duplo suicídio. Mas isso só funcionará se eu desempenhar meu papel junto com eles.

E Peeta... Peeta também vai sofrer as consequências se tudo isso der errado. Mas o que foi mesmo que Haymitch disse quando perguntei se ele havia contado a situação a Peeta? Que ele deveria fingir estar desesperadamente apaixonado?

Não preciso. Não para Peeta.

Porque ele já sacou a situação e está pensando novamente à frente de mim nos Jogos e bem ciente dos perigos em que estamos envolvidos? Ou... porque já está desesperadamente apaixonado por mim? Não sei. Nem mesmo comecei a analisar meus sentimentos a respeito de Peeta. É complicado demais diferenciar o que fiz como parte dos Jogos em oposição ao que fiz por pura raiva da Capital. Ou por causa da maneira como isso seria visto no Distrito 12. Ou simplesmente porque era a única coisa decente a ser feita. Ou o que fiz porque gostava dele.

Essas são questões para desenredar quando chegar em casa, na paz da floresta, quando ninguém estiver assistindo. Não aqui, com todos esses olhos sobre mim. Mas não terei esse luxo por não sei quanto tempo. E nesse exato momento, a parte mais perigosa dos Jogos Vorazes está para começar.

27

O hino retumba em meus ouvidos, e ouço Caesar Flickerman saudando o público. Será que ele sabe o quanto é crucial escolher as palavras certas de agora em diante? Deve saber. Ele vai querer nos ajudar. A multidão irrompe em aplausos quando a equipe de preparação é apresentada. Imagino Flavius, Venia e Octavia gingando em direção ao palco e fazendo as mais ridículas mesuras. Aposto que eles não fazem a menor ideia do perigo. Então, Effie é apresentada. Quanto tempo ela não esperou por esse momento. Espero que seja capaz de aproveitar bastante porque, por mais que Effie seja mal orientada, ela possui um instinto bem certeiro para certas coisas e deve, pelo menos, estar suspeitando de que estamos em apuros. Portia e Cinna recebem imensas demonstrações de entusiasmo, é claro. Eles foram brilhantes, fizeram uma estreia esplendorosa. Agora compreendo o vestido que Cinna escolheu para eu usar essa noite. Vou precisar parecer mais ingênua e inocente do que nunca. A aparição de Haymitch proporciona uma rodada de aplausos efusivos que dura pelo menos cinco minutos. Bem, ele conseguiu um feito inédito. Manteve não só um, mas dois tributos vivos. E se ele não tivesse me alertado em tempo hábil? Será que eu agiria de maneira diferente? Será que eu ostentaria o episódio das amoras e o esfregaria na cara da Capital? Não, acho que não. Mas eu poderia facilmente me portar de modo muito menos convincente do que preciso agora. Neste exato momento. Porque estou começando a sentir a placa de metal me erguendo até o palco.

Luzes ofuscantes. O bramido ensurdecedor sacode o metal sob meus pés. Então, vejo Peeta a apenas alguns metros de distância. Ele parece tão limpo, saudável e belo, que mal o reconheço. Mas seu sorriso é o mesmo, seja na lama, seja na Capital e, quando o vejo, dou três passos e me lanço em seus braços. Ele cambaleia para trás, quase perdendo o equilíbrio, e é então que percebo que o equipamento de metal fininho em sua mão é uma espécie de bengala. Ele endireita a postura e nós grudamos um no outro enquanto o público entra em estado de ebulição. Ele me beija e o tempo todo estou pensando: *Você sabe? Você sabe o quanto corremos perigo?* Depois de mais ou menos dez minutos disso, Caesar Flickerman dá um tapinha em seu ombro para que o show possa prosseguir, e Peeta simplesmente o empurra para o lado sem nem mesmo olhar para ele. O público enlouquece. Ciente ou não da história, Peeta está, como de hábito, desempenhando seu papel com muito talento.

Por fim, Haymitch nos interrompe e nos dá um empurrãozinho bem-intencionado na direção da cadeira do vitorioso. Normalmente, é uma única e bela cadeira de onde o tributo vencedor assiste a um filme com os melhores momentos dos Jogos, mas como há dois vencedores, os Idealizadores dos Jogos providenciaram um elegante sofá de veludo vermelho. Tão pequeno que minha mãe o chamaria de namoradeira, eu acho. Sento-me tão perto de Peeta que praticamente estou no seu colo, mas uma olhadinha na direção de Haymitch me diz que isso não é suficiente. Chutando as sandálias, encolho as pernas sobre o assento e encosto a cabeça no ombro de Peeta. Seu braço me envolve automaticamente e tenho a sensação de estar de volta à caverna, enroscada nele, tentando me manter aquecida. Sua camisa é feita do mesmo material amarelo que meu vestido, mas Portia o colocou em calças compridas pretas. Em vez de sandálias, está usando um par de robustas botas pretas que ele mantém solidamente plantadas no chão do palco. Gostaria que Cinna tivesse me dado um traje similar, sinto-me muito vulnerável nesse vestido fino. Mas imagino que essa era exatamente a proposta.

Caesar Flickerman faz mais algumas piadas e então chega a hora do show. Vai durar exatamente três horas e todas as pessoas de Panem devem assistir. À medida que as luzes começam a diminuir de intensidade e a insígnia aparece na tela, percebo que estou desprepa-rada para tudo isso. Não quero assistir à morte dos meus vinte e dois colegas tributos.

Vi mortes suficientes ao vivo. Meu coração começa a bater com força e sinto um impulso muito forte para sair correndo. Como os outros vitoriosos encaram isso sozinhos? Durante os melhores momentos, eles mostram de tempos em tempos a reação do vencedor num quadradinho no canto da tela. Recordo-me de anos anteriores... alguns são triunfantes, socando o ar, batendo no peito. A maioria parece simplesmente atônita. Tudo o que sei é que a única coisa que está me mantendo nessa namoradeira é Peeta – seu braço em meu ombro, sua outra mão segura pelas minhas duas. É claro que os vitoriosos anteriores não tinham em seu encalço a Capital em busca de uma maneira de destruí-los.

Condensar várias semanas em três horas é um feito impressionante, principalmente se considerarmos a quantidade de câmeras que estavam sendo usadas de uma vez. Quem quer que seja o responsável pela edição dos melhores momentos tem de escolher que tipo de história deseja privilegiar. Esse ano, pela primeira vez, eles estão contando uma história de amor. Sei que Peeta e eu vencemos, mas uma quantidade desproporcional de tempo foi gasta conosco, desde o início. Mas estou contente, porque isso acaba apoiando toda aquela coisa dos loucamente apaixonados que é a minha defesa por haver desafiado a Capital, e ainda por cima significa que nós não teremos muito tempo para sentir remorso pelas mortes.

A primeira meia hora focaliza os eventos que antecederam a entrada na arena, a colheita, a viagem de carruagem pela Capital, nossas notas no treinamento e nossas entrevistas. Há uma espécie de trilha sonora enaltecedora amparando as imagens que as torna duplamente horríveis porque, é claro, quase todos que aparecem na tela já estão mortos.

Assim que chegamos à arena, há uma cobertura detalhada do banho de sangue e então os diretores basicamente alternam entre tomadas dos tributos morrendo e tomadas de nós dois. A maioria de Peeta, na verdade; é inegável que ele carregou nos ombros o negócio do romance. Agora vejo o que o público viu, como ele enganou os Carreiristas a meu respeito, permaneceu acordado a noite inteira embaixo da árvore das teleguiadas, lutou com Cato para que eu escapasse e, mesmo enquanto estava deitado na lama, sussurrou meu nome durante o sono. Comparada a ele, eu pareço uma desalmada – desviando-me de bolas de fogo, deixando cair ninhos de vespas e explodindo suprimentos – até começar a rastrear Rue. Eles mostram sua morte integralmente: ela sendo perfurada pela lança, minha fracassada tentativa de resgate, minha flecha atravessando a garganta do garoto do Distrito 1, os últimos suspiros de Rue em meus braços. E a canção. Apareço cantando todas as notas da canção. Algo dentro de mim se fecha e fico insensível a tudo. É como assistir a pessoas totalmente estranhas em outra edição dos Jogos Vorazes. Mas reparo que eles omitem a parte em que a cubro de flores.

Certo. Porque até isso tem cheiro de rebelião.

As coisas melhoram para mim no momento em que eles anunciam que dois tributos do mesmo distrito podem ficar vivos e grito o nome de Peeta, e depois tapo a boca com a mão. Se pareci indiferente a ele antes, compenso agora, encontrando-o, cuidando para que ele volte a ter saúde, indo ao ágape em busca de medicamentos e sendo bastante generosa com meus beijos. Objetivamente, consigo ver que as bestas e a morte de Cato são tão hediondas agora quanto antes, mas, ainda assim, é como se tudo isso estivesse acontecendo com pessoas que nunca vi na vida.

Então, chega o episódio das amoras. Posso ouvir o público pedindo silêncio, disposto a não perder nada. Uma onda de gratidão aos diretores do filme toma conta de mim quando vejo que eles terminam não com o anúncio de nossa vitória, mas comigo dando socos na porta de vidro do aerodeslizador, berrando por Peeta enquanto eles tentam ressuscitá-lo.

Se tomarmos como base os critérios que garantirão minha sobrevivência a partir de agora, esse é o meu melhor momento em toda a noite.

O hino está sendo tocado novamente e nós nos levantamos quando o presidente Snow em pessoa sobe ao palco seguido de uma garotinha carregando uma almofada onde se vê uma coroa. Só há uma coroa, entretanto, e dá para ouvir a perplexidade da multidão – qual das cabeças receberá a coroa? – até que o presidente Snow torce o objeto, separando-o em duas metades. Ele coloca a primeira metade na testa de Peeta com um sorriso. Ele ainda está sorrindo quando coloca a segunda metade em minha cabeça, mas seus olhos, apenas alguns centímetros distantes dos meus, estão tão implacáveis quanto os de uma serpente.

É aí que percebo que, muito embora nós dois tivéssemos a intenção de comer as amoras, sou eu a culpada por ter tido a ideia. Eu sou a instigadora. Sou eu quem merece a punição.

Muitas reverências e saudações entusiasmadas se seguem. Meu braço parece prestes a cair de tanto acenar para a multidão quando Caesar Flickerman finalmente dá o boa-noite ao público, lembrando a todos que sintonizem amanhã para acompanhar as últimas entrevistas. Como se houvesse alternativa.

Peeta e eu somos conduzidos até a mansão do presidente para o Banquete da Vitória, onde temos muito pouco tempo para comer, já que funcionários da Capital e patrocinadores particularmente generosos acotovelam-se no caminho tentando tirar fotos conosco. Rostos e mais rostos resplandecentes despontam de todos os lados, cada vez mais embriagados à medida que a noite avança. Ocasionalmente, vislumbro Haymitch, o que é reconfortante, ou o presidente Snow, o que é aterrorizante, mas continuo rindo e agradecendo as pessoas e sorrindo para as fotos. A única coisa que nunca faço é soltar a mão de Peeta.

O sol está começando a surgir no horizonte quando nos dispersamos de volta ao décimo segundo andar do Centro de Treinamento. Imagino que agora vou poder finalmente conversar a sós com Peeta, mas Haymitch o manda ir com Portia arrumar alguma coisa apropriada para a entrevista e me acompanha pessoalmente até meus aposentos.

— Por que não posso falar com ele? — pergunto.

— Vai ter tempo de sobra pra falar com ele quando a gente chegar em casa — diz Haymitch. — Vai dormir, você vai estar no ar às duas.

Apesar da interferência apressada de Haymitch, estou determinada a ver Peeta privadamente. Depois de virar e revirar na cama por algumas horas, vou até o corredor. Meu

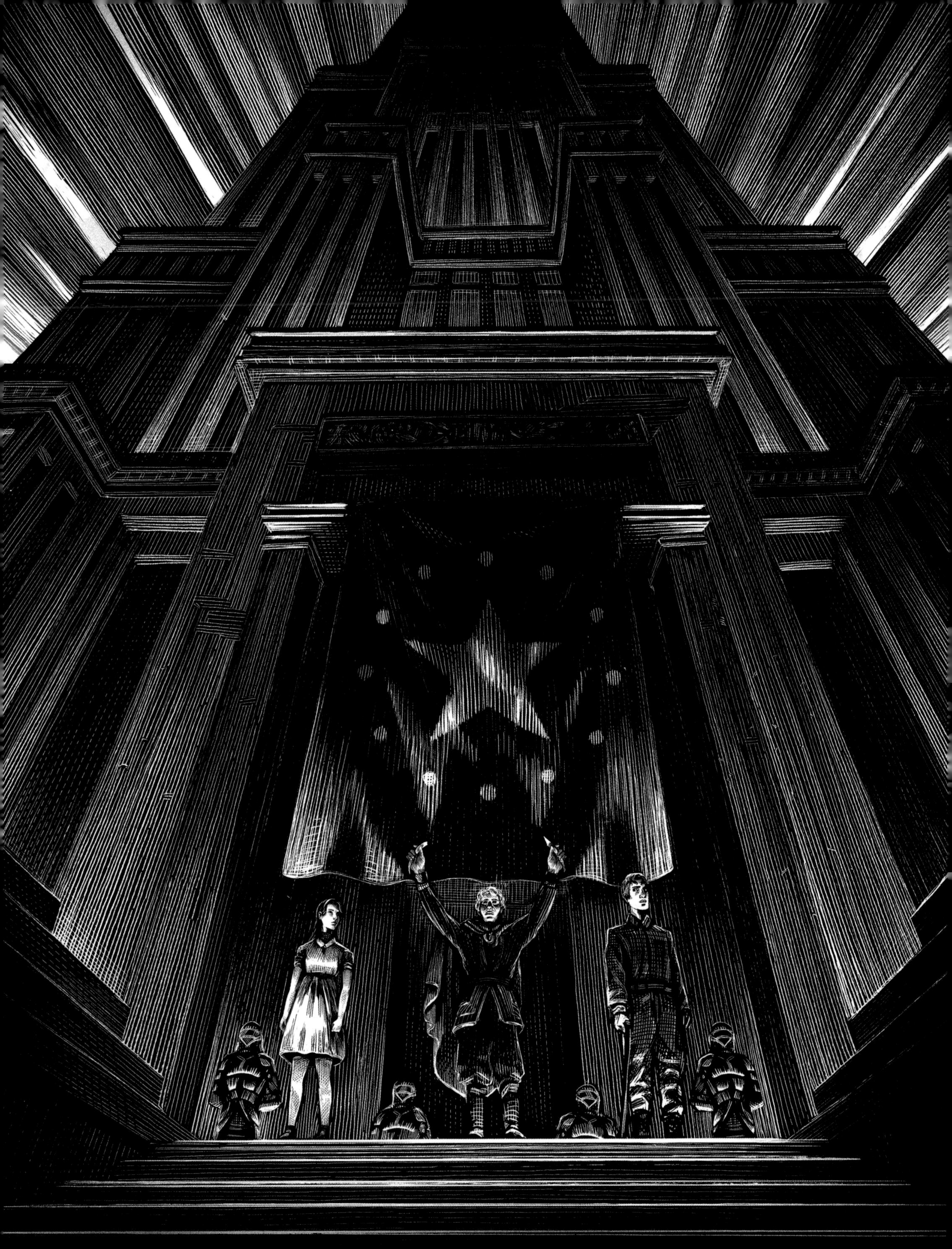

primeiro pensamento é verificar o telhado, mas está vazio. Mesmo as ruas da cidade bem abaixo estão desertas após a celebração da noite de ontem. Volto para a cama por um tempo e então decido ir diretamente ao quarto dele, mas, quando tento girar a maçaneta, descubro que a porta do meu quarto foi trancada pelo lado de fora. Suspeito de Haymitch, a princípio, mas sinto um temor muito mais insidioso de que a Capital possa estar nos monitorando e nos confinando. Estou impossibilitada de escapar desde que os Jogos Vorazes começaram, mas isso aqui é diferente, muito mais pessoal. Isso aqui me dá a sensação de que fui aprisionada por um crime e que estou aguardando a sentença. Volto rapidamente para a cama e finjo dormir até que Effie Trinket aparece para me alertar para o começo de mais um "grande, grande, grande dia!".

Tenho mais ou menos cinco minutos para comer uma tigela de grãos refogados antes da chegada da equipe de preparação. Tudo o que preciso dizer é: "A multidão adorou vocês!" e, a partir daí, é desnecessário falar pelas próximas horas. Quando Cinna aparece, ele dispensa todo mundo e me dá um vestido branco bem extravagante e sapatos cor-de-rosa. Em seguida, ajusta pessoalmente minha maquiagem até parecer que estou irradiando um brilho suave e rosado. Ficamos conversando, mas estou com medo de perguntar a ele alguma coisa realmente importante porque, depois do incidente da porta, não posso me livrar da sensação de estar sendo constantemente observada.

A entrevista acontece na sala de estar ao fim do corredor. Um espaço foi reservado e a namoradeira está agora em outra posição e cercada de vasos com flores vermelhas e rosadas. Só há um punhado de câmeras para registrar o evento. Pelo menos não há plateia.

Caesar Flickerman me dá um abraço afetuoso quando adentro o local.

– Congratulações, Katniss. Como está?

– Bem. Nervosa com a entrevista – respondo.

– Não fique. Será uma experiência agradabilíssima – diz ele, dando um tapinha encorajador em minha bochecha.

— Não sou muito boa em falar sobre mim mesma.

— Você não cometerá nenhum deslize.

E penso: *Ah, Caesar, se ao menos isso fosse verdade. A verdade é que o presidente Snow deve estar preparando alguma espécie de "acidente" para mim enquanto estivermos conversando.*

Então, Peeta aparece, muito bonito em vermelho e branco, puxando-me para o lado.

— Quase não consigo te ver. Haymitch parece empenhado em manter a gente afastado.

Haymitch, na verdade, está empenhado em nos manter vivos, mas há ouvidos demais nos escutando, de modo que digo apenas:

— É mesmo, ele tem estado muito responsável ultimamente.

— Bem, só falta essa entrevista e voltamos pra casa. Aí ele não vai mais poder ficar vigiando a gente o tempo todo.

Sinto uma espécie de arrepio percorrer meu corpo e não disponho de tempo para a analisar o motivo, porque eles já estão à nossa espera. Nós nos sentamos na namoradeira com uma certa formalidade, mas Caesar diz:

— Ah, vamos lá, pode se enroscar nele se quiser. Fica muito bonitinho. — Então, ponho os pés no sofá e Peeta me puxa para perto dele.

Alguém faz a contagem regressiva e logo estamos sendo transmitidos ao vivo para todo o país. Caesar Flickerman é maravilhoso, implica, faz piada, se engasga quando a ocasião é propícia. Ele e Peeta já possuem a cumplicidade que estabeleceram naquela noite da primeira entrevista, aquele estado de espírito alegre, então eu apenas sorrio bastante e tento falar o mínimo possível. Quero dizer, tenho de falar um pouco, mas, sempre que posso, redireciono a conversa para Peeta.

Mas chega um momento em que Caesar começa a colocar questões que demandam respostas completas.

— Bem, Peeta, sabemos, pelos dias que passamos naquela caverna, que foi amor à primeira vista da sua parte desde quando, os cinco anos de idade? — pergunta Caesar.

— Desde o momento em que pus os olhos nela pela primeira vez – diz Peeta.

— Mas, Katniss, que coisa, hein? Imagino que a parte mais excitante para o público tenha sido assistir a você cedendo aos encantos dele. Quando você se deu conta de que estava apaixonada por ele? – pergunta Caesar.

— Hum, essa é difícil... – Dou um risinho leve e olho para minhas mãos. Socorro.

— Bem, eu sei quando essa história me tocou. Na noite em que você gritou o nome dele daquela árvore – diz Caesar.

Obrigada, Caesar!, penso comigo mesma, e desenvolvo a ideia.

— Foi mesmo, acho que foi lá. É o seguinte, até aquele momento, simplesmente tentava não pensar quais poderiam ser meus sentimentos, falando com toda a honestidade, porque a situação era muito confusa e imaginar que eu realmente sentia alguma coisa por ele só pioraria tudo. Mas aí, naquela árvore, tudo mudou.

— Por que você acha que isso aconteceu? – pergunta Caesar.

— Talvez... porque pela primeira vez... haveria uma chance de eu ficar perto dele.

Atrás do câmera, vejo Haymitch dando uma espécie de suspiro de alívio e sei que respondi a coisa certa. Caesar pega um lenço e precisa de um tempo porque está emocionado demais. Sinto Peeta pressionando a testa na minha têmpora e em seguida perguntando:

— Então, agora que estou perto de você, o que é que você vai fazer comigo?

Volto-me para ele e digo:

— Vou te colocar em algum lugar onde você não possa se machucar.

E, quando ele me beija, as pessoas na sala suspiram de verdade.

Para Caesar, esse é o momento natural para engatar a conversa a respeito de todas as formas de ferimentos de que fomos vítimas na arena: queimaduras, ferroadas e perfurações das mais diversas. Mas só esqueço que estou na frente das câmeras quando o assunto passa a ser os bestantes. E quando Caesar pergunta a Peeta como sua "nova perna" está funcionando.

— Nova perna? — E não consigo evitar levantar a barra da calça de Peeta. — Ah, não — sussurro, tocando o equipamento de metal e plástico que substituiu a carne.

— Ninguém contou pra você? — pergunta Caesar, delicadamente. Balanço a cabeça.

— Eu não tive oportunidade — diz Peeta, dando ligeiramente de ombros.

— É minha culpa. Porque usei aquele torniquete.

— Sim, é culpa sua eu estar vivo — diz Peeta.

— Ele tem razão — diz Caesar. — Ele certamente teria sangrado até morrer se não fosse por isso.

Imagino que seja verdade, mas não consigo deixar de me sentir chateada com relação a isso, a ponto de sentir vontade de chorar, mas aí me lembro que todo o país está me assistindo, então, simplesmente enterro meu rosto na camisa de Peeta. Eles levam alguns minutos para me convencer a tirar o rosto da camisa porque lá é bem mais confortável, ninguém pode me ver. E quando reapareço, Caesar para um pouco de me fazer perguntas para que eu tenha tempo de me recuperar. Na realidade, ele me deixa em paz até o episódio das amoras.

— Katniss, sei que você acabou de ter um choque, mas sou obrigado a perguntar. No momento em que você pegou aquelas amoras, o que se passava em sua cabeça?

Faço uma longa pausa antes de responder, tentando organizar meus pensamentos. Esse é o momento crucial, que decidirá se desafiei mesmo a Capital ou se fiquei tão louca com a perspectiva de perder Peeta que não posso ser responsabilizada por minhas ações. O incidente parece clamar por um grande e dramático discurso, mas tudo o que sai da minha boca é uma frase quase inaudível:

— Não sei, eu simplesmente... não consegui suportar a ideia de... viver sem ele.

— Peeta? Alguma coisa a acrescentar? — pergunta Caesar.

— Não, acho que isso serve para nós dois.

Caesar faz um sinal e a entrevista se encerra. Todos estão rindo e chorando e se abraçando, mas ainda não tenho certeza até alcançar Haymitch.

– Foi bom? – sussurro.

– Perfeito – responde ele.

Volto ao quarto para pegar algumas coisas e descubro que não há nada a ser pego a não ser o broche com o tordo que Madge me deu. Alguém o devolveu em meu quarto depois dos Jogos. Eles nos conduzem pelas ruas em um carro de janelas escuras, e o trem está esperando por nós. Quase não temos tempo de nos despedir de Cinna e Portia, mas vamos nos encontrar de novo daqui a alguns meses, quando faremos a turnê pelos distritos para participarmos de várias cerimônias de comemoração pela vitória. É a maneira de a Capital lembrar às pessoas que os Jogos Vorazes nunca se encerram de fato. Nós receberemos várias medalhas inúteis e todos terão de fingir que nos amam.

O trem começa a se mover e nós mergulhamos na noite até ultrapassarmos o túnel, quando consigo respirar livremente pela primeira vez desde a colheita. Effie está nos acompanhando, assim como Haymitch, é claro. Nós comemos um jantar farto e nos sentamos em silêncio em frente à televisão para assistir à reprise da entrevista. Com a Capital a cada segundo mais distante de nós, começo a pensar em minha casa. Em Prim e em minha mãe. Em Gale. Peço licença para trocar o vestido por uma calça e uma camisa simples. À medida que retiro lenta e cuidadosamente minha maquiagem do rosto e prendo os cabelos, começo a me transformar novamente em mim mesma. Katniss Everdeen. Uma garota que mora na Costura. Caça na floresta. Negocia no Prego. Encaro o espelho enquanto tento lembrar quem sou e quem não sou. Quando reencontro os outros, a pressão do braço de Peeta em meus ombros já parece estranha.

Quando o trem faz uma breve parada para reabastecer, nos é permitido sair para tomar um pouco de ar fresco. Não há mais nenhuma necessidade de sermos vigiados. Peeta e eu caminhamos ao longo do trilho, de mãos dadas, e não consigo achar nada para dizer, agora que estamos sozinhos. Ele para e colhe um maço de flores silvestres para mim. Quando ele me entrega, faço um grande esforço para parecer satisfeita. Porque ele não tem como saber que as flores rosa e brancas são a cobertura das cebolas selvagens e só me fazem lembrar das horas que passei colhendo-as na companhia de Gale.

Gale. A perspectiva de encontrar Gale em questão de horas faz meu estômago revirar. Mas por quê? Não consigo enquadrar bem a coisa em minha mente. Só sei que é como se estivesse mentindo para alguém que confia em mim. Ou mais precisamente, para duas pessoas. Estive me esquivando disso até agora por causa dos Jogos. Mas lá em casa não haverá Jogos Vorazes atrás dos quais poderei me esconder.

– Algum problema? – pergunta Peeta.

– Nada – respondo. Nós continuamos a caminhada até o fim do trem, até onde tenho quase certeza de que não há nenhuma câmera escondida nos arbustos rasteiros que margeiam o trilho. Ainda assim, nenhuma palavra escapa de minha boca.

Haymitch me assusta ao colocar a mão em minhas costas. Mesmo agora, no meio do nada, ele mantém o tom de voz baixo:

– Excelente trabalho, vocês dois. Basta manter o ritmo no distrito até que as câmeras desapareçam. A gente vai ficar bem.

Observo-o retornar ao trem, evitando os olhos de Peeta.

– O que ele quis dizer? – pergunta Peeta.

– É a Capital. Eles não gostaram da nossa armação com as amoras – solto.

– O quê? Do que você está falando?

– A coisa pareceu rebelde demais. Aí Haymitch tem me orientado nos últimos dias para eu não piorar tudo.

– Orientado você? Mas não a mim – diz ele.

– Ele sabia que você era suficientemente esperto para sacar sozinho.

– Eu não sabia que havia alguma coisa para sacar – diz Peeta. – Então, o que você está dizendo é que, nesses últimos dias e também eu acho que... lá na arena... aquilo tudo não passou de uma estratégia que vocês dois bolaram?

— Não, eu nem conseguia conversar com ele na arena, lembra? – quase gagueijo.

— Mas você sabia o que ele queria que você fizesse, não sabia? – diz Peeta. Mordo o lábio. – Katniss? – Ele solta a minha mão e eu dou um passo à frente, como se estivesse tentando me equilibrar. – Tudo o que você fez... foi em função dos Jogos.

— Nem tudo – retruco, segurando minhas flores com força.

— Então quanto daquilo foi real? Não, não. Esquece. Aposto que a verdadeira questão é o que vai sobrar quando a gente chegar em casa.

— Não sei. Quanto mais a gente se aproxima do Distrito 12, mais confusa eu fico. – Ele espera mais alguma explicação, mas nada acontece.

— Bem, me avisa quando você tiver alguma resposta – diz ele, e a dor em sua voz é perceptível.

Sei que meus ouvidos estão curados porque, mesmo com o barulho do motor, consigo escutar todos os passos que ele dá de volta ao trem. No momento em que subo a bordo, Peeta já está em seu quarto para passar a noite. Também não o vejo na manhã seguinte. Na realidade, ele só reaparece quando estamos entrando no Distrito 12. Ele me cumprimenta com um aceno de cabeça, o rosto inexpressivo.

Quero dizer a ele que sua atitude não é justa. Que nós éramos estranhos. Que fiz o que era preciso para permanecer viva, para que nós dois permanecêssemos vivos na arena. Que não tenho como explicar como são as coisas com Gale porque eu mesma ainda não entendi. Que não é uma boa ideia me amar porque nunca vou me casar mesmo e ele ia acabar me odiando mais cedo ou mais tarde. Que não importa se tenho algum sentimento por ele, porque jamais serei capaz de proporcionar o tipo de amor que se transforma em uma família, em filhos. E como ele será capaz? Como ele será capaz depois de tudo o que passamos naquela arena?

Também quero dizer a ele o quanto já estou sentindo a sua falta. Mas isso não seria justo de minha parte.

JOGOS VORAZES

Então apenas ficamos parados em silêncio, observando nossa pequena e encardida estação crescer à nossa volta. Pela janela, vejo que a plataforma está repleta de câmeras. Todos devem estar assistindo ansiosamente à nossa volta para casa.

Com o canto do olho, vejo Peeta estender a mão. Olho para ele, incerta.

– Uma última vez? Para o público? – diz ele. Sua voz não está zangada. Está fria, o que é pior. O garoto do pão já está me escapando.

Pego a sua mão, segurando com firmeza, preparando-me para as câmeras e abominando o momento em que finalmente terei que soltá-la.

FIM DO LIVRO UM

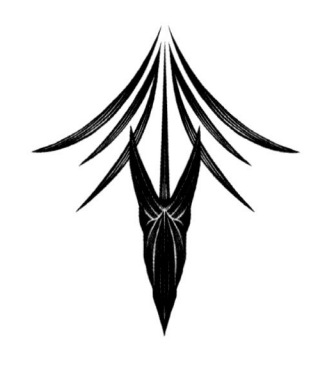

SUZANNE COLLINS é a autora da série **As crônicas do subterrâneo**, que começou com *Gregor, o guerreiro da superfície*. Seus livros revolucionários *Jogos Vorazes, Em chamas* e *A esperança* foram best-sellers do *New York Times*, receberam elogios no mundo todo e foram a base de quatro filmes populares. *Um ano na selva*, seu livro infantil inspirado no ano em que o pai dela foi enviado para lutar na guerra do Vietnã, foi publicado em 2013 e aclamado pela crítica. Até hoje, seus livros foram publicados em 53 idiomas por todo o mundo.

NICO DELORT é um ilustrador franco-canadense que reside em Paris. Com experiência em diversos gêneros, Nico já fez cartazes de filmes e trabalhou para galerias e revistas utilizando a técnica de esgrafito em preto e branco. Para saber mais sobre a trajetória e as obras do artista, acesse seu site oficial: nicolasdelort.com.

Impressão e Acabamento:
GRÁFICA SANTA MARTA